ELIZABETH GEORGE

Gott schütze dieses Haus

Buch

Jahrhundertelang hat ein Nest im englischen Yorkshire im Dornröschenschlaf verbracht – bis ein brutaler Mord die Spinnweben zerreißt. Denn der Dorfpfarrer, Pater Hart, macht eine grauenhafte Entdekkung: William Teys, eines seiner treuesten Schäfchen und hoch angesehenes Gemeindemitglied, liegt enthauptet in seiner Scheune. Neben ihm kauert Roberta, seine leicht debile neunzehnjährige Tochter, die behauptet: »Ich war's.« Dann verstummt sie. Ein Fall für Scotland Yard, das ein höchst ungleiches Team zur Aufklärung des Verbrechens schickt: Inspector Thomas Lynley, attraktiv, weltmännisch, galant, und seine Mitarbeiterin Barbara Havers, ein häßliches Entlein, das neben dem charmanten Lynley noch plumper und unbeholfener wirkt. In nervenaufreibender Kleinarbeit entwirren die beiden ein dunkles Netz, das die Abgründe hinter einer biederen Fassade von Wohlanständigkeit kaschiert, entlarven eine grausige Wahrheit, die mehr als ein Leben zerstört hat.

Autorin

Die Amerikanerin Elizabeth George hatte von Jugend an ein besonderes Faible für alles Englische, vor allem für den raffinierten britischen Kriminalroman. »Gott schüze dieses Haus«, ihr Debüt, wurde mit dem Anthony Award für den besten Erstlingsroman, dem Agatha Christie Award sowie dem Girard Prix de Littérature Policière ausgezeichnet. Der Roman ist inzwischen in mehr als zehn Sprachen übersetzt worden, und Elizabeth George gilt mittlerweile als eine Meisterin des Genres. Die Autorin lebt in Huntington Beach, Kalifornien, und arbeitet an weiteren Romanen mit Inspector Lynley.

Ebenfalls als Goldmann-Taschenbuch lieferbar:

Auf Ehre und Gewissen (41350) · Keiner werfe den ersten Stein (42203) Mein ist die Rache (42798) · Denn bitter ist der Tod (42960) · Denn keiner ist ohne Schuld (43577) · Asche zu Asche (43771) · Im Angesicht des Feindes (44108) · Denn sie betrügt man nicht (44402) · Undank ist der Väter Lohn (44982)

Als gebundene Ausgabe:
Nie sollst du vergessen (98)

Elizabeth George

Gott schütze dieses Haus

Roman

Aus dem Amerikanischen übertragen
von Mechtild Sandberg-Ciletti

GOLDMANN

Die Originalausgabe erschien unter dem Titel
»A Great Deliverance«
bei Bantam Books, New York

Umwelthinweis:
Alle bedruckten Materialien dieses Taschenbuches
sind chlorfrei und umweltschonend.

Der Goldmann Verlag
ist ein Unternehmen der Verlagsgruppe Random House

Einmalige Sonderausgabe Oktober 2002

Umschlaggestaltung: Design Team München
Umschlagbild: Heinz Wohner Fotodesign
Druck: Elsnerdruck, Berlin
Made in Germany · Titelnummer: 45491

ISBN 3-442-45491-3
www.goldmann-verlag.de

FOR NATHALIE

in celebration of the growth of the spirit
and the triumph of the soul

I

Es war ein Fauxpas schlimmster Art. Er nieste der Frau mitten ins Gesicht, laut, naß, absolut unverzeihlich. Eine Dreiviertelstunde hatte er das Niesen zurückgehalten, dagegen gekämpft, als handle es sich um Henry Tudors Streitmacht bei der Schlacht von Bosworth. Bis er schließlich kapitulierte. Und nach vollbrachter Tat fing er zu allem Überfluß auch noch zu schniefen an.

Die Frau fixierte ihn. Sie war genau der Typ, in dessen Anwesenheit er unweigerlich zum stammelnden Idioten wurde, mindestens einen Meter achtzig groß, mit jener modischen Unbekümmertheit gekleidet, die für die britische *upper class* bezeichnend ist, alterslos und zeitlos. Sie fixierte ihn mit stahlblauem Blick, unter dem sich vor vierzig Jahren gewiß manches Zimmermädchen in Tränen aufgelöst hatte. Sie mußte weit über sechzig, vielleicht schon fast achtzig sein, aber es war schwer zu sagen. Sie saß kerzengerade, die Hände im Schoß gefaltet, mit der vorschriftsmäßigen Haltung der höheren Tochter, die sich nicht die kleinste der Bequemlichkeit förderliche Regung gestattet.

Und sie fixierte ihn. Erst seinen Priesterkragen, dann seine tropfende Nase.

Verzeihen Sie, Verehrteste. Ich bitte tausendmal um Verzeihung. Ein kleiner Fauxpas wie ein Niesen darf doch eine Freundschaft wie die unsere nicht zerstören. Er war immer so witzig, wenn er seine geistigen Dialoge führte. Nur wenn er laut sprach, kam er fürchterlich ins Schleudern.

Er schniefte wieder. Sie starrte ihn immer noch an. Wieso reiste sie überhaupt zweiter Klasse? Sie war in Doncaster ins Abteil gerauscht wie eine überalterte Salome, freilich zugeknöpfter gekleidet, und hatte dann die ganze Fahrt nichts anderes getan, als entweder von dem widerlich riechenden lauwarmen

Kaffee der Britischen Eisenbahn zu nippen oder ihn in einer Art und Weise anzuschauen, welche die Mißbilligung der gesamten englischen Staatskirche zum Ausdruck brachte.

Und dann kam das Niesen. Tadellos korrektes Verhalten von Doncaster bis London hätte seine Zugehörigkeit zur römisch-katholischen Kirche vielleicht entschuldigen können. Das Niesen jedoch trug ihm ewige Verdammnis ein.

»Ich – äh – das heißt – Sie müssen verzeihen …«

Es hatte keinen Sinn. Sein Taschentuch war tief in seiner Tasche vergraben. Um es herauszuziehen, hätte er den abgewetzten Aktenkoffer auf seinem Schoß loslassen müssen, und das war undenkbar. Es geht hier nicht um eine Verletzung der Etikette, Madam. Hier geht es um Mord! Bei diesem Gedanken schniefte er mit selbstgerechtem Nachdruck.

Die Frau nahm noch korrektere Haltung an; ihre Mißbilligung war nun nicht mehr zu übersehen. Ihr Blick sagte alles. Er spiegelte jeden ihrer Gedanken, und er konnte sie alle lesen: Ein jämmerlicher kleiner Mann. Erbärmlich. Zweifellos keinen Tag jünger als fünfundsiebzig und sieht entsprechend aus. Aber was kann man von solchen Leuten schon erwarten? Drei Schnitte im Gesicht von der schlechten Rasur und im Mundwinkel noch ein Krümel vom Frühstückstoast; abgetragener schwarzer Anzug, an Ellbogen und Manschetten ausgebessert; und der Schlapphut voller Staub. Und dieser gräßliche Koffer auf seinem Schoß! Er hielt ihn die ganze Zeit fest, so als wäre sie nur mit der Absicht in den Zug gestiegen, ihn ihm zu entreißen. Guter Gott!

Die Frau seufzte und wandte sich ab, als suche sie Erlösung. Aber die blieb ihr versagt. Seine Nase tropfte weiter, bis das Langsamerwerden des Zuges endlich das nahe Ende ihrer gemeinsamen Fahrt ankündigte.

Im Aufstehen strafte sie ihn mit einem letzten Blick. »Endlich begreife ich, was die Katholiken meinen, wenn sie vom Fegefeuer sprechen«, zischte sie und rauschte hinaus.

»Ach du meine Güte«, murmelte Pater Hart. »Ach du meine Güte, ich habe anscheinend tatsächlich ...«

Aber sie war schon weg. Der Zug hatte unter dem gewölbten Dach des Londoner Bahnhofs angehalten. Nun war es an der Zeit, den Auftrag zu erledigen, der ihn in die Stadt geführt hatte.

Er hielt noch einmal Umschau, um sich zu vergewissern, daß er alle seine Sachen beisammen hatte; völlig überflüssige Gewissenhaftigkeit, da er aus Yorkshire nichts mitgenommen hatte als den Aktenkoffer, den er bisher nicht aus der Hand gegeben hatte. Mit zusammengekniffenen Augen schaute er durch das Fenster in die riesige Halle des King's-Cross-Bahnhofs hinaus.

Er hatte eher etwas wie den Victoria-Bahnhof erwartet mit seinen gemütlichen alten Backsteinmauern, seinen Verkaufskiosken und Straßenmusikanten, die der Polizei immer eine Nasenlänge voraus waren. Aber King's Cross war ganz anders: große Flächen gefliesten Bodens, marktschreierische Reklametafeln, die von der Decke herabhingen, Bücherstände, Kioske mit Süßigkeiten, Hamburgerbuden. Und die vielen Leute! Viel mehr, als er erwartet hatte. In langen Schlangen standen sie vor den Schalterfenstern, rannten, rasch noch einen Imbiß hinunterschlingend, zu ihren Zügen, redeten, lachten, umarmten sich abschiednehmend. Menschen jeder Rasse und Hautfarbe. Wie ungewohnt! Der Lärm und das Durcheinander verwirrten ihn.

»Wollen Sie aussteigen, Pater, oder haben Sie vor, hier zu nächtigen?«

Verdutzt blickte Pater Hart in das rotwangige Gesicht des Schaffners, der ihm am Morgen bei der Abfahrt des Zuges aus York bei der Suche nach seinem Platz geholfen hatte. Es war ein freundliches nordenglisches Bauerngesicht, vom Wind der Hochmoore mit einem Netzwerk feiner geplatzter Äderchen gezeichnet.

»Wie? Ich – O ja ... Ich muß raus.« Pater Hart machte

entschlossene Anstrengungen, sich von seinem Platz zu erheben. »Ich war seit Jahren nicht mehr in London«, fügte er hinzu, als könne diese Bemerkung sein Widerstreben, den Zug zu verlassen, erklären.

Der Schaffner nahm sie als Aufforderung zum Gespräch.

»Kommen Sie, ich helfe Ihnen«, sagte er. »Haben Sie Ihren Koffer?«

»Ich – ja, ja, ich hab' ihn.«

Pater Hart ignorierte die hilfreich dargebotene Hand des Mannes. Schon spürte er den Schweiß an den Händen und unter den Achseln, in den Lenden und in den Kniekehlen und fragte sich, wie er diesen Tag überstehen sollte.

»Gut, dann raus auf den Bahnsteig.«

Pater Hart spürte den neugierigen Blick des Schaffners, der von seinem Gesicht zum Aktenkoffer glitt. Er hielt den Griff des Köfferchens fester. In der Hoffnung, dadurch entschlossener zu wirken, spannte er seinen Körper an, bekam aber nur einen äußerst schmerzhaften Krampf im linken Fuß. Er stöhnte vor Schmerz.

Der Schaffner war besorgt. »Sie sollten vielleicht besser nicht allein reisen. Brauchen Sie wirklich keine Hilfe?«

Doch, natürlich brauchte er Hilfe. Aber es konnte ihm keiner helfen. Er konnte sich nicht einmal selbst helfen.

»Nein, nein. Ich bin gleich draußen. Sie waren sehr freundlich. Heute morgen mit meinem Sitzplatz, meine ich. In der ersten Verwirrung.«

Der Schaffner winkte ab.

»Machen Sie sich da nichts draus. Viele Leute wissen nicht, daß mit den Karten auch Plätze reserviert sind. Ist ja alles glattgegangen, nicht?«

»Ja. Ich denke doch ...«

Pater Hart holte in aller Eile tief Luft. Den Gang entlang, zur Tür hinaus, zur Untergrundbahn, befahl er sich. Das mußte doch zu schaffen sein. Er schlurfte zur Wagentür. Der Koffer, den er mit beiden Händen in Bauchhöhe hielt, schlug ihm bei jedem Schritt gegen die Schenkel.

»Moment, Pater«, sagte der Schaffner hinter ihm. »Die Tür geht ein bißchen schwer. Lassen Sie mich das machen.«

Er ließ den Mann in dem engen Gang an sich vorbei. Schon drängten zur hinteren Tür zwei mißmutige Männer vom Reinigungspersonal herein, mit Müllsäcken über den Schultern, um den Zug für die Rückfahrt nach York in Schuß zu bringen. Es waren zwei Pakistanis, und obwohl sie englisch sprachen, konnte Pater Hart infolge ihres exotischen Akzents kein Wort verstehen.

Er erschrak, als ihm das bewußt wurde. Was tat er hier in der Hauptstadt, wo die Einwohner Ausländer waren, die ihn mit dunklen, feindseligen Augen und fremdartigen Gesichtern ansahen? Was hoffte er denn zu erreichen? Was war das für eine Torheit? Wer würde glauben –

»Brauchen Sie Hilfe, Pater?«

Endlich fand Pater Hart eine entschlossene Antwort.

»Nein. Es geht gut. Sehr gut.«

Er schaffte es die Stufen hinunter, spürte den Beton des Bahnsteigs unter seinen Füßen, hörte das Gurren der Tauben hoch oben unter dem gewölbten Dach der Bahnhofshalle. Zerstreut machte er sich auf den Weg den Bahnsteig entlang zum Ausgang Euston Road.

Hinter sich hörte er wieder den Schaffner.

»Werden Sie abgeholt? Wissen Sie, wohin Sie müssen? Wohin wollen Sie denn jetzt?«

Pater Hart straffte die Schultern.

»Zu Scotland Yard«, antwortete er mit fester Stimme.

Der St.-Pancras-Bahnhof gleich auf der anderen Straßenseite bildete einen so eklatanten Gegensatz zum King's-Cross-Bahnhof, daß Pater Hart einfach stehenbleiben mußte, um den Bau in seiner ganzen neugotischen Großartigkeit zu bestaunen. Straßenlärm und Abgasgestank waren mit einem Mal bedeutungslos. Architektur interessierte ihn, und hier hatte sie die tollsten Blüten getrieben.

»Herr im Himmel, ist das eine Pracht«, murmelte er, den Kopf nach rückwärts geneigt, um die Gipfel und Schluchten des Bahnhofsgebäudes besser betrachten zu können. »Wenn man das Ding ein bißchen säubern würde, wäre es der reinste Palast.« Er schaute sich abwesend um, so als wollte er den nächsten Passanten anhalten, um ihm einen Vortrag über die üblen Auswirkungen jahrzehntelanger Kohleheizung auf das alte Gebäude zu halten. »Es würde mich wirklich interessieren, wer –«

Ein Polizeifahrzeug raste plötzlich mit heulender Sirene die Caledonian Road hinunter und bog mit quietschenden Reifen in die Euston Road ein. Mit einem Schlag befand sich Pater Hart wieder in der Wirklichkeit. Er schüttelte sich innerlich, zum Teil aus Irritation, zum größeren Teil jedoch aus Furcht. Seine Gedanken gingen jetzt immer häufiger auf Wanderschaft. Und das signalisierte doch das Ende, nicht wahr? Er schluckte einen quälenden Kloß der Angst hinunter und bemühte sich wieder um Entschlossenheit. Sein Blick fiel auf den schwarzen Balken der Schlagzeile der Morgenzeitung. Neugierig trat er näher. »Neuer Mord am Vauxhall-Bahnhof!«

Mord! Er schreckte vor dem Wort zurück, sah sich um und gönnte sich einen Blick auf den Bericht, überflog ihn hastig, aus Sorge, genauere Lektüre könnte ein Interesse am Makabren verraten, das einem Geistlichen schlecht anstand. Wörter, nicht Sätze fing sein Blick ein. »... aufgeschlitzt ... teilweise entkleidete Leichen ... Arterien ... durchtrennt ... männliche Opfer ...«

Er schauderte, faßte sich an den Hals, seiner eigenen Verletzlichkeit bewußt. Selbst ein Priesterkragen war kein sicherer

Schutz vor dem Messer eines Mörders. Es würde suchen. Es würde zustechen.

Diese Vorstellung wirkte vernichtend auf ihn. Er wich leicht taumelnd vor dem Zeitungsstand zurück und erblickte zum Glück keine zehn Meter entfernt das U-Bahn-Schild. Es half seinem Gedächtnis wieder auf die Beine.

Er kramte einen Plan der öffentlichen Verkehrsverbindungen aus seiner Tasche und studierte mit peinlicher Genauigkeit das zerknitterte Blatt Papier. Die Circle Line bis St. James's Park, sagte er sich vor. Dann noch einmal mit Nachdruck: »Die Circle Line bis St. James's Park. Die Circle Line bis St. James's Park.«

Wie einen gregorianischen Gesang leierte er diesen Satz vor sich hin, während er die Treppe hinunterstieg. Er hielt Metrum und Rhythmus bis zum Schalter und stellte seinen Singsang erst ein, als er im Zug Platz genommen hatte. Dort musterte er die anderen Fahrgäste, stellte fest, daß zwei alte Damen ihn mit unverhohlener Neugier beobachteten, und neigte verzeihunghei-schend den Kopf.

»Verwirrend«, erklärte er und versuchte es mit einem zaghaft freundschaftlichen Lächeln. »Man kommt so durcheinander.«

»Wirklich die unmöglichsten Typen, sag' ich dir, Pammy«, bemerkte die jüngere der beiden Frauen zu ihrer Begleiterin. Sie warf dem Geistlichen einen routinierten Blick eisiger Verachtung zu. »Und jede Maske ist ihnen recht, hab' ich gehört.« Die wäßrigen Augen unverwandt auf den verwirrten Pater Hart gerichtet, zog sie ihre Freundin vom Sitz hoch, hielt sich an dem Pfosten bei der Tür fest und drängte sie an der nächsten Haltestelle laut zum Aussteigen.

Pater Hart sah ihnen resigniert nach. Man kann es ihnen nicht verübeln, dachte er. Man durfte nicht blind vertrauen. Niemals. Und das zu sagen, war er nach London gekommen: daß es nicht die Wahrheit war. Es sah nur wie die Wahrheit aus. Ein Toter, ein junges Mädchen und ein blutiges Beil. Aber es war nicht die

Wahrheit. Er *mußte* sie überzeugen und ... Ach Gott, er hatte so wenig Talent für so etwas. Aber Gott war auf seiner Seite. An diesen Gedanken klammerte er sich. Was ich tue, ist recht, was ich tue, ist recht, was ich tue, ist recht. Dieser neue Singsang führte ihn direkt vor die Tore von New Scotland Yard.

»Es sollte mich wundern, wenn uns da nicht wieder eine Konfrontation zwischen Kerridge und Nies blühte«, schloß Superintendent Malcolm Webberly und zündete sich eine dicke Zigarre an, von der augenblicklich unangenehme Qualmwolken in die Luft stiegen.

»Mensch, Malcolm, mach wenigstens das Fenster auf, wenn du das Ding schon rauchen mußt«, sagte Chief Superintendent Sir David Hillier. Er war Webberlys Vorgesetzter, aber er ließ seinen Leuten in der Führung ihrer jeweiligen Abteilungen weitgehend freie Hand. Ihm selbst wäre es nicht im Traum eingefallen, kurz vor einem dienstlichen Gespräch einen derartigen Angriff auf Geruchs- und Atmungsorgane zu starten, aber Malcolm hatte seine eigenen Methoden, und die hatten sich bisher noch nie als untauglich erwiesen. Er rückte seinen Sessel herum, um dem schlimmsten Qualm zu entgehen, und ließ sein Auge über das Durcheinander im Büro schweifen.

Hillier fragte sich oft, wie Malcolm es mit seiner Neigung zum Chaos schaffte, seine Abteilung so effizient zu führen. Akten und Fotografien, Berichte und Bücher stapelten sich auf sämtlichen verfügbaren glatten Flächen. Leere Kaffeetassen standen neben überquellenden Aschenbechern, und ganz oben auf dem Regal lag sogar ein Paar uralter Laufschuhe. Das Zimmer verbreitete, genau wie es Malcolms Absicht war, die Atmosphäre einer Studentenbude: vollgestopft, locker und im Geruch ein wenig muffig. Nur das ungemachte Bett fehlte. Es war eine Atmosphäre, die ungezwungenes Beisammensein und offenen Gedankenaustausch förderte, Kameradschaft unter Männern gedeihen ließ, die im Team zusammenarbeiten mußten. Ein Menschenkenner, unser Malcolm, dachte Hillier. Weit klüger, als man vermutete, wenn man diesen ganz durchschnittlich wirkenden, fülligen Mann mit den runden Schultern sah.

Webberly hievte sich aus dem Schreibtischsessel und hantierte kurz mit dem Fensterriegel, ehe es ihm gelang, ihn zu öffnen.

»Tut mir leid, David. Das vergess' ich jedesmal.« Er setzte sich wieder, betrachtete düster den Wust von Papieren vor sich und sagte: »Das hat mir jetzt gerade noch gefehlt.« Er fuhr sich mit einer Hand durch das schüttere Haar, das, früher rotblond, jetzt fast ganz ergraut war.

»Schwierigkeiten zu Hause?« fragte Hillier vorsichtig und hielt den Blick angelegentlich auf seinen goldenen Siegelring geheftet.

Die Frage war für beide problematisch; er und Webberly waren mit zwei Schwestern verheiratet, doch im Yard wußte das kaum jemand, und die beiden Männer bezogen sich in Gesprächen selten darauf.

Ihre Beziehung beruhte auf einer jener Launen des Schicksals, durch die zwei Menschen sich manchmal auf eine Weise miteinander verstrickt sehen, die im allgemeinen besser unbesprochen bleibt. Hilliers berufliche Laufbahn war ein Spiegel seiner Ehe. Seine Karriere war erfolgreich, seine Ehe glücklich, beide füllten ihn aus. Seine Frau war ihm die ideale Partnerin: geistige Freundin, liebevolle Mutter, hinreißende Geliebte. Er gab gern zu, daß sie der Mittelpunkt seines Lebens war; seine drei Kinder brachten Freude und Abwechslung in sein Leben, aber wirkliche Bedeutung hatte nur Laura für ihn. Ihr galt morgens sein erster Gedanke und abends sein letzter, zu ihr trug er praktisch alle Bedürfnisse seines Lebens. Und sie erfüllte jedes.

Bei Webberly war es anders: eine Laufbahn so glanzlos und unauffällig wie der Mann selbst, keine Blitzkarriere, sondern ein schleppender Aufstieg, zwar von verschiedenen Erfolgen begleitet, für die Webberly jedoch selten Lorbeeren einheimste. Er war einfach nicht der diplomatische Taktiker, der er hätte sein müssen, um im Yard Erfolg zu haben. Daher winkte auch kein Adelstitel am beruflichen Horizont, und das war die Belastung, unter der die Ehe der Webberlys litt.

Die Eifersucht darüber, daß ihre Schwester *Lady* Hillier war, fraß Frances Webberly fast auf. Aus der schüchternen, aber zufriedenen kleinen Hausfrau war darüber eine verbissene Streberin nach gesellschaftlichem Aufstieg geworden. Abendessen, Cocktailpartys, langweilige Einladungen und Empfänge, die sie sich kaum leisten konnten, wurden für Leute veranstaltet, die sie persönlich nicht interessierten, die aber nach Frances' Auffassung den Aufstieg ihres Mannes zur Creme der Gesellschaft dokumentierten. Zu all diesen Veranstaltungen kamen die Hilliers getreulich; Laura aus besorgter Loyalität zu einer Schwester, mit der keine liebende Beziehung mehr möglich war; Hillier, um Webberly, so gut er konnte, vor den grausamen Bemerkungen in Schutz zu nehmen, die Frances in der Öffentlichkeit häufig über die glanzlose Karriere ihres Mannes zu machen pflegte. Lady Macbeth in Reinkultur, dachte Hillier oft schaudernd.

»Nein, das ist es nicht«, antwortete Webberly jetzt. »Ich glaubte nur, ich hätte das mit Nies und Kerridge vor Jahren endgültig geregelt. Mir graut bei dem Gedanken, daß da jetzt wieder ein Zusammenstoß ins Haus steht.«

Wie typisch für Malcolm, dachte Hillier, die Verantwortung für die Fehler anderer zu übernehmen.

»Worum ging es gleich bei ihrer letzten Fehde?« fragte er. »Das war eine Sache in Yorkshire, nicht wahr? Mit Zigeunern, die in einen Mord verwickelt waren?«

Webberly nickte. »Nies leitet die Dienststelle Richmond.« Er seufzte tief und vergaß einen Moment lang, den Rauch seiner Zigarre zum Fenster hin zu blasen. Hillier unterdrückte mit Mühe ein Hüsteln. Webberly lockerte seine Krawatte und fingerte zerstreut an dem abgewetzten Kragen seines weißen Hemdes herum. »Da oben wurde vor drei Jahren eine alte Zigeunerin umgebracht. Nies führt ein strenges Regiment. Seine Leute arbeiten äußerst gewissenhaft und sind genau bis ins kleinste Detail. Sie ermittelten und nahmen schließlich den Schwiegersohn der Alten fest. Allem Anschein nach hatte es Streit über eine Halskette aus Granat gegeben, von der jeder behauptete, daß sie ihm gehöre.«

»Eine Granatkette? War sie gestohlen?«

Webberly schüttelte den Kopf und klopfte die Asche seiner Zigarre am Aschenbecher auf seinem Schreibtisch ab. Aschepartikel früherer Zigarren flogen auf und setzten sich wie Staub auf Akten und Papiere.

»Nein. Die Kette war ihnen von Edmund Hanston-Smith geschenkt worden.«

Hillier beugte sich vor.

»Hanston-Smith?«

»Ja. Du erinnerst dich jetzt, nicht wahr? Aber *der* Fall kam erst nach dieser ganzen Sache. Der Mann, der wegen des Mordes an der Alten festgenommen wurde – ich glaube, er hieß Romaniv –, hatte eine Ehefrau. Ungefähr fünfundzwanzig Jahre alt und sehr schön – dunkel und exotisch.«

»Für einen Mann wie Hanston-Smith zweifellos sehr verführerisch.«

»Richtig. Sie konnte ihn davon überzeugen, daß Romaniv unschuldig sei. Es dauerte ein paar Wochen – Romaniv war noch nicht vors Schwurgericht gekommen. Sie beredete Hanston-Smith, den Fall neu aufzurollen. Sie schwor, sie würden nur verfolgt, weil sie Sinti seien; Romaniv wäre in der fraglichen Nacht mit ihr zusammengewesen.«

»Und ihr Charme hat es ihm wahrscheinlich leichtgemacht, das zu glauben.«

Webberlys Mund zuckte. Er drückte seine Zigarre im Aschenbecher aus und faltete die sommersprossigen Hände auf dem Bauch, so daß sie den Fleck auf seiner Weste verdeckten.

»Der späteren Aussage von Hanston-Smiths Diener zufolge hatte die gute Mrs. Romaniv keine Mühe, selbst einen Mann von zweiundsechzig eine ganze Nacht lang beschäftigt zu halten. Du wirst dich erinnern, daß Hanston-Smith beträchtlichen politischen Einfluß besaß und nicht gerade ein armer Schlucker war. Es fiel ihm nicht schwer, die Polizei von Yorkshire zu überzeugen, daß sie in diesem Fall eingreifen müsse. Die Folge war, daß Rubin Kerridge – er ist trotz allem, was geschah, immer noch der Chief Constable von Yorkshire – Nies befahl, die Ermittlungen neu aufzunehmen. Und um allem die Krone aufzusetzen, gab er auch noch Anweisung, Romaniv freizulassen.«

»Und wie reagierte Nies?«

»Nun, Kerridge war schließlich sein Vorgesetzter. Was hätte er tun können? Er war zwar außer sich vor Wut, aber er ließ Romaniv frei und wies seine Leute an, die Ermittlungen wiederaufzunehmen.«

»Romanivs Entlassung wird zwar die Ehefrau glücklich gemacht, Hanston-Smiths nächtlichen Freuden aber wohl ein vorzeitiges Ende gesetzt haben«, meinte Hillier.

»Nun, Mrs. Romaniv fühlte sich natürlich verpflichtet, Hanston-Smith auf die Weise zu danken, an die er sich so sehr gewöhnt hatte. Sie schlief ein letztes Mal mit ihm – hielt den armen Kerl bis in die frühen Morgenstunden auf Trab, wenn die Geschichte stimmt, die ich gehört habe –, dann ließ sie Romaniv ins Haus.«

Webberly verstummte und blickte auf, als draußen an die Tür geklopft wurde.

»Das blutige Ende ist aktenkundig. Das feine Paar ermordete Hanston-Smith, klaute alles, was es tragen konnte, floh nach Scarborough und war noch vor Morgengrauen außer Landes.«

»Und Nies' Reaktion?«

»Er verlangte Kerridges sofortigen Rücktritt.«

Wieder klopfte es. Webberly ignorierte es.

»Den erreichte er allerdings nicht. Aber seitdem lechzt er danach wie ein Verdurstender in der Wüste.«

»Und jetzt bekommen wir es also wieder mit den beiden zu tun.«

Ein drittes Mal klopfte es, nachdrücklicher diesmal. Auf Webberlys »Herein« trat Bertie Edwards ein, Leiter der forensischen Abteilung, geschäftig wie immer, in der Hand seine Agenda, auf der er sich Notizen machte, während er gleichzeitig sprach. Edwards hatte zu seiner Agenda eine so innige Beziehung wie die meisten Männer zu ihren Sekretärinnen.

»Schwere Kontusion an der rechten Schläfe«, verkündete er vergnügt, »gefolgt von einem Riß der Halsschlagader. Keine Papiere, kein Geld, ausgezogen bis auf die Unterwäsche. Das ist eindeutig der Bahnhofskiller.« Mit einer schwungvollen Handbewegung vollendete er seine Aufzeichnungen.

Hillier betrachtete den kleinen Mann mit heftigem Widerwillen. »Herrgott noch mal, diese Gruselnamen, die sich die Presse immer ausdenkt!«

»Ist das der Tote vom Waterloo-Bahnhof?« fragte Webberly.

Edwards sah Hillier an. Man merkte ihm deutlich an, wie er überlegte, ob er sich mit ihm auf eine Diskussion darüber einlassen sollte, daß man unbekannten Mördern einen Schauernamen gab, um so die Öffentlichkeit aufzurütteln. Dann aber wischte er sich, als wollte er diesen Gedanken auslöschen, mit dem Ärmel seines Laborkittels über die Stirn und wandte sich seinem unmittelbaren Vorgesetzten zu.

»Ja, Waterloo.« Er nickte. »Nummer elf. Dabei sind wir noch nicht mal mit Vauxhall ganz fertig. Beide der gleiche Typ wie die bisherigen Opfer des Killers. Penner oder Stadtstreicher. Abgebrochene Nägel. Verdreckt. Ungepflegtes Haar. Verlaust. Nur der Tote vom King's-Cross-Bahnhof fällt völlig aus dem Rahmen. Da gibt's immer noch keine Anhaltspunkte. Keine Papiere. Und bis jetzt auch noch keine entsprechende Meldung beim Vermißtendezernat. Mir völlig schleierhaft.« Er kratzte sich mit dem Ende seines Füllers am Kopf. »Wollen Sie die Waterloo-Aufnahme? Ich hab' sie mitgebracht.«

Webberly deutete zur Wand, wo bereits die Fotografien der zwölf letzten Ermordeten aufgehängt waren, die alle auf die gleiche Weise in oder nahe bei einem Londoner Bahnhof getötet worden waren. Dreizehn Morde jetzt in knapp mehr als fünf Wochen. Die Presse forderte erbittert eine Verhaftung. Als ließe ihn das völlig kalt, kramte Edwards, leise vor sich hin pfeifend, auf Webberlys Schreibtisch nach einer Reißzwecke. Dann trug er das letzte Opfer zur Wand.

»Keine üble Aufnahme.« Er trat zurück, um sein Werk zu bewundern. »Den haben wir ganz gut zusammengeflickt.«

»Hören Sie auf, Mann!« rief Hillier explosiv. »Da kann einem ja das kalte Grausen kommen. Sie könnten wenigstens Ihren schmutzigen Kittel ausziehen, wenn Sie hierherkommen. Haben Sie denn überhaupt kein Feingefühl? Hier oben arbeiten auch Frauen!«

Edwards trug geduldige Aufmerksamkeit zur Schau, doch sein Blick glitt über Hillier hin und blieb einen Moment an dem fleischigen Hals haften, der in Falten über dem Kragen hing, und dann an dem buschigen Haar, das Hillier gern als Löwenmähne bezeichnete. Er zuckte die Achseln und warf Webberly dabei einen verständnisinnigen Blick zu. »Ein echter Gentleman«, bemerkte er, ehe er aus dem Zimmer ging.

»Schmeiß ihn raus!« brüllte Hillier, als sich die Tür hinter dem Pathologen schloß.

Webberly lachte. »Trink einen Sherry, David«, sagte er. »Er steht im Schrank hinter dir. Wir alle sollten eigentlich an einem Samstag wie heute gar nicht hiersein.«

Zwei Sherrys beschwichtigten Hilliers Zorn über Bertie Edwards beträchtlich. Er stand vor Webberlys Schauwand und betrachtete verdrießlich die dreizehn Fotografien.

»Eine verdammte Sauerei ist das«, bemerkte er grimmig. »Victoria, Kring's Cross, Waterloo, Liverpool, Blackfriars, Paddington. Verdammt noch mal, warum nicht wenigstens dem Alphabet nach?«

»Verrückten fehlt häufig die organisatorische Ader«, meinte Webberly gelassen.

»Fünf der Opfer haben nicht einmal Namen«, klagte Hillier.

»Papiere, Geld und Kleider werden den Opfern jedesmal abgenommen. Wenn keine Vermißtenmeldung vorliegt, versuchen wir's zunächst mit den Fingerabdrücken. Du weißt, wie lange so was dauert, David. Wir tun unser Bestes.«

Hillier drehte sich um. Ja, das wußte er mit Sicherheit, daß Malcolm immer sein Bestes tat und still im Hintergrund blieb, wenn der Lorbeer verteilt wurde.

»Entschuldige. Ich war wohl unwirsch?«

»Ein bißchen.«

»Wie üblich. Also, um noch mal auf den neuesten Zusammenstoß zwischen Nies und Kerridge zurückzukommen – worum geht's da eigentlich?«

Webberly sah auf seine Uhr.

»Wieder mal um einen Mord in Yorkshire. Sie schicken uns jemanden mit den Informationen. Einen Priester.«

»Einen Priester? Lieber Gott, was ist das denn für ein Fall?«

Webberly zuckte die Achseln. »Offenbar ist er der einzige, auf den sich Nies und Kerridge als Überbringer der Informationen einigen konnten.«

»Und wie kommt das?«

»Soviel ich weiß, hat er die Leiche gefunden.«

2

Hillier trat ans Bürofenster. Die Nachmittagssonne fiel auf sein Gesicht. Sie brachte Fältchen zum Vorschein, die von zu vielen langen Nächten zeugten, beleuchtete schlaglichtartig rosige Aufgedunsenheit, die von zuviel schwerem Essen und Portwein sprach.

»Das geht denn doch zu weit! Hat Kerridge den Verstand verloren?«

»Das behauptet Nies jedenfalls schon seit Jahren.«

»Uns einen Mann zu schicken, der nicht zur Truppe gehört – nur weil er zufällig zuerst am Tatort war! Was denkt dieser Mensch sich eigentlich?«

»Daß ein Priester der einzige ist, dem sie beide vertrauen können.« Webberly sah wieder auf seine Uhr. »Er müßte eigentlich innerhalb der nächsten Stunde hier aufkreuzen. Deshalb hab' ich dich hergebeten.«

»Damit ich mir die Geschichte des Priesters anhören kann? Das entspricht aber gar nicht deinem Stil.«

Webberly schüttelte bedächtig den Kopf. Jetzt kam der kitzlige Teil der ganzen Angelegenheit.

»Nicht, damit du dir die Geschichte anhören kannst; damit du dir den Plan anhören kannst.«

»Na, da bin ich aber neugierig.«

Hillier ging zum Schrank und schenkte sich noch einen Sherry ein. Er hielt dem Freund die Flasche hin, aber der schüttelte den Kopf. Er setzte sich wieder in seinen Sessel und schlug die Beine übereinander, sorgsam darauf bedacht, die messerscharfe Bügelfalte in seiner maßgeschneiderten Hose nicht zu verknittern.

»Also, was ist das für ein Plan?« fragte er.

Webberly trommelte mit einem Finger auf einen Stapel Aktendeckel auf seinem Schreibtisch.

»Ich möchte Lynley für den Fall.«

Hillier zog eine Augenbraue hoch.

»Eine zweite Runde zwischen Nies und Lynley? Hatten wir aus dieser Ecke nicht schon genug Verdruß, Malcolm? Außerdem hat Lynley dieses Wochenende keinen Dienst.«

»Das läßt sich regeln.« Webberly wartete. Die Stille wurde drückend. »Du läßt mich zappeln, David«, sagte er schließlich.

Hillier lächelte. »Entschuldige. Ich wollte nur mal sehen, wie du es anstellen würdest, *sie* zu verlangen.«

»Verdammter Schurke«, schimpfte Webberly gedämpft. »Du kennst mich entschieden zu gut.«

»Sagen wir, ich kenne deine Neigung, die Fairneß weiter zu treiben, als dir selber guttut. Hör auf meinen Rat, Malcolm; laß die Havers dort, wo du sie hingesteckt hast.«

Webberly seufzte und schlug nach einer fiktiven Fliege.

»Es drückt mir aber aufs Gewissen.«

»Du schneidest dich höchstens ins eigene Fleisch. Barbara Havers hat während ihrer gesamten Dienstzeit bei der Kriminalpolizei hinlänglich bewiesen, daß sie nicht imstande ist, auch nur mit einem einzigen unserer Inspectoren zurechtzukommen. In den acht Monaten, seit sie wieder Uniform trägt, hat sie sich wesentlich besser bewährt. Laß sie dort.«

»Ich hab' noch nicht versucht, sie mit Lynley zusammenzuspannen.«

»Du hast auch noch nicht versucht, sie mit dem Prinzen von Wales zusammenzuspannen! Es ist nicht deine Aufgabe, die Leute herumzuschieben, bis sie ein Plätzchen gefunden haben, wo sie in Glück und Frieden alt werden können. Es ist deine Aufgabe, dafür zu sorgen, daß die Arbeit getan wird. Und wo die Havers die Hände im Spiel hatte, hat es *nie* geklappt. Das mußt du doch zugeben.«

»Ich glaube, sie hat aus der Erfahrung gelernt.«

»Was denn? Was hat sie gelernt? Daß sie mit Aufsässigkeit und Sturheit bei uns nicht weiterkommt?«

Webberly ließ Hilliers Worte in der Luft verhallen.

»Tja«, sagte er dann, »das war immer schon das Problem, nicht?«

Hillier bemerkte die Resignation in der Stimme des Freundes. Das war in der Tat das Problem: vorwärtszukommen. Gott, wie hatte er nur etwas so Blödes sagen können.

»Verzeih mir, Malcolm.« Er trank eilig seinen Sherry aus, um seinem Schwager nicht ins Gesicht sehen zu müssen. »Du verdienst meinen Posten. Das wissen wir ja beide, nicht wahr?«

»Sei nicht albern.«

Hillier stand auf. »Ich lasse die Havers kommen.«

Sergeant Barbara Havers zog die Tür zum Büro des Superintendent hinter sich zu, ging mit steifen Schritten an seiner Sekretärin vorbei und trat in den Korridor hinaus, weiß vor Zorn.

Gott, diese bodenlose Unverschämtheit! Sie drängte sich ruppig an einem entgegenkommenden jungen Beamten vorbei und blieb nicht einmal stehen, als ihm die Aktendeckel, die er trug, aus der Hand fielen und auf dem Boden landeten. Sie stieg einfach darüber hinweg. Was glaubten diese Leute eigentlich, mit wem sie es zu tun hatten? Bildeten sie sich ein, sie wäre so dumm, das Spiel nicht zu durchschauen? Zum Teufel mit ihnen! Diese verdammten Heuchler.

Sie zwinkerte krampfhaft. Keine Tränen, sagte sie sich. Sie würde nicht weinen, sie würde nicht reagieren. Schon war sie in der Damentoilette. Hier war niemand. Hier war es kühl. War es in Webberlys Büro wirklich so heiß gewesen? Oder war das nur ihre Wut gewesen? Sie zerrte an ihrer Krawatte, lockerte sie und stolperte zum Waschbecken hinüber. Das kalte Wasser spritzte unter ihren nervösen Fingern in starkem Strahl aus dem Hahn, durchnäßte ihren Uniformrock und ihre weiße Bluse. Das hatte noch gefehlt! Sie sah sich im Spiegel an und brach in Tränen aus.

»Du blöde, häßliche Kuh!« beschimpfte sie sich innerlich.

Sie weinte nicht leicht, gerade darum waren ihre Tränen jetzt heiß und bitter, fühlten sich fremd und ungewohnt an, wie sie ihr über das reizlose Gesicht strömten, das rund und platt war wie das eines Mopses.

»Du bist wirklich ein Bild für Götter, Barbara«, höhnte sie. »Du bist ein prächtiger Anblick.«

Schluchzend ging sie vom Becken weg und lehnte ihren Kopf an die kühlen Wandkacheln.

Barbara Havers, dreißig Jahre alt, war eine entschieden unattraktive Frau, die es aber auch geradezu darauf anzulegen schien, so zu wirken. Statt das feine, glänzende Haar, das die Farbe hellen Fichtenholzes hatte, so zu frisieren, daß es ihrem Gesicht schmeichelte, trug sie es stumpf geschnitten bis knapp über die Ohren, als hätte sie sich einfach einen zu kleinen Topf über den Kopf gestülpt und losgeschnipselt. Sie schminkte sich nicht. Die starken Augenbrauen, die sie niemals zupfte, betonten ihre etwas zu kleinen Augen, nicht aber die wache Intelligenz ihres Blicks. Der schmallippige Mund war in ständiger Mißbilligung zusammengekniffen. Insgesamt vermittelte sie den Eindruck einer kleinen, völlig unnahbaren und spröden Person.

Jetzt haben sie dir also den Goldjungen zugeteilt, dachte sie. Wie schön für dich, Barb! Nach acht elenden Monaten Streife holen sie dich zurück, um dir »noch einmal eine Chance zu geben« – und ausgerechnet mit Lynley!

»Ich tu's nicht«, murmelte sie. »Fällt mir gar nicht ein. Ich arbeite nicht mit diesem affigen Kerl.«

Sie stieß sich von der Wand ab und trat wieder ans Becken. Sie ließ Wasser einlaufen, vorsichtig diesmal, und beugte sich hinunter, um ihr heißes Gesicht zu kühlen und die Tränenspuren wegzuwaschen.

»Ich möchte Ihnen noch einmal eine Chance bei der Kriminalpolizei geben«, hatte Webberly gesagt.

Er hatte mit einem Brieföffner auf seinem Schreibtisch gespielt, aber sie hatte die Fotografien an der Wand gesehen und hatte Hoffnung geschöpft. Der Bahnhofskiller! Da mitzuarbeiten! O ja, lieber Gott, ja! Wann fange ich an? Mit MacPherson zusammen?

»Es handelt sich um einen merkwürdigen Fall mit einem jungen Mädchen oben in Yorkshire.«

Also doch nicht der Bahnhofskiller. Aber ein Fall immerhin. Ein junges Mädchen, sagen Sie? Natürlich, da kann ich helfen. Mit Stewart zusammen wohl? Der ist in Yorkshire wie zu Hause. Wir würden sicher gut zusammenarbeiten. Ganz bestimmt.

»Ich erwarte die Informationen in ungefähr einer Dreiviertelstunde. Da brauche ich Sie hier; vorausgesetzt natürlich, Sie sind interessiert.«

Vorausgesetzt, ich bin interessiert! Eine Dreiviertelstunde. Da kann ich mich noch umziehen, schnell was essen. Wieder herkommen. Dann mit dem Abendzug nach York fahren.

»Vorher müßten Sie allerdings noch nach Chelsea hinüberfahren.«

Das Gespräch kam plötzlich zum Stillstand.

»Nach Chelsea, Sir?«

»Ja«, antwortete Webberly leichthin und ließ den Brieföffner mitten in das Durcheinander auf seinem Schreibtisch fallen. »Sie arbeiten mit Inspector Lynley zusammen, und den müssen wir leider erst von der St.-James-Hochzeit in Chelsea weglotsen.« Er sah auf seine Uhr. »Die Trauung war um elf, da ist die Feier zweifellos inzwischen in vollem Gang. Wir haben versucht, ihn telefonisch zu erreichen, aber das Telefon ist offenbar ausgehängt.« Er blickte auf und sah ihr fassungsloses Gesicht. »Ist etwas nicht in Ordnung, Sergeant?«

»Inspector Lynley?« Sie begriff mit einem Schlag. Warum man sie brauchte, warum niemand anderer in Frage kam.

»Ja, Lynley. Irgendwelche Probleme?«

»Nein, nein, keine.« Und dann verspätet: »Sir.«

Webberly taxierte mit klugem Auge ihre Reaktion.

»Gut. Das freut mich zu hören. Sie können bei der Zusammenarbeit mit Lynley eine Menge lernen.« Noch immer ruhte sein aufmerksamer Blick abschätzend auf ihrem Gesicht. »Versuchen Sie, so bald wie möglich zurückzusein.«

Er wandte sich wieder den Papieren auf seinem Schreibtisch zu. Sie war entlassen.

Barbara schaute erneut in den Spiegel, kramte ihren Kamm aus der Rocktasche. Lynley. Sie zog den Plastikkamm erbarmungslos durch ihr Haar, so fest, daß die Zinken ihre Kopfhaut aufkratzten, und war fast dankbar für den Schmerz. Lynley! Es war nur allzu offensichtlich, warum man sie zurückgeholt hatte. Man wollte Lynley den Fall anvertrauen. Aber man brauchte auch eine Frau. Und jeder in der Victoria Street wußte, daß es in der ganzen Kriminalpolizei keine Beamtin gab, die vor Lynley sicher war. Er hatte sich durch sämtliche Abteilungen durchgeschlafen, unersättlich und unermüdlich, wenn man dem Getuschel glauben durfte. Der reinste Deckhengst. Zornig schob sie den Kamm wieder in ihre Tasche.

Und wie, fragte sie ihr Spiegelbild, fühlt man sich, wenn man die einzige Frau ist, die vor dem nimmersatten Lynley sicher ist? Nein, mit unserer Barb im Auto läuft da gar nichts. Keine intimen Abendessen, um »unsere Ermittlungsergebnisse zu besprechen«. Keine Einladungen nach Cornwall, um »in aller Ruhe über den Fall nachzudenken«. Da hast du nichts zu fürchten, Barb. Du bist vor Lynley sicher. In den fünf Jahren ihrer Zusammenarbeit in derselben Abteilung hatte der Mann es mit Erfolg vermieden, sie auch nur mit ihrem Namen anzusprechen, ganz zu schweigen von einer, wenn auch noch so flüchtigen, Aufnahme persönlichen Kontaktes, der ihm zweifellos zuwider gewesen wäre. Als wären niedrige Herkunft und öffentliche

Schulbildung soziale Krankheiten mit höchster Ansteckungsgefahr.

Sie ging aus der Toilette und eilte den Korridor hinunter zum Aufzug. Gab es in ganz New Scotland Yard überhaupt einen Menschen, den sie mehr haßte als Lynley? Er war die Verkörperung all dessen, was sie zutiefst verachtete: Schulbildung in Eton, Geschichtsstudium in Oxford, eine manierierte *upper class*-Diktion, ein hochherrschaftlicher Stammbaum, der sich bis zur Schlacht bei Hastings zurückverfolgen ließ. Beste Familie. Intelligent. Und so verdammt charmant, daß sie nicht verstehen konnte, wieso nicht jeder Kriminelle in der Stadt vor seinem Charme einfach die Waffen streckte.

Der Grund, den er für seine Tätigkeit beim Yard angab, war der reinste Witz, ein hübsch erfundenes Märchen, das sie nun wirklich nicht schluckte. Er wolle ein nützliches Mitglied der Gesellschaft sein, einen Beitrag leisten. Eine berufliche Karriere in London lag ihm mehr am Herzen als das Leben auf dem Familiengut. Einfach lachhaft.

Die Aufzugtür öffnete sich, und sie stieg ein, um in die Tiefgarage hinunterzufahren. Und wie angenehm glatt und reibungslos war seine Karriere verlaufen, billig erkauft mit dem Familienvermögen. Bis zum Commissioner würde er es mindestens bringen.

Ihr Wagen, ein rostzerfressener Mini, stand in der hintersten Ecke der Garage. Wie angenehm, reich zu sein wie Lynley, zum alten Adel zu gehören, nur aus Jux zu arbeiten, abends in das vornehme Stadthaus in Belgravia heimzukehren und am Wochenende auf das Gut in Cornwall zu fliegen. Um sich von hinten bis vorn bedienen zu lassen von Butler, Dienstmädchen, Köchinnen und Lakaien.

Stell's dir vor, Barb: du in Gesellschaft von soviel Glanz und Herrlichkeit. Was würdest du tun? Dahinschmelzen oder dich übergeben?

Sie schleuderte ihre Handtasche auf den Rücksitz, knallte die Wagentür zu und ließ den Motor an, der einmal kurz hustete und dann aufheulte. Die Reifen quietschten auf dem Beton, als sie die Rampe hinaufraste. Sie nickte dem diensthabenden Beamten an der Pforte kurz zu und fuhr auf die Straße hinaus.

Dank dem geringen Wochenendverkehr brauchte sie von der Victoria Street zum Embankment nur wenige Minuten. Das milde Lüftchen des Oktobernachmittags kühlte ihren Zorn und beruhigte ihre Nerven, so daß sie ihre Empörung langsam vergaß. Es war wirklich eine hübsche Fahrt zum Haus der St. James.

Barbara mochte Simon Allcourt-St.-James, hatte ihn schon von dem Tag an gemocht, als sie ihm vor zehn Jahren das erste Mal begegnet war. Sie selbst damals eine unsichere Zwanzigjährige, frischgebackene Polizistin, die sich nur allzu bewußt war, daß sie in eine streng gehütete Männerwelt eingebrochen war, wo man die Frauen, die eigentlich Kolleginnen sein sollten, nach ein paar Bier immer noch gönnerhaft Mäuschen nannte. Und das war noch lange nicht der schlimmste Name, den man ihnen gab – das wußte sie. Zum Teufel mit ihnen allen. Für die war jede Frau, die in die Kriminalpolizei wollte, von vornherein eine arme Irre, und man ließ es sie fühlen. St. James jedoch, zwei Jahre älter als sie, hatte sie als Kollegin akzeptiert, ja als Freundin sogar.

St. James war jetzt selbständiger gerichtsmedizinischer Gutachter, aber er hatte seine Laufbahn beim Yard begonnen. Mit vierundzwanzig bereits hatte er dank rascher Auffassungsgabe, klarer Wahrnehmung und Intuition zu den besten Leuten dort gehört. Er hätte jeden Weg einschlagen können: Ermittlung, Pathologie, Verwaltung. Aber dann war vor acht Jahren plötzlich alles ganz anders gekommen. Auf einer wilden Autofahrt mit Lynley über die Dörfer Surreys war all seinen Hoffnungen ein jähes Ende gesetzt worden. Sie waren beide betrunken gewesen – St. James hatte das immer bereitwillig zugegeben. Aber alle wußten, daß Lynley an dem Abend am Steuer gesessen, daß er in einer Kurve die Herrschaft über den Wagen verloren hatte. Und Lynley war ohne eine Schramme davongekommen, während sein Jugendfreund St. James den Unfall nur als Krüppel überstanden hatte. Er hätte seine Laufbahn am Yard fortsetzen können, doch er hatte sich statt dessen in ein Haus in Chelsea verkrochen, das seiner Familie gehörte, und dort vier Jahre lang wie ein Einsiedler gehaust. Alles Lynley zu verdanken, dachte sie grimmig.

Es war für sie völlig unfaßbar, daß St. James die Freundschaft zu diesem Menschen aufrechterhalten hatte. Doch er hatte es getan, und irgend etwas, irgendeine besondere Situation hatte vor fast fünf Jahren die Beziehung zwischen den beiden Männern noch vertieft und St. James wieder ins Berufsleben zurückgeführt. Auch das, dachte sie widerstrebend, war Lynley zu verdanken.

Sie manövrierte den Mini in eine Parklücke in der Lawrence Street und ging zu Fuß über den Lordship Place zur Cheyne Road. Weiße Holz- und Stuckarbeit zierte die tiefbraunen Backsteinhäuser dieser Gegend nahe der Themse, die schmiedeeisernen Gitter an Fenstern und Balkons glänzten frisch gestrichen. Die Straßen Chelseas, ehemals ein Dorf vor den Toren Londons, waren schmal, vom ausladenden Geäst herbstlich leuchtender Platanen und Ulmen überdacht. Das Haus der St. James' stand an einer Ecke, und als Barbara an der hohen Backsteinmauer vorüberging, die den Garten umgab, hörte sie von drüben Stimmengewirr und Gelächter. Jemand brachte laut einen Toast aus, Bravorufe und Applaus folgten. Die alte Eichentür in der Mauer war geschlossen, aber das machte nichts. In ihrer Uniform wollte sie sowieso nicht mitten in das festliche Treiben hineinplatzen, als sei sie gekommen, jemanden zu verhaften.

Als sie um die Ecke bog, sah sie, daß die Tür des hohen alten Hauses offenstand. Gelächter kam ihr entgegen, der klare Klang von Silber und Porzellan, der Knall eines Champagnerkorkens, Geigen- und Flötenklänge aus dem Garten. Überall waren Blumen. Weiße und rosafarbene Rosen, die einen schweren Duft verströmten, wanden sich um das Treppengeländer vor der Haustür, und vom Balkon fielen in farbiger Pracht Ranken von Trompetenblumen herab.

Barbara holte tief Atem und stieg die Treppe hinauf. Mehrere Gäste bei der Tür warfen ihr neugierige Blicke zu, als sie in ihrer schlecht sitzenden Uniform zögernd stehenblieb, doch sie schlenderten wieder in den Garten hinaus, ohne sie anzusprechen. Es würde ihr nichts anderes übrigbleiben, als sich mitten in die Hochzeitsgesellschaft hineinzuwagen, wenn sie Lynley finden wollte. Bei dem Gedanken wurde ihr beklommen zumute.

Sie wollte gerade zu ihrem Wagen zurücklaufen und einen alten Trenchcoat holen, um ihn über die Uniform zu ziehen, als Schritte und Gelächter auf der Treppe im Vestibül ihre Aufmerksamkeit auf sich zogen. Eine Frau kam herunter, den Kopf nach rückwärts gewandt, um jemandem, der oben geblieben war, etwas zuzurufen.

»Wir gehen allein. Nur wir zwei. Komm doch mit, Sid, das wird bestimmt nett.«

Sie drehte sich um, sah Barbara und blieb, eine Hand auf dem Geländer, stehen. Eine nicht sehr große, aber sehr schlanke Frau in einem teefarbenen Seidenkleid von fließender Eleganz. Langes kastanienbraunes Haar umrahmte ein ebenmäßiges, ovales Gesicht. Barbara erkannte sie sofort; sie hatte Lynley oft genug im Yard abgeholt. Lady Helen Clyde, Lynleys Freundin und St. James' Laborantin. Sie setzte sich jetzt wieder in Bewegung, kam die Treppe herunter und ging auf Barbara zu. Mit einer beneidenswerten Selbstsicherheit, wie Barbara feststellte.

»Ich habe das schreckliche Gefühl, daß Sie Tommys wegen hier sind«, sagte sie sogleich und bot Barbara die Hand. »Hallo. Ich bin Helen Clyde.«

Barbara nannte ihren Namen. Der kräftige Händedruck der Frau überraschte sie. Ihre Hände waren schmal und kühl.

»Er wird im Yard gebraucht.«

»Der Ärmste. So ein Pech. Das ist wirklich schade.« Helen sprach mehr zu sich selbst und sah Barbara plötzlich mit entschuldigendem Lächeln an. »Aber das ist ja nicht Ihre Schuld, nicht? Kommen Sie. Er ist gleich da drüben.«

Ohne auf eine Antwort zu warten, ging sie durch das Vestibül zur Gartentür. Barbara blieb nichts anderes übrig, als ihr zu folgen. Aber sie trat schon beim ersten Blick auf die weiß gedeckten Tische, an denen lachend und plaudernd die festlich gekleideten Gäste saßen, hastig in den Schatten des Vestibüls zurück. Unwillkürlich griff sie sich an den Hals.

Helen blieb stehen und sah sie aufmerksam an.

»Soll ich Tommy für Sie suchen?« erbot sie sich mit einem Lächeln. »Das ist so ein Durcheinander hier draußen, nicht?«

»Danke«, antwortete Barbara steif und sah ihr nach, wie sie über den Rasen zu einer Gruppe von Leuten ging, in heiterem Gespräch um einen blendend aussehenden Mann geschart.

Helen berührte seinen Arm und sagte etwas. Er wandte sich zum Haus. Sein ebenmäßiges Gesicht wirkte so zeitlos wie eine griechische Skulptur. Er strich sich das blonde Haar aus der Stirn, stellte sein Champagnerglas auf einen Tisch in der Nähe, wechselte noch ein scherzhaftes Wort mit seinen Freunden und kam dann in Begleitung von Helen zum Haus.

Barbara beobachtete ihn. Seine Bewegungen waren anmutig und geschmeidig wie die einer Katze. Er war der schönste Mann, den sie je gesehen hatte. Sie verabscheute ihn.

»Sergeant Havers.« Er nickte ihr zu. »Ich bin dieses Wochenende nicht im Dienst.« Barbara verstand die eigentliche Bedeutung seiner Worte genau. Sie stören, Havers.

»Webberly schickt mich, Sir. Sie können ihn ja anrufen.«

Sie sah ihn nicht an, während sie sprach, richtete den Blick vielmehr auf einen Punkt unmittelbar über seiner linken Schulter.

»Aber er muß doch wissen, daß heute die Hochzeit ist, Tommy«, warf Helen ein.

»Ja, natürlich weiß er das, verdammt noch mal«, erwiderte Lynley gereizt. Er sah in den Garten hinaus, dann mit scharfem Blick auf Barbara. »Geht es um den Bahnhofskiller? Mir wurde gesagt, daß Stewart MacPherson unterstützen soll.«

»Es geht um einen Fall im Norden, soviel ich weiß. Eine Geschichte mit einem jungen Mädchen.«

Diese Information, dachte Barbara, würde er zu schätzen wissen. Eine Prise Pfeffer, wie er sie liebte. Sie wartete, daß er nach den Einzelheiten fragen würde, die ihn zweifellos am meisten interessierten: Alter, Personenstand und Körpermaße der holden Maid, deren Not zu lindern er gewiß nur allzu bereit war.

Er kniff die Augen zusammen. »Im Norden?«

Helen lachte wehmütig. »Da werden wir unsere Pläne für heute abend wohl vergessen können, Tommy. Und ich hatte Sidney gerade überredet, auch mitzukommen.«

»Ja, das ist wahrscheinlich nicht zu ändern«, meinte Lynley. Er trat unvermittelt aus dem Schatten ins Licht, und die Ruckhaftigkeit dieser Bewegung wie auch sein Gesichtsausdruck verrieten Barbara, wie ärgerlich er tatsächlich war.

Helen sah es offenbar auch, denn sie begann gleich wieder in heiterem Ton zu sprechen.

»Sid und ich *könnten* natürlich auch allein tanzen gehen. Schließlich ist der androgyne Mensch ja heute die große Mode. Da könnte eine von uns leicht als Mann gelten, ganz gleich, wie wir angezogen sind. Im übrigen ist Jeffrey Cusick auch noch da. Wir brauchen ihn nur anzurufen.« Das schien ein Privatscherz zwischen den beiden zu sein, und er verfehlte die gewünschte Wirkung nicht. Lynley lächelte.

»Cusick?« sagte er lachend. »Die Zeiten scheinen wirklich hart zu sein.«

»Lach du nur«, sagte Helen und lachte selbst. »Aber er ist

immerhin mit uns nach Ascot zum Rennen gefahren, während du am St.-Pancras-Bahnhof auf Mörderjagd warst. Auch Leute, die *nur* in Cambridge studiert haben, haben ihre Qualitäten.«

Lynley schmunzelte. »Ja, zum Beispiel, daß sie im Abendanzug alle wie Pinguine aussehen.«

»Ach, du bist ein schrecklicher Mensch!« Helen wandte sich Barbara zu. »Darf ich Ihnen wenigstens etwas von dem köstlichen Krabbencocktail anbieten, ehe Sie Tommy ins Yard schleppen? Ich habe da vor Jahren einmal ein strohtrockenes Schinkenbrot serviert bekommen. Wenn das Essen sich inzwischen nicht gebessert hat, ist das hier vielleicht Ihre letzte Chance, etwas Anständiges zu sich zu nehmen.«

Barbara sah auf ihre Uhr. Lynley hoffte zweifellos, sie würde die Einladung annehmen, so daß ihm noch ein paar Minuten mit seinen Freunden vergönnt sein würden, ehe er dem Ruf der Pflicht folgte. Aber es fiel ihr nicht ein, ihm den Gefallen zu tun.

»Die Besprechung fängt leider schon in zwanzig Minuten an.«

Helen seufzte. »Ja, da bleibt Ihnen natürlich keine Zeit mehr für einen Imbiß. Soll ich auf dich warten, Tommy, oder soll ich Jeffrey anrufen?«

»Tu das lieber nicht«, antwortete Lynley. »Dein Vater würde dir nie verzeihen, daß du deine Zukunft in die Hände von Cambridge legst.«

Sie lachte wieder. »Na schön. Aber dann laß mich schnell noch das Brautpaar holen, ehe du gehst.«

Sein Gesicht veränderte sich schlagartig.

»Nein. Helen, ich – entschuldige mich einfach bei ihnen.«

Ein rascher Blick flog zwischen ihnen hin und her, Austausch unausgesprochener Gedanken.

»Du mußt dich selbst von ihnen verabschieden, Tommy«, sagte Helen leise. Sie schwieg einen Moment, suchte offensichtlich nach einem Kompromiß. »Ich sage ihnen, daß du im Arbeitszimmer wartest.«

Sie ging rasch davon, ohne Lynley Gelegenheit zu einer Erwiderung zu lassen.

Er murmelte etwas Unverständliches, während sein Blick Helen folgte, die schon durch den Garten eilte.

»Sind Sie mit dem Wagen da?« fragte er Barbara plötzlich und drehte sich um, den Flur entlangzugehen, weg von der Feier.

Verblüfft folgte sie ihm.

»Ja, mit meinem Mini. Sie werden sich in Ihrem Cut etwas sonderbar darin ausnehmen.«

»Ich passe mich schon an, keine Sorge. Welche Farbe hat er?«

Sie war verwundert über die Frage, dachte sich, er bemühe sich wohl, recht und schlecht Konversation zu machen.

»Hauptsächlich Rost.«

»Meine Lieblingsfarbe.« Er hielt ihr eine Tür auf und ließ ihr den Vortritt in ein dunkles Zimmer.

»Ich erwarte Sie am besten im Auto, Sir. Es steht –«

»Bleiben Sie hier, Sergeant.« Es war ein Befehl.

Widerstrebend trat sie in das Zimmer. Die Vorhänge waren zugezogen, Licht kam nur durch die von ihm geöffnete Tür. Dennoch konnte Barbara die dunkle Wandtäfelung erkennen, die mit Büchern gefüllten Regale, die bequemen, einladenden Sitzmöbel. Es roch nach altem Leder und einem Hauch Scotch.

Lynley wanderte zerstreut zu einer Wand voller gerahmter Fotografien und blieb dort schweigend stehen, den Blick auf ein Bild gerichtet, das im Mittelpunkt der Sammlung hing. Es war in einem Friedhof aufgenommen. Ein Mann stand vornübergebeugt vor einem Grabstein und berührte mit einer Hand die verwitterte Inschrift. Die geschickte Komposition der Aufnahme lenkte den Blick des Betrachters von der starren Beinschiene ab, die den Mann in seiner Haltung behinderte, und zog ihn statt dessen auf das von wachem Interesse bewegte schmale Gesicht. Lynley stand da und starrte auf das Bild und schien Barbaras Anwesenheit völlig vergessen zu haben.

»Sie haben mich zurückgeholt«, bemerkte Barbara, die fand, dieser Moment wäre zur Eröffnung der Neuigkeit so günstig wie jeder andere. »Deshalb bin ich hier, falls Sie das wundern sollte.«

Er drehte sich langsam nach ihr um.

»Wieder bei der Kripo?« fragte er. »Wie schön für Sie, Barbara.«

»Aber nicht für Sie.«

»Wie meinen Sie das?«

»Na ja, einer muß es Ihnen ja sagen, da Webberly es offensichtlich nicht getan hat. Herzlichen Glückwunsch: ab heute haben Sie mich auf der Pelle.« Sie wartete auf eine Äußerung der Überraschung. Als nichts kam, fügte sie hinzu: »Es ist natürlich eine Zumutung für Sie – glauben Sie nicht, daß ich das nicht weiß. Es ist mir schleierhaft, was Webberly bezweckt.«

Sie hörte kaum ihre eigenen Worte, während sie sprach, wußte nicht, ob sie die unvermeidliche Reaktion vorwegnehmen oder provozieren wollte: den explosionsartigen Ausbruch von Zorn und Ärger, den Griff zum Telefon, die Forderung nach einer Erklärung oder, schlimmer noch, die eisige Höflichkeit, die aufrechterhalten werden würde, bis er den Kommissar hinter verschlossener Tür hatte.

»Ich kann mir nur denken, daß niemand anderer verfügbar ist oder daß ich ein verborgenes Talent besitze, von dem nur Webberly weiß. Oder vielleicht ist es auch nur ein kleiner Streich.« Sie lachte ein wenig zu laut.

»Oder vielleicht sind Sie die Beste für die Aufgabe«, vollendete Lynley. »Was wissen Sie über den Fall?«

»Ich – nichts. Nur daß –«

»Tommy?«

Sie drehten sich beide um beim Klang der Stimme. Die Braut stand an der offenen Tür, Blumen im kupferroten Haar, das ihr lose auf Schultern und Rücken herabfiel. Im Gegenlicht des

Flurs stehend, wirkte sie in ihrem elfenbeinfarbenen Kleid wie eine zum Leben erwachte Schöpfung Tizians.

»Helen sagte mir, daß du weg mußt?«

Lynley schien es die Sprache verschlagen zu haben. Er griff in seine Tasche, zog ein goldenes Zigarettenetui heraus, öffnete es und klappte es sogleich mit flüchtig aufflammendem Ärger wieder zu. Die Braut sah ihn stumm an, und einen Moment schien es, als zitterten ihre Hände ganz leicht.

»Der Dienst, Deb«, sagte Lynley endlich. »Ich muß ins Yard.«

Sie erwiderte nichts, spielte zerstreut mit dem Anhänger an ihrem Hals. Erst als er ihr in die Augen sah, antwortete sie.

»Das ist aber eine Enttäuschung für uns alle. Hoffentlich ist es nichts Schlimmes. Simon sagte mir gestern abend, daß du vielleicht wieder an dem Fall mit dem Bahnhofsmörder mitarbeiten mußt.«

»Nein, es ist nur eine Besprechung.«

»Ach so.« Sie schien noch etwas sagen zu wollen, setzte sogar schon zum Sprechen an, wandte sich dann aber plötzlich mit einem freundlichen Lächeln Barbara zu. »Ich bin Deborah St. James.«

Lynley rieb sich die Stirn. »Oh, ich bitte um Entschuldigung.« Mechanisch stellte er Barbara vor. »Wo ist Simon?« fragte er dann.

»Er war direkt hinter mir, aber ich glaube, Vater hat ihn abgefangen. Er würde uns am liebsten nicht allein reisen lassen. Er ist überzeugt, daß ich überhaupt nicht imstande bin, gut genug für Simon zu sorgen.« Sie lachte. »Vielleicht hätte ich mir zweimal überlegen sollen, ob ich es wirklich riskieren will, einen Mann zu heiraten, der der Augapfel meines Vaters ist. ›Vergiß nicht die Elektroden‹, sagt er dauernd. ›Denk daran, jeden Morgen nach seinem Bein zu sehen.‹ Ich glaube, das hat er mir heute schon mindestens zehnmal gesagt.«

»Ja, ich kann mir vorstellen, daß er euch am liebsten auf die Hochzeitsreise begleiten würde.«

»Na ja, sie waren ja auch nie länger als höchstens einen Tag getrennt, seit –« Sie brach in plötzlicher Verlegenheit ab. Ihre Blicke trafen sich. Röte stieg ihr ins Gesicht.

Zwischen ihnen war plötzlich ein peinliches Schweigen. Man spürte die Spannung, die in der Luft lag, bis endlich – Gott sei Dank, dachte Barbara – schleppende, unregelmäßige Schritte im Flur hörbar wurden, die das Nahen von Deborahs Mann ankündigten.

»Ich höre, Sie wollen uns Tommy entführen.« St. James blieb an der Tür stehen, sprach aber in ruhigem Ton weiter, wie das seine Gewohnheit war, um die Aufmerksamkeit von seinem Gebrechen abzulenken und den Menschen in seiner Umgebung die Befangenheit zu nehmen. »Das ist ja eine ganz neue Sitte, Barbara. Früher wurde die Braut entführt, nicht der Trauzeuge.«

Er wirkte, fand Barbara, wie Lynleys dunkler Bruder. Abgesehen von den Augen, blau wie der Himmel über den Highlands, und den Händen, sensitiv wie die eines Künstlers, war Simon Allcourt-St.-James ein häßlicher Mann. Das dunkle lockige Haar stand ihm in krauser Mähne vom Kopf ab. Das Gesicht, schmal und kantig, wirkte hart, ja furchteinflößend im Zorn, und konnte doch voll heiterer Gutmütigkeit sein, wenn ein Lächeln es weich machte. Er war schmal und nicht sehr kräftig, ein Mensch, der allzuviel Schmerz und Qual hatte erleiden müssen.

Barbara lächelte, als er kam, ihr erstes echtes Lächeln an diesem ganzen Nachmittag.

»Aber selbst Trauzeugen werden im allgemeinen nicht von Scotland Yard entführt. Wie geht es Ihnen, Simon?«

»Gut. Zumindest sagt mir das mein Schwiegervater immer wieder. Ich sei ein Glückspilz, behauptet er. Anscheinend hat er alles von Anfang an gewußt. Vom Tag ihrer Geburt an. Sie haben sich mit Deborah bekannt gemacht?«

»Ja, im Moment.«

»Und wir können Sie nicht überreden, ein bißchen zu bleiben?«

»Webberly hat eine Besprechung angesetzt«, warf Lynley ein. »Du kennst ihn doch.«

»Nur allzugut. Dann werden wir wohl auf euch verzichten müssen. Wir fahren auch bald. Helen hat die Adresse, falls irgendwas sein sollte.«

»Mach dir keine Gedanken.« Lynley hielt inne, als wüßte er nicht recht, was er als nächstes tun sollte. »Von Herzen alles Gute, Simon«, sagte er schließlich etwas lahm.

»Danke«, antwortete St. James, nickte Barbara zu, berührte flüchtig die Schulter seiner Frau und ging aus dem Zimmer.

Wie merkwürdig, dachte Barbara. Sie haben sich nicht einmal die Hand gegeben.

»Willst du in diesem Aufzug ins Yard fahren?« fragte Deborah Lynley.

Er blickte an sich hinunter. »Ich muß doch meinem Ruf als Playboy gerecht werden.«

Sie lachten beide, warm und herzlich. Aber plötzlich brach das Lachen ab, und wieder schlich sich dieses unbehagliche Schweigen ein.

»Tja«, sagte Lynley.

»Ich wollte eigentlich eine Rede halten«, sagte Deborah hastig und senkte die Augen zum Boden. Wieder schienen ihre Hände zu zittern, und eine Blume fiel aus ihrem Haar zum Teppich hinunter. Sie hob den Kopf. »Weißt du – so, wie Helen so etwas machen würde. Ich wollte von meiner Kindheit erzählen, von Vater und von diesem Haus. Du weißt schon. Geistreich und witzig. Aber für so was fehlt mir einfach das Talent. Da bin ich hoffnungslos unbegabt.«

Wieder blickte sie zu Boden und bemerkte, daß ein kleiner Dackel ins Zimmer gekommen war, ein paillettenbesticktes

Täschchen in der Schnauze. Der Hund legte Deborah das Täschchen zu Füßen und wedelte stolz mit dem Schwanz.

»Um Gottes willen, Peach!« Lachend bückte sich Deborah, um das Täschchen aufzuheben, aber als sie sich wiederaufrichtete, glänzten Tränen in ihren Augen. »Danke dir, Tommy. Danke dir für alles. Wirklich. Für alles.«

»Alles Gute, Deb«, sagte er. Dann ging er zu ihr, nahm sie kurz in den Arm und streifte mit den Lippen ihr Haar.

Während Barbara dastand und die beiden beobachtete, war ihr plötzlich klar, daß St. James aus irgendeinem Grund die beiden absichtlich allein gelassen hatte, um Lynley Gelegenheit zu geben, genau das zu tun.

3

Der Leiche fehlte der Kopf. Das war das markanteste an den Fotografien, die zwischen den drei Kriminalbeamten an dem runden Tisch in einem Büro in Scotland Yard herumgereicht wurden.

Pater Hart blickte nervös von einem Gesicht zum anderen, während er den kleinen silbernen Rosenkranz in seiner Tasche durch seine Finger laufen ließ. Pius XII. hatte ihn 1952 gesegnet. Nicht bei einer Einzelaudienz natürlich. Dergleichen hätte man nicht einmal zu hoffen gewagt. Aber diese zitternde, von Gott begnadete Hand, die über zweitausend ehrfürchtigen Pilgern das Zeichen des Kreuzes gemacht hatte, verfügte zweifellos über eine höhere Macht. Mit geschlossenen Augen hatte er den Rosenkranz hoch über seinen Kopf gehalten, als würde ihn dadurch der Segen des Papstes um so machtvoller treffen.

Er war kurz vor dem dritten Gesätz des schmerzensreichen Rosenkranzes, als der hochgewachsene blonde Mann vor sich hin murmelte: *»Welch ein Streich ward hier geführt…«*

War er von der Polizei? Wieso aber war der Mann so förmlich gekleidet? Doch jetzt, als Pater Hart diese Worte hörte, schaute er ihn hoffnungsvoll an.

»Ah, Shakespeare. Ja. Irgendwie genau das Richtige.«

Der Dicke mit der Zigarre sah ihn verständnislos an. Pater Hart räusperte sich, während sie sich wiederum über die Fotografien beugten.

Er war nun seit fast einer Viertelstunde hier, und in dieser Zeit war kaum ein Wort gefallen. Der ältere Mann hatte sich die Zigarre angezündet, die Frau hatte zweimal etwas hinuntergeschluckt, was sie hatte sagen wollen, sonst war bis auf diese Zeile Shakespeare nichts geschehen.

Die Frau schlug ab und zu nervös mit den Fingern auf den Tisch. Sie war auf jeden Fall von der Polizei. Pater Hart erkannte das an ihrer Uniform. Aber sie wirkte sehr unangenehm mit ihren kleinen Wieselaugen und dem verkniffenen schmalen Mund. Sie war nicht die Richtige. Nicht für ihn. Nicht für Roberta. Was sollte er sagen?

Immer noch machten die grauenhaften Fotografien die Runde. Pater Hart brauchte sie nicht anzusehen. Er wußte nur zu gut, was sie zeigten. Er war als erster am Ort gewesen. Das Bild war unauslöschlich in sein Gedächtnis eingegraben. William Teys – in seiner ganzen Größe von einem Meter neunzig – in fötaler Stellung auf der Seite liegend, den rechten Arm ausgestreckt, als wolle er noch etwas greifen, den linken Arm in den Magen gedrückt, die Knie fast bis zur Brust hochgezogen, und dort, wo der Kopf hätte sein müssen – nichts. Neben ihm Roberta. Und die schrecklichen Worte: »Ich war's. Es tut mir nicht leid.«

Der Kopf lag in einem Haufen feuchten Heus in einer Ecke des Stalls. Und als er ihn gesehen hatte ... O Gott, die tückischen Augen einer Ratte glitzerten in dem ausgehöhlten Loch – klein natürlich –, aber die graue Schnauze mit den zitternden Barthaaren war blutrot, und die winzigen Krallen scharrten. Vater unser, der du bist im Himmel... Vater unser, der du bist im Himmel... Das geht doch weiter, es geht weiter, und ich kann mich nicht erinnern!

»Pater Hart.« Der blonde Mann im Cut hatte seine Lesebrille abgenommen und ein goldenes Zigarettenetui herausgezogen. »Rauchen Sie?«

»Ich – ja danke.«

Pater Hart griff rasch nach dem Etui, damit die anderen nicht sehen konnten, wie stark seine Hand zitterte. Der Mann bot das Etui der Frau an, die in heftiger Ablehnung den Kopf schüttelte. Ein silbernes Feuerzeug kam zum Vorschein. Das alles dauerte ein paar Sekunden, die Zeit, die er brauchte, um seine wirren Gedanken zu sammeln.

Der blonde Mann lehnte sich in seinem Sessel zurück und betrachtete eine lange Reihe von Fotografien, die an einer Wand des Büros aufgehängt waren.

»Warum sind Sie an dem Tag auf den Hof gegangen, Pater Hart?« fragte er ruhig, während sein Blick von einem Bild zum nächsten wanderte.

Pater Hart blinzelte kurzsichtig zu der Bilderwand. Waren das Fotos von Verdächtigen? War Scotland Yard der gemeinen Bestie schon auf der Spur? Er konnte es nicht erkennen, war aus dieser Entfernung nicht einmal sicher, daß die Aufnahmen überhaupt Menschen zeigten.

»Es war Sonntag«, antwortete er, als sage das alles.

Der blonde Mann drehte den Kopf. Seine Augen waren überraschenderweise von einem warmen Braun.

»War es Ihre Gewohnheit, sonntags zu Teys auf den Hof zu gehen? Zum Mittagessen vielleicht?«

»Oh – ich – verzeihen Sie, ich dachte, der Bericht, verstehen Sie...«

Nein, so ging das nicht. Pater Hart sog gierig an seiner Zigarette. Sein Blick fiel auf seine Finger. Die Nikotinflecken waren deutlich. Kein Wunder, daß man ihm eine angeboten hatte. Er hätte seine eigenen nicht vergessen dürfen, hätte am Bahnhof eine Packung kaufen sollen. Aber so vieles war auf ihn eingestürmt... Er paffte gierig immer wieder.

»Pater Hart?« sagte der Dicke.

Er war offensichtlich der Vorgesetzte des Blonden. Sie hatten sich alle vorgestellt, aber er hatte dummerweise ihre Namen vergessen. Nur den der Frau hatte er behalten. Havers. Sergeant Havers. Aber die beiden anderen Namen waren ihm entfallen. Mit wachsender Panik starrte er in ihre ernsten Gesichter.

»Verzeihen Sie. Was haben Sie gefragt?«

»Sind Sie jeden Sonntag auf Teys' Hof gegangen?«

Pater Hart bemühte sich angestrengt, einmal klar und systematisch zu denken. Seine Finger suchten den Rosenkranz in seiner Tasche. Das Kreuz stach ihm in den Daumen. Er fühlte den winzigen, in Todesqual angespannten Leib. O Gott, so zu sterben!

»Nein«, antwortete er hastig. »William ist – war unser Vorsänger. Er hatte eine herrliche Baßstimme. So voll, daß die ganze Kirche unter ihrem Klang erzitterte, und ich –« Pater Hart holte einmal tief Atem, um sich wieder aufs gerade Gleis zu zwingen. »Er war an diesem Morgen nicht zur Messe gekommen. Und Roberta auch nicht. Ich war besorgt. Die Teys versäumen niemals die Messe. Deshalb bin ich zum Hof gegangen.«

Der Zigarrenraucher blinzelte ihn durch beißende Qualmwolken an.

»Tun Sie das bei allen Ihren Gemeindemitgliedern? Da haben Sie sie sicher hübsch an der Kandare.«

Pater Hart hatte seine Zigarette bis zum Filter hinuntergeraucht. Ihm blieb nichts anderes übrig, als sie auszudrücken. Der blonde Mann drückte die seine ebenfalls aus, obwohl sie nicht einmal halb geraucht war. Er zog das Etui heraus und bot Pater Hart eine neue an. Wieder kam das silberne Feuerzeug zum Vorschein. Die Zigarette brannte, und er sog den Rauch ein, der seine Kehle aufrauhte, seine Nerven beruhigte, seine Lunge betäubte.

»Ich bin hauptsächlich deshalb gegangen, weil Olivia sich Sorgen machte.«

Ein Blick auf den Bericht.

»Olivia Odell?«

Pater Hart nickte.

»Sie und William Teys hatten sich vor kurzem verlobt, wissen Sie. Es sollte am Nachmittag bei einer kleinen Einladung bekanntgegeben werden. Sie rief ihn nach der Messe mehrmals an, aber es meldete sich niemand. Da kam sie zu mir.«

»Warum ist sie nicht selbst zum Hof gegangen?«

»Das wollte sie ja. Aber sie konnte nicht wegen Bridie und der Ente. Die war nämlich wieder mal verschwunden, und Bridie war nicht zu beruhigen, ehe sie wiedergefunden war.«

Die drei anderen tauschten skeptische Blicke. Pater Hart wurde rot. Wie absurd das alles klang.

»Bridie ist Olivias kleine Tochter«, erklärte er hastig. »Sie hat eine zahme Ente.« Ach, wie sollte er ihnen das Leben in ihrem Dorf erklären?

»Und während Olivia und Bridie die Ente suchten«, sagte der blonde Mann freundlich, »gingen Sie zum Hof hinaus.«

»Stimmt genau. So war es. Vielen Dank.« Pater Hart lächelte erleichtert.

»Erzählen Sie uns, was dann geschah.«

»Ich ging erst zum Haus. Es war nicht abgeschlossen. Ich weiß, daß ich das merkwürdig fand. William sperrte abends immer überall ab. Alles mußte fest verriegelt und verrammelt sein. Das war eine Marotte von ihm. Er paßte sogar auf, daß ich die Kirche auch immer richtig absperrte. Wenn wir mittwochs

Chorprobe hatten, wartete er immer, bis alle gegangen waren und ich sämtliche Türen verschlossen hatte. So war er.«

»Da sind Sie wohl erschrocken, als Sie sahen, daß das Haus offen war?« fragte der blonde Mann.

»Zuerst nicht. Es war ja schon ein Uhr mittags. Aber als sich auf mein Klopfen nichts rührte...« Er warf einen um Verzeihung heischenden Blick in die Runde. »Wissen Sie, da bin ich einfach reingegangen.«

»Und fiel Ihnen drinnen etwas Besonderes auf?«

»Nein, nichts. Alles war blitzsauber wie immer. Das heißt...« Sein Blick wanderte zum Fenster. Wie sollte er es erklären?

»Ja?«

»Die Kerzen waren ganz heruntergebrannt.«

»Gibt es keinen elektrischen Strom im Haus?«

Pater Hart sah die drei mit ernster Miene an.

»Das sind Gedenkkerzen. Sie brennen immer. Vierundzwanzig Stunden am Tag.«

»Sie meinen, sie gehören zu einem Gedenkschrein?«

»Richtig. Das ist es, ein Gedenkschrein«, stimmte er augenblicklich zu. »Als ich das sah«, fuhr er dann fort, »wußte ich sofort, daß etwas nicht stimmte. William und Roberta hätten die Kerzen niemals ausgehen lassen. Daraufhin ging ich erst mal durch das ganze Haus. Und dann zum Stall hinaus.«

»Und dort...?«

Was gab es da im Grund noch zu berichten? Die lähmende Stille dort hatte ihm sogleich alles gesagt. Draußen auf der nahen Weide zeugten das Blöken der Schafe und das Zwitschern der Vögel von gesunder Kraft und Frieden. Drinnen im Stall jedoch war diese Totenstille. Schon an der Tür hatte ihn der satte, widerlich süße Geruch des Bluts erreicht, der alle anderen Gerüche des Stalls überlagerte.

Roberta saß auf einem umgedrehten Eimer in einer der Stallboxen. Ein großes junges Mädchen, das seinem Vater nachschlug und an die schwere Arbeit auf dem Hof von Kind an gewöhnt war. Sie saß reglos, den Blick nicht auf das kopflose Wesen gerichtet, das zu ihren Füßen lag, sondern auf die Wand gegenüber und die Risse und Sprünge, die sie durchzogen.

»Roberta?« rief er erschrocken, während Übelkeit in ihm aufstieg.

Es kam keine Antwort, mit keinem Hauch, mit keiner Bewegung. Sie bot ihm nur weiterhin den Anblick ihres breiten Rükkens, er sah die stämmigen Beine, das Beil, das neben ihr lag. Über ihre Schulter hinweg sah er die Leiche zum erstenmal deutlich.

»Ich war's. Es tut mir nicht leid.« Das war das einzige, was sie sagte.

Pater Hart drückte die Augen zu bei der Erinnerung.

»Ich bin sofort ins Haus gelaufen und habe Gabriel angerufen.«

Im ersten Moment glaubte Lynley, der Priester spreche vom Erzengel persönlich. Dieser seltsame kleine Mann schien tatsächlich mit einem Bein im Jenseits zu stehen, während er sich mühsam durch seinen Bericht kämpfte.

»Gabriel?« fragte Webberly ungläubig.

Lynley merkte, daß er mit seiner Geduld fast am Ende war. Er blätterte auf der Suche nach dem Namen eilig den Bericht durch und fand ihn.

»Der Polizeibeamte Gabriel Langston«, sagte er. »Und ich nehme an, Pater, daß Langston sofort die Polizei in Richmond verständigte?«

Der Priester nickte und riskierte einen vorsichtigen Blick zu Lynleys Zigarettenetui. Der klappte es auf und bot wieder an. Havers lehnte ab. Pater Hart hätte es ebenfalls getan, wenn Lynley nicht selbst eine genommen hätte.

Lynleys Hals war schon wie wund, aber er wußte, daß sie

niemals zum Ende der Geschichte gelangen würden, wenn der Geistliche nicht mit Nikotin versorgt wurde, und es schien, als brauche er einen Komplizen, um seinem Laster frönen zu können. Lynley schluckte krampfhaft, sehnte sich nach einem Whisky, zündete sich die nächste Zigarette an und ließ sie im Aschenbecher verglühen.

»Die Polizei kam aus Richmond. Es ging alles sehr schnell. Es war – sie haben Roberta mitgenommen.«

»Das war doch zu erwarten. Sie hatte die Tat zugegeben.«

Havers sagte das. Sie war aus ihrem Sessel aufgestanden und ging zum Fenster. Ihr Ton sagte ihnen klar, daß sie ihrer Meinung nach mit diesem törichten alten Mann nur ihre Zeit verschwendeten, daß sie in diesem Moment schon auf dem Weg nach Norden sein sollten.

»Viele Leute bekennen sich irgendwelcher Verbrechen für schuldig«, bemerkte Webberly und bedeutete ihr, zu ihrem Platz zurückzukommen. »Ich habe bereits fünfundzwanzig Leute, die behaupten, der Bahnhofskiller zu sein.«

»Ich wollte lediglich darauf hinweisen –«

»Das hat Zeit.«

»Roberta hat ihren Vater nicht getötet«, fuhr der Priester fort, als hätten die beiden anderen gar nicht gesprochen. »Es ist einfach unmöglich.«

»Aber Familienverbrechen gibt es immer wieder«, sagte Lynley behutsam.

»Aber doch nicht Schnauz.«

Darauf folgte ein langes, kaum erträgliches Schweigen. Keiner schaute den anderen an. Dann hievte sich Webberly plötzlich aus seinem Sessel.

»Du meine Güte«, brummelte er. »Es tut mir schrecklich leid, aber ...« Er ging zum Schrank in der Ecke des Zimmers und nahm drei Flaschen heraus. »Whisky, Sherry oder Brandy?« fragte er die anderen.

Lynley sandte Bacchus ein stummes Dankgebet. »Whisky«, sagte er.

»Havers?«

»Für mich nichts«, antwortete sie tugendhaft. »Ich bin im Dienst.«

»Natürlich. Pater, was möchten Sie?«

»Oh, ein Sherry wäre...«

»Ein Sherry also.« Webberly kippte einen kleinen Whisky pur, ehe er einschenkte und zum Tisch zurückkehrte.

Sie starrten alle nachdenklich in ihre Gläser, als überlegte jeder, wer denn nun die Frage stellen solle. Lynley tat es schließlich.

»Äh – Schnauz?« sagte er.

Pater Hart blickte auf die auf dem Tisch ausgebreiteten Papiere.

»Steht das nicht im Bericht?« fragte er vorwurfsvoll. »Das mit dem Hund?«

»Doch, der Hund wird erwähnt.«

»Das war Schnauz«, erklärte der Priester, und alle atmeten auf.

»Er lag tot im Stall neben Teys«, las Lynley vor.

»Ja, verstehen Sie? Daher wissen wir alle, daß Roberta unschuldig ist. Abgesehen davon, daß sie ihren Vater sehr geliebt hat, muß man auch den Hund bedenken. Niemals hätte sie Schnauz etwas antun können.« Pater Hart bemühte sich um die richtigen Worte der Erklärung. »Er war ein Hofhund und seit Robertas fünftem Lebensjahr in der Familie. Er war natürlich alt und eigentlich zu nichts mehr nütze, hat auch nicht mehr richtig gesehen, aber einen Hund wie Schnauz läßt man nicht einfach einschläfern. Das ganze Dorf kannte ihn. Er war bei uns allen ein bißchen zu Hause. Nachmittags marschierte er oft zu Nigel Parrish, der gleich bei der Gemeindewiese wohnt, und legte sich da in die Sonne, während Nigel auf der Orgel spielte – er ist nämlich unser Organist, wissen Sie. Oder manchmal besuchte er Olivia und ließ sich da ein bißchen verwöhnen.«

»Mit der Ente verstand er sich gut?« erkundigte sich Webberly, ohne eine Miene zu verziehen.

»Oh, glänzend!« Pater Hart strahlte. »Schnauz kam mit allen zurecht. Und wenn Roberta unterwegs war, folgte er ihr überallhin. Das ist ja der Grund, warum ich unbedingt etwas unternehmen mußte, als sie Roberta zum Mitkommen aufforderten. Und darum bin ich jetzt hier.«

»Ja, in der Tat, jetzt sind Sie hier«, sagte Webberly. »Sie waren eine große Hilfe, Pater. Ich denke, Inspector Lynley und Sergeant Havers haben fürs erste alles, was sie brauchen.« Er stand auf und öffnete seine Bürotür. »Harriman?«

Das Klappern der Schreibmaschine brach ab, ein Stuhl wurde gerückt, und Webberlys Sekretärin kam ins Zimmer.

Dorothea Harriman hatte schwache Ähnlichkeit mit Lady Di, die sie dadurch zu betonen suchte, daß sie ihr Haar im Ton »sonniger Weizen« blondierte und auf ihre Brille verzichtete, wenn von Anwesenden eine Bemerkung über die typisch Spencersche Linie ihrer Nase und ihres Kinns zu erwarten war. Sie war intelligent genug, um in ihrem Beruf weiter aufzusteigen; als hinderlich allerdings konnte sich da möglicherweise ihr Hang zu ausgefallener Garderobe erweisen, der ihr im ganzen Yard den Spitznamen Lady Möchtegern eingetragen hatte. Die pinkfarbene Kreation mit der verlängerten Taille, die sie an diesem Tag trug, war denn auch einmalig in ihrer Scheußlichkeit.

»Ja, Superintendent?« fragte sie. Dorothea Harriman bestand eisern darauf, jeden Angestellten im Yard mit dem vollen Titel anzusprechen.

Webberly sah den Priester an.

»Übernachten Sie in London, Pater, oder fahren Sie gleich nach Yorkshire zurück?«

»Ich fahre am Spätnachmittag zurück. Heute nachmittag

wäre Beichte gewesen, und da ich nicht da war, habe ich versprochen, sie bis heute abend um elf abzunehmen.«

»Natürlich.« Webberly nickte. »Bestellen Sie Pater Hart ein Taxi«, sagte er zu Harriman.

»Oh, aber das kann ich nicht –«

Webberly hob eine Hand. »Auf unsere Kosten, Pater.«

Der Priester errötete leicht und ließ sich von der Sekretärin des Kommissars aus dem Zimmer führen.

»Was trinken Sie, *wenn* Sie trinken, Sergeant Havers?« fragte Webberly, als der Priester gegangen war.

»Tonicwasser, Sir.«

»Gut«, brummte er und öffnete wiederum die Tür. »Harrison«, blaffte er, »besorgen Sie eine Flasche Schweppes für Sergeant Havers. Und sagen Sie jetzt nicht, Sie hätten keinen Schimmer, wo man so was kriegt. Sie muß her.«

Er knallte die Tür zu, ging zum Schrank und nahm die Whiskyflasche heraus.

Lynley rieb sich die Stirn und drückte mit den Fingern auf beide Schläfen. »Mensch, hab' ich Kopfschmerzen«, murmelte er. »Hat einer von Ihnen ein Aspirin da?«

»Ich«, antwortete Havers kurz und kramte ein Döschen aus ihrer Handtasche. Sie schob es ihm über den Tisch zu. »Nehmen Sie so viele Sie wollen, Inspektor.«

Webberly betrachtete die beiden nachdenklich. Er fragte sich nicht zum erstenmal, ob die Partnerschaft zweier so gegensätzlicher Naturen auch nur den Hauch einer Chance auf Erfolg hatte. Havers war wie ein Igel, der sich bei der geringsten Berührung zusammenrollt und seine Stacheln aufstellt. Doch hinter der stacheligen Abwehr verbarg sich ein klarer, forschender Verstand. Die Frage war nur, ob Thomas Lynley die richtige Kombination an Geduld und wohlwollendem Verständnis aufbringen konnte, um Havers zu helfen, diese Haltung feindseliger Abwehr zu überwinden, die es ihr bisher unmöglich gemacht hatte, mit irgend jemandem fruchtbringend zusammenzuarbeiten.

»Es tut mir leid, daß ich Sie von der Hochzeitsfeier wegholen mußte, Lynley, aber eine andere Möglichkeit gab es nicht. Das ist nun schon der zweite Zusammenstoß zwischen Nies und Kerridge. Der erste endete mit einer Katastrophe: Nies hatte von Anfang an recht gehabt, und es kam zu einer Riesenkrise. Ich dachte –« er drehte sein Glas in den Händen und wählte seine Worte mit Bedacht – »Ihre Anwesenheit könnte Nies als Mahnung dienen, daß auch er sich irren kann.«

Webberly wartete mit gespannter Aufmerksamkeit auf eine Reaktion Lynleys – ein Verkrampfen von Muskeln, eine kaum merkliche Kopfbewegung, einen flackernden Blick. Aber es geschah nichts, was Lynleys Gefühle verraten hätte. Es war Lynleys Vorgesetzten im Yard wohlbekannt, daß sein einziger Zusammenstoß mit Nies knapp fünf Jahre zuvor in Richmond mit Lynleys Verhaftung geendet hatte. So unüberlegt und letztlich willkürlich die Verhaftung gewesen war, sie war ein dunkler Fleck in Lynleys im übrigen vorbildlicher Dienstakte, ein Makel, mit dem er für den Rest seiner beruflichen Laufbahn würde leben müssen.

»Natürlich, Sir«, sagte Lynley leichthin. »Ich verstehe.«

Es klopfte einmal kurz, und schon trat Harriman lächelnd mit der verlangten Flasche Schweppes ein, stellte sie vor Sergeant Havers auf den Tisch. Mit einem Blick auf die Uhr, die kurz vor sechs anzeigte, sagte sie: »Da heute kein regulärer Arbeitstag ist, Sir, dachte ich, ich könnte vielleicht –«

»Ja, ja, gehen Sie ruhig nach Hause.« Webberly winkte ungeduldig.

»Nein, nein, darum geht es nicht«, erklärte Harriman zuckersüß. »Aber ich glaube, in Paragraph 65a über Überstunden steht –«

»Unterstehen Sie sich ja nicht, den Montag freizunehmen,

Harriman«, unterbrach Webberly genauso zuckersüß. »Solange uns der Bahnhofskiller auf Trab hält, gibt's keine freien Tage.«

»Natürlich, Sir, das würde mir nicht einfallen. Ich schreib' die Stunden einfach auf, ja? Paragraph 65c –«

»Schreiben Sie sie, wohin Sie wollen, Harriman.«

Sie lächelte verständnisvoll. »In Ordnung, Superintendent.« Die Tür schloß sich hinter ihr.

»Hat diese Hexe Ihnen zugezwinkert, als sie eben rausging, Lynley?« fragte Webberly.

»Ich habe nichts bemerkt, Sir.«

Es war gegen halb neun, als sie daran gingen, die Papiere auf dem Tisch in Webberlys Büro einzusammeln. Draußen war es dunkel geworden. Die Neonleuchten strahlten kühl auf die behagliche Unordnung im Zimmer herab, das von beißenden Rauchschwaden und Whiskydunst durchzogen war, so daß man sich ein wenig vorkam wie in einem recht ungepflegten Herrenclub.

Barbara bemerkte die Zeichen der Erschöpfung in Lynleys Gesicht; das Aspirin schien ihm wenig geholfen zu haben. Er stand vor der Wand mit den Fotos der Opfer des Bahnhofskillers und betrachtete sie, langsam von einem zum anderen tretend. Einmal hob er die Hand – vor dem Bild, das den Toten vom King's-Cross-Bahnhof zeigte – und zeichnete mit dem Finger den grausamen Schnitt vom Messer des Killers nach.

»Der Tod erledigt alles«, murmelte er. »Wer würde auf diesem Bild noch den lebenden Menschen erkennen?«

»Oder auf diesem«, bemerkte Webberly mit einer brüsken Geste zu den Fotografien, die Pater Hart mitgebracht hatte.

Lynley gesellte sich wieder zu ihnen. Er stand nahe bei Barbara, war sich jedoch, das wußte sie nur zu gut, ihrer Anwesenheit gar nicht bewußt. Sie beobachtete die Regungen, die rasch über sein Gesicht flogen, während er ein letztesmal die Fotos durchging: Ekel, Ungläubigkeit, Trauer. In seinem Gesicht war so leicht zu lesen, daß sie sich fragte, wie er überhaupt ein Verhör führen konnte, ohne dem Verdächtigen gleich alles zu verraten. Doch er konnte es. Sie wußte von seinen Erfolgen, von der Reihe nachfolgender Verurteilungen. Er war in mehr als einer Hinsicht der Goldjunge.

»Gut, dann fahren wir also morgen hinauf«, sagte er zu Webberly, während er die Unterlagen in einen großen braunen Umschlag schob.

Webberly studierte einen Fahrplan, den er unter dem Wust auf seinem Schreibtisch herausgekramt hatte.

»Nehmen Sie den Zug um dreiviertel neun.«

Lynley stöhnte. »Seien Sie barmherzig, Sir. Ich möchte wenigstens zehn Stunden Ruhe, um diese Migräne loszuwerden.«

»Gut, dann den um halb zehn. Keinesfalls später.«

Webberly sah sich ein letztesmal in seinem Büro um, während er in sein Tweedjackett schlüpfte. Es war wie seine anderen Sachen bereits etwas abgetragen und am linken Revers, wo vermutlich Zigarrenglut ein Loch in den Stoff gebrannt hatte, notdürftig ausgebessert.

»Melden Sie sich am Dienstag«, sagte er beim Hinausgehen.

Webberlys Verschwinden schien Lynley augenblicklich wieder neue Kräfte zu verleihen. Lebhaft ging er zum Telefon, wählte, trommelte mit den Fingern ungeduldig auf den Schreibtisch, während er auf die Uhr starrte. Nach fast einer Minute kam lächelnde Bewegung in sein Gesicht.

»Du hast also doch gewartet, Goldkind«, sagte er. »Hast du endlich mit Jeffrey Cusick Schluß gemacht? – Ha, ich hab's doch gewußt, Helen. Ich hab' dir ja immer wieder gesagt, daß ein Jurist dich nicht glücklich machen kann. War die Feier noch nett? – Ach was, im Ernst? Das muß ja ein Bild gewesen sein. Hat Andrew in seinem Leben überhaupt schon mal geweint? – Der arme Simon. Er war wohl völlig niedergeschmettert? – Ja, weißt du, das ist der Champagner. Hat Sidney sich wieder gefaßt? – Ja, eine Zeitlang sah es ganz so aus, als würde sie am Ende doch noch ein bißchen wehleidig werden. Kein Wunder, wo Simon ihr Lieblingsbruder ist. – Aber natürlich gehen wir tanzen. Das haben wir uns schließlich fest vorgenommen. – Wie wär's in ungefähr einer Stunde? Ist dir das recht? – Wie bitte? Was hast du da gesagt? – Helen! Du bist wirklich ein freches Gör!« Lachend legte er auf. »Ach, Sie sind noch da, Sergeant?« fragte er, als er sich umdrehte.

»Sie haben keinen Wagen, Sir«, antwortete sie steinern. »Ich dachte, Sie brauchen mich vielleicht, um Sie nach Hause zu fahren.«

»Das ist wirklich nett von Ihnen, aber die Sitzung hier hat lange genug gedauert. Mal muß auch Schluß sein. Sie haben an einem Samstagabend bestimmt was Besseres vor, als mich nach Hause zu fahren. Ich nehme ein Taxi.« Er beugte sich über Webberlys Schreibtisch, nahm einen Zettel und schrieb rasch etwas auf. »Hier ist meine Adresse«, sagte er. »Seien Sie morgen um sieben da. Dann bleibt uns noch Zeit, uns etwas mehr in die Sache zu vertiefen, ehe wir nach Yorkshire fahren. Also dann, schönen Abend.« Und weg war er.

Barbara blickte auf den Zettel in ihrer Hand, starrte eine volle Minute auf die großzügigen Schriftzüge, dann riß sie das Papier in kleine Fetzen und warf sie in den Papierkorb. Sie wußte schon lange, wo Thomas Lynley wohnte.

Die Schuldgefühle kamen in der Uxbridge Road. Wie immer. An diesem Abend wurden sie noch schlimmer, als sie sah, daß das Reisebüro geschlossen war und sie die Prospekte über Griechenland, die sie mitzubringen versprochen hatte, nicht mehr holen konnte. Empress Tours. So ein anspruchsvoller Name für diesen miesen kleinen Laden. Sie fuhr langsamer und spähte durch die schmutzige Windschutzscheibe, um zu sehen, ob sich im Laden noch etwas rührte. Die Eigentümer wohnten über dem Laden.

Vielleicht konnte sie sie herunterlotsen, wenn sie ein bißchen an die Tür klopfte. Nein, das war zu lächerlich. Die Reise nach Griechenland war sowieso nur ein Hirngespinst; ihre Mutter würde eben noch ein wenig länger auf die Prospekte warten müssen.

Aber sie war heute in der Stadt mindestens an einem Dutzend Reisebüros vorbeigekommen. Warum war sie nicht hineingegangen? Was hatte ihre Mutter denn sonst schon vom Leben außer diesen armseligen kleinen Träumen? Von dem plötzlichen Bedürfnis übermannt, ihr Versäumnis irgendwie gutzumachen, hielt Barbara vor Comos Lebensmittelgeschäft an, einem windigen kleinen Laden mit grünen Wänden und rostigen Stahlregalen. Aus den übereinandergestapelten Kisten vor dem Laden wehte ihr der typische Geruch von nicht mehr taufrischem Gemüse entgegen.

»Hallo, Barbara!« begrüßte Como sie aus dem Ladeninnern, während sie sich draußen über die Obstkästen beugte. Hauptsächlich Äpfel. Ein paar späte Pfirsiche aus Spanien. »So spät noch unterwegs?«

Er konnte sich natürlich nicht vorstellen, daß sie etwas vorhaben könnte. Niemand konnte das. Sie selbst auch nicht.

»Ich hab' Überstunden gemacht, Mister Como«, antwortete sie. »Wieviel kosten die Pfirsiche?«

»Fünfundachtzig das Pfund. Ihnen geb' ich sie für achtzig, hübsches Kind.«

Sie suchte sechs Früchte aus. Er wog sie ab, packte sie ein und reichte sie ihr.

»Ihr Vater ist heut vorbeigekommen.«

Sie blickte rasch auf und sah, wie sich Comos Gesicht verschloß, als er ihren Blick bemerkte.

»Hat er sich anständig benommen?« fragte sie obenhin, während sie ihre Schultertasche überstreifte.

»Ein Mann wie Ihr Vater benimmt sich immer anständig.«

Como nahm ihr Geld, zählte es zweimal und ließ es in die Kasse fallen. »Danke, Barbara. Wiedersehen«, rief er ihr nach, als sie sich zum Gehen wandte. »Und passen Sie gut auf sich auf. Auf so hübsche Frauen wie Sie haben's die Männer abgesehen.«

»Ich pass' schon auf«, rief Barbara zurück.

Sie legte die Pfirsiche vorn auf den Sitz. Auf hübsche Frauen wie dich haben's die Männer abgesehen, Barb. Sei schön vorsichtig. Immer die Beine kreuzen. Holdselige Tugend wie deine ist schnell verloren. Und einmal ein gefallenes Mädchen, immer ein gefallenes Mädchen. Sie lachte bitter, legte den Gang ein und fuhr auf die Straße hinaus.

In Ealing gab es zwei Wohngebiete, die gute Seite und die schlechte Seite vom Gemeindepark, wie die Einwohner schlicht zu sagen pflegten. Es war, als teile eine unsichtbare Trennungslinie, die mitten durch die Grünanlage mit ihren Rasenflächen, Eichen und Buchen verlief, den Vorort säuberlich in zwei Hälften.

Die »gute Seite« lag östlich vom Park – schmucke Backsteinhäuser mit farbenfroh gestrichenen Türen und blanken Fenstern, in denen sich blitzend die Morgensonne spiegelte. Rosen wuchsen dort im Überfluß. Fuchsien leuchteten in Hängeampeln. Kinder spielten auf sauber gefegten Bürgersteigen oder in hübsch angelegten Gärten. Im Winter lag der Schnee wie Zuckerguß auf den Giebeldächern, und im Sommer bildete das Geäst hoher Ulmen grüne Dächer, unter denen Pärchen und Familien an schönen Abenden spazierengingen. Auf der »guten Seite« des Parks gab es niemals Streit und nie laute Musik, nie roch es nach Küchendunst, nie wurde im Zorn eine Faust erhoben. Hier war die vollkommen heile Welt, in der alle in Frieden, Freude und Wohlstand lebten.

Ganz anders aber sah es auf der anderen Seite aus, westlich vom Park.

Die Leute sagten gern, daß die Westseite die ganze Tageshitze abbekomme und daß deshalb dort alles so anders sei. Es war, als wäre eine gewaltige Hand vom Himmel niedergefahren und hätte Häuser, Straßen und Menschen einfach hingeworfen. Alles wirkte immer irgendwie verlottert. Keiner gab sich auf der Westseite Mühe, eine schöne Fassade zu zeigen. Die Häuser sanken langsam, aber sicher in traurigen Verfall. Gärten, die einst hoffnungsvoll angelegt worden waren, wurden bald vernachlässigt und schließlich ganz vergessen. Kinder tobten lärmend auf der Straße und erbosten die Nachbarschaft mit wilden Spielen, bis schließlich irgendwo eine Mutter aus dem Haus stürzte und laut schimpfend Ruhe verlangte. Der Winterwind pfiff durch die schlecht schließenden Fenster, und im Sommer tropfte der Regen durch die lecken Dächer. Die Leute auf der »schlechten Seite« des Stadtparks dachten jedoch nicht an Umzug. Eine solche Vorstellung hätte ja Hoffnung bedeutet, und die Hoffnung war für die Leute westlich vom Stadtpark schon lange gestorben.

Dorthin fuhr Barbara jetzt, lenkte den Mini in eine Straße, wo reihenweise rostzerfressene Autos wie das ihre standen. Vor ihrem Haus gab es weder Garten noch Zaun, nur einen Flecken hartgetrampelte Erde, wo sie jetzt ihren kleinen Wagen abstellte.

Nebenan hatte Mrs. Gustafson BBC-1 laufen. Da sie fast taub war, kam die ganze Nachbarschaft jeden Abend in den Genuß ihrer Lieblingssendungen. Gegenüber trugen die Kirbys ihren üblichen Ehestreit aus, während ihre vier Kinder sich damit vergnügten, Dreckklumpen nach einer gleichgültigen Katze zu werfen, die von einem Fensterbrett im ersten Stock des Nachbarhauses herunterblinzelte.

Seufzend kramte Barbara den Haustürschlüssel heraus und ging ins Haus. Es roch unangenehm nach Huhn und Erbsen.

»Bist du's, Kind?« rief ihre Mutter. »Ein bißchen spät. Warst du mit Freunden aus?«

So ein Witz! »Ich hab' gearbeitet, Mama. Ich bin wieder bei der Kripo.«

Ihre Mutter kam an die Wohnzimmertür geschlurft. Sie war klein wie Barbara und wirkte so ausgezehrt, als hätte lange Krankheit ihren Körper verwüstet.

»Bei der Kripo?« fragte sie, und ihr Ton wurde quengelig. »Ach, muß das sein, Barbara? Du weißt doch, was ich davon halte, Kind.«

Mit einer nervösen Geste strich sie sich mit der knochigen Hand durch ihr dünnes Haar. Ihre Augen waren verquollen und rot, als hätte sie den ganzen Tag geweint.

»Ich hab' dir ein paar Pfirsiche mitgebracht«, sagte Barbara und wies auf die Tüte. »Das Reisebüro war leider zu. Ich hab' versucht, die Leute rauszuklopfen, aber sie waren anscheinend nicht da.«

Doris Havers' Gesicht hellte sich mit einemmal auf. Sie faßte den Stoff ihres schäbigen Kittels und knüllte ihn wie in freudiger Erregung in der Hand zusammen. Es war eine merkwürdige, ganz kindliche Geste.

»Ach, das macht gar nichts. Warte nur, du wirst gleich sehen. Geh schon in die Küche. Ich komm' gleich. Dein Essen ist noch warm.«

Barbara ging am Wohnzimmer vorbei. Der Fernseher lief, und es roch so muffig, als wäre das Zimmer ewig nicht gelüftet worden. In der Küche war es nicht viel besser. Sie starrte deprimiert auf den Teller mit den grünen Erbsen und dem Stück Hühnerfleisch. Es war eiskalt und glitschig, das Fett um die Ränder geliert. Das ranzige Stück Butter auf den Erbsen war nicht einmal geschmolzen.

Ein wahrer Hochgenuß, dachte sie angeekelt. Sie sah sich nach der Zeitung um und fand sie, wie immer, auf einem der wackeligen Küchenstühle. Sie nahm den obersten Teil, schlug ihn in der Mitte auseinander und lud ihr Abendessen auf dem lächelnden Gesicht der Herzogin von Kent ab.

»Kind, du hast doch nicht das gute Essen weggeworfen?«

Verdammt! Barbara drehte sich um. Sie sah das zum Weinen verzogene Gesicht ihrer Mutter, die bebenden Lippen, die Tränen in den blaßblauen Augen.

»Jetzt hast du mich doch erwischt, Mama.« Sie zwang sich zu einem Lächeln, legte ihrer Mutter den Arm um die knochigen Schultern und führte sie zum Tisch. »Ich hab' im Yard schon was gegessen, weißt du. Hätte ich es für dich und Dad aufheben sollen?«

Doris Havers zwinkerte die Tränen weg. Die Erleichterung auf ihrem Gesicht war rührend.

»Ich – nein, natürlich nicht. Zweimal hintereinander Huhn und Erbsen, das wäre ein bißchen zuviel des Guten.« Sie lachte leise und legte das Album, das sie bis jetzt an die Brust gedrückt hatte, auf den Tisch. »Dad hat mir Griechenland gebracht«, erklärte sie stolz.

»Ach?« Darum also war er aus dem Käfig ausgebrochen. »Ganz allein?« erkundigte sich Barbara beiläufig.

Doris Havers senkte den Blick und fingerte nervös an ihrem Album. Dann zog sie mit plötzlicher lebhafter Bewegung einen Stuhl heraus und lächelte strahlend.

»Setz dich, Kind. Ich zeig' dir, wie wir gefahren sind.«

Das Album wurde aufgeschlagen. Frühere Reisen durch Italien, Frankreich, die Türkei und Peru wurden rasch überblättert, bis sie zum neuesten Teil kamen, der Griechenland gewidmet war.

»Das ist das Hotel, in dem wir in Korfu gewohnt haben. Siehst du, es steht direkt hier an der Bucht. Wir hätten nach Kanoni hinunter in ein moderneres gehen können, aber mir hat der Blick so gut gefallen. Dir nicht auch, Kind?«

Barbaras Augen brannten. Sie beherrschte sich eisern. Wie lange dauert das noch? Hört es denn niemals auf?

»Du hast mir keine Antwort gegeben, Barbara.« Die Stimme ihrer Mutter zitterte etwas. »Dabei hab' ich mir den ganzen Tag solche Mühe gegeben, die Reise auszuarbeiten. Es war doch besser, die Aussicht zu wählen als das neue Hotel in Kanoni, meinst du nicht, Kind?«

»Doch, viel besser, Mama.« Barbara stand auf. »Ich muß morgen arbeiten. Können wir die griechische Reise verschieben?«

Würde sie verstehen?

»Du mußt arbeiten?«

»Ja, ich muß nach Yorkshire. Nur für ein paar Tage. Meinst du, ihr kommt zurecht, oder soll ich Mrs. Gustafson bitten, so lange zu euch zu ziehen?«

Wunderbar, dachte sie, Taube beaufsichtigen Verrückte.

»Mrs. Gustafson?« Doris Havers klappte das Album zu und richtete sich kerzengerade auf. »Das ist nicht nötig, Kind. Dad und ich kommen allein zurecht. Das weißt du doch. Nur in der kurzen Zeit, wo Tony ...«

Der Raum war unerträglich heiß. O Gott, dachte Barbara, nur ein bißchen Luft. Nur dies eine Mal. Nur für einen Augenblick. Sie ging zur Hintertür, die in den von Unkraut überwucherten Garten hinausführte.

»Wohin gehst du?« fragte ihre Mutter schnell, schon den vertrauten Unterton von Hysterie in der Stimme. »Da draußen ist doch nichts. Du darfst im Dunkeln nicht rausgehen.«

Barbara nahm das in Zeitung verpackte Abendessen vom Tisch.

»Ach, Unsinn, Mama. Ich bin gleich wieder da. Du kannst ja an der Tür bleiben und aufpassen, daß mir nichts passiert.«

»Aber ich – an der Tür?«

»Wenn du willst?«

»Nein, ich darf nicht an die Tür. Wir lassen sie einfach angelehnt. Dann kannst du rufen, wenn du mich brauchst.«

»In Ordnung.« Mit dem Päckchen in der Hand lief sie in die Dunkelheit hinaus.

Nur ein paar Minuten. Sie atmete die kühle Luft ein, lauschte den vertrauten Geräuschen rundum und zog eine zerknitterte Packung Players aus ihrer Tasche. Sie nahm eine Zigarette heraus, zündete sie an und schaute zum Himmel hinauf.

Was hatte damals den Abstieg in den Wahnsinn ausgelöst? Tony natürlich. Der aufgeweckte, sommersprossige kleine Kobold. Ein Sonnenstrahl in der ewigen Finsternis des Winters. Schau her, schau her, Barbie! Was ich kann! Chemiebaukästen und Rugbybälle. Cricket auf der Wiese im Park und Tauziehen am Nachmittag. Und die dumme, schreckliche Jagd nach einem Ball, direkt auf die Uxbridge Road hinaus.

Aber daran war er nicht gestorben. Er mußte nur ins Krankenhaus. Ständiges Fieber, ein merkwürdiger Ausschlag. Und der verzehrende, blutsaugerische Kuß der Leukämie. O diese Ironie: man geht mit einem gebrochenen Bein hinein und kommt mit Leukämie wieder heraus.

Er hatte vier qualvolle Jahre gebraucht, um zu sterben. Vier Jahre Zeit für sie, den Abstieg in den Wahnsinn zu vollenden.

»Kind?« Die Stimme zitterte bedrohlich.

»Ich bin hier, Mama. Ich schau' mir nur den Himmel an.«

Barbara trat ihre Zigarette auf dem Boden aus und ging wieder hinein.

4

Deborah St. James bremste den Wagen lachend ab und wandte sich ihrem Mann zu.

»Simon, hat dir eigentlich schon mal jemand gesagt, daß du der Welt schlechtester Navigator bist?«

Er lächelte und faltete die Straßenkarte zusammen.

»Noch nie. Sei nicht so unbarmherzig. Sieh dir doch den Nebel an.«

Sie blickte durch die Windschutzscheibe auf ein großes, dunkles Gebäude, das sich vor ihnen aus der Nacht hob.

»Das ist keine Entschuldigung dafür, daß du keine Karten lesen kannst. Sind wir hier endlich richtig? Es sieht nicht so aus, als ob man uns erwartet.«

»Sie sind wahrscheinlich alle schon im Bett. Ich habe ja gesagt, wir kämen gegen neun, und jetzt ist es –« Im schwachen Schein der Innenbeleuchtung des Wagen sah er auf seine Uhr. »Guter Gott, es ist halb zwölf.« Sie hörte den lachenden Unterton in seiner Stimme. »Was sagst du, Herzblatt? Sollen wir unsere Hochzeitsnacht im Auto verbringen?«

»Heiße Szenen auf dem Rücksitz nach Teenagerart, meinst du?« Sie schüttelte den Kopf, daß das lange Haar flog. »Hm, das wäre ein Gedanke. Aber dann hättest du schon etwas Größeres mieten müssen als einen Escort. Nein, Simon, uns wird nichts anderes übrigbleiben, als so lange an die Tür zu trommeln, bis sich drinnen jemand rührt. Aber entschuldigen mußt du dich für uns.«

Sie stieg aus und blieb einen Moment in der kalten Nachtluft stehen, um das Haus zu mustern.

Ursprünglich war es ein elisabethanischer Bau gewesen, doch eine Reihe späterer Veränderungen hatte es in ein wunderliches Prunkstück unbekümmerter Stillosigkeit verwandelt. In den altmodischen Fenstern spiegelte sich das trübe Mondlicht, das durch die Nebelschleier über dem Hochmoor sickerte. Efeuähnliches Gerank, aus dem zwischen glänzenden Blättern mauvefarbene Blüten sprossen – Leinkraut, wie sich bei Tageslicht zeigen würde –, überzog die Mauern. Auf dem Dach hob sich ein Wirrwarr von Schornsteinen schwarz vom Nachthimmel ab. Der ganze Bau erschien wie die Ausgeburt eines widerspenstigen Geistes, der nicht bereit war, das Dasein des 20. Jahrhunderts anzuerkennen. Und der gleiche Geist herrschte im Park rund um das Haus.

Uralte Eichen breiteten hier ihre massigen Äste über Rasenflächen, wo blumenumkränzte Standbilder das Gleichmaß der grünen Weite unterbrachen. Gewundene Pfade lockten mit Sirenenzauber in den Wald hinter dem Haus. Das Plätschern eines Springbrunnens und das Blöken eines Schafs waren die einzigen Laute, die das Seufzen des Nachtwinds begleiteten.

Deborah drehte sich wieder zum Wagen um. Simon hatte seine Tür geöffnet. Geduldig wartete er auf ihre Reaktion, die Reaktion der geschulten Fotografin.

»Es ist wunderschön«, sagte sie. »Simon, ich danke dir.«

Er hob das geschiente Bein aus dem Wagen, stellte es auf den Boden und bot ihr seine Hand. Mit einer routinierten Bewegung half Deborah ihm auf die Füße.

»Es kommt mir vor, als wären wir stundenlang im Kreis gefahren«, bemerkte Simon und streckte sich.

»Das sind wir ja auch«, meinte sie neckend. »›Keine zwei Stunden vom Bahnhof entfernt, Deborah. Eine herrliche Fahrt.‹«

Er lachte leise. »Aber es war doch auch eine herrliche Fahrt, Liebes. Gib's zu.«

»Absolut. Als ich die Rievaulx Abtei das dritte Mal sah, war ich völlig hin.« Sie blickte zu der schweren Eichentür hinüber. »Also, wollen wir es versuchen?«

Der Kies knirschte unter ihren Füßen, als sie auf die dunkle Nische zugingen, in die die Tür eingelassen war. Eine verwitterte Holzbank lehnte an der Mauer daneben, und zu beiden Seiten standen zwei große Steintöpfe, der eine überquellend von satten Blüten, der andere letzte Ruhestätte einer Familie verkümmerter Geranien, deren dürre Blätter raschelnd zu Boden flatterten, als Simon und Deborah an ihnen vorübergingen.

Simon betätigte den Türklopfer aus schwerem Messing, der in der Mitte der Tür herabhing. Nichts geschah.

»Da ist auch eine Glocke«, bemerkte Deborah. »Versuch's mal mit der.«

Das Läuten, das offenbar bis in die tiefsten Tiefen des Hauses drang, erregte eine, wie es schien, ganze Meute von Hunden zu wütendem Gebell.

»Na, das hat gewirkt.« Simon lachte.

»Verdammt noch mal, Caspar! Jason! Das war doch nur die Glocke, ihr Teufel!« Die scheltende Stimme hinter der Tür war tief, ihr Tonfall eindeutig der einer Frau, die hier in dieser Gegend groß geworden war. »Weg mit euch! Raus! Marsch in die Küche!«

Es folgte ein Moment Stille, dann Rumoren und neuerliches Gezeter.

»Nein, ihr verflixten Biester! Raus jetzt! He, he, ihr Lumpen! Gebt mir sofort meine Hausschuhe! Oh, verdammt, zum Teufel mit euch.«

Damit wurde drinnen quietschend ein Riegel zurückgeschoben, und die Tür wurde geöffnet. Eine barfüßige Frau sprang auf den eiskalten Steinen der Eingangshalle auf und nieder, daß ihr das krause graue Haar nur so um die Ohren flog.

»Mister Allcourt-St.-James«, sagte sie ohne Gruß. »Herein mit Ihnen beiden. Ach, verdammt.«

Sie zog sich die wollene Stola von den Schultern, warf sie zu Boden und stellte ihre kalten Füße darauf. Dann zog sie den voluminösen roten Morgenrock fester um sich und schlug, sobald Simon und Deborah eingetreten waren, krachend die Tür zu.

»So, das ist besser.« Sie lachte dröhend, ohne Zurückhaltung und gänzlich ungeniert. »Sie müssen entschuldigen. Sie kommen sich wahrscheinlich vor wie in einem Roman von Emily Brontë. Aber ganz so schlimm ist es im allgemeinen nicht. Haben Sie sich verfahren?«

»Ganz fürchterlich«, bekannte Simon. »Das ist meine Frau Deborah, Mrs. Burton-Thomas«, fügte er hinzu.

»Sie sind sicher ganz durchgefroren«, meinte Alice Burton-Thomas. »Aber das werden wir gleich haben. Gehen wir erst mal rüber ins Eichenzimmer. Da ist es schön warm. – Danny!« rief sie laut. Dann: »Kommen Sie. Immer mir nach. – Danny!«

Sie folgten ihr durch die eiskalte steingeflieste Halle mit den weiß gekalkten Wänden und den dunklen Deckenbalken. Die in tiefe Nischen eingelassenen Fenster hatten keine Vorhänge, in dem gewaltigen offenen Kamin brannte kein Feuer. Simon und Deborah betrachteten interessiert die Sammlung alter Feuerwaffen und Helme, die über dem Kamin aufgehängt war.

»Ja«, sagte Alice Burton-Thomas, die ihr Interesse bemerkte. »Cromwell und seine *Roundheads* waren auch schon hier. Sie hausten während des Bürgerkriegs zehn Monate in Keldale Hall. Sechzehnhundertvierundvierzig«, fügte sie bedeutsam hinzu, als erwartete sie, daß sie sich dieses Jahr der Schmach in der Familiengeschichte der Burton-Thomas' für immer einprägten. »Aber wir befreiten uns von ihnen, sobald es ging. Nichts als Gesindel, alle miteinander.«

Sie führte sie durch ein dunkles Speisezimmer und von dort in einen langen, dunkel getäfelten Raum mit scharlachroten Vorhängen vor den Fenstern und einem lodernden Feuer im offenen Kamin.

»Ja, liebe Güte, wo bleibt sie denn nur?« brummelte Alice Burton-Thomas und kehrte noch einmal zu der Tür zurück, durch die sie gerade eingetreten waren. »Danny!« rief sie wieder.

Schnelle Schritte hallten durch das Haus, dann erschien ein etwa neunzehnjähriges Mädchen mit zerzaustem Haar an der Tür.

»Entschuldige!« Das Mädchen lachte. »Aber dafür hab' ich dir deine Hausschuhe gerettet.« Sie warf sie Alice Burton-Thomas zu, die sie geschickt auffing. »Leider etwas angeknabbert.«

»Danke, Kind. Würdest du unseren Gästen einen Brandy holen? Dieser schreckliche Watson hat die Karaffe fast leergetrunken, ehe er heute abend in sein Bett torkelte. Aber im Keller steht noch welcher.«

Während das Mädchen davonging, untersuchte Alice Burton-Thomas stirnrunzelnd ihre Hausschuhe, brummelte etwas vor sich hin, zog die Hausschuhe über die Füße und legte sich die Stola, die ihr bei ihrem Gang durchs Haus als wärmende Unterlage hatte dienen müssen, wieder um die Schultern.

»Bitte, setzen Sie sich doch. Ich wollte in Ihrem Zimmer erst bei Ihrer Ankunft Feuer machen. Da können wir noch ein bißchen schwatzen, bis es warm ist. Verflixt kalt für Oktober, nicht? Soll einen frühen Winter geben.«

Der Keller war offensichtlich nicht weit, denn schon nach wenigen Augenblicken kehrte das Mädchen mit einer frischen Flasche Brandy zurück. Sie öffnete sie an einem Hepplewhite Tisch unter dem Porträt eines finster dreinblickenden, hakennasigen alten Burton-Thomas und kam mit einem Tablett, auf dem drei Brandygläser und die neu gefüllte Karaffe standen, zu ihnen.

»Soll ich nach dem Zimmer sehen, Tante Alice?« fragte sie.

»Ja, bitte. Und sag Eddie, er soll das Gepäck holen. Bitte die Amerikaner unbedingt um Entschuldigung, falls sie oben durch die Gänge irren, weil das Getöse sie geweckt hat.«

Alice Burton-Thomas schenkte ein, während das Mädchen wieder aus dem Zimmer ging.

»Aber die guten Leute wollen ja Atmosphäre, und die können sie bei mir, weiß Gott, in rauhen Mengen haben.« Wieder lachte sie dröhnend und kippte ihren Brandy in einem Zug. »Ich übe mich in Verschrobenheit«, bekannte sie heiter und schenkte sich noch mal ein. »Hauptsache, es wird den Leuten nicht langweilig. Man muß nur ein bißchen Exzentrik bieten, und schon wird man in sämtlichen Reiseführern empfohlen.«

Die Erscheinung der Frau wies ihr Bemühen als geglückt aus. Sie war eine Mischung aus adeliger Würde und Spukschloßgrusel. Ihre Körpergröße war ebenso imposant wie ihre breiten Schultern, und sie hatte die Hände einer Arbeiterin, die Beine einer Tänzerin und das Gesicht einer alternden Walküre. Ihre Augen waren blau, tief eingebettet über den ausgeprägten Wangenknochen. Die kühn hervorspringende Nase schien im ungewissen Licht des Raumes ihre ganze Oberlippe zu überschatten. Sie war vielleicht fünfundsechzig Jahre alt, aber das Alter war für Alice Burton-Thomas offensichtlich eine sehr relative Sache.

»Nun?« Sie musterte Simon und Deborah. »Sind Sie nicht hungrig? Sie haben das Abendessen um –« sie warf einen Blick auf die Standuhr an der Wand gegenüber – »um zwei Stunden verpaßt.«

»Bist du hungrig, Liebes?« fragte Simon Deborah. In seinen Augen war eine gewisse Erheiterung zu bemerken.

»Äh – nein, kein bißchen.« Sie wandte sich Alice Burton-Thomas zu. »Sie haben noch andere Gäste?«

»Nur ein amerikanisches Ehepaar. Die werden Sie beim Frühstück erleben. Sie kennen den Typ. Polyester und dicke Goldketten. Der Mann trägt einen grauenhaften Brillanten am kleinen Finger. Er hielt mir heute abend einen absolut packenden Vortrag über Zahnheilkunde. Er meinte, ich solle mir die Zähne versiegeln lassen. Das scheint das Allerneueste zu sein.« Alice Burton-Thomas schüttelte sich schaudernd und kippte den nächsten Brandy. »Klingt so altägyptisch, finde ich. Einbalsamierte Zähne für die Nachwelt. Oder war's nur gegen Karies?« Sie zuckte gleichgültig die Achseln. »Ich hab' keine Ahnung. Bei den Amerikanern ist dieses Getue mit den Zähnen eine richtige fixe Idee. Daß sie nur ja alle schön gerade in Reih und Glied stehen! So ein Quatsch. Ich finde, ein paar schiefe Zähne geben einem Gesicht erst den richtigen Pfiff.«

Sie stocherte im Feuer herum, daß die Funken sprühten.

»Na, ich freu' mich jedenfalls, daß Sie da sind«, fuhr sie fort. »Wenn sich mein Großvater wahrscheinlich auch im Grab umdreht vor Entsetzen, daß ich aus diesen ehrwürdigen Hallen ein Gasthaus gemacht habe. Aber sonst wär's ein Museum geworden, und das ist noch schlimmer.« Über den Rand ihres Glases zwinkerte sie ihnen zu. »Nehmen Sie's mir nicht übel, aber da ist das Leben als Gastwirtin schon viel amüsanter.«

Von der Tür her kam ein Räuspern. Ein Junge stand dort, etwas verlegen in seinem karierten Schlafanzug, über dem er eine viel zu große Hausjacke aus Samt trug, die er mit einem Gürtel zusammengezogen hatte. Er sah aus wie ein kleiner Musketier. In den Händen hielt er ein Paar Krücken.

»Was ist denn, Eddie?« fragte Alice Burton-Thomas ungeduldig. »Du hast das Gepäck doch raufgetragen, oder?«

»Ja. Die hier waren im Kofferraum, Tante Alice«, antwortete er. »Soll ich die auch raufbringen?«

»Natürlich, du Dummkopf.«

Er drehte sich um und lief davon.

Sie seufzte. »Was ich an meiner Familie leide!« sagte sie. »Ich bin wirklich die reinste Märtyrerin. Aber jetzt kommen Sie, meine Lieben. Ich zeige Ihnen Ihr Zimmer. Sie sind doch wahrscheinlich hundemüde. Nein, nein, nehmen Sie Ihren Brandy ruhig mit.«

Sie folgten ihr wieder durch das Speisezimmer in einen Flur. Von dort ging es eine gebohnerte Eichentreppe hinauf in die oberen Regionen des Hauses, die in tiefes Dunkel gehüllt waren.

»Unsere Freitreppe«, teilte Alice Burton-Thomas ihnen mit und klatschte mit der Hand auf das breite Holzgeländer. »Diese Prachtstücke werden heute gar nicht mehr gemacht. Kommen Sie, hier entlang.«

Oben führte sie sie durch einen schwach erleuchteten Korridor, in dem Ahnenporträts mit drei alten flämischen Wandteppichen konkurrierten.

»Die muß ich unbedingt mal wegtun«, bemerkte Alice Burton-Thomas mit einer Kopfbewegung zu den Gobelins, ehe sie in einen zweiten Korridor abbogen. »Die hängen seit 1822 hier rum, aber kein Mensch konnte meine Großmutter davon überzeugen, daß sie besser wirken, wenn man sie mit etwas Abstand anschaut. Tja, die Tradition. Ich kämpfe an allen Ecken mit ihr. – So, da sind wir, meine Lieben.«

Sie öffnete eine Tür.

»Ich lasse Sie jetzt allein. An modernem Komfort ist alles vorhanden. Sie werden sich schon zurechtfinden. Nachtchen.«

Mit flatterndem Morgenrock eilte sie davon, und bald war nur noch das Klatschen ihrer Hausschuhe auf dem steinernen Boden zu hören.

Das Zimmer nahm sie mit Wärme auf. Es war, dachte Deborah, der schönste Raum, den sie je gesehen hatte. Ganz in Eiche getäfelt, mit zwei Gainsborough-Porträts, deren schöne Frauengesichter lächelnd zu ihnen herabblickten. Kleine Tischlampen mit rosafarbenen Schirmen spendeten ein sanftes Licht, das schimmernd auf das Mahagoniholz des großen Himmelbetts fiel. Der mächtige alte Schrank warf einen schrägen Schatten an die Wand, auf dem Frisiertisch glänzte eine Garnitur silberner Bürsten. Auf einem Tisch unter einem der Fenster stand eine Vase mit Lilien. Deborah ging hin und berührte behutsam eine der gelblichweißen Blüten.

»Es ist eine Karte dabei«, sagte sie und zog die Karte heraus, um sie zu lesen. Dann drehte sie sich nach Simon um.

Er hatte sich in einen Sessel am offenen Kamin gesetzt und betrachtete sie, wie er das so häufig tat, in liebevollem Schweigen.

»Danke dir, Simon«, sagte Deborah leise. Sie steckte die Karte wieder in den Strauß. Ihre Augen waren feucht, doch sie zwang sich, in leichtem Ton zu sprechen. »Wie hast du dieses Haus nur gefunden?«

»Gefällt es dir?« fragte er zurück.

»Eine schönere Überraschung hättest du mir nicht bereiten können. Und das weißt du auch, nicht wahr?«

Er antwortete nicht. Als es klopfte, warf er ihr einen erheiterten

Blick zu, der klar sagte, mal sehen, was jetzt kommt. Dann rief er: »Herein.«

Es war Danny, einen Stapel Wolldecken in den Armen.

»Entschuldigen Sie. Die hatte ich vergessen. Es ist schon eine Daunendecke da, aber meine Tante meint, die ganze Welt müßte so frieren wie sie selber.«

Mit unbefangener Selbstverständlichkeit trat sie ins Zimmer.

»Hat Eddie Ihre Sachen raufgebracht?« fragte sie, während sie den Schrank öffnete und die Decken hineinwarf. »Er ist manchmal ein bißchen langsam, wissen Sie. Nehmen Sie's ihm nicht übel.«

Sie musterte sich in dem welligen Spiegel an der Innentür des Schranks, zupfte hier und dort an ihrem Haar und merkte plötzlich, daß sie sie beobachteten.

»So, und jetzt hüten Sie sich, wenn das Baby schreit«, sagte sie mit feierlichem Ernst, als verkünde sie etwas von größter Bedeutsamkeit.

»Wenn das Baby schreit? Haben die Amerikaner ein Kind?« fragte Deborah.

Danny öffnete die dunklen Augen weit und sah die beiden an.

»Sie wissen es nicht? Hat Ihnen niemand was davon gesagt?«

Das Verhalten des Mädchens verriet Deborah, daß sie nicht lange auf die Aufklärung würden warten müssen. Danny strich sich einleitend mit beiden Händen über ihr Kleid, sah sich im Zimmer um, als fürchtete sie unerbetene Lauscher, und ging zum Fenster. Trotz der Kälte öffnete sie den Riegel und machte auf.

»Hat Ihnen keiner etwas *davon* gesagt?« fragte sie und wies mit dramatischer Geste in die Nacht hinaus.

Deborah und Simon blieb keine andere Wahl, als zum Fenster zu kommen. In der Ferne schimmerten die abgebröckelten Mauern einer Ruine durch den Nebel.

»Die Abtei von Keldale«, erklärte Danny in vielsagendem

Ton, schloß das Fenster und ließ sich zu vertraulichem Gespräch am Kamin nieder. »Dort schreit das Baby. Nicht hier.«

Simon zog die Vorhänge zu und kehrte mit Deborah ebenfalls zum Feuer zurück. Sie machte es sich auf dem Boden neben seinem Sessel bequem und ließ die wohltuende Wärme des Feuers über ihre Haut strahlen.

»Dann ist das Baby wohl ein Geist«, sagte sie zu Danny.

»Ja. Und ich hab' es selber schon gehört. Sie werden es bestimmt auch hören. Warten Sie nur.«

»Jeder Geist hat seine Legende«, bemerkte Simon.

»Dieser auch.« Danny kuschelte sich tiefer in ihren Sessel. »Keldale war im Krieg auf seiten des Königs, wissen Sie«, erklärte sie, als wäre das siebzehnte Jahrhundert kaum eine Woche entfernt. »Die Leute von Keldale waren dem König bis auf den letzten Mann treu. Das ist das Dorf unten, Sie wissen schon. Gar nicht weit von hier. Sie haben es sicher gesehen.«

Simon lachte leise. »Wir hätten es eigentlich sehen müssen, aber wir sind aus einer anderen Richtung gekommen.«

»Über die Panoramastraße«, fügte Deborah hinzu.

Danny ging auf die Ablenkung nicht ein.

»Also«, fuhr sie fort, »es war kurz vor Kriegsende. Und Cromwell, dieser teuflische Schurke –« Danny hatte ihre Geschichtsstunden offenbar auf dem Schoß ihrer Tante bekommen – »hörte, daß die Adligen im Norden einen Aufstand planten. Da fegte er noch ein letztesmal durch die Täler hier, überfiel Herrenhäuser und Schlösser und vernichtete königstreue Dörfer. Keldale liegt gut versteckt.«

»Ja, das haben wir gemerkt«, warf Simon ein.

Danny nickte ernsthaft. »Aber schon Tage im voraus hörte man im Dorf, daß die Horden Cromwells sich näherten. Das Dorf selbst interessierte Cromwell nicht, aber seine Bewohner, alle, die König Karl die Treue hielten . . .«

»Er wollte sie natürlich töten«, sagte Deborah schnell.

»Ja, bis auf den letzten Mann«, erklärte Danny. »Als bekannt wurde, daß Cromwell es auf Keldale abgesehen hatte, dachten die Dorfbewohner sich einen Plan aus. Sie wollten mit allem, was sie besaßen, in die Abtei ziehen. Wenn Cromwell dann kam, würde er zwar Keldale finden, aber keine Menschenseele darin.«

»Ein ziemlich ehrgeiziger Plan«, meinte Simon.

»Aber er klappte«, antwortete Danny stolz. Die dunklen Augen blitzten, doch sie senkte die Stimme. »Wenn nur das Baby nicht gewesen wäre.« Sie beugte sich in ihrem Sessel vor. Offensichtlich hatten sie den Höhepunkt der Geschichte erreicht. »Cromwell und seine Leute kamen. Es war genauso, wie die Dorfbewohner gehofft hatten. Das Dorf war menschenleer. Alles war still und verlassen, von dichtem Nebel eingehüllt. Im ganzen Dorf nicht ein lebendes Wesen, weder Mensch noch Tier. Und dann –« mit raschem Blick vergewisserte sich Danny, daß sie die volle Aufmerksamkeit ihrer Zuhörer hatte – »dann begann in der Abtei, wo alle Dorfbewohner versammelt waren, ein Baby zu weinen. O Gott!« Sie drückte beide Hände an ihren jungen Busen. »Der Schreck! Die Angst! Sie waren Cromwell entkommen, nur um von einem Baby verraten zu werden. Die Mutter versuchte, das kleine Kind zu beruhigen, indem sie ihm die Brust gab. Aber das half nichts. Das Baby schrie und schrie. Sie hatten Todesangst, daß wegen des Geschreis die Hunde zu bellen anfangen würden und daß Cromwell sie dann finden würde. Da hielten sie dem armen Kind den Mund zu. Und erstickten es.«

»Ach Gott!« murmelte Deborah. Sie rückte näher an Simons Sessel heran. »Genau die richtige Geschichte für eine Hochzeitsnacht, nicht?«

»Ja, aber Sie müssen doch Bescheid wissen.« Dannys Ton war eindringlich. »Das Schreien des Babys bringt nämlich schreckliches Unglück, wenn man nicht weiß, was man tun muß.«

»Eine Knoblauchknolle mit sich herumtragen?« fragte Simon. »Oder mit einem Kruzifix in der Hand schlafen?«

Deborah gab ihm einen leichten Stoß.

»*Ich* möchte es aber wissen. Soll ich mich unglücklich machen lassen, nur weil ich einen Zyniker geheiratet habe? Sagen Sie mir, was man tun muß, Danny, wenn man das Baby schreien hört.«

Danny nickte ernst. »Das Baby schreit immer nur nachts. Sie müssen auf Ihrer rechten Seite schlafen, Ihr Mann auf seiner linken. Und Sie müssen sich fest umarmen, bis das Weinen aufhört.«

»Sehr interessant«, meinte Simon. »Eine Art lebendes Amulett. Darf man hoffen, daß dieses Baby häufig weint?«

»Nein, so sehr häufig nicht. Aber ich–« Sie schluckte, und man merkte, daß dies keine hübsch ausgedachte Geschichte für verliebte Hochzeitsreisende war; sie nahm die Geschichte durchaus ernst, und ihre Furcht war echt. »Aber ich hab' es vor ungefähr drei Jahren selbst gehört. So was vergißt man nicht.« Sie stand auf. »Vergessen Sie nicht, was Sie tun müssen.«

»Nein, nein, wir vergessen es nicht«, versicherte Deborah.

Sie schwiegen, nachdem das Mädchen gegangen war. Deborah lehnte ihren Kopf an Simons Knie. Er strich ihr sacht durch das lange Haar. Sie sah zu ihm auf.

»Ich hab' Angst, Simon. Nicht ein einziges Mal hab' ich das ganze vergangene Jahr gedacht, daß ich Angst haben würde, aber nun hab' ich sie.« Sie sah in seinen Augen, daß er sie verstand. Natürlich verstand er sie. Hatte sie je ernsthaft daran gezweifelt?

»Ich auch«, antwortete er. »Den ganzen Tag heute, praktisch jeden Augenblick habe ich so etwas wie Panik in mir gespürt. Ich wollte mich nie verlieren, an dich nicht, an niemanden. Aber nun ist es eben doch geschehen.« Er lächelte. »Du hast mich mit einer Macht erobert – fast ein bißchen wie Cromwell –, der ich nicht widerstehen konnte, und nun merke ich plötzlich, daß die wahre Angst nicht die ist, mich zu verlieren, sondern *dich* zu verlieren.«

Er berührte den Anhänger, den er ihr an diesem Morgen

umgelegt hatte. Es war ein kleiner goldener Schwan, seit langem ihr gemeinsames Symbol fester Bindung: eine Wahl, ein Leben lang.

»Hab keine Angst«, flüsterte er zärtlich.

Jimmy Havers hatte kleine Schweinsäuglein, die unstet flackerten, wenn er nervös war. Er mochte sich einbilden, eine bravouröse Vorstellung hinzulegen, wenn er versuchte, sich mit faustdicken Lügen aus allem herauszureden; ob man ihn nun des Diebstahls beschuldigte oder auf frischer Tat ertappt hatte, Tatsache war, daß seine Augen ihn unweigerlich verrieten, wie eben jetzt.

»Ich wußte nicht, ob du rechtzeitig heimkommen würdest, um Mama die Sachen über Griechenland zu besorgen, darum ist Jim gleich selbst gegangen.«

Er sprach immer in der dritten Person von sich, so als könne er sich dadurch jeglicher Verantwortung für sein Tun entziehen. Wie eben jetzt. Nein, ich war nicht beim Buchmacher. Nein, ich hab' mir auch keinen Schnupftabak geholt. Wenn das einer getan hat, war's Jimmy, nicht ich.

Barbara folgte dem unsteten Blick ihres Vaters, der quer durchs Zimmer irrte. O Gott, dieses grauenvolle Zimmer! Wie eine Todeszelle, keine fünfzehn Quadratmeter. Die Fenster, vom Dreck und Staub von Jahren verklebt, nicht mehr zu öffnen, die dreiteilige Sitzgarnitur, unerläßlich für stilvolles Wohnen, uralt und so zerschlissen, daß überall das künstliche Roßhaar hervorquoll. Die Tapete mit dem kitschigen Muster verschlungener Rosen, die sich bis zur Decke hinaufrankten. Rennzeitschriften auf Tischen und Boden und daneben die fünfzehn Kunstlederalben, die jede Etappe des Wahnsinns ihrer Mutter dokumentierten. Und über allem lächelte Tony. Unentwegt.

In einer Ecke des Zimmers war sein Gedenkschrein. Das letzte Foto, das ihn vor seiner Krankheit zeigte – ein kleiner Junge, unscharf und verschwommen, wie er einen Fußball in ein provisorisches Tor stieß, das in einem üppig blühenden Garten aufgestellt war –, in riesiger Vergrößerung. Zu beiden Seiten davon hingen in dunklen Rahmen – Plastik auf Eiche getrimmt – alle seine Schulzeugnisse und – Gott erbarme dich – die Urkunde seines Todes. Darunter prangte in verstaubter Huldigung ein Arrangement von Plastikblumen.

Der Fernseher dröhnte wie immer aus der gegenüberliegenden Ecke, wo man ihn plaziert hatte, »damit Tony auch zuschauen kann«. Regelmäßig durfte er seine Lieblingsprogramme sehen, die immer noch liefen, als wäre die Zeit stehengeblieben, als wäre nichts geschehen, als hätte sich nichts geändert. Während Fenster und Türen geschlossen und abgesperrt waren, verriegelt und mit Ketten gesichert, um die Wahrheit jenes Augustnachmittags auf der Uxbridge Road auszusperren.

Barbara ging durchs Zimmer und schaltete den Fernseher aus.

»He, Mädchen, Jim will das sehen«, protestierte ihr Vater.

Sie sah ihn an. Wie ekelerregend er doch war! Wann hatte er das letztemal ein Bad genommen? Sie konnte ihn bis hierher riechen – den Schweiß, die öligen Ausscheidungen seines Körpers, die sich in seinem Haar sammelten, an seinem Hals, in den Falten hinter seinen Ohren; die ungewaschene Kleidung.

»Mister Como hat mir erzählt, daß du bei ihm warst«, sagte sie und setzte sich auf die Couch.

Der unstete Blick huschte umher. Vom leblosen Fernseher zu den Plastikblumen und den kitschigen Kletterrosen an der Wand.

»Ja, Jim war bei Como, stimmt.« Er nickte.

Er sah seine Tochter grinsend an. Seine Zähne waren braun, und Barbara sah, wie sich der Saft in seinem Mund sammelte. Die Kaffeedose stand neben seinem Sessel, ungeschickt versteckt unter einer Rennzeitschrift. Sie wußte, er wartete darauf, daß sie einen Moment wegschauen würde, damit er es erledigen konnte, ohne erwischt zu werden. Aber sie war nicht bereit mitzuspielen.

»Spuck's aus, Dad«, sagte sie geduldig. »Es hat doch keinen Sinn, daß du's runterschluckst und dir dann übel wird.«

Sie sah, wie die Spannung in seinem Körper nachließ, als er erleichtert nach der Dose griff und den braunen Tabakschleim hineinspie.

Er wischte sich den Mund mit einem fleckigen Taschentuch, hustete hinein und rückte die Schläuche zurecht, die den Sauerstoff in seine Nase leiteten. Mit jammervoller Miene suchte er bei seiner Tochter Zärtlichkeit, fand jedoch keine. Da wandte er sich ab, und wieder begannen die unsteten Wanderungen seines Blicks durch das Zimmer.

Barbara betrachtete ihn nachdenklich. Warum wollte er nicht sterben? Die letzten zehn Jahre waren ein einziger langsamer Verfall gewesen; warum nicht endlich ein großer Sprung ins schwarze Vergessen? Es wäre eine Erleichterung für ihn. Vorbei das mühsame Um-Atem-Ringen. Kein Emphysem mehr. Keine Notwendigkeit mehr zu schnupfen, um die Sucht zu lindern. Nur Leere und nichts.

»Du bekommst noch Krebs, Dad«, sagte sie. »Das weißt du doch.«

»He, Jim geht's gut, Barb. Mach dir keine Sorgen, Mädchen.«

»Dann denk wenigstens an Mama. Was würde aus ihr werden, wenn du wieder ins Krankenhaus müßtest?« Wie Tony. So hing es unausgesprochen in der Luft. »Soll ich mit Mister Como reden? Ich würde es viel lieber nicht tun, aber wenn das mit dem Schnupftabak so weitergeht, muß ich es tun, das weißt du.«

»Como hat Jim ja überhaupt erst drauf gebracht«, protestierte ihr Vater mit weinerlicher Stimme. »Nachdem du ihm gesagt hattest, daß er Jim keine Zigaretten mehr verkaufen soll.«

»Du weißt, daß ich das nur zu deinem Besten getan habe. Mit

einem Sauerstoffzylinder darf man nicht rauchen. Das haben die Ärzte dir doch gesagt.«

»Aber Como sagte, schnupfen könnte Jim ruhig.«

»Mister Como ist kein Arzt. Gib mir jetzt den Schnupftabak.« Sie hielt ihm fordernd die Hand hin.

»Aber Jim will doch nur –«

»Keine Widerrede, Dad. Gib mir das Zeug.«

Er schluckte krampfhaft. Seine Augen gingen nervös hin und her.

»Aber irgendwas braucht Jim doch, Barbie«, erwiderte er jämmerlich.

Sie fuhr zusammen bei dem Namen. Nur Tony hatte sie so genannt. Von den Lippen ihres Vaters kommend war er eine Verwünschung. Dennoch trat sie zu ihm, legte ihm die Hand auf die Schulter und zwang sich, sein ungewaschenes Haar zu berühren.

»Daddy, versteh doch. Wir müssen an Mama denken. Ohne dich würde sie nicht am Leben bleiben. Darum mußt du auf deine Gesundheit achten. Verstehst du nicht? Mama – sie liebt dich so sehr.«

Zeigte sich da ein Schimmer? Nahmen sie einander noch wahr in dieser privaten Hölle, die sie so reichlich verdienten, oder war der Nebel bereits zu dick?

Er schluchzte einmal erstickt auf. Mit schmutziger Hand griff er in seine Tasche und zog die kleine runde Dose heraus. »Jim meint's nicht schlecht, Barbie«, sagte er, während er seiner Tochter die Dose gab. Sein Blick ging von ihrem Gesicht zu dem Hausaltar, zu den Plastikblumen in den Plastikvasen. Sie begriff augenblicklich, stand auf, leerte die Blumen heraus und nahm die anderen drei Dosen Schnupftabak, die dort versteckt waren, an sich.

»Ich spreche morgen mit Mister Como«, sagte sie kalt und ging aus dem Zimmer.

Natürlich Eaton *Terrace*, nicht Eaton Place. Das wäre zu – zu demonstrativ gewesen, und Lynley zog eindeutig das vornehme *understatement* vor. Außerdem war dies nur das Stadthaus. Wirklich zu Hause waren die Lynleys auf ihrem Gut Howenstow in Cornwall.

Barbara betrachtete das weiße Haus. Wie herrlich sauber alles in Belgravia war. Wie elegant und schick. Es war die einzige Gegend der Stadt, wo die Leute sich dazu herabließen, in umgebauten Stallungen zu wohnen, und dann vor ihren Freunden noch damit prahlten.

Wir wohnen jetzt in Belgravia, sagten wir das schon? Oh, Sie müssen unbedingt einmal zum Tee kommen. Nur dreihunderttausend Pfund, aber wir halten es für eine hervorragende Kapitalanlage. Fünf Zimmer. Eine reizende kleine Straße mit altem Kopfsteinpflaster. Besuchen Sie uns. Sagen wir halb fünf? Sie können das Häuschen nicht verfehlen. Ich habe vor allen Fenstern Begonien.

Barbara stieg die makellosen Marmorstufen hinauf und vermerkte mit einem verächtlichen Kopfschütteln das kleine Wappen der Ashertons unter den Messingleuchten. Nein, für die stolze Familie der Ashertons kam selbstverständlich ein umgebauter Stall nicht in Frage.

Sie hob den Kopf, um zu klingeln, hielt aber plötzlich inne, drehte sich um und sah auf die Straße hinaus. Seit dem vergangenen Tag hatte sie keine Zeit gefunden, über ihre neue Position nachzudenken. Ihre Vorladung zu Webberly, die Fahrt nach Chelsea, wo sie Lynley abgeholt hatte, das Gespräch mit dem sonderbaren kleinen Priester: all das war so rasch aufeinandergefolgt, daß ihr nicht eine freie Minute geblieben war, um sich in ihre neue Situation hineinzuversetzen und eine Strategie zu entwerfen, die ihr helfen würde, diese neuerliche Lehrzeit erfolgreich zu überstehen.

Lynley war über die vorgesehene Zusammenarbeit mit ihr

zwar nicht so entsetzt gewesen, wie sie erwartet hatte – eindeutig nicht so entsetzt und empört wie sie selbst –, aber er war ja auch mit anderen Dingen beschäftigt gewesen: der Heirat seines Freundes und der abendlichen Verabredung mit Lady Helen Clyde. Jetzt, wo er Zeit zum Nachdenken gehabt hatte, würde sie gewiß seinen ganzen Ärger darüber zu spüren bekommen, daß man ihm eine unmögliche Person wie sie aufgehalst hatte.

Was also sollte sie tun? Hier war sie endlich, die Gelegenheit, auf die sie gewartet, die sie erhofft und ersehnt hatte: die Chance, sich als Mitarbeiterin bei der Kripo zu bewähren. Hier war die Chance, die Streitereien, die unbedachten Äußerungen, die impulsiven Entscheidungen und törichten Fehler der vergangenen zehn Jahre auszumerzen.

»Sie können eine Menge lernen von Lynley«, hatte Webberly gesagt. Sie runzelte nachdenklich die Stirn. Was konnte sie denn schon von Lynley lernen? Welchen Wein man zu welchem Fleisch bestellt, ein paar Tanzschritte, wie man einen Raum voller Menschen mit charmanter Konversation blendete? *Was* konnte sie von Lynley lernen?

Nichts natürlich. Aber sie wußte nur zu gut, daß er für sie die einzige Chance war, wieder zur Kriminalpolizei zu kommen. Deshalb mußte sie sich gut überlegen, welcher Weg der beste zu einem gütlichen Auskommen mit dem Mann war.

Absolute Unterwerfung, dachte sie. Sie würde keine eigenen Vorschläge machen, keine eigene Meinung äußern, jedem seiner Gedanken und jeder seiner Äußerungen zustimmen.

Es geht nur darum, diese Probe zu bestehen, dachte sie, drehte sich um und läutete.

Sie hatte ein adrett gekleidetes Dienstmädchen erwartet und war verblüfft, als Lynley selbst öffnete, ein Stück Toast in der Hand, die Lesebrille auf der edlen, aristokratischen Nase.

»Ah, Havers«, sagte er und sah sie über die Ränder der Brillengläser an. »Sie sind früh dran. Ausgezeichnet.«

Er führte sie durch das Haus in ein luftiges, helles Frühstückszimmer mit blaßgrünen Wänden. Durch die vorhanglose Terrassentür blickte man auf einen Garten, in dem noch späte Blumen blühten. Auf einer schönen alten Kredenz war in silbernen Schalen und Schüsseln das Frühstück aufgetischt. Der appetitliche Duft von warmem Brot und gebratenem Schinken ließ Barbaras Magen leise knurren. Sie preßte einen Arm auf ihre Mitte und versuchte, nicht an ihr eigenes Frühstück an diesem Morgen zu denken, das aus einem zu hart gekochten Ei und einer Scheibe Toast bestanden hatte. Der Tisch war für zwei gedeckt, was Barbara im ersten Moment überraschte, bis ihr Lynleys abendliches Rendezvous mit Lady Helen Clyde wieder einfiel. Die Lady ruhte gewiß noch in seinem Bett.

»Bedienen Sie sich bitte.« Lynley wies mit seiner Gabel zerstreut zur Kredenz und schob einige Blätter des Polizeiberichts zusammen, die unordentlich zwischen dem Geschirr lagen. »Beim Essen kann man am besten denken. Aber nehmen Sie lieber nicht von den Räucherheringen. Die scheinen nicht mehr ganz gut zu sein.«

»Nein, danke«, sagte sie höflich. »Ich habe schon gefrühstückt, Sir.«

»Nicht mal ein Würstchen? Die sind ganz ausgezeichnet. Haben Sie auch festgestellt, daß die Metzger endlich wieder mehr Fleisch als Mehl in die Würstchen füllen? Das ist ausgesprochen wohltuend. Fast fünfzig Jahre seit dem Zweiten Weltkrieg, und endlich wird die Rationierung aufgehoben.« Er griff zur Teekanne, die genau wie das übrige Geschirr auf dem Tisch aus feinstem Porzellan war. »Eine Tasse Tee? Ich muß Sie allerdings warnen. Ich habe eine Leidenschaft für Lapsang Souchong Tee. Helen behauptet, er schmeckt wie schmutzige Socken.«

»Ich – ja, eine Tasse Tee nehme ich gern. Danke, Sir.«

»Gut«, sagte er. »Probieren Sie und sagen Sie mir, wie Sie ihn finden.«

Sie gab gerade ein Stück Zucker in ihre Tasse, als es draußen läutete. Hastige Schritte waren zu hören, dann eine Frauenstimme. »Ich geh' schon hin, Sir.« Die Frau sprach mit einem fremden Akzent. »Tut mir leid wegen vorhin. Aber der Kleine, Sie wissen ja.«

»Sie sollten mit ihm zum Arzt gehen«, rief Lynley zurück. »Das ist bestimmt Krupp.«

Eine zweite Frauenstimme klang hell durchs Haus. »Beim Frühstück?« Ein unbefangenes Lachen. »Da bin ich ja gerade richtig gekommen, Nancy. Er wird nie glauben, daß es reiner Zufall ist.«

Bei den letzten Worten trat Helen Clyde ins Zimmer. Barbara warf nur einen Blick auf sie und war wie gelähmt vor Schreck.

Sie trugen fast die gleichen Kostüme. Aber während Helens offensichtlich von der Hand des Modeschöpfers persönlich stammte, war Barbaras von der Stange, eine Kaufhauskopie, die entsprechend schlecht saß. Barbara fühlte sich noch häßlicher und unvollkommener als gewöhnlich. Das einzige Glück ist, dachte sie, daß die Farben anders sind. Verzweifelt griff sie nach ihrer Teetasse, hatte jedoch nicht die Kraft, sie zum Mund zu führen.

Helen stutzte nur einen Moment, als sie Barbara sah.

»Ich bin in einer fürchterlichen Patsche«, erklärte sie freimütig. »Gott sei Dank, daß Sie auch hier sind, Sergeant. Ich hab' nämlich das düstere Gefühl, daß mindestens drei Köpfe nötig sind, um mich aus dem Schlamassel zu retten, in das ich mich gestürzt habe.«

Sie stellte eine große Einkaufstüte auf den nächsten Stuhl und ging zur Kredenz, um eingehend sämtliche Platten und Schüsseln zu inspizieren, als wäre eine delikate Mahlzeit das einzige, was ihr Dilemma erträglicher machen konnte.

»Was denn für ein Schlamassel?« fragte Lynley. Dann sah er Barbara an. »Wie schmeckt Ihnen der Lapsang?«

Ihre Lippen waren wie erstarrt. »Er schmeckt sehr gut, Sir.«

»Nicht schon wieder dieser gräßliche Tee«, stöhnte Helen. »Wirklich, Tommy, du kennst kein Erbarmen.«

»Ich wußte nicht, daß du kommst. Ich dachte, einmal in der Woche könnte ich ihn mir wohl gönnen«, antwortete er spitz.

Sie lachte unbekümmert. »Sehen Sie, jetzt ist er gekränkt, Sergeant. So, wie du redest, Tommy, könnte man meinen, ich wäre jeden Morgen hier, um dich arm zu essen.«

»Denk an gestern, Helen.«

»Ach, du Scheusal!« Sie wandte ihre Aufmerksamkeit wieder dem Buffet zu. »Die Heringe riechen ja entsetzlich. Hat Nancy sie im Koffer mitgebracht?« Mit einem vollen Teller, auf dem sich Eier und Pilze, gegrillte Tomaten und gebratener Schinken häuften, setzte sie sich zu ihnen an den Tisch. »Wieso ist sie eigentlich hier? Warum ist sie nicht in Howenstow? Wo ist denn Denton?«

Lynley trank von seinem Tee und blickte dabei auf den Bericht, der vor ihm auf dem Tisch lag.

»Da ich verreise, habe ich ihm die nächsten Tage freigegeben«, antwortete er geistesabwesend. »Auf der Reise brauche ich ihn nicht.«

Helen, die gerade eine Scheibe Toast zum Mund führen wollte, hielt abrupt in der Bewegung inne.

»Das kann doch nicht dein Ernst sein, Darling. Du machst nur Spaß, nicht?«

»Ich bin durchaus imstande, ohne meinen Diener auszukommen. Ich bin nicht völlig lebensfremd, Helen.«

»Aber das meine ich doch gar nicht.« Helen trank einen Schluck Tee, schnitt eine Grimasse und setzte ihre Tasse ab. »Mir geht's um Caroline. Ich habe ihr gestern abend für die ganze Woche freigegeben. Hältst du es für möglich – Tommy, wenn sie mit Denton durchgebrannt ist, bin ich völlig aufgeschmissen. Nein«, sagte sie, als er sprechen wollte, »ich weiß schon, was du sagen willst. Sie haben ein Recht auf ihr Privatleben. Da bin ich ja ganz deiner Meinung. Aber wir müssen in dieser Sache einfach zu einem Kompromiß kommen – du und ich –, denn wenn sie heiraten und zu dir ziehen –«

»Dann heiraten wir beide auch«, unterbrach Lynley gelassen. »Und dann leben wir vier glücklich und in Freuden bis an unser seliges Ende.«

»Du findest das nur lustig. Aber sieh mich doch mal an. Ein Morgen ohne Caroline, und ich bin eine einzige Katastrophe. Oder glaubst du, daß sie mich in so einem Aufzug aus dem Haus gehen lassen würde?«

Lynley musterte den »Aufzug«. Barbara brauchte es nicht mehr zu tun, sie hatte sich das Bild Helen Clydes bereits eingeprägt: ein elegant geschnittenes burgunderrotes Kostüm, seidene Bluse, mauvefarbener Seidenschal, der fließend zur schlanken Taille herabfiel.

»Was ist denn daran nicht in Ordnung?« fragte Lynley. »Ich finde, du siehst großartig aus. Beinahe zuviel Glanz in meiner bescheidenen Hütte um diese frühe Morgenstunde.« Er sah demonstrativ auf die Uhr.

»Ist das nicht mal wieder typisch Mann, Sergeant?« wandte sich Helen entrüstet an Barbara. »Ich komme mir vor wie eine überreife Erdbeere, und er brummt ›du siehst großartig aus‹ und vergräbt sich in den nächsten Mordfall.«

»Besser, als wenn ich versuchen würde, dich modisch zu beraten.« Lynley wies mit einem Nicken auf die vergessene Einkaufstüte. Sie war umgefallen, und ein paar Stoffstücke hingen zum Boden hinunter. »Bist du etwa deshalb gekommen?«

Helen zog die Tüte zu sich heran.

»Wenn es so einfach wäre«, erwiderte sie seufzend. »Aber es ist weit schlimmer als die Sache mit Caroline und Denton – obwohl, das möchte ich vorsorglich bemerken, wir damit noch lange nicht fertig sind. Aber ich bin wirklich in heilloser Verlegenheit. Ich hab' nämlich Simons Einschußlöcher durcheinandergebracht.«

Barbara fühlte sich allmählich so, als wäre sie in ein Stück von Oscar Wilde hineingeraten. Es fehlte nur noch der Auftritt des Butlers mit einer Platte Gurkenbrötchen.

»Simons Einschußlöcher?« Lynley, der mit den geistigen Pirouetten Helens vertrauter war, zeigte Geduld.

»Du weißt schon. Es ging um den Einfluß von Flugbahn, Schußwinkel und Kaliber auf die Verteilung der Blutspritzer. Du erinnerst dich doch, nicht wahr?«

»Die Sache, die nächsten Monat vorgelegt werden soll?«

»Richtig. Simon ließ mir alles gut vorbereitet im Labor. Ich sollte die ersten Ergebnisse aufzeichnen und an das jeweilige Stück Stoff heften. Aber nun hab' ich –«

»– die Stoffstücke durcheinandergebracht«, vollendete Lynley. »Da wird Simon natürlich nicht erfreut sein. Was willst du jetzt tun?«

Sie blickte ratlos auf die Proben, die sie ohne viel Umstände auf den Boden geleert hatte.

»Hoffnungslos unwissend bin ich natürlich nicht. Nach vier Jahren Laborarbeit kann ich immerhin ein 22er Kaliber erkennen und kann ohne Schwierigkeiten das 45er Kaliber und die Flinte herausfinden. Aber die anderen – und die Frage, welches Spritzmuster zu welcher Flugbahn gehört...«

»Ein einziges Durcheinander also«, sagte Lynley.

»Leider ja«, bestätigte sie. »Deshalb bin ich hergekommen. Ich dachte, wir könnten es vielleicht gemeinsam entwirren.«

Lynley beugte sich zum Boden hinunter und hob prüfend einige der Stoffstücke hoch.

»Das geht nicht, Goldkind. Tut mir leid, aber das sind bestimmt ein paar Stunden Arbeit, und wir müssen zum Zug.«

»Was soll ich Simon nur sagen? Er hat ewig an der Sache getüftelt.«

Lynley überlegte. »Eine Möglichkeit gibt es –«

»Ja?«

»Professor Abrams vom Chelsea Institute. Kennst du ihn?« Als sie den Kopf schüttelte, fuhr er fort. »Er und Simon haben des öfteren gemeinsam als Gutachter ausgesagt. Zuletzt im Fall Melton im letzten Jahr. Sie kennen sich. Vielleicht würde er dir helfen. Ich könnte ihn für dich anrufen, ehe wir fahren.«

»Ach ja, Tommy. Ich wäre dir unheimlich dankbar. Ich würde alles für dich tun.«

Er zog eine Augenbraue hoch.

»Sagt man so etwas einem Mann beim Frühstück?«

Sie lachte. »Ich würde sogar das Geschirr spülen. Ich würde sogar Caroline dafür aufgeben.«

»Und Jeffrey Cusick?«

»Auch Jeffrey. Der arme Kerl. Ohne Zögern für ein paar Einschußlöcher hingegeben.«

»Also schön. Ich kümmere mich gleich nach dem Frühstück darum. Wir dürfen doch noch fertig frühstücken?«

»Aber ja, natürlich.«

Sie machte sich erleichtert über ihren Teller her, während Lynley wieder seine Brille aufsetzte und sich erneut in seine Unterlagen vertiefte.

»Was ist das denn für ein Fall, um den Sie sich da kümmern müssen?« fragte Helen Barbara, während sie sich eine zweite Tasse Tee einschenkte und große Mengen Zucker dazugab.

»Eine Enthauptung.«

»Das klingt ja schrecklich. Weit von hier?«

»Oben in Yorkshire.«

Helen stellte ihre Teetasse wieder ab. Ihr Blick ging zu Lynley. Sie schaute ihn kurz an, bevor sie weitersprach.

»Wo in Yorkshire ist denn das, Tommy?« fragte sie ruhig.

Lynley las ein paar Zeilen. »Es ist ein Ort namens – Moment, hier ist es. Keldale. Kennst du es?«

Sie antwortete nicht gleich, sondern schien die Frage zu bedenken. Ihr Blick war gesenkt und ihr Gesicht ausdruckslos. Als sie aufsah, lächelte sie, doch das Lächeln wirkte aufgesetzt.

»Keldale? Nein, keine Ahnung.«

5

Lynley legte seine Zeitung weg und musterte Barbara Havers. Er brauchte es nicht verstohlen zu tun, denn sie saß über den Bericht aus Keldale gebeugt, der vor ihr auf dem Klapptisch aus graugrünem Resopal lag. Er wußte über Havers Bescheid. Wie alle anderen. Bei ihrem ersten Anlauf bei der Kripo hatte sie jämmerlich versagt, hatte es lediglich geschafft, sich in rascher Folge MacPherson, Stewart und Hale zu Feinden zu machen; die drei, mit denen die Zusammenarbeit am problemlosesten war. Besonders MacPherson mit seinem trockenen schottischen Humor und seiner väterlichen Art hätte für jemanden wie Havers eigentlich der Mentor *par excellence* sein müssen. Der Mann war der reinste Teddybär. Hatte je ein Sergeant sich mit ihm in die Wolle bekommen? Nein, nur Havers.

Lynley erinnerte sich an den Tag, als Webberly beschlossen hatte, sie wieder in Uniform zu stecken. Alle hatten gewußt, daß das kommen würde. Seit Monaten schon. Aber keiner war auf ihre heftige Reaktion vorbereitet gewesen.

»Ja, wenn ich zu den feinen Leuten gehörte, die in Eton zur Schule gegangen sind, dann würden Sie mich behalten«, hatte sie in Webberlys Büro mit überschnappender Stimme geschrien, so laut, daß man sie in der ganzen Etage gehört hatte. »Wenn ich ein dickes Scheckbuch hätte und einen hochtrabenden Titel und alles durchbumsen würde, was mir in die Quere kommt – Frau, Mann, Kind oder Tier –, dann wäre ich garantiert gut genug für Ihre beschissene Abteilung.«

Bei der Erwähnung Etons hatten sich blitzartig drei Köpfe nach Lynley gedreht. Am Ende der wütenden Tirade verriet ihm entsetztes Schweigen, daß alle rundherum ihn anstarrten. Er hatte bei einem Aktenschrank gestanden, auf der Suche nach dem Dossier über diesen armseligen kleinen Wurm Harry Nelson, und merkte plötzlich, daß seine Finger wie erstarrt waren. Natürlich brauchte er das Dossier nicht unbedingt. Nicht gerade in diesem Moment. Und er konnte ja nicht ewig dort stehenbleiben; er mußte sich umdrehen, an seinen Schreibtisch zurückgehen.

Er zwang sich dazu, in leichtem Ton zu sagen: »Lieber Gott, bei Tieren mach' ich aber wirklich die Grenze«, zwang sich, ruhig durch den großen Raum zu gehen.

Nervöses, unbehagliches Lachen quittierte seine Bemerkung. Dann schlug krachend die Tür von Webberlys Büro zu, und Havers stürmte wie eine Wilde durch den Korridor, den Mund verzerrt vor Wut, das Gesicht fleckig von Tränen, die sie sich mit dem Jackenärmel zornig abwischte. Lynley spürte die ganze Gewalt ihres Hasses, als ihr Blick den seinen traf und ihr Mund sich verächtlich verzog. Es war, als sei man einer Krankheit preisgegeben, für die es keine Heilung gab.

Einen Augenblick später kam MacPherson zu ihm an den Schreibtisch, legte ihm die Akte Nelson hin und sagte auf seine liebenswert brummige Art: »Das war klasse, mein Junge.« Dennoch hatte es bestimmt zehn Minuten gedauert, ehe seine Hände aufgehört hatten zu zittern, so daß er zum Telefon greifen und Helen anrufen konnte.

»Gehen wir zusammen zu Mittag essen, mein Schatz?« hatte er sie gefragt.

Sie hatte es sofort gemerkt. An seiner Stimme gehört.

»Mit Freuden, Tommy. Simon ist heute mal wieder besonders erbarmungslos. Ich mußte mir den ganzen Vormittag die gräßlichsten Haarproben ansehen – wußtest du, daß sich tatsächlich etwas von der Kopfhaut löst, wenn man jemanden an den Haaren zieht? Ja, ein schönes Mittagessen ist jetzt genau das Richtige. Wie wär's mit dem *Connaught*?«

Dem Himmel sei Dank für Helen. Sie war ihm das ganze letzte Jahr eine wunderbare Freundin gewesen.

Lynley schob die Gedanken an Helen beiseite und wandte sich wieder seiner Musterung Havers' zu. Sie erinnerte ihn ein klein wenig an eine Schildkröte. Besonders an diesem Morgen, als Helen ins Zimmer gekommen war. Das arme Ding war buchstäblich zu Eis erstarrt, hatte keine zehn Worte hervorgebracht und sich sofort unter ihren Panzer verkrochen. Ein merkwürdiges Verhalten. Als hätte sie von Helen etwas zu befürchten. Er kramte in seinen Taschen nach Zigarettenetui und Feuerzeug.

Barbara blickte kurz auf und beugte sich gleich wieder mit unbewegtem Gesicht über den Bericht. Sie raucht nicht, sie trinkt nicht, dachte Lynley und lächelte ein wenig bitter. Nun, Sergeant, Sie werden sich daran gewöhnen müssen. Ich bin nicht der Mann, der seine Laster vernachlässigt. Wenigstens im vergangenen Jahr habe ich es nicht getan.

Er hatte die heftige Abneigung der Frau gegen ihn nie recht verstehen können. Natürlich gab es die Frage des Klassenunterschieds, aber, du lieber Gott, das war doch sonst für keinen ein solches Problem. Sie benahm sich ja, als verlange er jedesmal eine Huldigung von ihr, wenn er in ihre Nähe kam; etwas, das er im übrigen peinlichst vermieden hatte, seit sie zur uniformierten Polizei zurückversetzt worden war.

Er seufzte. Was hatte sich Webberly nur dabei gedacht, als er beschlossen hatte, sie beide zusammenzuspannen? Der Superintendent war bei weitem der intelligenteste Mensch, dem er bei Scotland Yard je begegnet war; es war also anzunehmen, daß diese bizarre Partnerschaft das Produkt reiflicher Überlegung war. Don Quichote und Sancho Pansa, dachte er, während er zum regennassen Fenster hinaussah. Wenn ich jetzt nur noch feststellen kann, wer von uns Sancho Pansa ist, kommen wir bestimmt glänzend miteinander aus. Er lachte leise.

Barbara Havers blickte neugierig auf, sagte aber nichts. Lynley lächelte. »Ich halte lediglich nach Windmühlen Ausschau«, sagte er.

Sie waren beim Kaffee, Spülwasser in Plastikbechern, als Barbara vorsichtig die Frage nach dem Beil anschnitt.

»Es ist nicht ein einziger Fingerabdruck darauf«, bemerkte sie.

»Ja, das ist sonderbar, nicht?« meinte Lynley und stellte mit einer Grimasse den Plastikbecher weg. »Sie tötet ihren Hund, tötet ihren Vater, bleibt seelenruhig sitzen, bis die Polizei kommt, aber sie wischt alle Abdrücke von dem Beil. Unlogisch.«

»Was glauben Sie, warum sie den Hund getötet hat, Inspector?«

»Damit er nicht bellt.«

»Ja, wahrscheinlich«, stimmte sie widerstrebend zu.

Lynley merkte, daß sie gern mehr dazu gesagt hätte.

»Was glauben Sie denn?«

»Ich – ach, nichts. Sie haben wahrscheinlich vollkommen recht, Sir.«

»Aber Sie sind anderer Ansicht. Heraus damit.« Sie sah ihn mißtrauisch an. »Sergeant?« mahnte er.

Sie räusperte sich. »Ich dachte nur, daß der Hund wahrscheinlich gar nicht gebellt hätte. Ich meine – es war doch *ihr* Hund. Weshalb hätte er sie anbellen sollen? Ich kann mich täuschen, aber meiner Ansicht nach hätte er höchstens bei einem Fremden gebellt. Ein Fremder hätte ihn wohl eher zum Schweigen bringen müssen.«

Lynley sah sie nachdenklich an. »Wenn er gesehen hat, wie das Mädchen seinen Vater umbrachte, könnte er doch gebellt haben.«

»Aber –« Mit einer nervösen Bewegung strich Barbara sich

das kurzgeschnittene Haar hinter die Ohren, was sie noch unattraktiver machte. »Aber sieht es nicht so aus, als wäre der Hund zuerst getötet worden?« Sie blätterte in den Unterlagen, die sie in den Hefter zurückgelegt hatte, und nahm eine der Fotografien heraus. »Teys ist über dem Hund zusammengebrochen.«

Lynley studierte das Bild.

»Das ist richtig. Aber das kann sie auch hinterher so arrangiert haben.«

Barbaras scharfe kleine Augen weiteten sich erstaunt.

»Das glaube ich nicht, Sir.«

»Wieso nicht?«

»Teys war einsneunzig groß.« Ungeschickt zog sie den Bericht wieder aus dem Hefter. »Er wog – ah, da steht's – er wog zweiundneunzig Kilo. Ich kann mir nicht vorstellen, daß diese Roberta ein solches Gewicht überhaupt schleppen konnte. Und warum hätte sie etwas vortäuschen sollen, wenn sie doch sowieso gleich gestehen wollte? Außerdem muß der Tote stark geblutet haben. Wenn sie ihn wirklich rumgeschleppt hätte, müßten doch an den Wänden Blutspritzer sein. Aber es sind keine da.«

»Gut beobachtet, Sergeant.« Lynley zog seine Lesebrille heraus. »Da muß ich zustimmen. Lassen Sie mich mal sehen.« Sie reichte ihm die ganze Akte. »Die Todeszeit wurde auf einen Zeitpunkt zwischen zweiundzwanzig Uhr und Mitternacht fixiert«, sagte er mehr zu sich als zu Barbara. »Zum Abendessen hatte er Huhn und Erbsen gegessen. – Ist was, Sergeant?«

»Nein, nein, Sir.«

Er las weiter. »Barbiturate im Blut.« Mit gerunzelter Stirn sah er auf und starrte Barbara über die Lesebrille hinweg an, ohne sie wirklich zu sehen. »Kann man sich eigentlich gar nicht vorstellen, daß so ein Mann Schlaftabletten braucht. Morgens früh raus, den ganzen Tag harte Arbeit auf dem Hof, viel frische Luft, abends ein kräftiges Essen, und danach nickt man am Kamin zufrieden ein. Das ist doch das gängige ländliche Idyll. Wozu also Schlaftabletten?«

»Er hatte sie anscheinend gerade erst geschluckt.«

»Natürlich. Es ist kaum anzunehmen, daß er im Tiefschlaf in den Stall hinauswandelte.«

Sie erstarrte bei seinem Ton und zog sich sofort wieder hinter ihren Panzer zurück.

»Ich meinte nur –«

»Verzeihen Sie«, unterbrach Lynley rasch. »Ich habe nur gescherzt. Das tue ich manchmal. Es löst die Spannung. Sie werden versuchen müssen, sich daran zu gewöhnen.«

»Selbstverständlich, Sir«, antwortete sie mit steinerner Höflichkeit.

Der Mann trat auf sie zu, als sie über die Fußgängerüberführung zum Ausgang gingen. Er war sehr groß und sehr mager, fahl und eingefallen, offensichtlich von Magengeschichten aller Art geplagt. Noch während er auf sie zukam, schob er eine Tablette in den Mund und zerkaute sie mit grimmiger Entschlossenheit.

»Superintendent Nies«, sagte Lynley freundlich. »Sind Sie extra aus Richmond gekommen, um uns abzuholen? Das ist eine ziemlich weite Fahrt.«

»Eine verdammt weite Fahrt, darum wollen wir gleich klare Verhältnisse schaffen, Inspector«, entgegnete Nies aggressiv. Er war direkt vor ihnen stehengeblieben und versperrte ihnen den Weg zur Treppe, die aus dem Bahnhof hinausführte. »Ich will Sie hier nicht haben. Das ist wieder mal so ein genialer Schachzug von Kerridge. *Ich* will damit nichts zu tun haben. Wenn Sie also was brauchen, dann holen Sie es sich aus Newby Wiske und nicht aus Richmond. Ist das klar? Ich will Sie nicht sehen. Ich will nichts von Ihnen hören. Wenn Sie hier raufgekommen sind, um Ihre private Vendetta zu führen, Inspector, können Sie gleich wieder umkehren. Für solche Dumme-Jungen-Spiele hab' ich keine Zeit.«

Einen Moment lang war es vollkommen still. Barbara betrachtete Nies' griesgrämiges Gesicht und fragte sich, ob je ein Mensch in solchem Ton mit Lord Asherton gesprochen hatte.

»Sergeant Havers«, sagte Lynley milde, »ich glaube, Sie haben Superintendent Nies noch nicht kennengelernt. Er ist der Leiter der Polizeidienststelle Richmond.«

Sie hatte noch nie erlebt, daß jemand einen Gegner so elegant und absolut wohlerzogen in die Schranken gewiesen hatte.

»Sehr erfreut, Sie kennenzulernen, Sir«, sagte sie pflichtschuldig.

»Gehen Sie zum Teufel, Lynley«, fauchte Nies. »Und kommen Sie mir ja nicht in die Quere.«

Damit machte er auf dem Absatz kehrt und drängte sich durch die Menge zum Ausgang.

»Gut gemacht, Sergeant.« Lynleys Stimme war voll heiterer Gelassenheit. Sein Blick glitt suchend über das Menschengewühl in der Bahnhofshalle. »Ah«, sagte er, »da ist Denton ja schon.« Er hob den Arm und winkte dem jungen Mann zu, der sich ihnen näherte.

Denton, der gerade aus dem Bahnhofsrestaurant kam, kaute noch, schluckte, wischte sich den Mund mit einer Papierserviette, während er sich einen Weg durch die Menge bahnte. Er schaffte es, sich gleichzeitig einmal mit dem Kamm durch das dicke dunkle Haar zu fahren, seine Krawatte zurechtzurücken und einen prüfenden Blick auf seine Schuhe zu werfen. Dann stand er vor ihnen.

»Hatten Sie eine angenehme Reise, Mylord?« fragte er und reichte Lynley einen Bund kleiner Schlüssel. »Der Wagen steht gleich draußen vor dem Bahnhof.« Er lächelte zuvorkommend, doch Barbara fiel auf, daß er Lynleys Blick mied.

Lynley musterte seinen Diener kritisch. »Caroline«, sagte er nur.

Denton sperrte erstaunt die runden Augen auf.

»Caroline, Mylord?« wiederholte er mit Unschuldsmiene, warf jedoch einen hastigen Blick zum Bahnhofsrestaurant.

»Verschonen Sie mich mit dem Getue. Wir müssen noch ein paar Dinge klären, ehe Sie Ihren Urlaub antreten. Das ist übrigens Sergeant Havers.«

Denton schluckte einmal krampfhaft und nickte Barbara zu. »Freut mich, Sergeant«, sagte er und wandte sich wieder Lynley zu. »Mylord?«

»Tun Sie nicht so servil. Zu Hause sind Sie doch auch nicht so, und in der Öffentlichkeit finde ich es nur schauderhaft peinlich.« Ungeduldig nahm Lynley seine schwarze Reisetasche von einer Hand in die andere.

»Entschuldigen Sie«, sagte Denton seufzend und ließ das Theater sein. »Caroline ist im Restaurant. Ich hab' ein Haus in Robin Hood's Bay gemietet.«

»Wie romantisch«, stellte Lynley trocken fest. »Ersparen Sie mir die Einzelheiten. Aber sagen Sie ihr, sie soll Lady Helen anrufen und sie beruhigen. Sie wähnt Sie beide nämlich schon auf dem Weg nach Gretna Green.«

Denton lachte. »Natürlich, Sir. Das erledigen wir sofort.«

»Danke.« Lynley holte seine Brieftasche heraus und entnahm ihr eine Kreditkarte. »Hier«, sagte er und gab sie Denton. »Aber kommen Sie ja nicht auf dumme Gedanken. Das ist nur für den Wagen. Ist das klar?«

»Vollkommen«, versicherte Denton.

Er blickte über die Schulter zum Bahnhofsrestaurant, wo eine hübsche junge Frau vor der Tür stand und zu ihnen herüberschaute. Sie war so elegant gekleidet und so elegant frisiert wie ihre Arbeitgeberin. Der reine Lady-Helen-Abklatsch, dachte Barbara verächtlich. Wahrscheinlich Voraussetzung dafür, daß man die Stellung überhaupt bekam. Der einzige echte Unterschied zwischen Caroline und der hochwohlgeborenen Lady war ein gewisser Mangel an Selbstsicherheit, der sich in der etwas verkrampften Art ausdrückte, wie Caroline ihre Handtasche umklammert hielt – mit beiden Händen, als hätte sie die Absicht, sie als Abwehrwaffe einzusetzen.

»Ist das dann alles, Sir?« fragte Denton.

»Ja, das wär's«, antwortete Lynley und rief dem Davoneilenden nach: »Und seien Sie vorsichtig, ja?«

»Keine Sorge, Sir. Keine Sorge«, rief Denton munter zurück. Lynley sah ihm noch einen Moment nach, dann wandte er sich Barbara zu. »Ich denke, das war die letzte Unterbrechung. Gehen wir.« Damit führte er sie aus der Bahnhofshalle auf die Straße, wo ein schnittiger silberner Bentley sie erwartete.

»Ich – hab' – die – gesamte – Info«, verkündete Hank Watson in vertraulichem Ton vom Nachbartisch. »Die gesamte Info, absolut zuverlässig aus erster Hand.« Zufrieden, die ungeteilte Aufmerksamkeit der anderen im Speisesaal zu haben, fuhr er fort: »Über das Baby in der Abtei. JoJo und ich haben uns heute morgen alles von Angelina erzählen lassen.«

Simon sah seine Frau an.

»Noch etwas Kaffee, Deborah?« fragte er höflich.

Als sie ablehnte, schenkte er sich selbst ein, ehe er seine Aufmerksamkeit wieder dem anderen Paar zuwandte.

Hank und JoJo Watson hatten gleich die erste Gelegenheit beim Schopf gepackt, um mit den einzigen anderen Gästen von Keldale Hall Bekanntschaft zu schließen. Mrs. Burton-Thomas hatte das begünstigt, indem sie die beiden Paare an nebeneinanderstehende Tische in dem riesigen Speisesaal gesetzt hatte. Sie hatte sich nicht die Mühe gemacht, die Gäste einander vorzustellen. Sie wußte, daß das gar nicht nötig war. Das stilvolle Interieur des großen holzgetäfelten Raumes verlor für die Amerikaner jegliches Interesse, sobald Simon St. James und seine Frau Deborah auftauchten.

»Hank, vielleicht interessiert sie die Geschichte vom Baby gar nicht.« JoJo spielte mit ihrer goldenen Halskette, von der ein klimperndes Sammelsurium mehr oder weniger origineller Anhänger vom Mini-Mercedesstern bis zum Eiffelturm in Setzkastenformat herabhing.

»Von wegen!« entgegnete Hank. »Frag sie doch mal, Böhnchen.«

JoJo sah zu dem anderen Paar hinüber und verdrehte verzweifelt die Augen.

»Hank ist begeistert von England. Absolut begeistert«, erklärte sie.

»Hingerissen.« Hank nickte. »Wenn man nur ein einzigesmal eine Scheibe Toast kriegen könnte, die noch warm ist, wär's ideal. Wieso essen Sie hier Ihren Toast immer kalt?«

»Für mich ist das immer schon eine Kulturschande gewesen«, antwortete Simon.

Hank wieherte beifällig mit aufgerissenem Mund, in dem zwei Reihen blendend weißer Zähne blitzten.

»Eine Kulturschande! Das ist gut. Hast du das gehört, Böhnchen? Eine Kulturschande!« Hank pflegte jede Bemerkung zu wiederholen, die seinen Beifall fand. Als erlange er damit die Urheberschaft über sie. »Aber jetzt zurück zur Abtei.« Er war nicht so leicht von einem Thema abzulenken.

»Hank«, murmelte JoJo, die etwas von einem Kaninchen hatte. Runde, leicht vorstehende Augen und eine kleine Stupsnase, die unablässig zuckte und schnupperte.

»Reg dich ab, Böhnchen«, sagte Hank. »Diese Leute sind das Salz der Erde.«

»Ich glaube, ich nehme doch noch Kaffee, Simon«, sagte Deborah.

Er schenkte ihr ein, sah ihr in die Augen und sagte: »Milch, Liebes?«

»Bitte, ja.«

»Heiße Milch zum Kaffee«, hakte Hank prompt ein. »Das ist

auch so was, woran ich mich einfach nicht gewöhnen kann. He, da ist ja unsere Angelina.«

Das junge Mädchen – nach ihrer Ähnlichkeit mit Danny zu urteilen, ein weiteres Mitglied der skurrilen Burton-Thomas-Sippe – trug mit äußerster Konzentration ein großes, schwer beladenes Tablett ins Zimmer. Sie war nicht so hübsch wie Danny, ein dralles kleines Ding mit roten Wangen und rauhen Händen, das besser auf einen Bauernhof gepaßt hätte als auf den altehrwürdigen Landsitz ihrer exzentrischen Familie. Sie grüßte mit einem schüchternen Nicken, hielt den Blick beharrlich gesenkt und kaute nervös auf der Unterlippe, während sie das Frühstück verteilte.

»Schüchternes kleines Ding«, bemerkte Hank laut, während er eine Scheibe Toast ins Gelb seines Spiegeleis drückte. »Aber sie hat uns gestern nach dem Abendessen die wahre Geschichte erzählt. Sie haben doch von dem Baby gehört, oder?«

Deborah und Simon tauschten einen Blick, um sich einig zu werden, wer von ihnen sich als Gesprächspartner opfern würde. Deborah übernahm die Aufgabe.

»Ja«, antwortete sie, »wir haben davon gehört. Das Schreien des Babys in der Abtei. Danny hat es uns gleich nach unserer Ankunft erzählt.«

»Ha! Das kann ich mir denken«, erwiderte Hank etwas rätselhaft und setzte zur Erläuterung sogleich hinzu: »Scharfes kleines Ding. Sie wissen schon. Hat nichts gegen ein bißchen Aufmerksamkeit.«

»Hank«, murmelte JoJo in ihr Porridge. Die kleinen Ohren unter dem sehr kurz geschnittenen rotblonden Haar waren glühend rot.

»Böhnchen, Mensch! Die guten Leute hier sind doch nicht von gestern«, versetzte Hank. »Die wissen, was läuft.« Er wedelte mit der Gabel, an deren Zinken ein Stück Wurst aufgespießt war, zu Simon und Deborah hinüber. »Sie dürfen's dem Böhnchen nicht übelnehmen. Nicht mal das Leben in Laguna Beach konnte einen Swinger aus ihr machen. Kennen Sie Laguna Beach, Kalifornien?« Er ließ ihnen keine Zeit zu einer Antwort. »Eine bessere Stadt zum Leben gibt's nicht, sag' ich Ihnen. Nichts gegen England, aber da kommt der Rest der Welt einfach nicht mit. JoJo und ich leben seit – wie lang jetzt, Sugarbaby? – ja, seit zweiundzwanzig Jahren dort, aber sie wird immer noch rot, wenn sie zwei Schwule im Clinch sieht. ›Mensch, JoJo‹, sag' ich ihr immer wieder, ›wegen so ein paar Schwulen brauchst du doch nicht gleich vor Scham im Erdboden zu versinken.‹« Er senkte die Stimme. »Die kommen uns nämlich in Laguna echt schon zu den Ohren raus.«

Simon brachte es nicht über sich, Deborah anzusehen.

»Wie bitte?« sagte er, unsicher, ob er die ungewöhnliche akrobatische Metapher richtig verstanden hatte.

»Die Schwulen, Mann! Die Homosexuellen. Wie Sand am Meer gibt's die bei uns in Laguna. Alle zieht sie's dahin. Aber ich wollte ja von der Abtei erzählen.« Hank legte eine kurze Pause ein, um laut schlürfend einen Schluck Kaffee zu trinken. »Also, die wahre Geschichte geht anscheinend so: Danny und ihr Freund haben sich regelmäßig in der Abtei getroffen. Sie wissen schon. Um ein bißchen zu knutschen und so. Und an dem fraglichen Abend – das ist jetzt ungefähr drei Jahre her – hatten sie gerade beschlossen, ihre Beziehung mit dem letzten Akt zu krönen. Sie verstehen, was ich meine?«

»Absolut«, antwortete Simon, der immer noch Deborahs Blick mied.

»Gut. Danny hat natürlich ein bißchen Bammel. Ist ja schließlich eine schwere Entscheidung, den Vorsatz aufzugeben, als Jungfrau in die Ehe zu gehen, nicht? Ganz besonders hier auf dem Land, wo alles noch ein bißchen hinterher ist. Und Danny denkt sich natürlich, wenn sie dem Burschen seinen Willen läßt – na ja, einen Weg zurück gibt's nicht, das ist klar.«

Er wartete auf Simons Reaktion.

»Wohl kaum.«

Hank nickte ernsthaft. »Tja, wie ihre Schwester Angelina erzählt –«

»Sie war dabei?« fragte Simon ungläubig.

Hank lachte brüllend bei der Vorstellung und schlug dazu mit dem Löffel begeistert auf die Tischplatte.

»Sie sind mir vielleicht einer!« Er richtete sich an Deborah. »Ist er immer so?«

»Immer«, antwortete sie prompt.

»Umwerfend. Also, zurück zur Abtei.«

Natürlich, sagte der Blick, den Simon und Deborah tauschten.

»Gut. Da sind die beiden nun, Danny und ihr Freund, fertig zum Abheben. Und da geht's plötzlich los. Babygeschrei, aber volle Pulle. Können Sie sich das vorstellen? Hm, können Sie sich's vorstellen?«

»In allen Einzelheiten«, versicherte Simon.

»Na, die beiden hören das Gewimmer und glauben, das ist der strafende Gott persönlich. Nichts wie raus aus der Kirche, als säße ihnen der Teufel im Nacken. Und das war's dann auch schon. Aus und vorbei.«

»Das Babygeschrei, meinen Sie?« fragte Deborah. »Ach Simon, ich hatte so gehofft, wir würden es heute nacht hören. Oder vielleicht sogar schon heute nachmittag. Ich hätte nie gedacht, daß die Abwehr böser Geister so bekömmlich sein könnte.«

Hexe, sagte sein Blick.

»Nein, doch nicht das Babygeschrei«, belehrte sie Hank. »Der Vollzug, den Danny und ihr Freund geplant hatten. Wie hieß der Bursche gleich, Böhnchen?«

»Er hatte einen komischen Namen. Ezra Soundso.«

Hank nickte. »Na, kurz und gut, Danny kommt völlig aufgelöst hier im Haus an. Sie will unbedingt sofort die Beichte ablegen und Gott um Vergebung bitten. Total fertig, das arme Ding.

Also holen sie den Dorfpriester. – Der soll den bösen Geist austreiben.«

»Bei der Abtei oder bei Danny?« erkundigte sich Simon.

»Bei beiden, alter Knabe. Der Priester rollt also in Windeseile hier an, verspritzt sein Weihwasser und zieht weiter zur Abtei. Und da –«

Er brach ab, freudestrahlend, mit blitzenden Augen, ein Geschichtenerzähler erster Güte, der es versteht, seine Zuhörer so richtig auf die Folter zu spannen.

»Noch etwas Kaffee, Deborah?«

»Nein, danke.«

»Und was glauben Sie?« fragte Hank herausfordernd.

Simon überdachte die Frage. Deborah stieß ihn unter dem Tisch mit dem Fuß an.

»Was?« fragte er pflichtschuldig.

»Da lag doch tatsächlich ein richtiges Baby in der Abtei. Ein Neugeborenes, bei dem noch nicht einmal die Nabelschnur abgebunden war. Höchstens ein paar Stunden alt. Mausetot, als der Priester dort ankam. Tod durch Erfrieren, stellten sie fest.«

»Wie schrecklich.« Deborah war blaß geworden. »Das ist ja grauenhaft.«

Hank nickte feierlich. »Ja, und nun denken Sie mal an den armen Ezra. Der konnte bestimmt die nächsten zwei Jahre nicht mehr.«

»Wem gehörte das Kind?«

Hank zuckte die Achseln. Er wandte seine Aufmerksamkeit seinem Frühstück zu, das inzwischen kalt geworden war. Der Rest der Geschichte war ihm offensichtlich nicht saftig genug.

»Das weiß niemand«, antwortete JoJo für ihn. »Es wurde auf dem Dorffriedhof begraben. Mit einem ganz merkwürdigen Spruch auf dem Grabstein. Ich kann mich aus dem Kopf nicht mehr daran erinnern. Sie müssen selbst mal hingehen und sich das Grab ansehen.«

»Böhnchen, die beiden sind auf Hochzeitsreise«, warf Hank augenzwinkernd ein. »Die haben bestimmt was Besseres zu tun, als auf Friedhöfen rumzuwandern.«

Lynley hatte offensichtlich eine Vorliebe für die Russen. Sie hatten mit Rachmaninoff begonnen, auf ihn folgte Rimski-Korsakow, und nun schlugen die Heroenklänge der 1812-Ouvertüre über ihnen zusammen.

»Da! Haben Sie es bemerkt?« fragte er sie, nachdem der letzte Ton verklungen war. »Das eine Becken war einen Vierteltakt hinterher. Aber das ist das einzige, was ich an dieser Aufnahme von 1812 auszusetzen habe.«

Er schaltete die Stereoanlage aus.

Barbara fiel zum erstenmal auf, daß er überhaupt keinen Schmuck trug – keinen Siegelring, keinen Schulring, keine teure Armbanduhr, die im Licht golden funkelte. Aus irgendeinem Grund fand sie das irritierend.

»Nein, das hab' ich gar nicht gemerkt. Tut mir leid. Ich versteh' nichts von Musik.«

Erwartete er allen Ernstes, daß sie – mit ihrer durchschnittlichen Schulbildung – fähig sein würde, sich mit ihm sachverständig über klassische Musik zu unterhalten?

»Ich verstehe auch nicht viel davon«, bekannte er freimütig. »Ich höre nur sehr viel. Ich bin einer von diesen Ignoranten, die immer sagen: ›Ich verstehe gar nichts davon, aber ich weiß, was mir gefällt.‹«

Seine Worte überraschten sie. Dieser Mann hatte in Oxford studiert, sein Geschichtsstudium mit *summa cum laude* abgeschlossen. Wie konnte er sich da als Ignoranten bezeichnen? Aber vielleicht tat er es nur, um ihr mit einer großzügigen Dosis seines liebenswürdigen Charmes die Befangenheit zu nehmen. Darauf verstand er sich ja hervorragend. Es fiel ihm so leicht wie das Atmen.

»Ich glaube, ich habe meine Liebe zur klassischen Musik im letzten Stadium der Krankheit meines Vaters entwickelt«, bemerkte er.

Er nahm die Kassette aus dem Recorder, und so, wie vorher die Musik sie umhüllt hatte, tat es jetzt die Stille im Wagen, nur war sie viel beunruhigender. Es dauerte eine ganze Weile, ehe er wieder sprach und dabei an seine letzte Bemerkung anknüpfte.

»Er wurde einfach von Tag zu Tag weniger. Die Schmerzen müssen entsetzlich gewesen sein.« Er räusperte sich. »Für meine Mutter kam es überhaupt nicht in Frage, ihn ins Krankenhaus einweisen zu lassen. Selbst als es dem Ende zuging und es für sie vieles erleichtert hätte, wollte sie nichts davon wissen. Sie saß Tag und Nacht an seinem Bett und begleitete ihn bei seinem langsamen Sterben. Ich glaube, es war die Musik, die beide in diesen letzten Wochen vor der völligen Verzweiflung und dem Wahnsinn bewahrte.« Er hielt den Blick starr auf die Straße gerichtet. »Sie hielt seine Hand, während sie Tschaikowsky hörten. Am Ende konnte er nicht einmal mehr sprechen. Ich tröste mich mit dem Gedanken, daß die Musik für ihn gesprochen hat.«

Es erschien Barbara plötzlich lebensnotwendig, die Richtung zu ändern, die das Gespräch zu nehmen drohte. Sie umklammerte die gefaltete Straßenkarte mit starren Fingern und suchte krampfhaft nach einem anderen Thema.

»Sie kennen diesen Nies, nicht wahr?« Es kam plump und ungeschickt heraus, ein allzu offenkundiger Versuch abzulenken. Sie warf ihm einen furchtsamen Blick zu.

Seine Augen verengten sich, sonst zeigte er keine unmittelbare Reaktion auf ihre Frage. Eine Hand ließ das Steuer los, und einen Moment lang glaubte Barbara absurderweise, er wolle ihr eins auf den Mund geben. Doch er nahm nur, ohne zu wählen, eine andere Kassette heraus und legte sie ein. Aber er schaltete den Recorder nicht ein. Barbara starrte in tödlicher Verlegenheit zum Wagenfenster hinaus.

»Es wundert mich, daß Sie die Geschichte nicht kennen«, bemerkte er schließlich.

»Welche Geschichte?«

Erst da sah er sie an. Er schien in ihrem Gesicht nach Anzeichen von Unverschämtheit oder Sarkasmus zu suchen, vielleicht auch nach einem Hinweis darauf, daß sie ihn bewußt verletzen wollte. Doch offenbar beruhigt von dem, was er gesehen hatte, wandte er den Blick wieder zur Straße.

»Vor fast genau fünf Jahren wurde mein Schwager Edward Davenport in seinem Haus nördlich von Richmond ermordet. Superintendent Nies hielt es für angebracht, mich zu verhaften. Es waren nur ein paar Tage, aber es war lang genug.« Wieder ein Blick zu ihr, ein ironisches Lächeln. »Sie haben diese Geschichte nicht gehört, Sergeant? Sie hat doch gerade den richtigen Biß, um auf Cocktailpartys die Runde zu machen.«

»Ich – nein – nein, ich habe sie nie gehört. Außerdem geh' ich nicht auf Cocktailpartys.« Sie wandte sich mit starrem Blick wieder dem Fenster zu. »Jetzt müßte eigentlich bald die Abzweigung kommen. Höchstens noch ein paar Kilometer«, sagte sie.

Sie war bis ins Innerste bewegt. Sie hätte nicht sagen können, warum, wollte nicht darüber nachdenken, zwang sich, die Landschaft zu betrachten, um sich nur ja nicht auf ein weiteres Gespräch einlassen zu müssen. Sie konzentrierte sich jetzt einzig auf die Landschaft, die ganz langsam begann, sie in ihren Bann zu ziehen. Das Land zeigte sich von kultivierten Wiesen und Feldern bis zur ungezähmten Einsamkeit des weiten Hochmoors in vielfältigen Schattierungen von Grün. Die Straße tauchte in Täler ein, wo Wälder schmucke Dörfer schützten, und klomm dann in Haarnadelkurven wieder in die Einöde hinauf, wo der Wind, von der Nordsee kommend, erbarmungslos über Heide und Ginster pfiff. Hier wanderten die Schafe frei, nicht eingegrenzt von den uralten, aus losem Gestein aufgetürmten Mauern, die unten in den Tälern das Land aufteilten.

Dort, wo das Land kultiviert war, wucherte üppiges Leben aus jeder Hecke und jeder Furche. Spätblühende Blumen, Bärenklau, Lichtnelken und Wicken, bedrängten die immer schmaler werdende Straße, während der Fingerhut majestätisch im Wind stand. Hier konnte man jederzeit von einer Herde Schafe aufgehalten werden, die kluge Hunde die Straße hinuntertrieben ins nahe gelegene Dorf, während der Schäfer, seinen Tieren vertrauend, pfeifend hinterherwanderte. Bis plötzlich das idyllische Bild mit seinen Blumen und Wiesen, den Dörfern und stolzen alten Eichen und Ulmen zurückblieb und vor der wilden Schönheit des Hochmoors verblaßte.

Rasch treibende weiße Wolken türmten sich am blauen Himmel, der das rauhe, ungezähmte Land zu berühren schien. Hier gab es nichts als Himmel und Erde und die schwarzköpfigen Schafe, die diese Einsamkeit bewohnten.

»Herrlich, nicht?« sagte Lynley. »Trotz allem, was ich hier erlebt habe, liebe ich Yorkshire. Ich glaube, es ist die Einsamkeit. Diese absolute Ödnis.«

Wieder nahm Barbara das angebotene Vertrauen nicht an, ließ die hinter den Worten schimmernde Botschaft, daß hier ein Mensch war, der verstand, nicht an sich heran.

»Ja, es ist sehr hübsch, Sir. Ganz ungewohnt für mich. Ich glaube, hier müssen wir abbiegen.«

Die Straße nach Keldale führte sie in Haarnadelkurven in den tiefsten Teil des Tals hinunter. Augenblicke nachdem sie abgebogen waren, schloß der Wald sie ein. Grüne Äste neigten sich über die Straße, Farn wucherte dicht an ihren Rändern. Sie kamen auf dem gleichen Weg ins Dorf wie Cromwell und fanden es vor wie er damals: verlassen.

Das Läuten der Kirchenglocken verriet ihnen augenblicklich, warum im Dorf kein Lebenszeichen zu entdecken war. Erst als die Glocken, die Lynley bis in alle Ewigkeit zu läuten schienen, den letzten Schlag getan hatten, öffnete sich das Kirchenportal, und die Leute kamen langsam heraus.

»Endlich«, murmelte er.

Er stand an den Bentley gelehnt, den er direkt vor der Keldale Lodge abgestellt hatte, einem adretten kleinen Gasthaus mit grünbewachsenen Mauern und weißgestrichenen Sprossenfenstern. Von hier aus konnten sie das Dorf in allen vier Himmelsrichtungen überblicken. Unglaublich, dachte Lynley, daß hier ein Mord verübt worden sein sollte.

Im Norden war die High Street, eine schmale Straße mit grauen Steinhäusern und schindelgedeckten Dächern, wo die Dorfbewohner alles fanden, was für das tägliche Leben notwendig war: ein kleines Postamt, ein Lebensmittelgeschäft, einen Laden mit einem rostigen gelben Reklameschild, das Lyons Keks anpries, und der, wie es schien, vom Motoröl bis zur Babynahrung so ziemlich alles liefern konnte; auch eine Methodistenkapelle, die höchst unpassend zwischen Sarah's Tea Room und Sinji's Haarstudio (›frisch frisiert ist halb gewonnen‹) eingeklemmt war. Der Bürgersteig zu beiden Seiten der Straße war nur wenig erhöht, und vor den Haustüren standen noch Wasserpfützen vom morgendlichen Regen. Aber der Himmel war jetzt klar, die Luft so frisch, daß Lynley meinte, ihre Reinheit schmekken zu können.

Im Westen führte eine Straße, die den Namen Bishop Furthing Road trug, zu den Feldern und Weiden hinaus, zu beiden Seiten durch die allgegenwärtigen Steinmäuerchen dieser Gegend begrenzt. An der Ecke dieser Straße stand ein kleines, von Bäumen beschattetes Haus mit einem eingezäunten Garten, aus dem das erregte Gebell junger, anscheinend spielender Hunde ins stille Dorf drang. »Polizei« stand in blauen Lettern auf einem weißen Schild, das von einem der Fenster des Hauses zur Straße hinausragte. Heim des Erzengels Gabriel, dachte Lynley und lächelte leise.

Im Süden liefen hinter der verwilderten, mit zwei Sitzbänken bestückten Gemeindewiese zwei Straßen auseinander: die Keldale Abbey Road, die zu der alten Abtei führte, und über die schiefe Brücke, die den träge fließenden Kel überspannte, die Church Street, an deren Ecke sich auf einer Anhöhe die St.-Catherine's-Kirche erhob. Auch sie war von einer niedrigen Steinmauer umgeben, in die eine Gedenktafel an die Gefallenen des Ersten Weltkriegs eingelassen war.

Im Osten lag die Straße, über die sie ins Dorf gekommen waren. Bei ihrer Ankunft war sie menschenleer gewesen, jetzt aber stieg mühsam und gebeugt eine Frau in schwarzem Mantel den Hang hinauf, schwere Schuhe und leuchtendblaue Socken an den Füßen, an einem Arm ein Einkaufsnetz, das leer herabhing. Sie ging dorfauswärts, den windigen Höhen des Hochmoors entgegen, eine Bauersfrau vielleicht, die jemandem im Dorf etwas gebracht hatte.

Wälder und Wiesenhänge umschlossen das Dorf und schufen eine Atmosphäre ungestörter Geborgenheit und ungebrochenen Friedens. Sobald das Glockengeläut verklungen war, begannen auf Dächern und Bäumen die Vögel zu zwitschern. Irgendwo hatte jemand ein Feuer gemacht, und der würzige Duft des brennenden Holzes hing wie ein sanfter Hauch in der Luft. Es war kaum vorstellbar, daß drei Wochen zuvor auf einem Hof kurz vor dem Ort ein Mann von seiner einzigen Tochter enthauptet worden war.

»Inspector Lynley? Ich hoffe, Sie mußten nicht zu lange warten. Solange ich in der Kirche bin, sperre ich immer ab, weil sonst keiner da ist, der das Haus hüten könnte. Ich bin Stepha Odell. Ich bin die Wirtin hier.«

Beim Klang der fremden Stimme drehte sich Lynley um, doch als er die Frau sah, blieben ihm die höflichen Floskeln der Begrüßung im Hals stecken.

Eine große, wohlgestaltete Frau, vielleicht vierzig Jahre alt, stand vor ihm. Sie war zum Kirchgang in ein gefälliges graues Kleid mit weißem Kragen gekleidet. Schuhe, Gürtel, Handtasche und Hut waren schwarz, und das Haar, das ihr lose auf die Schultern fiel, war kupferrot. Sie war eine sehr schöne Frau.

»Thomas Lynley«, sagte er und kam sich dabei vor wie ein kleiner Junge. »Das ist Sergeant Havers.«

»Bitte kommen Sie herein.« Ihre Stimme war warm und angenehm. »Ihre Zimmer sind bereit. Bei uns ist es um diese Jahreszeit recht ruhig, wie Sie feststellen werden.«

Das Haus war kühl, mit dicken Mauern und glatten Steinböden. Sie führte sie in das kleine Vestibül, wo der Empfang war, und zog ein voluminöses Register heraus. Ihre Bewegungen waren lebhaft, von einer natürlichen Anmut geprägt.

»Sie wissen, daß es bei uns nur Frühstück gibt?« fragte sie ernsthaft, als wäre die Stillung seines Hungers in diesem Moment die vordringlichste Frage.

Sehe ich so verhungert aus? »Wir werden schon zurechtkommen, Mrs. Odell«, antwortete er, während Barbara stumm, mit ausdrucksloser Miene an seiner Seite stand.

»Miss«, entgegnete Stepha. »Oder noch besser, einfach Stepha. Sie bekommen im *Dove and Whistle* in der St. Chad's Lane jederzeit warme Mahlzeiten, oder auch im *Gral.* Wenn Sie etwas Besonderes wollen, können Sie auch nach Keldale Hall hinausfahren.«

»Im Gral?«

Sie lachte. »Das ist das Gasthaus gegenüber der Kirche.«

»Na, der Name muß selbst die alkoholfeindlichen Götter milde stimmen.«

»Pater Hart jedenfalls. Der trinkt ab und zu mal abends ein Glas dort. Soll ich Ihnen jetzt Ihre Zimmer zeigen?«

Ohne auf eine Antwort zu warten, ging sie ihnen voraus die windschiefe Treppe hinauf.

»Wir sind alle froh, daß Sie gekommen sind, Inspector«, bemerkte sie, während sie die Tür zum ersten Zimmer öffnete und dann, zum Zeichen, daß sie selbst wählen sollten, wer wo wohnen würde, mit einer kurzen Geste auf das Zimmer nebenan deutete.

»Das ist angenehm. Ich freue mich, es zu hören.«

»Wissen Sie, wir haben weiß Gott nichts gegen Gabriel, aber er ist bei allen ziemlich unten durch, seit sie Roberta in die Anstalt gebracht haben.«

6

Lynley war weiß vor Zorn, aber seine Stimme verriet nichts von seinen Gefühlen. Barbara hörte das Telefongespräch mit widerwilliger Bewunderung an. Ein wahrer Virtuose, dachte sie.

»Der Name des einweisenden Psychiaters? – Ach, den gibt es nicht? Das ist ja eine faszinierende Verfahrensweise. Wer hat denn das veranlaßt? – Was erwarteten Sie denn, wenn ich rein zufällig auf diese Information stoßen würde, Superintendent, die Sie in Ihrem Bericht gefälligerweise gar nicht erwähnten? – Nein, ich fürchte, das sehen Sie verkehrt. Man weist einen Verdächtigen nicht in eine Nervenheilanstalt ein, ohne vorher gewissen Formalitäten Genüge zu tun. – Es ist sicher Pech, daß Ihre Polizeibeamtin im Urlaub ist, aber dann sucht man eben einen Ersatz. Man weist ein neunzehnjähriges Mädchen nicht einfach in eine Anstalt ein, nur weil sie sich weigert, mit irgend jemandem zu sprechen.«

Barbara war gespannt, ob er sich einen Temperamentsausbruch gestatten, ob sich auch nur ein feiner Sprung in seiner Fassade kühler Wohlerzogenheit zeigen würde.

»Auch die Bereitschaft, täglich zu baden, ist meiner Ansicht nach kein Indikator für unerschütterliche geistige Gesundheit. – Pochen Sie bei mir nicht auf Ihren Dienstgrad, Superintendent. Wenn das ein Hinweis darauf ist, wie Sie in diesem Fall die

Ermittlungen geführt haben, wundert es mich nicht, daß Kerridge Ihnen an den Kragen will. – Wer ist ihr Anwalt? – Hätten nicht Sie selbst ihr dann einen besorgen sollen? – Erzählen Sie mir nicht, was alles Ihrer Meinung nach nicht Ihres Amtes ist. Ich bin mit diesem Fall betraut worden, und von jetzt an wird alles korrekt gehandhabt werden. Habe ich mich verständlich gemacht? – Gut, dann hören Sie mir jetzt genau zu. Ich gebe Ihnen zwei Stunden Zeit, nicht eine Minute mehr, mir sämtliche Unterlagen nach Keldale zu liefern: jede richterliche Verfügung, jedes Protokoll, jeden Bericht, jede Notiz, die sich jeder Beamte gemacht hat, der mit diesem Fall zu tun hatte. Haben Sie mich verstanden? Zwei Stunden. – Webberly. Richtig. Rufen Sie ihn an und lassen Sie mir meine Ruhe.«

Mit steinerner Miene reichte Lynley Stepha Odell das Telefon zurück.

Sie stellte es hinter den Empfangstisch und strich mit einem Finger mehrmals über den Hörer, ehe sie aufblickte.

»Hätte ich lieber nichts sagen sollen?« fragte sie mit einer Spur Besorgnis in der Stimme. »Ich möchte nicht zwischen Ihnen und Ihrem Vorgesetzten Unfrieden stiften.«

Lynley klappte seine Taschenuhr auf und vermerkte die Zeit.

»Nies ist nicht mein Vorgesetzter. Es war ganz richtig von Ihnen, mir das zu erzählen. Ich bin Ihnen dankbar dafür. Sie haben mir eine sinnlose Fahrt nach Richmond erspart, die Nies mir offensichtlich nur zu gern aufgezwungen hätte.«

Stepha gab nicht vor zu verstehen, wovon er sprach. Vielmehr wies sie mit einer etwas unsicheren Geste zu einer Seitentür.

»Ich – darf ich Ihnen etwas zu trinken anbieten, Inspector? Und Ihnen auch, Sergeant? Wir haben hier ein echtes Ale, das einen, wie Nigel Parrish gern sagt, ›wieder auf die Reihe bringt‹. Kommen Sie mit in den Aufenthaltsraum.«

Sie führte sie in einen Raum, in dem noch der etwas beißende

Geruch eines erst kürzlich erloschenen Feuers hing. Der Aufenthaltsraum war mit kluger Überlegung eingerichtet – gemütlich genug, daß sich die Hausgäste darin wohl fühlen konnten, aber doch so förmlich, daß die Dorfbewohner ihr Bier lieber anderswo tranken. Chintzbezogene Sofas und tiefe Sessel mit Petit-Point-Stickerei, helle Tische, die recht willkürlich verteilt standen, ein Teppich mit Blumenmuster, an manchen Stellen, wo vor kurzem erst Möbelstücke weggerückt worden waren, etwas dunkler. An den Wänden hingen einige wenig originelle Stiche, eine Jagdgesellschaft, ein Tag in Newmarket, eine Ansicht des Dorfes. Lediglich hinter der Bar, auf der anderen Seite des Raumes und über dem offenen Kamin gab es zwei Aquarelle, die bemerkenswertes Talent zeigten. Beide waren Ansichten einer halb zerfallenen Abtei.

Lynley ging zum Tresen, wo Stepha gerade dabei war, das Ale zu zapfen, und betrachtete das eine der Bilder.

»Das ist wirklich hübsch«, sagte er. »Ist das von einem einheimischen Maler?«

»Sie sind von einem jungen Mann namens Ezra Farmington«, antwortete sie, »und zeigen beide unsere alte Abtei. Mit diesen beiden Bildern hat er in einem Herbst für die Unterkunft hier bezahlt. Er lebt jetzt ständig im Dorf.«

Barbara schaute ihr zu, wie sie geschickt und sicher an den Zapfhähnen hantierte und den Schaum vom Glas abschöpfte. Stepha lachte auf eine gewinnende, etwas atemlose Art, als der Schaum über den Rand des Glases rann und auf ihre Hand tropfte. Automatisch hob sie die Finger zu den Lippen, um sie abzulecken. Barbara fragte sich, wie lange Lynley wohl brauchen würde, um sie in sein Bett zu bekommen.

»Sergeant?« fragte Stepha. »Für Sie auch ein Ale?«

»Ein Tonic, wenn Sie welches dahaben«, antwortete Barbara.

Sie sah zum Fenster hinaus. Auf der Dorfwiese stand der alte Priester, der bei ihnen in London gewesen war, in lebhaftem

Gespräch mit einem anderen Mann, der mehrmals auf den silbernen Bentley zeigte. Die Ankunft der Polizei schien die beiden ihren Gesten nach sehr zu beschäftigen. Eine Frau kam über die Brücke und gesellte sich zu ihnen. Sie wirkte so zart, als könnte der nächste Windstoß sie davonfegen, und der Eindruck wurde noch verstärkt durch ein für die Jahreszeit viel zu luftiges Kleid und dünnes, sehr feines Haar. Sie rieb sich die Arme, als fröre sie, während sie stumm bei den beiden Männern stand und nur zuhörte, als warte sie darauf, daß einer der beiden das Feld räumen würde. Es dauerte auch nicht lange, da sprach der Priester ein paar abschließende Worte und trottete zu seiner Kirche zurück. Die beiden anderen blieben auf der Wiese stehen. Ihr Gespräch war stockend und abgehackt. Der Mann sagte etwas, wobei er der Frau einen raschen Blick zuwarf, nur um gleich wieder wegzusehen, und dann antwortete die Frau kurz. In den langen Pausen, die immer wieder eintraten, starrte die Frau zum Flußufer an der Gemeindewiese, während der Mann seine Aufmerksamkeit auf das Gasthaus richtete – oder vielleicht auch auf den Bentley, der davor stand. Es gibt offensichtlich einige Leute, die die Ankunft der Polizei sehr interessiert, dachte Barbara.

»Ein Tonic und ein Ale«, sagte Stepha und stellte die beiden Gläser auf die Theke. »Es ist selbst gebraut. Ein Rezept meines Vaters. Wir nennen es Odell's. Sie müssen mir sagen, wie Sie es finden, Inspector.«

Es war eine satte braune Flüssigkeit mit goldenem Schimmer. Lynley kostete davon.

»Ganz schön stark, hm?« meinte er. »Möchten Sie nicht doch eines trinken, Havers?«

»Nein, danke, Sir.«

Er setzte sich zu ihr an den Tisch, wo er vorher die Unterlagen über den Mordfall Teys ausgebreitet und auf der Suche nach einer Erklärung für Roberta Teys' Einweisung in die Nervenheilanstalt Barnstingham durchgesehen hatte. Er hatte keine gefunden. Das hatte ihn veranlaßt, in Richmond anzurufen. Jetzt machte er sich daran, die Unterlagen systematisch zu ordnen.

Stepha Odell, die am Tresen stand, sah ihnen mit freundlichem Interesse bei der Arbeit zu, während sie hin und wieder von dem Ale trank, das sie sich selbst eingeschenkt hatte.

»Wir haben die Originale des Haftbefehls und des Durchsuchungsbefehls, den gerichtsmedizinischen Befund, die unterzeichneten Aussagen, die Fotografien.« Lynley hob die einzelnen Dokumente kurz hoch, während er sie aufzählte. Dann sah er Barbara an. »Keine Schlüssel zum Haus. Dieser verdammte Kerl!«

»Richard hat die Schlüssel, wenn Sie sie brauchen«, sagte Stepha hastig, als wollte sie wiedergutmachen, was sie mit ihrer Bemerkung über Robertas Einweisung angerichtet hatte. »Richard Gibson. Er war – ist William Teys' Neffe. Er wohnt in einem Gemeindehaus in der St. Chad's Lane. Nicht weit von der High Street.«

Lynley sah auf. »Wieso hat er die Hausschlüssel?«

»Nachdem sie Roberta verhaftet hatten – ich nehme an, sie haben sie ihm einfach gegeben. Er erbt den Hof sowieso, wenn alles geregelt ist«, fügte sie hinzu. »Das hat William so bestimmt. In seinem Testament. Wahrscheinlich kümmert er sich inzwischen um den Hof. Irgendeiner muß das ja tun.«

»Er erbt? Und Roberta?«

Stepha wischte nachdenklich mit dem Putzlappen über den Tresen.

»Es war zwischen Richard und William vereinbart, daß Richard den Hof erben würde. Das war auch ganz vernünftig so. Er hilft – ich meine, er half William auf dem Hof, seit er vor zwei Jahren nach Keldale zurückkam. Nachdem sie ihren Streit wegen Roberta beigelegt hatten, regelte sich alles von selbst auf die bestmögliche Weise. William hatte Hilfe, Richard hatte Arbeit und eine Zukunft, und Roberta hatte für den Rest ihres Lebens ein Zuhause.«

»Sergeant«, Lynley wies auf ihren Block, der unberührt neben ihrem Glas lag. »Bitte schreiben Sie mit.«

Stepha wurde rot, als sie Barbara zum Stift greifen sah.

»Ist das ein Verhör?« fragte sie mit einem etwas furchtsamen Lächeln. »Ich glaube nicht, daß ich Ihnen viel helfen kann, Inspector.«

»Erzählen Sie uns über den Streit und Roberta.«

Sie kam um die Bar herum und zog sich einen Sessel an den Tisch, um sich zu ihnen zu setzen. Ihr Blick fiel auf den Stapel Fotos, und sie schaute hastig weg.

»Ich will Ihnen gern alles sagen, was ich weiß, aber viel ist es nicht. Olivia kann Ihnen mehr erzählen.«

»Olivia Odell – Ihre –«

»Meine Schwägerin. Die Witwe meines Bruders Paul.« Stepha stellte ihr Glas auf den Tisch und deckte die Fotos mit den Blättern des gerichtsmedizinischen Befunds zu. »Wenn es Ihnen nichts ausmacht...«

»Entschuldigen Sie«, sagte Lynley. »Wir sind solche Bilder so gewöhnt, daß wir immun dagegen sind.« Er legte die Unterlagen alle zusammen in den Hefter zurück. »Also, warum gab es zwischen den beiden Männern wegen Roberta Streit?«

»Olivia hat es mir später erzählt – sie war mit ihnen zusammen im *Dove and Whistle*, als es passierte. Sie sagte, es sei einzig wegen Robertas Aussehen dazu gekommen.« Sie zeichnete mit einem Finger ein verschlungenes Muster in die beschlagene Wand ihres Glases. »Richard ist in Keldale aufgewachsen, wissen Sie, aber er war mehrere Jahre weg, in East Anglia. Er wollte es mit Gerste versuchen und sich selbst was aufbauen. Er hat dort auch geheiratet und hat inzwischen zwei Kinder. Als aus seinen Plänen nichts wurde, kam er nach Keldale zurück.« Sie lächelte. »Es heißt, daß der Kel keinen so leicht losläßt, und auch bei Richard traf das zu. Er war acht oder neun Jahre fort. Als er zurückkam, war er mehr als entsetzt, wie Roberta sich verändert hatte.«

»Sie sagten, es ging einzig um ihr Aussehen?«

»Sie sah nicht immer so aus, wie sie heute aussieht. Groß war sie immer schon, natürlich, auch mit acht Jahren, als Richard wegging. Aber sie war nie...« Stepha stockte, offensichtlich bemüht, das richtige Wort zu finden, einen Ausdruck, der sachlich richtig war, ohne entwertend oder abfällig zu sein.

»Übergewichtig«, vollendete Barbara. Ein fetter Trampel.

»Ja«, bestätigte Stepha dankbar. »Richard war immer Robertas bester Freund gewesen, obwohl er zwölf Jahre älter ist als sie. Und als er bei seiner Rückkehr sah, was aus ihr geworden war – in körperlicher Hinsicht, meine ich –, war er schlicht entsetzt. Er machte William schreckliche Vorwürfe, sagte, er habe das Mädchen vernachlässigt und sie habe sich nur deshalb so vollgestopft, um irgendwie seine Aufmerksamkeit auf sich zu lenken. William wurde fuchsteufelswild. Olivia sagte, sie habe ihn noch nie so wütend gesehen. Der arme Kerl, er hat in seinem Leben weiß Gott Schwierigkeiten genug gehabt. Da brauchte er nicht auch noch diese Beschuldigung von seinem eigenen Neffen. Aber sie versöhnten sich wieder, denn Richard entschuldigte sich gleich am nächsten Tag. William war allerdings nicht bereit, mit Roberta zum Arzt zu gehen – so weit wollte er nicht nachgeben. Aber Olivia stellte eine Diät für Roberta zusammen, und von da an ging alles gut.«

»Bis vor drei Wochen«, bemerkte Lynley.

»Wenn Sie glauben wollen, daß Roberta ihren Vater umgebracht hat, haben Sie natürlich recht. Aber ich glaube nicht, daß sie ihn getötet hat. Nie im Leben.«

Die Heftigkeit ihrer Worte überraschte Lynley.

»Wieso nicht?«

»Weil William – abgesehen von Richard, der mit seiner eigenen Familie genug zu tun hat – der einzige Mensch war, den Roberta hatte.«

»Sie hatte keine Freunde in ihrem Alter?«

Stepha schüttelte den Kopf.

»Sie war eine Einzelgängerin. Wenn sie nicht gerade mit ihrem Vater auf dem Hof gearbeitet hat, hat sie meistens gelesen. Sie kam jahrelang Tag für Tag her, um sich den *Guardian* zu holen. Auf dem Hof hatten sie nie eine Zeitung, deshalb kam sie jeden Nachmittag, wenn alle hier den *Guardian* gelesen hatten, und nahm ihn mit nach Hause. Das hatte ich ihr erlaubt. Ich nehme an, sie hatte sämtliche Bücher gelesen, die noch von ihrer Mutter im Haus waren, und ebenso alle Marsha Fitzalans, so daß ihr nur noch die Zeitung blieb. Eine Leihbibliothek gibt es ja bei uns nicht.«

Sie blickte einen Moment stirnrunzelnd auf das Glas in ihrer Hand.

»Vor ein paar Jahren interessierte sie allerdings die Zeitung plötzlich nicht mehr. Als mein Bruder starb. Ich hatte damals den Verdacht –« Ihre blaugrauen Augen trübten sich. »Ich hatte den Verdacht, daß Roberta in Paul verliebt war. Nach seinem Tod vor vier Jahren haben wir sie lange Zeit überhaupt nicht zu Gesicht bekommen. Und nach dem *Guardian* hat sie nie wieder gefragt.«

Die St. Chad's Lane war eine ungepflasterte schmale Gasse, die nirgendwohin führte und sich einzig durch das Gasthaus an der Ecke auszeichnete, das *Dove and Whistle* mit den grell violetten Türen und Fensterrahmen. Gegenüber standen vier kleine Reihenhäuser, die man Gemeindehäuser nannte.

Richard Gibson und seine Familie lebten in dem letzten Haus dieser Zeile, einem schmalen Gebäude aus grauem Stein, dessen einst königsblaue Haustür zu einem müden Grau erblaßt war. Sie stand offen, obwohl die Temperaturen am späten Nachmittag schon empfindlich kühl wurden, und aus dem Inneren des Häuschens kamen die wütenden Töne eines Ehekrachs.

»Verdammt noch mal, dann tu doch du endlich was mit ihm. Er ist doch auch dein Sohn. Himmel Herrgott, so, wie du dich für seine Erziehung interessierst, könnte man meinen, ich hätte ihn ganz allein produziert.«

Es war eine Frau, die da in den Tönen höchster Erbitterung kreischte und schrie, als wolle sie jeden Moment zum tätlichen Angriff übergehen.

Die Stimme des Mannes, der ihr antwortete, war undeutlich und ging in dem Getöse fast unter.

»Ach ja, dann wird es besser? Was du nicht sagst! Da kann ich nur lachen, Dick. Wenn du erst den ganzen beschissenen Hof als Entschuldigung hast? So wie gestern abend! Du konntest ja gar nicht schnell genug hinkommen! Erzähl mir also nichts von dem Hof. Wenn du erst mal fünfhundert Morgen hast, hinter denen du dich verstecken kannst, kriegen wir dich bestimmt überhaupt nicht mehr zu sehen.«

Lynley klopfte energisch mit dem halb verrosteten Türklopfer an die offene Tür, und die Szene vor ihnen erstarrte zum lebenden Bild.

Einen Teller mit einer wenig appetitlich aussehenden Mahlzeit auf den Knien, saß ein Mann auf einem durchgesessenen Sofa in einem mit Möbeln vollgestopften Wohnzimmer. Vor ihm stand eine Frau, einen Arm drohend erhoben, eine Haarbürste in der Hand. Beide starrten den unerwarteten Besuch verblüfft an.

»Sie haben uns in unserem besten Moment erwischt. Als nächstes wären wir im Bett gelandet«, sagte Richard Gibson.

Die Gibsons waren ein sehr gegensätzliches Paar. Er war ein Hüne, fast zwei Meter groß, massig, mit pechschwarzem Haar und spöttischen braunen Augen. Seine Frau war eine zierliche Blondine mit scharfen Zügen, im Augenblick weiß vor Wut bis in die Lippen. Doch zwischen den beiden knisterte eine Spannung, die die Worte des Mannes durchaus glaubhaft machte. Dies war eine Beziehung, wo jeder Streit, jede Auseinandersetzung nur ein Scharmützel vor dem Kampf um die Oberherrschaft war, der zwischen den Laken ausgetragen wurde. Und wer da Sieger bleiben würde, war, soweit das Lynley und Barbara nach dem Erlebten beurteilen konnten, völlig ungewiß.

Madeline Gibson warf ihrem Mann einen letzten schwelenden Blick zu, in dem soviel Begehren wie Wut glühte, lief hinaus und knallte die Küchentür hinter sich zu. Gibson lachte leise.

»Meine kleine Höllenmaschine«, bemerkte er und stand auf. Freimütig bot er Lynley die große Hand. »Richard Gibson. Sie sind wohl von Scotland Yard?«

Lynley stellte Barbara und sich vor.

»Sonntags geht's hier immer am schlimmsten zu«, erklärte Gibson und wies mit einer Kopfbewegung zur Küche, aus der Quengeln und Schimpfen zu ihnen drang. »Früher hat Roberta uns geholfen. Jetzt müssen wir ohne sie auskommen. Aber das wissen Sie ja. Deshalb sind Sie hier.«

Er wies einladend auf zwei altertümliche Sessel, denen die Innereien aus den gerissenen Nähten quollen. Lynley und Barbara stiegen über Spielsachen, zerfledderte Zeitungen und mindestens drei schmutzige Teller hinweg, die auf dem nackten Holzboden standen. Irgendwo hatte man ein Glas Milch vergessen; der saure Geruch überlagerte selbst die Küchendünste.

»Sie haben den Hof geerbt, Mister Gibson«, begann Lynley. »Haben Sie die Absicht, bald umzuziehen?«

»Mir kann's nicht bald genug sein. Ich hab' ernste Zweifel, ob meine Ehe einen weiteren Monat in dieser Bruchbude überstehen kann.«

Gibson schob mit dem Fuß seinen Teller von der Couch weg. Von irgendwo tauchte eine magere Katze auf, beschnupperte das trockene Brot und die durchdringend riechenden Sardinen und wies das Angebot zurück.

»Sie wohnen schon seit einigen Jahren hier, nicht wahr?«

»Seit genau zwei Jahren, vier Monaten und zwei Tagen. Ich könnt's Ihnen auch noch auf die Stunden berechnen, aber das ist wohl nicht nötig. Sie verstehen, was ich damit sagen will.«

»Ich habe eben ungewollt gehört, daß Ihre Frau von der Aussicht, auf den Hof zu ziehen, nicht gerade begeistert ist.«

Gibson lachte. »Sie sind sehr höflich, Inspektor. Solche Polizisten gefallen mir.«

Er fuhr sich mit der Hand durch das volle Haar und sah sich suchend auf dem Boden zu seinen Füßen um, bis er die Bierflasche entdeckte, die im Eifer des Gefechts, das er mit seiner Frau geführt hatte, auf die andere Seite der Couch gerutscht war. Er setzte sie an den Mund und leerte sie mit einem langen Zug. Dann wischte er sich die Lippen mit dem Handrücken, die Geste eines Mannes, der es gewöhnt ist, seine Mahlzeiten auf dem Feld einzunehmen.

»Nein. Madeline möchte wieder nach East Anglia zurück. Sie will die Weite, das Wasser und den tiefen Himmel. Aber das kann ich ihr nicht bieten. Darum muß ich ihr geben, was ich irgend kann.« Gibson sah flüchtig zu Barbara hinüber, die immer noch den Kopf über ihren Block gesenkt hielt. »So was könnte ein Mann sagen, der bereit ist, seinen Onkel umzubringen, stimmt's?« sagte er freundlich.

Hank ertappte sie schließlich im Novizenraum. Simon, der gerade seine Frau geküßt hatte – erregt von ihrem Duft und der zärtlichen Liebkosung ihrer Finger, die seine Wange streichelten –, sah auf und erblickte den Amerikaner, der boshaft grinsend auf der Mauer des ehemaligen Tagesraums hockte.

»Ich hab' euch!« Hank zwinkerte.

Simon war ziemlich wütend, während Deborah erschrocken zusammenfuhr.

Hank sprang unaufgefordert zu ihnen hinunter.

»He, Böhnchen«, rief er. »Ich hab' die Turteltauben gefunden.«

JoJo Watson tauchte nur Augenblicke später auf und stolperte auf unsinnig hohen Absätzen durch die abgebröckelte Türöffnung der verfallenen Abtei. Um den Hals trug sie neben der klimpernden Goldkette an einem schwarzen Band einen Instamatic-Fotoapparat.

»Wir wollten ein paar Bilder machen«, erklärte Hank mit einer Kopfbewegung zu seiner Frau. »Beinahe hätten wir Sie auch drauf gehabt!« Er lachte brüllend und schlug Simon kumpelhaft auf die Schulter. »Na, ich kann's verstehen, alter Freund. Wenn sie meine Frau wär', könnt' ich auch die Hände nicht von ihr lassen.« Er wandte sich kurz seiner eigenen Frau zu. »He, vorsichtig, Böhnchen. In diesem Trümmerhaufen kann man sich leicht das Genick brechen.«

Als er sich wieder nach den beiden anderen umdrehte, bemerkte er Deborahs Ausrüstung – die Fototasche, das Stativ, die verschiedenen Objektive.

»Ach, Sie wollten auch fotografieren? Aber Sie haben sich ablenken lassen, hm? Na, ist ja auf einer Hochzeitsreise auch nicht anders zu erwarten. – Komm hier runter, Böhnchen.«

»So früh aus Richmond zurück?« gelang es Simon endlich, mit mühsamer Höflichkeit zu fragen.

Er bemerkte, daß Deborah verstohlen an ihren Kleidern zupfte. Ihr Blick traf den seinen, blitzend vor unterdrücktem Gelächter und zugleich voller Begehren. Was, in Gottes Namen, hatten diese blödsinnigen Amerikaner jetzt hier zu suchen!

»Tja«, bekannte Hank, als JoJo sich endlich zu ihnen gesellt hatte, »ich muß sagen, Richmond war nicht ganz das, was ich mir nach Ihren Schilderungen versprochen hatte. Ich mein', die Fahrt war natürlich toll, nicht, Böhnchen? War doch herrlich, oder?«

»Hank fährt mit Leidenschaft auf der falschen Straßenseite«, erläuterte JoJo. Ihre Nase zuckte. Sie fing die Blicke auf, die die beiden jüngeren Leute tauschten. »Komm, Hank, machen wir noch einen schönen Spaziergang zur Bishop Furthing Road, ja?« Sie legte ihrem Mann die schwer beringte Hand auf den Arm und versuchte, ihn mit sich zu ziehen.

»Kommt ja nicht in Frage«, protestierte Hank freundlich. »Was ich auf dieser Reise schon für Fußmärsche gemacht hab', das reicht mir für den Rest meines Lebens.« Er sah Simon mit verschmitztem Blick an. »Die Straßenkarte, die Sie uns so entgegenkommenderweise geliehen haben, hatte es in sich, alter Freund. Wenn JoJo nicht so drauf geeicht wäre, Wegweiser zu lesen, wären wir jetzt wahrscheinlich schon in Edinburgh. Na ja, ist ja noch mal gutgegangen, was? Wir sind rechtzeitig wieder hier eingetroffen, um Ihnen die Totenhöhle zu zeigen.«

Es blieb ihnen nichts anderes übrig, als mitzuspielen.

»Die Totenhöhle?« fragte Deborah. Sie kniete auf dem Boden und packte ihre Ausrüstung ein, die sie minutenlang vergessen hatte, als sie sich in das weiche Blau von Simons Augen hatte sinken lassen.

»Na, Sie wissen schon, das Baby«, sagte Hank geduldig. »Wenn ich mir allerdings überlege, was Sie beide hier getrieben haben, kann ich nur sagen, daß die Geschichte vom Baby Sie nicht gerade tief beeindruckt hat, wie?« Wieder zwinkerte er vielsagend.

»Ach ja, das Baby«, meinte Simon.

»Aha! Jetzt hab' ich Ihr Interesse geweckt«, stellte Hank beifällig fest. »Ich hab' schon gemerkt, daß Sie zuerst ein bißchen verschnupft waren, als ich hier so unverhofft aufkreuzte. Aber jetzt hab' ich Sie an der Angel, das seh' ich.«

»Ja, in der Tat«, sagte Deborah, die mit ihren Gedanken in Wirklichkeit ganz woanders war.

Merkwürdig, wie es plötzlich innerhalb eines Augenblicks

geschehen war. Sie liebte ihn, hatte ihn seit ihrer Kindheit geliebt. Aber in einem einzigen Moment blitzartiger Erleuchtung hatte sie erkannt, daß sich das irgendwie verändert hatte, daß zwischen ihnen etwas ganz anders geworden war. Er war plötzlich nicht mehr nur der sanfte Simon, dessen Zärtlichkeit und Wärme ihr das Herz geöffnet hatten, sondern ein feuriger Liebhaber, dessen Blick allein sie erregte. Du lieber Himmel, Deborah, du bist ja ein richtiges Sexmonster, dachte sie erheitert.

Simon hörte ihr unterdrücktes Gelächter.

»Deborah?« fragte er.

Hank versetzte ihm einen vertraulichen Stoß in die Rippen. »Machen Sie sich nur um die Braut keine Sorgen«, meinte er. »Am Anfang sind sie alle ein bißchen scheu.«

Er stolzierte voraus wie ein kundiger Fremdenführer und machte seine Frau immer wieder mit einem »Knips das, Böhnchen! Rein damit in den Kasten!« auf interessante Details aufmerksam.

»Tut mir leid, Liebes«, murmelte Simon, während sie den Amerikanern durch den verfallenen Tagesraum, über den Hof in den Kreuzgang folgten. »Ich dachte, ich hätte ihn uns mindestens bis Mitternacht vom Hals geschafft. Fünf Minuten später, und er hätte uns in einer wirklich peinlichen Situation erwischt.«

»Stell dir das vor!« Sie lachte. »Ach Simon, stell dir vor, er hätte uns wirklich erwischt. Er hätte geschrien: ›Rein damit in den Kasten, Böhnchen!‹, und unser Liebesleben wäre vielleicht auf ewig zerstört gewesen.«

Ihre Augen strahlten, und ihr Haar leuchtete in der Nachmittagssonne. Simon sog scharf den Atem ein. »Das glaube ich nicht«, sagte er ruhig.

Die Totenhöhle war in der ehemaligen Sakristei, die jetzt nur noch ein schmaler, unüberdachter, von Gras und wilden Blumen überwucherter Gang war, gleich hinter dem Südquerschiff der alten Kirche. Vier gewölbte Nischen waren hier in eine Wand eingelassen, und auf eine von diesen deutete Hank mit blutrünstiger Dramatik.

»In einer von denen«, verkündete er. »Rein damit in den Kasten, Böhnchen.« Er trampelte durch das Gras und stellte sich grinsend in Pose. »Das war anscheinend das Zimmer, wo die Mönche ihre Kirchengewänder hatten. So eine Art Kammer. Und in der betreffenden Nacht wurde das Baby einfach hier ausgesetzt und dem Tod überlassen. Ganz schön gemein, was?« Er kam wieder zu ihnen zurück. »Aber genau die richtige Größe für einen Säugling«, fügte er hinzu. »Wie eine Opfergabe.«

»Ich glaube nicht, daß die Zisterzienser auf diesem Gebiet tätig waren«, bemerkte Simon. »Und Menschenopfer sind schon seit einer Reihe von Jahren nicht mehr Mode.«

»Ja, was glauben Sie denn dann? Von wem war das Baby?«

»Ich habe keine Ahnung«, antwortete Simon, der sehr wohl wußte, daß jetzt gleich die Theorie kommen würde.

»Dann lassen Sie sich mal von mir erzählen, wie das war. Böhnchen und ich haben's uns nämlich gleich am ersten Tag überlegt. Stimmt's, Böhnchen?« Er wartete, bis seine Frau brav genickt hatte. »Kommen Sie hier rüber. Dann will ich Ihnen beiden mal was zeigen.«

Er führte sie durch das Querschiff, über die holprige Pflasterung des Sanktuariums, durch ein Loch in der Mauer aus dem Gelände der Abtei hinaus.

»Da!« Er wies triumphierend auf einen schmalen Pfad, der in nördlicher Richtung durch den Wald führte.

»Ja, ich seh's«, sagte Simon.

»Und? Wissen Sie jetzt auch, wie's war?«

»Nein, das nicht.«

Hank prustete freudig. »Natürlich nicht. Weil Sie's nicht durchdacht haben wie Böhnchen und ich, nicht wahr, Sugarbaby?«

Sugarbaby nickte betrübt und blickte in stummer Zerknirschung von Simon zu Deborah.

»Zigeuner«, fuhr Hank fort. »Okay, okay, ich geb's zu. Böhnchen und ich haben die Geschichte erst richtig in den Griff gekriegt, als wir sie heute sahen. Sie wissen schon – die Wohnwagen, die da am Straßenrand stehen. In der Nacht damals müssen auch welche dagewesen sein. Das Baby kann nur von ihnen stammen.«

»Soviel ich weiß, lieben Zigeuner ihre Kinder sehr«, entgegnete Simon trocken.

»Aber *das* Kind nicht«, entgegnete Hank unerschüttert. »Lassen Sie sich ins Bild setzen, Sportsfreund. Danny und Ezra sind irgendwo da drüben –« er winkte mit einer Hand in Richtung der Ruine – »kurz vorm Vollzug. Da kommt hier auf dem Weg ein altes Zigeunerweib mit einem Säugling angeschlichen.«

»Ein altes Weib?«

»Na klar, das liegt doch auf der Hand. Sie schaut sich verstohlen um, erst nach rechts, dann nach links.« Hank machte es vor. »Dann huscht sie in die Kirche. Da schaut sie sich nach einem geeigneten Platz um, und, plop! schon ist das Ding geritzt.«

»Es ist zweifellos eine interessante Theorie«, bemerkte Deborah. »Aber mir tun die Zigeuner immer ein bißchen leid. Denen schiebt man doch alles in die Schuhe, finden Sie nicht.«

»Und damit, holde Braut, wären wir schon bei meiner zweiten Theorie.«

JoJo zwinkerte vielsagend.

Der Hof war in ausgezeichnetem Zustand, was nicht weiter verwunderlich war, da Richard Gibson ihn in den drei Wochen seit dem Tod seines Onkels gewissenhaft versorgt hatte. Lynley und Barbara stießen das Tor zwischen den steinernen Pfosten auf und traten ein.

Ein stattliches Erbe. Linker Hand stand das Wohnhaus, ein

altes Gebäude aus dem in dieser Gegend üblichen braunen Backstein, mit frisch gestrichenen weißen Fensterrahmen, genau wie die Tür von Grün umrankt. Es war von der Gembler Road zurückgesetzt und durch einen gepflegten Garten, der eingezäunt war, um die Schafe abzuhalten, von ihr getrennt. Neben dem Haus war ein niedriges Nebengebäude, und rechts von ihnen, die vierte Seite des quadratischen Hofes bildend, stand das Stallgebäude mit der Scheune.

Es war wie das Haus aus Backstein, einstöckig, mit großen Fenstern im oberen Stockwerk, durch die man die Enden mehrerer Leitern erkennen konnte. Unten gab es nur Halbtüren, denn dieses Gebäude war für Arbeitsgeräte und Tiere gedacht. Die Fahrzeuge standen in der Remise auf der anderen Seite des Hauses.

Sie gingen über den gefegten Hof, und Lynley sperrte die Stalltür auf, die lautlos aufschwang. Drinnen war es totenstill, dämmrig und sehr kalt – eine Gruft, in der ein Mensch ein gewaltsames Ende gefunden hatte.

»Sehr still«, stellte Barbara fest.

Sie blieb an der Tür stehen, während Lynley eintrat.

»Hm«, antwortete er von der dritten Box her. »Wahrscheinlich weil die Schafe nicht hier sind.«

»Sir?«

Er sah zu ihr hin. Sie war blaß.

»Weil die Schafe nicht hier sind, Sergeant«, wiederholte er freundlich. »Sie sind oben auf der Weide. Darum ist es so still. Kommen Sie doch mal und sehen Sie sich das an.« Als er sah, daß sie zögerte, fügte er hinzu: »Sie hatten recht.«

Erst da kam sie näher und musterte die Box. Am hinteren Ende lag ein verrottender Heuhaufen. Etwa in der Mitte war ein nicht allzu großer Fleck getrockneten Bluts – braun, nicht rot. Sonst war nichts zu sehen.

»Wie meinen Sie das, Sir?« fragte Barbara.

»Nicht ein einziger Blutstropfen an den Wänden. Der Tote ist nicht bewegt worden. Da wurde nach der Tat wirklich nicht versucht, etwas vorzutäuschen. Sie haben gut mitgedacht, Havers.«

Er blickte gerade rechtzeitig auf, um die Überraschung auf ihrem Gesicht zu sehen.

Sie errötete verwirrt. »Danke, Sir.«

Lynley richtete seine Aufmerksamkeit wieder auf die Stallbox. Der umgedrehte Eimer, auf dem Roberta gesessen hatte, als der Priester sie fand, stand unverrückt. Das Heu, in das der Kopf gerollt war, war unberührt. Im Braun des Blutflecks waren Schürfspuren von der Spurensicherung zu erkennen, und das Beil war weg; sonst war alles wie auf den Fotografien. Nur die Leichen fehlten. Die Leichen! Großer Gott! Lynley kam sich vor wie der Narr, zu dem Nies ihn so gern machen wollte, während er auf den äußeren Rand des Flecks starrte, wo ein Stiefelabsatz mehrere verfilzte schwarze und weiße Haare in das geronnene Blut gedrückt hatte. Er drehte sich nach Barbara um.

»Der Hund!« sagte er.

»Sir?«

»Havers, was in Dreiteufelsnamen hat Nies mit dem Hund angestellt?«

Ihr Blick flog zu dem Absatzabdruck, sie sah die verfilzten Hundehaare.

»Das steht doch im Bericht, oder?«

»Das steht eben nicht im Bericht«, erwiderte er zornig und wußte schon, daß er Nies jedes Informationsdetail würde aus der Nase ziehen müssen wie die sprichwörtlichen Würmer. Teuflisch würde das werden. »Sehen wir uns das Haus an«, sagte er finster.

Sie betraten es durch den überdachten Vorbau, in dem alte Jacken und Regenmäntel an den Haken hingen und Arbeitsstiefel unter der Holzbank an der Wand standen. Das Haus war seit drei Wochen nicht mehr geheizt worden und war stark ausgekühlt. Auf der Gembler Road ratterte ein Auto vorbei, das Geräusch war fern und gedämpft.

Durch den Vorbau gelangten sie direkt in die Küche, einen großen Raum mit rotem Linoleumboden, dunklen Holzschränken und blitzend weißen Geräten, die aussahen, als würden sie immer noch jeden Tag geputzt. Alles war an seinem Platz. Nicht ein Teller stand herum, nicht ein Krümel lag auf dem Tisch, nicht ein Fleck trübte den Glanz der weißen Emailspüle. In der Mitte des Raumes stand ein Tisch aus rohem Fichtenholz, dessen Platte von den Kerben der Messer durchzogen war, mit denen hier Tag für Tag Gemüse geputzt oder Fleisch geschnitten worden war.

»Kein Wunder, daß Gibson so scharf auf den Hof ist«, bemerkte Lynley. »Das ist schon etwas anderes als die St. Chad's Lane.«

»Haben Sie ihm geglaubt, Sir?« fragte Barbara.

Lynley, der gerade dabei war, die Schränke zu inspizieren, hielt inne.

»Sie meinen, als er sagte, er wäre mit seiner Frau im Bett gewesen, als Teys getötet wurde? Angesichts der Beziehung zwischen den beiden ist es ein glaubhaftes Alibi, würden Sie das nicht auch sagen?«

»Ich – ja, wahrscheinlich, Sir.«

Er sah sie an. »Aber Sie glauben es trotzdem nicht.«

»Es ist nur – ich hatte den Eindruck, daß sie log. Und daß sie wütend auf ihn war. Oder vielleicht auf uns.«

Lynley ließ sich das durch den Kopf gehen. Madeline Gibson hatte tatsächlich zornig und erbittert gewirkt, hatte ihnen die Antworten auf ihre Fragen ins Gesicht gespien, ohne ihren Mann eines Blickes zu würdigen. Gibson seinerseits hatte während ihres Berichts gemächlich eine Zigarette geraucht, auf dem Gesicht einen Ausdruck ruhigen Desinteresses, in den dunklen Augen jedoch einen Schimmer heimlicher Belustigung.

»Sie haben recht, irgendwas stimmt da nicht. Kommen Sie, gehen wir hier durch.«

Sie traten durch eine schwere Tür in das Eßzimmer mit einem großen Mahagonitisch, auf dem eine saubere, cremefarbene Spitzendecke lag. Die gelben Rosen in der Vase waren vollkommen verwelkt und trauerten mit hängenden Köpfen. Ein zum Tisch passendes Buffet stand auf einer Seite des Raumes, in seiner Mitte ein silberner Tafelaufsatz. In einer Vitrine sah man ein wunderschönes Speiseservice, das von den Bewohnern des Hauses vermutlich nur höchst selten benutzt worden war. Wie in der Küche herrschte auch hier peinliche Ordnung. Wären nicht die Blumen gewesen, hätte man sich wie in einem Museum fühlen können.

Erst im Wohnzimmer, das sich auf der anderen Seite des Korridors befand, stießen sie auf Zeichen von Leben und Lebendigkeit. Hier nämlich hatten die Teys ihren Gedenkschrein.

Barbara ging Lynley voraus, doch beim Anblick des Schreins schrie sie unwillkürlich auf und wich, einen Arm erhoben, als wollte sie einen Schlag abwehren, hastig zurück.

»Was ist denn, Sergeant?«

Lynley, der sich aufmerksam im Zimmer umblickte, um zu sehen, was sie erschreckt hatte, entdeckte nichts als die in einem Wohnzimmer üblichen Möbelstücke und eine Sammlung von Fotografien in einer Ecke.

»Entschuldigen Sie. Ich glaube...« Sie lächelte verzerrt. »Entschuldigen Sie, Sir. Ich – ich glaube, ich bin hungrig oder so was. Mir war nur ein bißchen flau. Es geht schon wieder.« Sie ging hinüber zu der Zimmerecke, wo die Fotografien aufgehängt waren. Davor standen Kerzen, darunter vertrocknete Blumen. »Das muß die Mutter sein«, sagte sie.

Lynley trat neben sie vor den dreieckigen Tisch, der genau in die Ecke eingepaßt war.

»Ein schönes Mädchen«, sagte er gedämpft. »Denn mehr ist

sie ja kaum. Sehen Sie sich das Hochzeitsfoto an. Sie sieht aus wie eine Zehnjährige, so klein und so zart.«

Die Frage blieb unausgesprochen zwischen ihnen. Wie hatte sie einen Trampel wie Roberta hervorbringen können?

»Finden Sie es nicht ein bißchen –« Barbara brach ab, und er sah sie fragend an. Sie preßte krampfhaft beide Hände auf den Rücken. »Ich meine, wenn er Olivia heiraten wollte, Sir.«

Lynley stellte das letzte Bild der jungen Frau wieder zurück. Sie sah darauf aus wie Mitte Zwanzig, ein frisches, lächelndes Gesicht, Sommersprossen auf der kleinen Nase, langes blondes Haar zu einem Pferdeschwanz gebunden. Schön wie der junge Morgen.

»Es sieht aus, als hätte sich Teys hier in der Zimmerecke seine eigene Religion gemacht«, bemerkte er. »Makaber eigentlich, finden Sie nicht?«

»Ich –« Sie riß den Blick von dem Bild los. »Doch, Sir.«

Lynley wandte seine Aufmerksamkeit dem Rest des Zimmers zu. Hier hatten Menschen gelebt, das sah man: eine bequeme, vielbenützte Couch, mehrere Sessel, ein Korb mit Zeitschriften, ein Fernsehapparat, ein kleiner Sekretär. Lynley machte ihn auf, fand säuberlich geordnetes Briefpapier, ein Kästchen mit Briefmarken, drei unbezahlte Rechnungen. Er sah sie sich an: von der Apotheke für Schlaftabletten, die beiden anderen für Strom und Telefon. Die letzte Rechnung studierte er genauer, aber sie enthielt nichts von Interesse. Keine Ferngespräche. Alles ordentlich und klar.

Hinter dem Wohnzimmer gab es noch einen Raum, eine Art Arbeitszimmer und Bibliothek, wie sie sahen, als sie die Tür öffneten und einen Moment überrascht innehielten.

An drei der vier Wände standen Regale, die bis zur Decke reichten, und jedes Bord war buchstäblich bis zum Brechen mit Büchern gefüllt. Bücher, die ordentlich in Reih und Glied standen. Bücher in Stapeln. Bücher sogar auf dem Boden.

»Aber Stepha Odell sagte doch –«

»– daß es keine Leihbibliothek gibt und Roberta sich deshalb regelmäßig den *Guardian* holte«, vollendete Lynley. »Weil sie alle Bücher im Haus bereits gelesen hatte – wie ist das möglich? – und die Marsha Fitzalans dazu. Wer ist übrigens Marsha Fitzalan?«

»Die Lehrerin«, antwortete Barbara. »Sie wohnt in der St. Chad's Lane. Neben den Gibsons.«

»Danke«, murmelte Lynley, schon dabei, die Regale zu inspizieren. Er setzte seine Lesebrille auf. »Hm. Ein bißchen was von allem. Die Brontës scheinen hoch im Kurs gestanden zu haben.

Barbara kam zu ihm. »Jane Austen«, las sie vor. »Dickens, Lawrence. Hauptsächlich die Klassiker.«

Sie zog *Stolz und Vorurteil* heraus und schlug es auf. »Tessa« stand in kindlichen Schriftzügen quer über das Vorsatzblatt geschrieben. Denselben Namenszug fand sie in den Bänden von Dickens und Shakespeare und sämtlichen Romanen der Brontës.

Lynley trat zu einem antiken Lesepult, das vor dem einzigen Fenster des Raumes stand. Auf ihm lag eine große Bibel. Sein Blick glitt über die mit Illustrationen verzierte Seite, die aufgeschlagen war.

»›Ich bin Joseph, euer Bruder‹«, las er, »›den ihr nach Ägypten verkauft habt. Und nun bekümmert euch nicht und denkt nicht, daß ich darum zürne, daß ihr mich hierher verkauft habt; denn um eures Lebens willen hat mich Gott vor euch hergesandt. Denn es sind nun zwei Jahre, daß Hungersnot im Lande ist, und sind noch fünf Jahre, daß weder Pflügen noch Ernten sein wird. Aber Gott hat mich vor euch hergesandt, daß er euch übriglasse auf Erden und euer Leben erhalte zu einer großen Errettung.‹«

Er blickte auf und sah Barbara an.

»Ich werde nie verstehen, warum er seinen Brüdern vergeben

hat«, sagte sie. »Nach dem, was sie ihm angetan hatten, hatten sie den Tod verdient.«

Ihre Worte verrieten Bitterkeit. Er klappte behutsam das Buch zu, nachdem er die Seite mit einem Zettel vom Sekretär eingemerkt hatte.

»Aber er hatte etwas, das sie brauchten.«

»Zu essen«, stieß sie verächtlich hervor.

Er nahm die Brille ab.

»Ich glaube nicht, daß es überhaupt mit dem Essen zu tun hatte«, meinte er. »Was ist oben?«

Das erste Stockwerk hatte einen einfachen Grundriß: vier Zimmer, eine Toilette, ein Bad. Alle gingen sie von einer quadratischen Diele in der Mitte ab, die durch ein großes Oberlicht aus Milchglas erhellt wurde, eine nachträgliche Modernisierung zweifellos. Man hatte den Eindruck, in einem Gewächshaus zu stehen, nicht unschön, aber ungewöhnlich in einem Bauernhaus.

Das Zimmer gleich rechts schien ein Gästezimmer zu sein. Ein sauber gemachtes Bett mit cremefarbenem Überwurf, relativ klein, wenn man die Größe der Hausbewohner bedachte, stand an der einen Wand. Der Teppich mit einem Muster von Rosen und Farnen schien sehr alt zu sein, die einst leuchtenden Rot- und Grüntöne waren verblaßt und verschmolzen in einem beruhigenden Rostbraun miteinander. Die Tapete hatte ein Streublümchenmuster. Schrank und Kommode waren leer.

»Das erinnert mich an ein Zimmer in einem Gasthaus«, bemerkte Lynley.

Barbara warf einen Blick zum Fenster hinaus; eine uninteressante Aussicht auf Stall und Hof.

»Es scheint nie benutzt worden zu sein.«

Lynley zog den Bettüberwurf zurück. Die Matratze darunter war voller Flecken, das Kopfkissen vergilbt.

»Hier wurden anscheinend auch keine Gäste erwartet. Komisch, daß das Bett nicht gemacht ist.«

»Nein, gar nicht. Warum soll man es beziehen, wenn es doch nicht benutzt wird?«

»Na ja, es könnte doch sein –«

»Soll ich gleich ins nächste Zimmer gehen, Inspector?« fragte Barbara ungeduldig. Das Haus bedrückte sie.

Ihr Ton veranlaßte Lynley aufzublicken. Er zog den Überwurf wieder über das Bett, genauso, wie er gewesen war, und setzte sich auf die Bettkante.

»Was ist, Barbara?« fragte er.

»Nichts«, antwortete sie, aber sie hörte selbst den Unterton von Panik in ihrer Stimme. »Ich möchte nur gern fertig werden. Das Zimmer hier ist offensichtlich seit Jahren nicht bewohnt worden. Warum sollen wir da jeden Winkel absuchen wie Sherlock Holmes? So als würde der Mörder jeden Moment aus einer Bodenritze springen?«

Er erwiderte nicht gleich etwas, und der schrille Klang ihrer Stimme schien im Zimmer hängenzubleiben, nachdem sie längst fertiggesprochen hatte.

»Was ist?« fragte er wieder. »Kann ich helfen?« Er sah sie an, mit einem Blick, der Betroffenheit und gütige Teilnahme zeigte. Ach, es wäre so einfach –

»Es ist gar nichts!« rief sie heftig. »Ich hab' nur keine Lust, Ihnen dauernd wie ein Hündchen hinterherzulaufen. Ich weiß nicht, was Sie von mir erwarten. Ich komme mir vor wie der letzte Idiot. Ich bin schließlich nicht blöd, verdammt noch mal! Geben Sie mir was zu tun!«

Er stand langsam auf, den Blick immer noch auf sie gerichtet.

»Warum gehen Sie nicht ins Zimmer gegenüber und sehen sich dort um«, schlug er vor.

Sie öffnete den Mund, um noch etwas zu sagen, überlegte es sich dann aber anders und lief hinaus. Im grünlichen Licht der

Diele blieb sie einen Moment stehen. Sie konnte ihr heftiges Atmen hören, laut und stoßweise, und wußte, daß auch er das bemerken mußte.

Dieser verdammte Schrein! Der Hof selbst war schlimm genug in seiner gespenstischen Leblosigkeit, aber der Schrein hatte sie völlig aus dem Gleichgewicht geworfen. Man hatte ihn in der schönsten Ecke des Zimmers errichtet. Mit Blick auf den Garten, dachte Barbara zitternd. Tony hat den Fernseher, und sie hat den Garten!

Wie hatte Lynley es genannt? Eine Religion. Ja, mein Gott. Ein Tempel für Tony. Sie zwang sich, ruhiger zu atmen, ging über die Diele und betrat das nächste Zimmer.

Du hast's in den Sand gesetzt, Barb, sagte sie sich. Was ist aus Zustimmung, Gehorsam und Unterwerfung geworden? Warte nur, wenn du nächste Woche wieder in Uniform steckst!

Zornig sah sie sich um, angeekelt von sich selbst. Na und, wen kümmerte das schon? Der Reinfall war programmiert gewesen. Hatte sie denn allen Ernstes erwartet, dieses Unternehmen hier könnte etwas werden?

Sie eilte durch das Zimmer zum Fenster und riß es ungeduldig auf. Was hatte er gesagt? Was ist? Kann ich helfen? Das Wahnsinnige war, daß sie einen Moment tatsächlich versucht gewesen war, mit ihm zu reden, ihm alles zu sagen, was es zu sagen gab. Aber das war natürlich undenkbar. Keiner konnte helfen, am wenigsten Lynley.

Sie öffnete den Fensterflügel weit und hielt ihr erhitztes Gesicht in die frische, kühle Luft. Dann drehte sie sich um, entschlossen, ihre Arbeit zu tun.

Dies war Robertas Zimmer, so sauber und ordentlich wie die anderen Räume, aber irgendwie lebendiger. Auf dem breiten Himmelbett lag eine Patchwork-Decke mit einem freundlichen Bilderbuchmuster – Sonne, Wolken und ein Regenbogen auf dem Hintergrund eines saphirblauen Himmels. Im Schrank hingen

Kleider. Darunter aufgereiht standen die Schuhe – Arbeitsstiefel, Laufschuhe, Hausschuhe. Der Frisiertisch hatte einen dreiteiligen Spiegel, und auf der Kommode lag, mit dem Gesicht nach unten, eine gerahmte Fotografie, als sei sie gerade umgefallen. Barbara betrachtete das Bild neugierig. Mutter, Vater und die neugeborene Roberta in den Armen des Vaters. Das Foto schien in den Rahmen hineingezwängt, so als paßte es nicht recht. Sie drehte den Rahmen um und nahm den Rücken ab.

Ihre Vermutung war richtig gewesen. Das Foto war tatsächlich zu groß gewesen für den Rahmen, und Roberta oder sonst jemand hatte einen Teil nach rückwärts geklappt. Entfaltet zeigte sich ein ganz anderes Bild. Links vom Vater nämlich, die Hände auf dem Rücken, stand ein kleines Mädchen, der Mutter des Säuglings wie aus dem Gesicht geschnitten, unzweifelhaft eine Tochter von Tessa Teys.

Barbara wollte gerade Lynley rufen, da erschien er mit einem Fotoalbum in der Hand an der Tür. Er blieb stehen, als wolle er überlegen, wie er ihre Beziehung wieder in Ordnung bringen könne.

»Ich hab' hier etwas ganz Merkwürdiges gefunden, Sergeant«, sagte er.

»Ich auch«, antwortete sie, ebenfalls bemüht, ihren Ausbruch von vorher vergessen zu machen.

Sie tauschten ihre Funde aus.

»Ihres erklärt meines«, meinte Lynley.

Das Album bot eine Familiengeschichte in Bildern, Erinnerungen an Hochzeit und Geburten, Weihnachten, Ostern, Geburtstage. Aber fast aus allen Fotos war etwas herausgeschnitten, nirgends war das kleine Mädchen zu sehen, das Barbaras Foto zeigte. Ausgemerzt. Der Eindruck war gespenstisch.

»Eine Schwester von Tessa, würde ich sagen«, bemerkte Lynley.

»Vielleicht ihr erstes Kind«, meinte Barbara.

»Aber dazu ist die Kleine doch zu alt. Dann müßte Tessa sie ja geboren haben, als sie selbst noch ein Kind war.«

Er stellte den Rahmen wieder auf die Kommode, steckte das Foto ein und wandte sich den Schubladen der Kommode zu.

»Aha«, sagte er, »jetzt wissen wir wenigstens, warum Roberta so erpicht auf den *Guardian* war. Sie hat die Schubladen damit ausgelegt. Und – Havers, sehen Sie sich das an.« Aus der untersten Schublade zog er unter einem Stoß abgetragener Pullover eine weitere Fotografie hervor. »Wieder das geheimnisvolle Mädchen.«

Barbara betrachtete das Bild, das er ihr reichte. Es zeigte in der Tat dasselbe Mädchen, nur älter inzwischen, ein Teenager. Sie und Roberta standen im Schnee vor der St.-Catherine's-Kirche, und beide blickten lachend in die Kamera. Das ältere Mädchen hatte Roberta die Hände auf die Schultern gelegt und zog sie nach rückwärts zu sich heran. Sie selbst stand vorgeneigt – nur leicht, da Roberta beinahe so groß war wie sie – und drückte ihre Wange an die des anderen Kindes. Ihr honigblondes Haar vermischte sich mit Robertas dunklen Locken. Vor den beiden saß ein schwarzweißer Hund, der beinahe aussah, als lachte er mit ihnen. Schnauz.

»So übel sieht Roberta da gar nicht aus«, sagte Barbara, als sie Lynley die Aufnahme zurückgab. »Groß, aber überhaupt nicht dick.«

»Dann muß das Bild gemacht worden sein, ehe Gibson von hier wegging. Sie wissen, was Stepha sagte. Damals war sie noch nicht dick. Das fing erst an, als Richard weg war.« Er steckte auch diese Fotografie ein und sah sich im Zimmer um. »Sonst noch etwas?« fragte er.

»Im Schrank hängen ein paar Kleider. Nichts, was weiter interessant wäre.«

Wie im anderen Zimmer zog er auch hier den Überwurf vom Bett. Dieses hier war bezogen, und von dem frisch gewaschenen

Laken stieg ein feiner Jasminduft auf. Aber in den Jasminduft mischte sich kaum wahrnehmbar ein anderer, unangenehm süßlicher Geruch.

Barbara sah Lynley an. »Riechen Sie's auch?«

»Und wie«, antwortete er. »Helfen Sie mir die Matratze hochheben.«

Sie drückte eine Hand auf Mund und Nase, als der Gestank sich schlagartig im ganzen Zimmer ausbreitete, und sie sahen, was sich unter der alten Matratze befand. In der hinteren Ecke des Betts war der Bezug des Sprungrahmens aufgeschnitten, und darunter befand sich ein wahres Vorratslager an Nahrungsmitteln. Verfaulende Früchte, schimmliges Brot, bröckelige Kekse, Süßigkeiten, angebissene kleine Kuchen, Beutel mit Chips.

»Mein Gott!« murmelte Barbara. Es war mehr ein Stoßgebet als ein Ausruf, und trotz der Greulichkeiten, die sie als Polizeibeamtin schon gesehen hatte, drohte sich ihr der Magen umzudrehen. Angewidert wich sie zurück. »Entschuldigen Sie«, stieß sie mit einem zittrigen Lachen hervor. »Ich bin nur ein bißchen aus der Fassung.«

Lynley ließ die Matratze wieder herunter. Sein Gesicht war ausdruckslos.

»Sabotage«, sagte er zu sich selbst.

»Sir?«

»Stepha sagte etwas von einer Diät.«

Wie vorher Barbara ging jetzt Lynley ans Fenster.

Im blassen Licht des nahenden Abends nahm er die Fotografien aus seiner Jackentasche und musterte sie. Er stand reglos, vielleicht in der Hoffnung, eine eingehende, ungestörte Betrachtung der beiden Mädchen würde ihm einen Hinweis darauf geben, wer William Teys getötet hatte und warum und was ein Vorratslager mit verfaulendem Essen mit allem zu tun hatte.

Barbara beobachtete ihn. Im Spiel des Lichts, das in schrägem Strahl auf Haar, Wange und Stirn fiel, wirkte er weit jünger, als er mit seinen 32 Jahren tatsächlich war. Und doch konnte nichts die Klugheit des Mannes, den wachen Geist, der sich in seinem Auge spiegelte, verschleiern, nicht einmal die Schatten. Das einzige Geräusch im Zimmer waren seine Atemzüge, ruhig und regelmäßig, sehr sicher. Er drehte den Kopf, sah, daß sie ihn beobachtete, und wollte sprechen.

Sie verhinderte es.

»Also«, sagte sie energisch und schob sich mit kampflustiger Geste das Haar hinter die Ohren, »haben Sie in den anderen Zimmern noch was entdeckt?«

»Nur einen Kasten voller alter Schlüssel im Schrank und eine ganze Andenkensammlung an Tessa«, antwortete er. »Kleider, Fotos, Haarlocken. Neben Teys' eigenen Sachen natürlich.« Er steckte die Fotos wieder ein. »Es würde mich interessieren, ob Olivia Odell wußte, worauf sie sich da eingelassen hatte.«

Sie waren den Weg vom Dorf zum Hof zu Fuß gegangen. Auf dem Rückweg, während sie schweigend nebeneinander hergingen, wünschte Lynley, er hätte den Wagen genommen. Die hereinbrechende Dunkelheit störte ihn nicht, aber er sehnte sich nach der Ablenkung durch die Musik. So ertappte er sich immer wieder dabei, daß er neugierige Blicke auf die Frau warf, die an seiner Seite ging, und widerstrebend erinnerte er sich an das, was er über sie gehört hatte.

»Eine verbiesterte alte Jungfer«, hatte MacPherson behauptet. »Was die braucht, ist ein Mann.« Darauf hatte er dröhnend gelacht und sein Bierglas gehoben. »Aber nicht *mich!* In diese tiefen Wasser begeb' ich mich lieber nicht hinein. Das überlass' ich einem Jüngeren.«

Aber MacPherson irrte sich, dachte Lynley. Hier ging es nicht um verschmähte Weiblichkeit. Hier ging es um etwas anderes.

Dies war nicht der erste Mordfall, an dem Havers mitarbeitete; gerade darum blieb ihm ihre Reaktion auf dem Hof unverständlich: ihr anfängliches Widerstreben, den Stall zu betreten, ihr seltsames Verhalten im Wohnzimmer, ihr unerklärlicher Ausbruch oben im Gästezimmer.

Zum zweitenmal fragte er sich, was sich Webberly dabei gedacht hatte, als er diese merkwürdige Partnerschaft angeregt hatte, aber er war zu müde, um ernsthaft nach einer Erklärung zu suchen.

Die Lichter des *Dove and Whistle* tauchten auf, als sie die letzte Straßenbiegung erreichten.

»Gehen wir etwas essen«, sagte er.

»Brathuhn«, erklärte der Wirt. »Wie immer am Sonntag. Wenn Sie sich ins Restaurant setzen wollen, lass' ich Ihnen gleich was bringen.«

Im *Dove and Whistle* ging es lebhaft zu. Im Schankraum, wo es bei ihrem Eintritt schlagartig still geworden war, war die Luft zum Schneiden. In einer Ecke saßen mehrere Bauern im Gespräch, die dreckverkrusteten Stiefel auf den Leisten der geradlehnigen Stühle; hinten, bei der Tür zur Toilette, spielten zwei junge Männer mit viel Hallo eine Partie Darts; eine Gruppe Frauen mittleren Alters unterhielt sich angeregt und mit viel Gelächter. Am alten Tresen standen die Gäste dicht nebeneinander und scherzten mit dem Mädchen, das dahinter die Zapfhähne bediente.

Sie war eindeutig die Exotin des Dorfes. Das pechschwarze Haar stand ihr in steifen Stacheln rund um den Kopf, die Augen blitzten unter tieflila Lidschatten, und sie war angezogen wie für einen Abend in Soho: kurzer schwarzer Lederrock, weiße, tief ausgeschnittene Bluse, schwarze Spitzenstrümpfe mit Löchern, die durch Sicherheitsnadeln zusammengehalten wurden, schwarze Schnürstiefelchen aus Omas Zeiten. Beide Ohren – jedes viermal durchstochen – waren mit blitzenden Steckern geschmückt, nur am linken Ohr hing vom untersten Loch eine bunte Feder bis zu ihrer Schulter herab.

»Bildet sich ein, sie wär' eine Rocksängerin«, sagte der Wirt, der ihre Blicke bemerkte. »Sie ist meine Tochter, aber ich versuch's nicht an die große Glocke zu hängen.« Er stellte Lynley ein Bier auf den wackligen Tisch, reichte Barbara ein Tonic und grinste. »Hannah!« schrie er in den Schankraum hinüber. »Zieh nicht so eine Schau ab, Mädchen. Du treibst ja sämtliche Männer zum Wahnsinn.« Er zwinkerte ihnen verschmitzt zu.

»Ach, Dad!« rief sie lachend zurück, und die anderen stimmten in ihr Lachen ein.

»Gib's ihm, Hannah!« rief jemand. Und ein anderer: »Der arme Kerl hat doch keine Ahnung, was Stil ist.«

»Ach so, Stil nennt man das?« brüllte der Wirt vergnügt zurück. »Für ihre Kleider braucht sie nicht viel, aber das Zeug, das sie sich in die Haare schmiert, kostet mich ein Vermögen!«

»Wie machst du's, daß die Haare so abstehen, Hannah?«

»Wahrscheinlich haben sie sich ihr in der Abtei vor Schreck aufgestellt.«

»Hast wohl das Baby heulen hören, was, Han?«

Gelächter. Ein spielerischer Faustschlag nach dem Sprecher. Die Botschaft war klar: Schaut, wir sind hier alle gute Freunde. Barbara fragte sich, ob sie das alles einstudiert hatten.

Sie und Lynley waren die einzigen Gäste im Restaurant, und als sich die Tür hinter dem Wirt geschlossen hatte, sehnte sie sich nach dem Lärm des Schankraums, doch da begann Lynley zu sprechen.

»Sie muß zwanghaft gegessen haben.«

»Und brachte ihren Vater um, weil er sie auf Diät setzte?« Es fuhr ihr heraus, ehe sie überlegen konnte, und ihre Stimme klang sarkastisch.

»Und hat offensichtlich vor allem heimlich gegessen«, fuhr Lynley ruhig fort.

»Also, so seh' ich das nicht«, widersprach sie. Sie wollte ihn reizen und wußte es. Es war aggressiv und dumm. Aber sie konnte es nicht ändern.

»Wie sehen Sie es denn?«

»Der ganze Vorrat war vergessen. Wer weiß, wie lang er da schon gelegen hat.«

»Ich glaube, wir können sagen, daß er drei Wochen dort lag und daß in drei Wochen die meisten Nahrungsmittel verderben, wenn sie nicht sachgemäß aufbewahrt werden.«

»Gut, das akzeptiere ich«, sagte Barbara. »Aber nicht das zwanghafte Essen.«

»Warum nicht?«

»Weil man es nicht *beweisen* kann, verdammt noch mal!«

Er zählte an den Fingern ab. »Wir haben zwei verfaulte Äpfel, drei schwarze Bananen, einen völlig faulen Pfirsich, einen Laib schimmliges Brot, sechzehn Kekse, drei angebissene Kuchenstücke und drei Beutel Chips. Jetzt sagen Sie mir mal, was das zu bedeuten hat, Sergeant?«

»Ich habe keine Ahnung«, antwortete sie.

»Dann könnten Sie doch vielleicht meine Vermutung wenigstens in Betracht ziehen.« Er schwieg einen Moment. »Barbara –«

Sie wußte sofort, daß sie ihn am Weitersprechen hindern mußte. Er konnte, er würde nicht verstehen.

»Es tut mir leid, Sir«, sagte sie rasch. »Der Hof hat mir angst gemacht. Er war mir unheimlich. Und ich – ich hab' meinen Ärger darüber an Ihnen ausgelassen. Verzeihen Sie. Es tut mir leid.«

Er schien verblüfft. »Gut. Machen wir einen neuen Anfang, ja?«

Der Wirt kam herein und stellte zwei Teller auf den Tisch.

»Brathuhn und Erbsen«, verkündete er stolz.

Barbara sprang auf und rannte aus dem Zimmer.

7

»Nein, Ezra! Nein! Hör auf. Ich kann nicht.«

Mit einem Fluch gab Ezra Farmington das sich verzweifelt wehrende Mädchen frei, stand vom Bett auf und setzte sich auf seine Kante. Er keuchte vor Erregung, und es kostete ihn Anstrengung, seine Fassung wiederzufinden. Sein ganzer Körper, vor allem aber sein Kopf – wie er mit grimmigem Spott feststellte – pulsierte schmerzvoll. Er senkte den Kopf zu den geöffneten Händen hinunter und vergrub die Finger in seinem blonden Haar. Gleich würde sie zu weinen anfangen.

»Ist ja gut, ist ja gut«, sagte er und fügte heftig hinzu: »Ich will dich doch nicht vergewaltigen, Herrgott noch mal!«

Da begann sie tatsächlich zu weinen, schluchzend, eine Faust auf den Mund gepreßt. Er griff nach der Lampe.

»Nein!« Ihre Stimme hielt ihn auf.

»Danny!« Er versuchte, ruhig zu sprechen, merkte aber, daß er die Worte zwischen zusammengebissenen Zähnen hervorpreßte. Er konnte sie nicht ansehen.

»Es tut mir leid«, sagte sie weinend.

Es war alles so altbekannt. Es konnte so nicht weitergehen.

»Das ist wirklich Wahnsinn.« Er griff nach seiner Uhr, sah, daß es fast acht war, band die Uhr um, begann, sich anzukleiden.

Das Weinen wurde stärker. Sie streckte die Hand nach ihm aus, berührte seinen nackten Rücken. Er zuckte zusammen. Sie schluchzte weiter. Er nahm seine Kleider und ging in die Toilette. Als er sich angezogen hatte, starrte er mißmutig in den Spiegel und ließ fünf Minuten verstreichen.

Bei seiner Rückkehr ins Zimmer hatte das Weinen aufgehört. Sie lag immer noch auf dem Bett. Hell schimmerte ihr Körper im Mondlicht; nur ihr Haar war dunkel. Er betrachtete sie: den zarten Schwung der Wange, die volle Rundung der Brüste, die Schwellung der Hüfte, die Weichheit der Schenkel. Eine leidenschaftslose Betrachtung von Licht und Schatten, mit dem Auge des Malers gesehen. Er griff oft zu diesem Mittel der inneren Distanzierung, und gerade jetzt hatte er es dringend nötig. Sein Blick fiel auf das dunkle Dreieck unter der Wölbung ihres Bauches. Und alle Objektivität war beim Teufel.

»Mensch, zieh dich endlich an«, fuhr er sie an. »Soll ich zur Strafe hier stehen und dich anstarren?«

»Du weißt, woher es kommt«, flüsterte sie. »Du weißt, woher.«

»Ja, ich weiß es«, antwortete er.

Er blieb auf der anderen Seite des Zimmers bei der Tür zur Toilette. Dort war er sicherer. Nur ein paar Schritte näher, und er würde sich wieder auf sie stürzen, und dann würde es kein Einhalten mehr geben. Er ballte die Fäuste so fest, daß sich die Fingernägel in seinen Handballen gruben.

»Du läßt ja keine Gelegenheit aus, mich daran zu erinnern.«

Danny setzte sich auf und drehte sich zornig nach ihm um.

»Warum sollte ich denn?« schrie sie. »Du weißt, was du getan hast.«

»Sei doch leise! Oder willst du, daß die Fitzalan zu deiner Tante geht? Sei doch wenigstens ein bißchen vernünftig.«

»Weshalb sollte ich? Wann warst du's denn?«

»Wenn du's nicht vergessen kannst, was soll das dann alles, Danny? Warum triffst du dich überhaupt noch mit mir?«

»*Das* fragst du? Sogar jetzt noch? Wo alle es wissen?«

Er verschränkte die Arme auf der Brust, als könne er sich so gegen ihren Anblick wappnen. Das Haar fiel ihr wirr auf die Schultern; ihre Lippen waren leicht geöffnet; ihre Wangen waren feucht vom Weinen und schimmerten im trüben Licht. Ihre Brüste ... Er zwang sich, nur ihr Gesicht anzusehen.

»Du weißt, was passiert ist. Wir haben's tausendmal durchgekaut. Aber das ändert nichts an der Vergangenheit. Wenn du's nicht vergessen kannst, müssen wir aufhören, uns zu sehen.«

Wieder stiegen ihr die Tränen in die Augen. Er konnte sie nicht weinen sehen. Am liebsten wäre er durchs Zimmer gelaufen und hätte sie ganz fest in die Arme genommen. Aber das wäre sinnlos gewesen. Dann hätte nur alles wieder von vorn angefangen und wäre von neuem in der Katastrophe geendet.

»Nein.« Sie weinte immer noch, aber ihre Stimme war leise. Sie hielt den Kopf gesenkt. »Das will ich nicht.«

»Was willst du dann? Ich muß es wissen, denn ich weiß genau, was ich will, Danny, und wenn wir nicht beide das gleiche wollen, dann hat doch alles keinen Zweck.«

Er bemühte sich krampfhaft, die Kontrolle zu behalten, aber es wollte ihm nicht gelingen. Er fürchtete, er würde vor lauter Enttäuschung gleich zu weinen anfangen.

»Ich will dich«, flüsterte sie.

»Das ist ja nicht wahr«, entgegnete er unglücklich. »Und selbst wenn es wahr wäre und wenn du mich hättest, würdest du mir bei jeder Gelegenheit die Vergangenheit vorhalten. Und das kann ich nicht aushalten, Danny. Ich habe genug.«

Seine Stimme brach ihm beim letzten Wort.

Sie hob ruckartig den Kopf. »Es tut mir leid«, flüsterte sie. Sie glitt vom Bett und kam auf ihn zu. Im Mondlicht sah ihr Körper aus wie gemeißelt. Er sah weg. Sie strich ihm mit weichen Fingern über die Wange. »Ich denke nie an deinen Schmerz«, sagte sie leise. »Nur an meinen eigenen. Es tut mir so leid, Ezra.«

Er zwang sich, die Wand zu betrachten, die Zimmerdecke, das Fleckchen Nachthimmel hinter dem Fenster. Er wußte, wenn er ihr in die Augen sah, war er verloren.

»Ezra?« Ihre Stimme war eine Liebkosung in der Dunkelheit. Sie strich ihm über das Haar und trat einen Schritt näher. Er konnte ihren Körperduft riechen, spürte ihre Brüste an seinem Körper. Ihre Hand senkte sich auf seine Schulter. Sie zog ihn näher.

»Glaubst du nicht«, sagte sie, »daß wir beide verzeihen müssen?«

Es ging nicht mehr. Er konnte ihrem Anblick nicht länger ausweichen. Er dachte nur noch, besser verloren als allein.

Nigel Parrish wartete, bis sie aus dem Restaurant wieder in den Schankraum kamen. Er saß immer noch an seinem Stammplatz in der Ecke und genoß in aller Ruhe einen Courvoisier.

Er betrachtete sie mit dem gleichen Interesse, das er im allgemeinen den Dorfbewohnern vorbehielt, ganz so, als würde er sie in den nächsten Jahren täglich sehen. Aber es lohnte sich auch, ihnen Zeit und intensive Betrachtung zu gönnen, fand er. Sie waren ein so bizarres Pärchen.

Der Mann, dachte Nigel, sieht aus wie aus einem Modejournal. Anthrazitgrauer Anzug, maßgeschneidert natürlich, goldene Uhrkette über der Weste, Burberry nachlässig über eine Stuhllehne geworfen – wieso werfen Leute mit Geld eigentlich ihre Burberrys immer rum, als wären es nur Fetzen? –, elegante, tadellos geputzte Schuhe. Das sollte Scotland Yard sein?

Die Frau entsprach da schon eher seinen Erwartungen. Sie war klein und ein etwas kantiger Typ. Das zerknitterte, fleckige Kostüm saß hinten und vorn nicht. Und noch dazu eine unmögliche Farbe, jedenfalls für sie. Himmelblau ist ja ganz hübsch, aber doch nicht für dich! Die Bluse war gelb und schmeichelte ihrem blassen Teint überhaupt nicht, ganz abgesehen davon, daß sie nicht richtig in den Rock gesteckt war. Und die Schuhe! Solide, feste Schuhe erwartete man bei einer Polizeibeamtin, und die trug sie auch. Aber dazu eine blaue Strumpfhose. Passend zum Kostüm? Gott, was für ein Anblick, diese arme Person! Er schnalzte mitleidig mit der Zunge und stand auf.

Er schlenderte zu dem Tisch bei der Tür, an dem sie sich niedergelassen hatten.

»Scotland Yard?« fragte er im Konversationston, ohne sich vorzustellen. »Hat Ihnen schon jemand die Geschichte mit Ezra erzählt?«

Nein, dachte Lynley, als er den Kopf hob, aber du wirst sie uns sicher gleich erzählen. Der Mann, der, mit dem Brandyglas in der Hand, vor ihnen stand, wartete offensichtlich auf eine Aufforderung, Platz zu nehmen. Als Barbara automatisch ihren Block aufklappte, betrachtete er sich als zu ihnen gehörig und zog sich einen Stuhl heraus.

»Nigel Parrish«, stellte er sich vor.

Der Organist, erinnerte sich Lynley. Der Mann war seiner Schätzung nach Mitte Vierzig, mit einem intelligenten Gesicht, das mit zunehmendem Alter gewonnen hatte. Das braune Haar war an den Schläfen leicht ergraut und über der hohen Stirn glatt zurückgekämmt. Die starke, gerade Nase und der ausgeprägte Unterkiefer ließen auf Willenskraft und Entschlußfreudigkeit schließen. Parrish war schlank, nicht übermäßig groß, eher interessant als gutaussehend.

»Und wer ist Ezra?« erkundigte sich Lynley.

Parrishs brauner Blick huschte durch den Schankraum. Es war, als erwartete der Mann jemanden.

»Ezra Farmington«, sagte er. »Unser Dorfkünstler. Jedem Dorf sein eigener Künstler, das gehört einfach zum Lokalkolorit.« Parrish zuckte die Achseln. »Unser Künstler malt Aquarell, ab und zu auch Öl. Eigentlich gar nicht schlecht. Er verkauft seine Sachen sogar an eine Galerie in London. Früher war er jedes Jahr nur einen Monat hier oder so, aber jetzt ist er einer von uns.« Er lächelte in sein Glas. »Ja, ja, der gute Ezra«, murmelte er.

Lynley war nicht bereit, sich necken zu lassen wie ein Hund mit einem Knochen.

»Was möchten Sie uns denn von Ezra Farmington erzählen, Mister Parrish?«

Parrishs erstaunter Blick verriet, daß er so viel Direktheit nicht erwartet hatte.

»Nun, abgesehen davon, daß er eine gewisse Tendenz zum

Dorfcasanova hat, sollten Sie vielleicht wissen, was sich neulich auf Teys' Hof abgespielt hat.«

Lynley interessierten Ezras libidinöse Neigungen wenig, auch wenn Parrish sie offensichtlich sehr erwähnenswert fand.

»Was passierte denn auf dem Hof?« fragte er, ohne auf die andere Anspielung einzugehen.

»Tja ...« Mit einem bekümmerten Blick in sein leeres Glas hielt Parrish inne.

»Sergeant«, sagte Lynley, den Blick auf Parrish gerichtet, »würden Sie Mister Parrish noch einen –«

»Courvoisier«, warf Parrish lächelnd ein.

» – noch einen Courvoisier holen? Und für mich auch einen.«

Barbara stand gehorsam auf.

»Und für sie nichts?« fragte Parrish betroffen.

»Sie trinkt nicht.«

»Ach Gott, wie langweilig.«

Als Barbara zurückkam, bedachte Parrish sie mit einem teilnahmsvollen Lächeln, trank einen vornehmen kleinen Schluck von seinem Kognak und begann seine Geschichte.

»Tja«, sagte er wie vorher und neigte sich vertraulich über den Tisch, »das war eine ziemlich scheußliche kleine Szene, wissen Sie. Ich weiß auch nur davon, weil ich zufällig draußen auf dem Hof war. Wegen Schnauz, verstehen Sie.«

Lynley verstand. »Das ist der musikalische Hund.«

»Wie bitte?«

»Pater Hart hat uns berichtet, daß Schnauz gern auf der Wiese lag und Ihnen beim Orgelspiel zuhörte.«

Parrish lachte. »Es ist schon traurig. Ich übe mir die Finger wund, und mein einziger begeisterter Zuhörer ist ein alter Hofhund.« Er sprach in amüsiertem Ton, als könnte nichts erheiternder sein.

Doch Lynley sah, wie angestrengt die Komödie war. Er bemerkte die brüchige Fassade, die unter dem Druck der Bitterkeit jeden Moment einzustürzen drohte. Parrish war ein wenig zu eifrig bemüht, den jovialen Lebenskünstler zu spielen.

»Ja, so ist das nun mal«, fuhr er fort, während er den Kognakschwenker in den Händen drehte und die Vielfalt der Farben bewunderte, die im Lichtschein in der Flüssigkeit aufleuchteten. »Eine wahre Wüste dieses Dorf, was das Musikverständnis angeht. Ich spiele im Grunde nur deshalb sonntags in der Kirche, weil es mir selbst Freude macht. Die Leute hier können ja nicht mal eine Fuge von einem Scherzo unterscheiden. Wußten Sie übrigens, daß unsere Kirche die beste Orgel in ganz Yorkshire hat? Typisch, nicht wahr? Ich bin überzeugt, der Papst hat sie persönlich gestiftet, um die Katholiken in Keldale bei der Stange zu halten. Ich selbst bin Protestant.«

»Und Farmington?« fragte Lynley.

»Ezra? Ich glaube, Ezra gehört überhaupt keiner Religion an.« Als die erwartete Erheiterung auf Lynleys Gesicht ausblieb, fügte er hastig hinzu: »Aber Sie meinten wahrscheinlich, was ich denn nun über Ezra zu sagen hätte.«

»Genau das meinte ich, Mister Parrish.«

»Ezra.« Parrish lächelte und trank von seinem Kognak, vielleicht um sich Mut zu machen, vielleicht um sich zu trösten. Es war schwer zu sagen. Immerhin zeigte sich in diesem Augenblick ein Schimmer des Menschen, der er wirklich war, grüblerisch und raschen Stimmungswechseln unterworfen. Doch gleich wurde er wieder der oberflächliche Plauderer. »Lassen Sie mich nachdenken. Es muß vor ungefähr einem Monat gewesen sein. Da jagte William Teys Ezra von seinem Hof.«

»Hatte er ihn denn unberechtigt betreten?«

»Aber ja. Nur ist Ezra der Auffassung, daß er eine Art künstlerischer Freiheit genießt, die es ihm gestattet, herumzuwandern, wo er will. Er hatte ›Lichtstudien‹, wie er es nannte, oben im High Kel Moor gemacht. So nach Art der Kathedrale von Rouen. Alle fünfzehn Minuten fängt man ein neues Bild an.«

»Ich kenne Monet.«

»Dann wissen Sie ja, was ich meine. Gut, der einzige Weg – oder sagen wir, der schnellste Weg – zum High Kel Moor hinauf führt direkt durch den Wald hinter Teys' Hof. Und der Weg durch den Wald –«

» – führt über Teys' Land«, warf Lynley ein.

»Genau. Ich marschierte mit Schnauz im Schlepptau die Straße herauf. Er war wie immer unten auf der Gemeindewiese gewesen. Es war schon ziemlich spät, da wollte ich den alten Burschen nicht allein heimlaufen lassen. Eigentlich hatte ich gehofft, unsere reizende Stepha würde ihn in ihren Mini packen und hinauffahren, aber sie war leider nirgends zu finden. Also mußte ich den steifen alten Burschen selbst rauflotsen.«

»Sie haben kein Auto?«

»Doch, aber leider keines, auf das man sich verlassen kann.« Parrish zuckte die Achseln. »Kurz und gut, ich kam zum Hof, und da waren sie, mitten auf der Straße, und brüllten sich an, daß einem Hören und Sehen vergehen konnte. William war im Morgenrock. Ich weiß noch, daß ich dachte, Herr im Himmel, hat der Haare auf den Beinen. Der reinste Gorilla.«

»Und weiter?«

»Ezra stand da und gestikulierte wie ein Besessener, brüllte ihn an und fluchte, daß dem armen gläubigen William die Haare zu Berge gestanden haben müssen. Der Hund stürzte sich auch gleich in den Kampf und riß Ezra einen schönen Triangel in die Hose, während William gleichzeitig Ezras kostbare Aquarelle zerfetzte und die ganze Mappe auf die Straße schmiß. Es war schauderhaft.«

Parrish senkte den Blick, als er zum Ende seines Berichts kam, und seine Stimme klang bekümmert. Doch als er Sekunden später aufblickte, war in seinen Augen klar zu lesen, daß Ezra seiner Meinung nach bekommen hatte, was er längst verdient hatte.

Lynley sah Barbara nach, während sie die Treppe hinaufstieg, bis sie aus seinem Blickfeld verschwunden war. Er rieb sich die Schläfen und ging in den Aufenthaltsraum, wo eine Lampe ganz hinten den gesenkten Kopf Stepha Odells beleuchtete. Stepha sah von ihrem Buch auf, als sie seine Schritte hörte.

»Mußten Sie unseretwegen aufbleiben, um abzuschließen?« fragte Lynley. »Das tut mir wirklich leid.«

Sie lächelte und streckte träge die Arme über den Kopf.

»Das macht doch nichts«, antwortete sie freundlich. »Ich bin allerdings über meinem Buch ein bißchen eingenickt.«

»Was lesen Sie denn?«

»Ach, einen ziemlich kitschigen Liebesroman.« Sie lachte unbefangen und stand auf. Ihre Füße waren nackt, wie er sah, und statt des grauen Sonntagskleids trug sie jetzt Tweedrock und Pullover. »Das ist meine Art der Flucht. In diesen Romanen gibt es immer ein Happy-End.« Er war an der Tür stehengeblieben. »Wie fliehen Sie, Inspektor?«

»Gar nicht.«

»Wo stecken Sie dann den ganzen Wahnsinn hin?«

»Den Wahnsinn?«

»Diese gräßlichen Verbrechen. Die Morde. Ihre Arbeit kann doch nicht erfreulich sein. Warum haben Sie sich das ausgesucht?«

Ja, das war die Kernfrage, und er wußte die Antwort. Ich büße, Stepha, ich büße für begangene Sünden, die Sie nicht verstehen könnten.

»Ich habe nie darüber nachgedacht.«

»Ach so.« Sie nickte nachdenklich und ließ es dabei bewenden. »Ach, es ist übrigens ein Päckchen für Sie gekommen. Aus Richmond. Der Mann, der es brachte, war ziemlich unerfreulich. Seinen Namen hat er mir nicht gesagt, aber er roch wie eine einzige Verdauungstablette.«

Eine treffende Beschreibung von Nies, dachte Lynley, während Stepha hinter den Tresen ging. Er folgte. Sie hatte offenbar am späten Nachmittag im Aufenthaltsraum gearbeitet. Er nahm den Duft von Bienenwachs wahr, durch den er sich plötzlich nach Cornwall zurückversetzt fühlte. Er war wieder der zehnjährige Junge, der in der Küche auf dem Hof der Trefallens hastig Pasteten verschlang, Köstlichkeiten aus Hackfleisch und Zwiebel in einer blättrigen Teighülle. Verbotene Früchte im eleganten Speisezimmer von Howenstow. ›Gewöhnlich‹, pflegte sein Vater verächtlich zu sagen. Und das waren sie auch, und gerade deshalb schmeckten sie ihm so gut.

Stepha legte einen großen, prall gefüllten braunen Umschlag auf den Tresen. »Hier ist es. Trinken Sie noch ein Glas mit mir? Dann schläft man besser.«

»Danke. Sehr gern.«

Sie lächelte. Er sah, wie das Lächeln ihre Wangen rundete, wie die winzigen Fältchen um ihre Augen zu verschwinden schienen.

»Gut. Dann setzen Sie sich. Sie sehen ziemlich erschöpft aus.«

Er ging zu einem der Sofas und öffnete den Umschlag. Nies hatte sich keine Mühe gegeben, das übersandte Material zu ordnen. Es bestand aus drei Heften mit Informationen, einigen zusätzlichen Fotografien von Roberta, gerichtsmedizinischen Befunden, die mit denen identisch waren, die er bereits hatte. Über Schnauz war nichts dabei.

Stepha stellte ein Glas auf den Tisch und setzte sich ihm gegenüber.

»Was ist eigentlich aus Schnauz geworden?« fragte Lynley. »Wieso steht hier nichts über den Hund?«

»Das weiß Gabriel«, antwortete Stepha.

Im ersten Moment glaubte er, das wäre so eine Art gängiger Ausdruck im Dorf. Dann fiel ihm der Name des Constable ein.

»Constable Langston?«

Sie nickte und trank einen Schluck. Die Finger, die das Glas umschlossen, waren lang und schlank, ohne einen einzigen Ring. »Er hat Schnauz begraben.«

»Wo?«

Sie zuckte die Achseln und strich sich das Haar aus dem Gesicht. So häßlich die Geste bei Barbara stets wirkte, so schön war sie bei Stepha.

»Ich weiß nicht genau. Wahrscheinlich irgendwo auf dem Hof.«

»Aber wieso wurde der Hund nicht untersucht?« fragte Lynley nachdenklich.

»Das war vermutlich nicht nötig. Man konnte ja deutlich sehen, wie das arme Tier umgekommen war.«

»Wie denn?«

»Seine Kehle war durchgeschnitten.«

Er kramte in den Unterlagen und suchte die Bilder heraus. Kein Wunder, daß er es vorher nicht gesehen hatte, Teys' Körper, der über dem Hund lag, verdeckte es fast ganz. Er studierte das Foto aufmerksam.

»Jetzt verstehen Sie, nicht wahr?«

»Was meinen Sie?«

»Können Sie sich vorstellen, daß Roberta Schnauz die Kehle durchgeschnitten hat?« Ein Ausdruck des Abscheus huschte über Stephas Gesicht. »Das ist einfach ausgeschlossen. Es tut mir leid, aber es ist unmöglich. Außerdem wurde nie eine Waffe gefunden. Sie hat dem armen Tier die Kehle doch bestimmt nicht mit dem Beil durchgeschnitten.«

Noch während sie sprach, fragte sich Lynley zum erstenmal, wer eigentlich mit dem Verbrechen wirklich gemeint gewesen war: William Teys oder sein Hund.

Angenommen, es war ein Einbruch geplant, dachte er. Dann hätte man den Hund vorher aktionsunfähig machen müssen. Er war alt, gewiß, nicht mehr fähig, jemanden anzugreifen, aber er hätte anschlagen und ein Riesenspektakel machen können, wenn er einen Fremden auf dem Hof ertappt hätte. Folglich mußte der Hund erledigt werden. Aber vielleicht ging es nicht schnell genug. Vielleicht bellte er doch, und Teys, der es hörte, kam in den Stall, um nach dem Rechten zu sehen. Da hatte auch er dran glauben müssen. Vielleicht, dachte Lynley, haben wir es hier gar nicht mit vorsätzlichem Mord zu tun, sondern mit einem Verbrechen ganz anderer Art.

»Stepha«, sagte er nachdenklich und griff in seine Tasche. »Wer ist das?«

Er reichte ihr die Fotografien, die er und Barbara in Robertas Kommode gefunden hatten.

»Woher haben Sie die?«

»Sie waren in Robertas Zimmer. Wer ist das?«

»Das ist Gillian Teys, Robertas Schwester.« Sie betrachtete die Aufnahmen aufmerksam. »Roberta muß sie gut versteckt gehabt haben.«

»Warum hat sie sie versteckt?«

»Weil Gillian für William gestorben war, nachdem sie weggelaufen war. Sie ist durchgebrannt. Er warf alle ihre Sachen weg, verschenkte ihre Bücher und vernichtete jedes Foto, auf dem sie zu sehen war. Ihre Geburtsurkunde hat er verbrannt. Ich möchte wissen«, sagte sie mehr zu sich selbst als zu ihm, »wie es Roberta geschafft hat, diese Bilder zu retten.«

»Warum hat sie sie überhaupt gerettet? Das erscheint mir noch wichtiger.«

»Ach, das ist leicht. Roberta liebte Gillian abgöttisch. Weiß der Himmel, warum. Gillian hat der Familie nur Kummer gemacht. Sie war nicht zu bändigen. Sie trank und fluchte und war dauernd unterwegs, amüsierte sich auf Teufel komm raus, heute zu einer Party in Whitby, morgen mit irgendeinem Bengel weiß Gott wohin. Sie hatte nichts als Männer im Kopf. Irgendeinen hatte sie immer am Bändel, und dann ließ sie ihn zappeln wie den

Fisch an der Angel. Bis sie eines Nachts vor elf Jahren plötzlich auf und davon ging. Sie ist nie zurückgekommen.«

»Ging sie? Oder verschwand sie?« fragte Lynley.

Stepha wich in ihrem Sessel zurück. Sie hob eine Hand zum Hals, hielt jedoch mitten in der Bewegung inne, als könne die Geste sie verraten.

»Sie ging«, sagte sie entschieden.

Er ließ es dabei. »Warum?«

»Ich denke, weil sie mit William nicht zurechtkam. Er war ziemlich streng und bieder, und Gillian hatte nur ihren Spaß im Kopf. Aber Richard – ihr Vetter – kann Ihnen wahrscheinlich mehr über sie sagen. Die beiden waren dicke Freunde, ehe er hier wegging.«

Stepha stand auf, streckte sich und ging zur Tür.

»Inspector«, sagte sie gedehnt.

Lynley sah von den Fotos auf, glaubte, sie wolle ihm noch etwas über Gillian Teys sagen. Sie zögerte.

»Möchten Sie – sonst noch etwas heute abend?«

Das Licht aus dem Vestibül hinter ihr lag schimmernd auf ihrem roten Haar. Ihre Haut sah weich und schön aus. Ihre Augen drückten Wärme aus. Es wäre so einfach. Eine Stunde leichten Glücks. Leidenschaft. Ersehntes Vergessen.

»Nein danke, Stepha«, zwang er sich zu sagen.

Der Kel war im Gegensatz zu manch anderem Wasserlauf, der sich wild und ungebärdig aus den Highlands in die Täler stürzt, ein friedliches Flüßchen. Leise murmelnd zog er seine Bahn durch Keldale, um an der Ruine der alten Abtei vorbei dem Meer zuzustreben. Er liebte das Dorf, behandelte es gut, trat kaum je zerstörerisch über seine Ufer. Gern duldete er das Gasthaus an seinem Rand, grüßte plätschernd die Gemeindewiese und begleitete mit sanftem Rauschen das Leben der Menschen, die in den Häusern an seinem Wasser lebten.

Olivia Odell wohnte in einem dieser Häuser auf der anderen Seite der Brücke, gegenüber vom Gasthaus, mit weitem Blick auf die Dorfwiese und die St.-Catherine's-Kirche. Es war das schönste Haus im Dorf, mit einem hübschen Vorgarten und einer Rasenfläche, die zum Fluß hin abfiel.

Es war noch früh am Morgen, als Lynley und Barbara das Gartentor aufstießen, doch das unaufhörliche Weinen eines Kindes irgendwo hinter dem Haus sagte ihnen, daß seine Bewohner schon auf waren. Sie folgten den jammervollen Tönen und stießen auf ein kleines Mädchen, das mit gekrümmtem Rücken, den Kopf auf die hochgezogenen Knie gedrückt, auf der Hintertreppe des Hauses kauerte. Neben ihr hockte mit ernster, teilnahmsvoller Miene, wie ihnen schien, eine Stockente. Der Grund ihres Kummers war unschwer zu erraten: sie selbst oder, was wahrscheinlicher war, jemand anderer hatte ihr das rote Haar geschnitten und mit Unmengen von Öl oder Gel eingerieben, so daß es nun glatt und glitschig an ihrem Kopf klebte.

Barbara und Lynley tauschten einen Blick.

»Guten Morgen«, sagte Lynley freundlich. »Du bist sicher Bridie.«

Das Kind hob den Kopf, grapschte ein Illustriertenbild und drückte es an seine Brust. Die Ente zwinkerte nur.

»Was ist denn passiert?« erkundigte sich Lynley teilnahmsvoll.

Bridies Trotz schmolz unter dem sanften Ton der fremden Stimme.

»Ich hab' mir die Haare geschnitten«, jammerte sie. »Ich hab' mein ganzes Geld gespart und bin zu Sinji gegangen, aber sie sagte, sie könnte mir die Frisur nicht so machen, wie ich sie wollte, und sie wollte mir die Haare auch nicht schneiden, da hab' ich sie eben selbst geschnitten. Und jetzt ist es ganz furchtbar geworden, und Mama weint genau wie ich. Ich wollte es mit dem Haaröl von Hannah wieder richtig machen, aber es ist nichts geworden.« Sie endete mit einem kläglichen Schluckauf.

Lynley nickte. »So ist das. Ja, es sieht tatsächlich ein bißchen seltsam aus, Bridie. Was wolltest du denn für eine Frisur?«

»Die hier.« Sie hielt ihm die Abbildung hin und begann von neuem zu weinen.

Das Bild zeigte Lady Di im eleganten schwarzen Abendkleid mit Brillantkollier und Ohrgehänge, frisiert wie geleckt, kein Härchen gekrümmt, ein blendendes Lächeln auf dem Gesicht.

»Natürlich«, murmelte er.

Bridie suchte jetzt bei ihrer Ente Trost, schlang einen Arm um sie und zog sie neben sich.

»Dir ist das ganz egal, nicht, Dougal?« sagte sie zu dem Vogel.

Dougal zwinkerte einmal kurz und machte sich daran, in Bridies Haar zu gründeln.

»Dougal Duck?« fragte Lynley.

»Angus McDougal McDuck«, antwortete Bridie und wischte sich die Nase am Ärmel ihres Pullovers. Dann blickte sie ängstlich über ihre Schulter zur geschlossenen Haustür. »Er hat Hunger«, jammerte sie. »Aber ich kann nicht rein und ihm sein Futter holen. Und ich hab' nur die Marshmallows hier. Da kann er schon manchmal was davon haben, aber sein richtiges Futter ist drin, und ich kann nicht rein.«

»Warum denn nicht?«

»Weil Mama gesagt hat, daß ich ihr erst wieder unter die Augen kommen soll, wenn ich mein Haar gerichtet hab', und ich weiß doch überhaupt nicht, was ich tun soll.«

Von neuem begann Bridie zu weinen, Tränen echten, tiefen Kummers. Sie schien zu fürchten, daß Dougal verhungern würde – was angesichts seines Leibesumfangs kaum zu befürchten war –, falls nicht rasch etwas geschah.

Doch es brauchte gar keine Strategie ausgearbeitet zu werden, denn in diesem Moment wurde die Hintertür schwungvoll aufgerissen. Olivia warf nur einen Blick auf ihre Tochter – den zweiten erst an diesem Tag – und brach in Tränen aus.

»Daß du das getan hast! Ich kann es nicht fassen. Ich kann es einfach nicht fassen. Geh rein jetzt und wasch dir die Haare!« Ihre Stimme wurde mit jedem Wort schriller.

»Aber Dougal –«

»Dougal kannst du mitnehmen«, sagte Olivia weinend. »Aber tu jetzt, was ich sage.«

Bridie nahm die Ente in ihre Arme und verschwand mit ihr im Haus. Olivia zog ein Papiertaschentuch aus ihrer Rocktasche, schneuzte sich und sah Lynley und Barbara mit einem unsicheren Lächeln an.

»So ein Auftritt«, sagte sie, aber noch während sie sprach, fing sie von neuem zu weinen an. Sie ging in die Küche und ließ Lynley und Barbara einfach an der offenen Tür stehen. Drinnen setzte sie sich an den Tisch und schlug die Hände vors Gesicht.

Lynley und Barbara sahen einander an und gingen kurz entschlossen ins Haus.

Hier konnte es im Gegensatz zum Teys-Hof keinen Zweifel geben, daß das Haus bewohnt war. Gründlich. Die Küche war in heilloser Unordnung. Töpfe und Pfannen stapelten sich neben einem Blumenstrauß, der auf eine Vase mit Wasser wartete, der Backofen stand offen, vermutlich, um gereinigt zu werden, in der Spüle türmte sich das schmutzige Geschirr. Der Boden unter ihren Füßen war klebrig, die Wände brauchten dringend einen frischen Anstrich, der ganze Raum roch durchdringend nach verbranntem Toast. Das verkohlte Brot lag in einem durchweichten schwarzen Klumpen auf der Arbeitsplatte. Es schien in aller Eile mit einer Tasse Tee gelöscht worden zu sein.

Das, was sie durch die Küchentür vom Wohnzimmer sehen konnten, ließ ahnen, daß es dort nicht viel anders aussah. Haushaltsführung war offenbar nicht Olivia Odells starke Seite. Und Kindererziehung auch nicht, wenn die morgendliche Auseinandersetzung typisch war.

»Sie gehorcht mir nicht mehr«, schluchzte Olivia. »Neun

Jahre alt, und sie gehorcht mir nicht mehr.« Sie riß das Papiertaschentuch in kleine Fetzen, sah sich nach einem frischen um und begann noch heftiger zu weinen, als sie keines fand.

Lynley zog sein Taschentuch heraus.

»Hier, nehmen Sie das«, sagte er.

»Danke. Gott o Gott, was für ein Morgen!« Sie schneuzte sich wieder, trocknete sich die Augen, fuhr sich durch das braune Haar und musterte ihr Spiegelbild im Toaströster. »Du lieber Himmel, wie ich aussehe. Mindestens wie fünfzig. Paul hätte sich köstlich amüsiert.« Sie sah Lynley und Barbara an. »Sie wollte unbedingt wie Lady Di aussehen.«

»Ja, das sagte sie uns«, antwortete Lynley gelassen.

Er zog einen Stuhl vom Tisch weg, nahm die Zeitungen herunter, die darauf lagen, und setzte sich. Nach kurzem Zögern tat Barbara es ihm nach.

»Warum das alles?« fragte Olivia, den Blick zur Zimmerdecke gerichtet. »Was habe ich getan, daß meine Tochter glaubt, man könnte nur glücklich sein, wenn man wie Lady Di aussieht?« Sie schlug sich mit der Faust vor die Stirn. »William hätte gewußt, was man da tut. Ohne ihn bin ich völlig verloren.«

Lynley, der eine weitere Tränenflut fürchtete, versuchte, sie abzulenken.

»Kleine Mädchen haben doch immer ein Ideal, das sie anhimmeln«, sagte er.

»Ja, das stimmt«, bestätigte Olivia. Sie drehte das feine Taschentuch zu einem festen kleinen Strick zusammen. »Aber ich bin anscheinend nicht imstande, die richtigen Worte für das Kind zu finden. Ich kann's versuchen, wie ich will, es endet immer mit Heulen und Schreien. William wußte immer, was er sagen und tun mußte. Wenn er hier war, lief alles reibungslos. Aber kaum war er weg, fingen wir an zu streiten. Und jetzt ist er tot. Was soll nur aus uns werden?« Sie wartete nicht auf eine Antwort. »Sie kann ihr Haar nicht leiden. Weil es rot ist. Sie will unbedingt andere Haare haben. Ich versteh' das nicht. Wie kann ein kleines Mädchen von neun Jahren sich mit solcher Leidenschaft über ihr Haar aufregen!«

»Rothaarige«, stellte Lynley fest, »sind meistens von Natur aus leidenschaftlich.«

»Genau! Das ist es! Stepha ist auch so. Man könnte meinen, Bridie wäre ihr Kind und nicht meins.«

Sie holte ein paarmal tief Atem und richtete sich auf. Schritte waren im Flur zu hören.

»Herr, gib mir Kraft«, murmelte Olivia.

Bridie trat in die Küche, ein Frottiertuch um den Kopf geschlungen, den Pullover – den sie in ihrer Hast, die Anweisungen ihrer Mutter zu befolgen, nicht ausgezogen hatte – klatschnaß. Ihr folgte die Ente mit seltsam schlingerndem Gang, der an einen alten Seebären erinnerte.

»Er hat ein verkrüppeltes Bein«, erklärte Bridie, die sah, wie Lynley das Tier musterte. »Wenn er im Wasser ist, kann er nur im Kreis schwimmen, drum lass' ich ihn nur rein, wenn ich dabei bin. Aber letzten Sommer waren wir oft schwimmen mit ihm. Im Fluß. Wir haben gleich draußen einen Damm gebaut, da hat er richtig schön gespielt. Er hat sich immer ins Wasser fallen lassen und ist dann ewig im Kreis rum geschwommen. Stimmt's, Dougal?«

Die Ente zwinkerte zustimmend und suchte auf dem Küchenboden nach Nahrung.

»Warte, zeig dich mal, Bridie«, sagte Olivia.

Das kleine Mädchen kam zu ihr, das Frottiertuch wurde entfernt, der Schaden inspiziert.

Olivia schossen gleich wieder die Tränen in die Augen. Sie biß sich auf die Unterlippe.

»Ich denke, das muß nur ein bißchen nachgeschnitten werden«, bemerkte Lynley hastig. »Was meinen Sie, Sergeant?«

»Ja, das glaube ich auch«, stimmte Barbara zu.

»Weißt du, Bridie, ich finde, du solltest dir das mit Lady Di aus dem Kopf schlagen. So schön ist sie nun auch wieder nicht. Schau mal«, sagte Lynley, als er sah, wie die Lippen des Kindes zu beben begannen, »du hast doch Locken. Sie dagegen hat ganz glattes Haar. Als Sinji dir sagte, sie könne dir eine solche Frisur nicht machen, hat sie dir die Wahrheit gesagt.«

»Aber sie ist so hübsch«, protestierte Bridie.

»Sicher, das ist sie. Aber es wäre doch eine reichlich komische Welt, wenn alle Frauen genauso aussähen wie sie, meinst du nicht? Glaub mir, es gibt viele Frauen, die sehr hübsch sind und überhaupt keine Ähnlichkeit mit ihr haben.«

»Wirklich?« Bridie warf einen sehnsüchtigen Blick auf die zerknitterte Abbildung aus der Illustrierten. Ein dicker Fettfleck saß auf der Nase Lady Dis.

»Du kannst es dem Inspector ruhig glauben, wenn er das sagt, Bridie«, bemerkte Barbara, und ihr Ton sagte, auf dem Gebiet kennt er sich aus.

Bridie, die Schwingungen spürte, die sie nicht verstand, blickte von einem zum anderen.

»Na schön«, sagte sie schließlich. »Aber jetzt muß ich endlich Dougal füttern.«

Die Ente zwinkerte dankbar.

Das Wohnzimmer im Hause Odell war kaum besser als die Küche. Es war schwer zu glauben, daß eine Frau und ein Kind ein solches Tohuwabohu produzieren konnten. Sämtliche Sessel waren von Kleiderbergen besetzt, als wären Mutter und Tochter kurz vor dem Umzug, Zeitschriften lagen herum, mitten im Zimmer stand das Bügelbrett, auf dem Klavier flogen Notenblätter herum, überall lag der Staub so dick, daß die Luft nach ihm schmeckte.

Olivia schien sich des Chaos gar nicht bewußt, als sie sie mit zerstreuter Geste zum Sitzen einlud. Erst als sie sich selber setzen wollte, wurde sie einen Moment ratlos, dann aber lachte sie ohne Verlegenheit.

»So schlimm ist es sonst nicht. Ich war – es war –« Sie räusperte sich und schüttelte den Kopf, als wolle sie Ordnung in ihre Gedanken bringen. Wieder fuhr sie sich mit einer Hand durch das feine Haar. Es war eine mädchenhafte Geste, die überraschend wirkte bei dieser Frau, die längst kein Mädchen mehr war. Sie hatte eine sehr zarte Haut und feine Züge, doch die Jahre waren nicht freundlich mit ihr umgegangen. Ihr Gesicht war faltig, und obwohl sie sehr schlank war, wirkte sie unelastisch, eher hager als zierlich.

»Wissen Sie«, sagte sie plötzlich, »als Paul starb, war es nicht so schlimm. Ich werde mit Williams Tod einfach nicht fertig.«

»Es kam ja auch so plötzlich«, meinte Lynley. »Es muß ein schwerer Schock für Sie gewesen sein.«

Sie nickte. »Vielleicht haben Sie recht. Paul, mein Mann, war mehrere Jahre krank. Ich hatte Zeit, mich vorzubereiten. Und Bridie war damals natürlich noch viel zu klein, um zu verstehen, was geschah. Aber William ...« Sie rang um Fassung, richtete die Augen starr auf die Wand und setzte sich kerzengerade. »William spielte eine so große Rolle in unserem Leben. Er besaß so viel Kraft und Stärke. Ich glaube, wir fingen beide an, uns ganz auf ihn zu verlassen, und da war er plötzlich nicht mehr da. Aber ich bin zu egoistisch in meinem Kummer. Für Bobba ist alles viel, viel schlimmer.«

»Roberta?«

Sie sah ihn kurz an und schaute wieder weg.

»Sie kam immer mit William zu uns.«

»Wie war sie?«

»Sehr still. Sehr lieb. Kein hübsches Mädchen. Dick, wissen Sie. Aber sie war immer sehr gut zu Bridie.«

»Wegen ihrer Übergewichtigkeit gab es zwischen Richard Gibson und seinem Onkel Probleme, nicht wahr?«

Olivia runzelte die Stirn. »Probleme? Wie meinen Sie das?«

»Nun, sie hatten doch Streit deswegen, im *Dove and Whistle.* Würden Sie uns darüber berichten?«

»Ach das. Das hat Ihnen wohl Stepha erzählt. Aber mit Williams Tod hat das doch nichts zu tun«, sagte sie, als sie sah, wie Barbara ihren Block aufklappte.

»Man kann nie wissen. Wollen Sie uns nicht erzählen, wie es war?«

Sie hob die Hand, als wolle sie protestieren, ließ sie dann aber wieder sinken.

»Richard war noch nicht lange wieder zurück. Wir trafen ihn zufällig im *Dove and Whistle.* Es kam zu einer Auseinandersetzung. Völlig albern. In einer Minute war es wieder vorbei. Das ist alles.« Sie lächelte dünn.

»Was war das für eine Auseinandersetzung?«

»Ach, ursprünglich hatte sie mit Roberta überhaupt nichts zu tun. Wir saßen zusammen an einem Tisch, und William machte eine Bemerkung über Hannah. Die Tochter des Wirts. Kennen Sie sie?«

»Ja, wir haben sie gestern abend kennengelernt.«

»Dann wissen Sie ja, wie sie aussieht. William fand sie schrecklich und konnte nicht verstehen, daß ihr Vater so locker damit umgeht. So als amüsierte ihn das alles nur, verstehen Sie. Und darüber machte William eine Bemerkung. Er sagte etwa: ›Wieso ihr Vater zuläßt, daß sie sich wie ein Flittchen rausputzt, ist mir schleierhaft.‹ So was in der Art. Nichts besonders Schwerwiegendes. Richard hatte ein bißchen zuviel getrunken. Er hatte ein paar üble Kratzer im Gesicht; wahrscheinlich war er sich wieder mit seiner Frau in die Haare geraten. Er war schlechter Stimmung. Er sagte, man solle nicht so dumm sein, die Leute nach dem Aussehen zu beurteilen, hinter einer Nutte könne sich ein Engel verbergen und hinter einem blonden Engel eine Hure.«

»Und wie faßte William das auf?«

Sie lächelte müde. »Er bezog es augenblicklich auf Gillian, seine ältere Tochter. Er fragte Richard, was er mit der Bemerkung sagen wolle. Richard und Gilly waren die dicksten Freunde gewesen, wissen Sie. Ich glaube, um eine Erklärung zu vermeiden, lenkte Richard ab und zitierte Roberta als Beispiel dafür, daß man nach dem Äußeren nicht gehen kann. Und dann gab ein Wort das andere. Richard wollte wissen, wie William dazu käme, tatenlos zuzusehen, wie Roberta sich vernachlässigte und praktisch selbst zerstörte. William wollte wissen, was er mit seiner Anspielung auf den blonden Engel gemeint hätte. Richard verlangte eine Antwort von William. William verlangte eine Antwort von Richard. Sie wissen ja, wie so was abläuft.«

»Und dann?«

Sie lachte. Es war ein brüchiges, dünnes Lachen.

»Ich dachte schon, es würde mit einer Schlägerei enden. Richard sagte, er verstehe nicht, wie man als Vater ruhig mit ansehen könne, wie die eigene Tochter sich langsam, aber sicher zu Tode frißt. Er sagte, William solle sich schämen, er sei als Vater ein absoluter Versager. William wurde so wütend, daß er Richard vorhielt, dafür sei er als Ehemann ein Versager. Er machte eine – eine ziemlich derbe Bemerkung darüber, daß Madeline völlig unbefriedigt sei – sie ist Richards Frau, haben Sie sie schon kennengelernt? –, und gerade als ich dachte, jetzt würde Richard zuschlagen, fing der plötzlich an zu lachen. Er lachte einfach, sagte, er wäre ja blöd, seine Zeit mit Sorgen um Roberta zu vergeuden, und ging.«

»Das war alles?«

»Ja.«

»Was, glauben Sie, meinte Richard?«

»Als er sagte, er wäre blöd?« Sie schien zu merken, in welche Richtung die Frage zielte. »Soll ich jetzt sagen, er meinte, er wäre blöd, seine Zeit mit Sorgen um Roberta zu vergeuden, weil er ja wußte, daß er den Hof erben würde, wenn sie stirbt?«

»Meinte er das denn?«

»Nein, natürlich nicht. William änderte sein Testament kurz nach Richards Rückkehr. Richard wußte sehr wohl, daß er ihm den Hof vermacht hatte und nicht Roberta.«

»Aber wenn Sie und William geheiratet hätten, wäre das Testament doch höchstwahrscheinlich wieder geändert worden?«

Sie sah die Falle. »Ja, aber – ich weiß, was Sie denken. Für Richard war Williams Tod vor unserer Heirat von Vorteil. Aber gibt es solche Konstellationen denn nicht häufig, wenn es um eine Erbschaft geht? Und die Menschen bringen einander doch im allgemeinen nicht um, nur weil sie erben wollen.«

»Ganz im Gegenteil, Mrs. Odell«, widersprach Lynley höflich. »Sie tun es dauernd.«

»Hier war das aber nicht der Fall. Ich glaube einfach – nun, daß Richard nicht sehr glücklich ist. Und unglückliche Menschen sagen oft Dinge, die sie gar nicht ernst meinen, und sie tun häufig Dinge, die sie normalerweise nicht tun würden, nur um ihr eigenes Elend zu vergessen. Ist es nicht so?«

Weder Lynley noch Barbara antworteten sofort. Olivia bewegte sich unruhig in ihrem Sessel. Draußen rief Bridie laut nach ihrer Ente.

»Wußte Roberta von diesem Gespräch?« fragte Lynley.

»Wenn ja, so hat sie es nie erwähnt. Wenn sie hier war, sprach sie meistens von der Heirat. Ich glaube, sie wünschte sich diese Heirat. Um mit Bridie wieder eine Schwester zu bekommen. Um vielleicht wieder eine so innige Beziehung aufbauen zu können, wie sie sie mit Gillian gehabt hatte. Ihre Schwester fehlte ihr schrecklich. Ich glaube nicht, daß sie den Verlust je verwunden hat.«

Ihre nervösen Finger fanden einen losen Faden am Saum ihres Rocks. Sie drehte und zwirbelte ihn unentwegt, bis er riß. Dann betrachtete sie das Stück Faden stumm, als wunderte sie sich, woher es gekommen war.

»Bobba – so hat William sie immer genannt – ist oft mit Bridie losgezogen, damit William und ich ein bißchen allein sein konnten. Sie und Bridie und Schnauz und die Ente marschierten zusammen los. Können Sie sich das Bild vorstellen?« Sie lachte und strich glättend über ihren Rock. »Sie gingen zum Fluß hinunter oder auf die Gemeindewiese oder machten bei der alten Abtei unten Picknick. Dann konnten William und ich in Ruhe miteinander reden.«

»Worüber haben Sie gesprochen?«

»Meistens über Tessa.« Sie seufzte. »Das war ein Problem, aber das letzte Mal, als William hier war – am Tag seines Todes –, sagte er, es sei nun endlich gelöst.«

»Ich glaube, ich kann Ihnen nicht ganz folgen«, sagte Lynley. »Was war das denn für ein Problem? Emotionaler Art? Eine Unfähigkeit, ihren Tod zu akzeptieren?«

Olivia, die zum Fenster hinausgeschaut hatte, drehte sich bei dem letzten Wort jäh herum.

»Wieso Tod?« fragte sie perplex. »Tessa ist nicht tot, Inspector. Sie verließ William kurz nach Robertas Geburt. Er engagierte einen Privatdetektiv, um sie suchen zu lassen, weil er die Ehe von der Kirche annullieren lassen wollte. Und am Samstag nachmittag kam er zu mir, um mir zu sagen, daß man sie endlich gefunden habe.«

»York«, sagte der Mann. »Ich bin nicht verpflichtet, Ihnen mehr zu sagen. Ich warte nämlich immer noch auf mein Honorar.«

Lynley kochte innerlich. »Wie wäre es mit einer gerichtlichen Verfügung?« fragte er liebenswürdig.

»Moment mal, Mann, mit solchem Scheiß brauchen Sie mir nicht zu kommen –«

»Mister Houseman, darf ich Sie darauf aufmerksam machen, daß Sie, auch wenn sie gegenteiliger Ansicht sein mögen, *nicht* Sam Spade sind?«

Lynley konnte sich den Mann vorstellen: Füße auf dem Schreibtisch, eine Flasche Bourbon in der Schublade, eine Pistole, die er lässig von einer Hand in die andere warf, während er den Telefonhörer zwischen Ohr und Schulter eingeklemmt hielt. Er war nicht weit von der Wahrheit entfernt.

Harry Houseman sah durch die schmutzige Scheibe seines Bürofensters über Jackies Frisiersalon zum Trinity Church Square in Richmond hinaus. Es regnete leicht, gerade ausreichend, um den Dreck auf der Scheibe noch gründlich zu verschmieren. Was für ein trister Tag, dachte er. Er hatte eigentlich ans Meer fahren wollen – in Whitby wartete eine kleine Maus, die ganz scharf darauf war, ein paar ernsthafte Privatrecherchen mit ihm zu betreiben –, aber bei solchem Wetter kam er nicht in Stimmung. Und dieser Tage mußte er unbedingt in Stimmung sein, wenn in den unteren Regionen noch was passieren sollte. Er grinste und entblößte dabei eine schlecht gemachte Jacketkrone am vorderen Schneidezahn.

Während er mit einem angeknabberten Bleistift spielte, fiel sein Blick auf das schmallippige Gesicht seiner Frau, das ihn von einer Fotografie auf dem Schreibtisch ansah. Er streckte den Arm aus und stieß es mit dem Bleistift um.

»Ich bin überzeugt, wir können zu einer Einigung kommen«, sagte Houseman ins Telefon. »Lassen Sie mich überlegen. – Miss Doalson?« Angemessene Pause. »Habe ich heute Zeit, um – Sagen Sie das ab. Das kann warten bis nach der Zusammenkunft mit –« Wieder ins Telefon: »Wie war doch gleich Ihr Name?«

»Eine Zusammenkunft wird nicht stattfinden«, erklärte Lynley geduldig. »Sie geben mir die Adresse in York, und damit ist unsere Beziehung beendet.«

»Oh, ich weiß nicht, wie ich –«

»Aber natürlich wissen Sie das.« Lynleys Stimme war immer noch ruhig. »Denn Sie haben, wie Sie bereits sagten, Ihr Honorar noch nicht bekommen. Damit Sie es überhaupt bekommen, wenn einmal der Nachlaß geregelt ist – was im übrigen Jahre dauern kann, wenn wir diese Geschichte nicht klären können –, müssen Sie mir Tessa Teys' Adresse geben.«

Kurze Pause der Überlegung. »Was sagten Sie, Miss Doalson?« fragte der Kerl, der einen wahrhaftig wahnsinnig machen konnte, in zuckersüßem Ton. »Am anderen Apparat? Na, dann sagen Sie ihm doch, er soll später noch mal anrufen.« Tiefes Seufzen. »Ich sehe schon, Inspector, mit Ihnen ist das nicht so einfach. Aber wir müssen alle irgendwie unseren Lebensunterhalt verdienen, wissen Sie.«

»Gewiß, das weiß ich«, erwiderte Lynley kurz. »Die Adresse?«

»Ich muß sie nur erst heraussuchen. Kann ich Sie in – sagen wir, in einer Stunde zurückrufen?«

»Nein.«

»Guter Gott, Mann –«

»Ich komme nach Richmond.«

»Nein, nein, das ist nicht nötig. Wenn Sie nur einen Moment Geduld haben.« Houseman lehnte sich in seinem Sessel zurück und betrachtete eine Minute lang den grauen Himmel. Er langte zum Aktenschrank hinüber und machte der akustischen Wirkung halber ein paar Schubladen auf und zu. »Was ist denn jetzt schon wieder, Miss Doalson?« rief er. »Nein, nein, sagen Sie ihr, ich melde mich morgen. Ich kann's auch nicht ändern, wenn sie heult wie ein Schloßhund, Kleines, ich hab' jetzt keine Zeit für sie.« Er nahm den Zettel, der auf seinem Schreibtisch lag. »Ah, hier haben wir sie schon, Inspector.« Damit gab er Lynley die Adresse an. »Aber erwarten Sie nicht, mit offenen Armen aufgenommen zu werden.«

»Es ist mir ziemlich gleichgültig, wie ich aufgenommen werde, Mister Houseman. Auf –«

»Oh, aber ganz so gleichgültig sollte es Ihnen nicht sein, Inspector. Ganz so gleichgültig nicht. Ehemann Nummer zwei flippte aus, als er es erfuhr. Ich dachte, er würde mich auf der

Stelle erwürgen. Also seien Sie vorsichtig. Weiß der Himmel, wie er reagiert, wenn plötzlich Scotland Yard vor der Tür steht. Er ist so ein Gelehrtentyp, gesetzte Sprache und dicke Brille. Aber ein tiefes Wasser, Inspector, das kann ich Ihnen sagen. Gefährlich!«

Lynley kniff die Augen zusammen. Er sah den Köder und wäre gern daran vorbeigeschwommen. Aber das ging nicht. Er seufzte resigniert.

»Wovon erfuhr der Mann denn?«

»Von Ehemann Nummer eins natürlich.«

»Worauf wollen Sie hinaus?«

»Daß Tessa Teys Bigamistin ist, guter Mann«, versetzte Houseman mit Befriedigung. »Verheiratete sich mit Nummer zwei, ohne von dem guten William geschieden zu sein. Können Sie sich ihre Überraschung vorstellen, als ich plötzlich vor ihr stand?«

Das Haus entsprach überhaupt nicht seinen Erwartungen. Frauen, die Mann und Kinder verlassen, haben gefälligst in finsteren Mietskasernen zu landen, wo es nach Knoblauch und Urin stinkt. Sie sollen täglich zum Gin greifen müssen, um ihre Gewissensqualen zu betäuben. Sie sollen bleich und ausgemergelt sein, ihre Schönheit zerstört von den Peinigungen der Scham. Und wie war das mit Tessa Teys Mowrey?

Lynley hatte den Bentley vor dem Haus geparkt, und sie musterten es schweigend, bis Barbara schließlich sagte: »Verschlechtert hat sie sich nicht gerade, oder?«

Sie hatten es ohne Schwierigkeiten gefunden, in einem neuen, gutbürgerlichen Wohnviertel, nicht allzu weit von der Stadtmitte entfernt, eine dieser Gegenden, wo die Häuser nicht nur Nummern haben, sondern auch brave kleine Namen. Das Haus der Mowreys hieß ›Jorvik View‹. Es war die in Beton gegossene Erfüllung jedes Mittelstandstraumes: eine Backsteinfassade versteckte die vorgegossenen Betonblöcke, rote Schindeln schwangen sich zu einem spitzen Giebel empor, Erkerfenster mit weißen

Stores gestatteten einen verschleierten Blick auf Wohn- und Eßzimmer rechts und links der Haustür. Auf dem Dach der Garage war eine große Terrasse angelegt. Dort oben hatten sie Tessa das erstemal gesehen.

Sie trat aus der Tür, um die Topfpflanzen zu gießen. Ihr blondes Haar flatterte leicht im Wind, während sie zu den Dahlien und Chrysanthemen ging, die eine herbstlich bunte Wand vor dem weißen Gitter bildeten. Sie sah den Bentley und zögerte, die Gießkanne halb erhoben. So stand sie im späten Morgenlicht, wie von Renoir im Moment der Überraschung eingefangen.

Und sie sah, wie Lynley beinahe erbittert feststellte, nicht einen Tag älter aus als auf dem Foto, das neunzehn Jahre zuvor aufgenommen war und blumengeschmückt im Gedenkschrein auf dem Teys-Hof stand.

»Und das nennt man dann Lohn der Sünde«, murmelte er.

8

»Vielleicht steht auf dem Speicher ein Porträt«, meinte Barbara.

Lynley sah sie erstaunt an. Bisher hatte sie sich so gewissenhaft darauf konzentriert, sich angemessen zu verhalten, jeder seiner Anweisungen ohne Widerspruch und augenblicklich nachzukommen, daß dieser plötzliche Ausbruch aus dem Muster, diese witzige Bemerkung ihn verblüffte. Aber auf angenehme Art.

»Alle Achtung, Sergeant«, sagte er lachend. »Mal sehen, was Mrs. Mowrey zu sagen hat.«

Sie öffnete ihnen selbst und blickte mit Verwirrung und einem Anflug von Angst, die sie nur schwer verbergen konnte, von einem zum anderen. »Guten Morgen«, sagte sie.

Hier, aus der Nähe betrachtet, sah sie schon eher wie eine Frau aus, die sich der Lebensmitte näherte. Doch das Haar war immer noch sonnenblond, die Gestalt gertenschlank, die Haut zart und praktisch ohne Fältchen.

Lynley zeigte ihr seinen Dienstausweis.

»Scotland Yard. Kriminalpolizei. Gestatten Sie, daß wir hereinkommen, Mrs. Mowrey?«

Sie schaute von Lynley zu Barbaras verschlossenem Gesicht und wieder zurück. »Bitte sehr.« Ihre Stimme war ganz ruhig, höflich und warm. Doch ihre Bewegungen hatten etwas Abgehacktes, Starres, das auf unterdrückte Gefühle schließen ließ.

Sie führte sie nach links durch eine offene Tür in das Wohnzimmer und forderte sie mit einer wortlosen Geste auf, Platz zu nehmen. Es war ein hell und geschmackvoll eingerichtetes Zimmer mit modernen Möbeln und lichten Farben. Irgendwo tickte eine Uhr, leicht und schnell wie ein beschleunigter Puls. Hier herrschte nicht das wilde Chaos wie bei Olivia Odell, aber auch nicht die sterile Ordnung des Teys-Hofs. Dieses Zimmer war unverkennbar der Gemeinschaftsraum einer lebensfrohen Familie, deren Mitglieder gut miteinander lebten. Schnappschüsse und ein paar kleine Reiseandenken standen auf den Regalen, und zwischen den Büchern lagen ein Stapel Gesellschaftsspiele und verschiedene Kartenspiele.

Tessa Mowrey nahm einen Sessel in der Ecke, wo das Licht am schwächsten war. Sie setzte sich vorn auf seine Kante, den Rükken gerade, die Beine übereinandergeschlagen, die Hände im Schoß gefaltet. Sie trug nur einen einfachen goldenen Trauring. Sie fragte nicht nach dem Grund des Besuchs der beiden Beamten, sah stumm zu, wie Lynley zum offenen Kamin ging und die Fotos betrachtete, die auf dem Sims standen.

»Ihre Kinder?« fragte er.

Es waren zwei, ein Mädchen und ein Junge. Die Aufnahmen stammten von einem Urlaub in St. Ives. Er erkannte die vertraute Rundung der Bucht, die grauweißen Häuser, die sich am Wasserrand zusammendrängten.

»Ja«, antwortete sie. Mehr sagte sie nicht. Stumm erwartete sie das Unvermeidliche. Das Schweigen dauerte an. Die reine Nervosität trieb sie schließlich, es zu brechen.

»Hat Russell Sie angerufen?« In ihrer Stimme lag ein leichter Unterton der Verzweiflung. »Ich dachte mir, daß er das vielleicht tun würde. Obwohl es ja schon drei Wochen her ist. Ich hatte angefangen zu hoffen, daß er mich nur strafen wollte, bis wir uns richtig ausgesprochen hätten.« Sie zeigte Unbehagen, als Barbara ihren Block herauszog. »Ach, muß das sein?«

»Leider, ja«, antwortete Lynley.

»Dann werde ich Ihnen alles erzählen. Das ist das beste.« Sie sah zu ihren Händen hinunter und schob sie fester ineinander.

Merkwürdig, dachte Lynley, wie wir Menschen unweigerlich auf die gleichen Gesten zurückgreifen, wenn wir innere Not signalisieren. Eine zum Hals erhobene Hand, Arme, die schützend den Oberkörper umfassen, ein hastiges Zupfen an der Kleidung, ein Zurückzucken, wie um einem Schlag auszuweichen. Tessa, das sah er, suchte jetzt Kraft zu sammeln für diese Prüfung, als könne eine Hand der anderen durch das Ineinanderschlingen der Finger Mut und Stärke übertragen. Es schien zu wirken. Als sie aufblickte, wirkte ihr Gesicht entschlossen.

»Ich war erst vierzehn, als ich ihn heiratete. Können Sie sich vorstellen, wie es ist, mit einem Mann verheiratet zu sein, der sechzehn Jahre älter ist, wenn man selbst gerade vierzehn ist? Nein, natürlich können Sie das nicht. Niemand kann das. Auch Russell konnte es nicht.«

»Warum waren Sie nicht in der Schule?«

»Ich ging eine Zeitlang zur Schule. Aber dann mußte ich aussetzen, um meinem Vater auf dem Hof zu helfen. Nur vorübergehend. Er hatte einen schlimmen Rücken. Eigentlich sollte ich nach einem Monat wieder zum Unterricht gehen. Marsha Fitzalan gab mir Aufgaben, damit ich nicht zurückbleiben würde. Aber ich fiel zurück, und dann kam William.«

»Wie meinen Sie das?«

»Er kam auf den Hof, um meinem Vater einen Schafbock abzukaufen. Ich ging mit ihm hinaus, um ihm das Tier zu zeigen. William sah sehr gut aus. Ich war romantisch. Für mich war es Heathcliff, der endlich gekommen war, seine Cathy heimzuführen.«

»Aber Ihr Vater kann doch nicht damit einverstanden gewesen sein, daß Sie in diesem Alter heiraten wollten. Noch dazu einen so viel älteren Mann!«

»Natürlich war er nicht einverstanden. Und meine Mutter auch nicht. Aber ich war hartnäckig, und William war zuverlässig, gut angesehen und charakterstark. Ich glaube, sie hatten Angst, wenn sie sich der Heirat widersetzten, würde ich völlig außer Rand und Band geraten und abrutschen. Deshalb gaben sie schließlich ihre Zustimmung, und wir heirateten.«

»Und wie hat sich die Ehe entwickelt?«

»Was weiß eine Vierzehnjährige schon von der Ehe, Inspector?« fragte sie statt einer Antwort. »Ich wußte nicht einmal genau, wie Kinder gezeugt werden, als ich William heiratete. Man sollte meinen, ein Mädchen, das auf einem Bauernhof aufgewachsen ist, wäre ein bißchen realistischer, aber Sie müssen bedenken, daß ich praktisch meine ganze Freizeit mit den Brontës verbrachte. Charlotte, Anne und Emily drücken sich immer ziemlich vage aus, wenn's ums Detail geht. Aber ich wurde schnell genug aufgeklärt. Gillian kam kurz vor meinem fünfzehnten Geburtstag zur Welt. William war außer sich vor Freude. Er liebte sie abgöttisch. Es war, als begänne sein Leben erst in dem Moment, als er Gilly sah.«

»Trotzdem dauerte es Jahre, ehe Sie ein zweites Kind bekamen.«

»Ja, weil sich durch Gilly alles zwischen uns änderte.«

»Inwiefern?«

»Durch sie – diesen winzigen Säugling – fand William plötzlich zur Religion. Ich weiß auch nicht, wieso. Aber danach wurde alles anders.«

»Ich dachte, er wäre immer schon ein religiöser Mensch gewesen.«

»O nein. Das fing erst mit Gillian an. Als fühlte er sich als Vater nicht gut genug, als müßte er ständig seine Seele reinigen, um seines Kindes würdig zu sein.«

»Wie ging das vor sich?«

Sie lachte kurz auf bei der Erinnerung, aber es klang eher bitter als erheitert.

»Er las die Bibel, ging täglich zur Beichte und zur Kommunion. Innerhalb eines Jahres verwandelte er sich in den frömmsten Mann im Dorf und einen absolut hingebungsvollen Vater.«

»Und Sie, eine Fünfzehnjährige, mußten versuchen, mit einem Säugling und einem Heiligen zusammenzuleben.«

»Genauso war es. Das heißt, um das Kind brauchte ich mich kaum zu sorgen. Ich war nicht gut genug, die Sorge für Williams Kind zu übernehmen. Vielleicht auch nicht fromm genug. Wie dem auch sei, er versorgte sie von Anfang an praktisch allein.«

»Und was taten Sie?«

»Ich zog mich zu meinen Büchern zurück.«

Sie hatte die ganze Zeit fast reglos gesessen, jetzt jedoch wurde sie unruhig. Sie stand auf und ging durch das Zimmer zum Erkerfenster, durch das in der Ferne das Münster zu sehen war. Doch Tessa, vermutete Lynley, sah nicht die Kathedrale, sondern die Vergangenheit.

»Ich träumte, daß William Mister Darcy werden würde. Ich träumte, Mister Knightley würde mich in die Arme nehmen und nie mehr loslassen. Ich hoffte, ich würde eines Tages Edward Rochester begegnen, wenn ich nur fest genug an die Verwirklichung meiner Träume glaubte.« Sie kreuzte die Arme auf der Brust, als könne sie damit den Schmerz jener Zeit abwehren.

»Ich suchte Liebe. Verzweifelt. Ich wollte geliebt werden. Können Sie das verstehen, Inspector?«

»Wer könnte das nicht verstehen«, antwortete Lynley.

»Ich dachte, wenn wir ein zweites Kind bekämen, würde jeder von uns einen Menschen haben, mit dem ihn eine besondere Liebe verband. Deshalb – deshalb lockte ich William in mein Bett zurück.«

»Zurück?«

»Ja, zurück. Er hatte mich kurz nach Gillys Geburt verlassen und angefangen, anderswo zu schlafen. Auf dem Sofa, im Nähzimmer, ganz gleich, wo, nur nicht bei mir.«

»Warum?«

»Seine Entschuldigung war, daß Gillys Geburt für mich so schwer gewesen sei. Er wolle vermeiden, daß ich noch einmal schwanger werden und die ganze Tortur wieder würde durchmachen müssen.«

»Es gibt doch Verhütungsmittel.«

»William ist katholisch, Inspector. Da gibt es keine Verhütungsmittel.«

Sie drehte sich vom Fenster weg, ihnen wieder zu. Das Licht entzog ihren Wangen die Farbe und vertiefte die Falten von der Nase zu den Mundwinkeln. Wenn sie sich dessen bewußt war, so versuchte sie nicht, es zu vermeiden. Vielmehr blieb sie ruhig stehen, als wolle sie ihr Alter offenbaren.

»Aber wenn ich heute zurückblicke, glaube ich, daß es nicht die mögliche Schwangerschaft war, die William fürchtete, sondern die Sexualität. Jedenfalls gelang es mir schließlich, ihn wieder in mein Bett zu holen. Und acht Jahre nach Gilly wurde Roberta geboren.«

»Warum sind Sie trotzdem gegangen? Obwohl Sie nun hatten, was Sie wollten – ein zweites Kind, dem Sie Ihre Liebe geben konnten.«

»Weil alles wieder von vorn anfing. Genau wie beim ersten

Kind. Sie gehörte mir sowenig wie Gillian. Ich liebte meine beiden kleinen Töchter, aber ich durfte mich nicht um sie kümmern, jedenfalls nicht so, wie ich es mir wünschte. Es entstand keine Nähe. Ich hatte nichts.« Ihre Stimme bebte bei den letzten Worten. Sie richtete sich auf, drückte die verschränkten Arme fester an die Brust und fand die Fassung wieder. »Ich hatte wieder nur Darcy. Meine Bücher.«

»Und da gingen Sie?«

»Ich wachte einige Wochen nach Robertas Geburt eines Morgens auf und wußte, daß ich verkümmern würde, wenn ich blieb. Ich war dreiundzwanzig. Ich hatte zwei Kinder, die ich nicht lieben durfte, und einen Mann, der schon morgens vor dem Ankleiden die Bibel las. Ich schaute zum Fenster hinaus, sah den Weg zum High Kel Moor hinauf und wußte, daß ich noch an diesem Tag gehen würde.«

»Versuchte er denn nicht, sie zu halten?«

»Nein. Ich wünschte mir das natürlich. Aber er tat es nicht. Mit einem kleinen Koffer und fünfundzwanzig Pfund in der Tasche verließ ich sein Haus und verschwand aus seinem Leben. Ich ging nach York.«

»Er hat Sie nie gesucht? Nie versucht, Sie zurückzuholen?«

Sie schüttelte den Kopf.

»Ich habe mich nie bei ihm gemeldet. Ich war einfach nicht mehr da. Aber für William hatte ich ja schon so viele Jahre vorher aufgehört zu existieren. Da spielte das gar keine Rolle mehr.«

»Warum ließen Sie sich nicht scheiden?«

»Weil ich nicht die Absicht hatte, je wieder zu heiraten. Ich kam nach York, weil ich Wissen und Bildung suchte, nicht aber einen anderen Mann. Ich wollte eine Zeitlang arbeiten, Geld sparen und dann nach London gehen oder vielleicht sogar in die Staaten emigrieren. Aber schon sechs Wochen nach meiner Ankunft in York kam alles ganz anders. Da traf ich Russell Mowrey.«

»Wie lernten Sie sich kennen?«

Sie lächelte bei dieser Erinnerung.

»Als man hier mit den Ausgrabungen aus der Wikingerzeit anfing, wurde ein Teil der Stadt eingezäunt.«

»Ja, daran erinnere ich mich.«

»Russell gehörte zum Ausgrabungsteam. Er war damals gerade mit seinem Studium in London fertig. Ich stand da und steckte den Kopf durch ein Loch im Zaun, weil ich sehen wollte, was da passierte, und plötzlich sah Russell mich. Seine ersten Worte waren: ›Mensch, eine richtige nordische Göttin!‹, und dann wurde er knallrot. Ich glaube, schon da verliebte ich mich in ihn. Er war sechsundzwanzig. Er trug eine Brille, die ihm dauernd runterrutschte, eine völlig verdreckte Hose und ein Sweatshirt mit Uniemblem. Als er herüberkam, weil er mit mir sprechen wollte, rutschte er im Schlamm aus und setzte sich direkt auf den Hosenboden.«

»Ein Darcy war das nicht«, bemerkte Lynley lächelnd.

»Nein. Viel mehr. Wir haben vier Wochen später geheiratet.«

»Warum haben Sie ihm nicht von William erzählt?«

Sie seufzte und schien nach Worten zu suchen, die es ihnen ermöglichen würden, sie zu verstehen.

»Russell war so ahnungslos, so unschuldig. Er hatte so ein – ein großartiges Bild von mir. Er sah mich als eine Art Wikingerprinzessin, eine Schneekönigin. Wie konnte ich ihm da sagen, daß ich einen Mann und zwei Kinder hatte, die ich auf einem Bauernhof zurückgelassen hatte?«

»Was hätte sich geändert, wenn er es erfahren hätte?«

»Nichts wahrscheinlich. Aber damals glaubte ich, *alles* würde sich ändern. Ich glaubte, er würde mich nicht wollen, wenn er die Wahrheit erführe. Die ganze Zeit hatte ich die Liebe gesucht, Inspector. Und da war sie nun endlich. Wie konnte ich es da riskieren, daß sie mir wieder entwischen würde?«

»Aber Sie sind hier nur zwei Stunden von Keldale entfernt.

Hatten Sie nie Angst, William könnte eines Tages in Ihrem Leben auftauchen? Und wenn nur durch eine zufällige Begegnung auf der Straße.«

»William ist nie aus Keldale hinausgekommen. Nicht ein einzigesmal in den Jahren unserer Ehe verließ er es. Er wollte gar nicht weg. Er hatte dort alles, was er brauchte: seine Kinder, seine Religion, seinen Hof. Weshalb hätte er nach York kommen sollen? Außerdem dachte ich zuerst, wir würden nach London ziehen. Russells Familie lebt dort. Ich hatte keine Ahnung, daß wir hier hängenbleiben würden. Aber wir blieben. Fünf Jahre später wurde Rebecca geboren. Und achtzehn Monate nach ihr kam William.«

»William?!«

»Sie können sich wohl vorstellen, wie mir zumute war, als Russell ihn William nennen wollte. Das ist der Name seines Vaters. Da konnte ich doch nicht ablehnen.«

»Dann leben Sie also seit neunzehn Jahren hier in York?«

»Ja«, antwortete sie. »Zuerst in einer kleinen Wohnung in der Stadtmitte, dann in einem Reihenhaus in der Nähe der Bishopthorpe Road, und letztes Jahr kauften wir das Haus hier. Wir haben lange darauf gespart. Russell nahm noch einen zweiten Job an, und ich hatte meine Arbeit im Museum. Wir waren so glücklich.« Sie versuchte mit einem Zwinkern, die aufkommenden Tränen zu vertreiben. »Bis jetzt. Sie sind gekommen, um mich zu holen, nicht wahr? Oder bringen Sie mir nur eine Nachricht?«

»Wissen Sie es denn nicht? Haben Sie es nicht gelesen?«

»Gelesen? Ist etwas – er ist doch nicht...«

Tessa blickte angstvoll von Lynley zu Barbara. Sie schien etwas in ihren Gesichtern zu lesen, das sie sehr beunruhigte.

»An dem Abend, als Russell ging, war er außer sich. Ich dachte, wenn ich nichts sagte und nichts täte, würde sich alles von selbst lösen. Er würde wieder nach Hause kommen und –«

Lynley erkannte, daß sie völlig aneinander vorbeiredeten.

»Mrs. Mowrey«, sagte er, »wissen Sie denn nicht, was Ihrem Mann passiert ist?«

Ihre Augen weiteten sich vor Entsetzen.

»Russell«, flüsterte sie. »Er ging an dem Samstag weg, als der Detektiv hier war. Vor drei Wochen. Seitdem war er nicht wieder zu Hause.«

»Mrs. Mowrey«, sagte Lynley behutsam. »William Teys wurde vor drei Wochen ermordet. In der Nacht von Samstag auf Sonntag zwischen zweiundzwanzig Uhr und Mitternacht. Man beschuldigt Ihre Tochter Roberta, das Verbrechen begangen zu haben.«

Wenn sie gefürchtet hatten, sie würde ohnmächtig werden, so hatten sie sich getäuscht. Fast eine volle Minute lang starrte sie sie wortlos an, dann wandte sie sich wieder dem Fenster zu.

»Rebecca kommt bald nach Hause«, sagte sie tonlos. »Sie kommt zum Mittagessen immer nach Hause. Sie wird nach ihrem Vater fragen. Das tut sie jeden Tag. Sie weiß, daß etwas nicht stimmt, aber bis jetzt konnte ich ihr das meiste verheimlichen.« Mit zitternder Hand berührte sie ihre Wange. »Ich weiß, daß Russell nach London gefahren ist. Ich habe seine Eltern nicht angerufen, weil ich nicht wollte, daß sie merken, daß etwas nicht in Ordnung ist. Aber ich weiß, daß er zu ihnen nach London gefahren ist. Ich weiß es.«

»Haben Sie ein Foto von Ihrem Mann?« fragte Lynley. »Und die Londoner Adresse seiner Eltern?«

Sie fuhr herum. »Er war es nicht!« rief sie leidenschaftlich. »Er hat nicht ein einzigesmal die Hand erhoben, um seine Kinder zu schlagen. Er war außer sich, zornig – ja, das sagte ich schon –, aber sein Zorn galt mir, nicht William. Niemals wäre er losgefahren und hätte –«

Sie begann zu weinen. Es waren vielleicht die ersten Tränen, die sie seit drei qualvollen Wochen vergoß. Sie drückte die Stirn an die Fensterscheibe und weinte so bitterlich, als könne sie niemals getröstet werden.

Barbara stand auf und ging aus dem Zimmer. Guter Gott, wo geht sie denn hin? fragte sich Lynley und rechnete fast mit einer Wiederholung ihres Verschwindens am vergangenen Abend im *Dove and Whistle.* Doch sie kam einen Augenblick später mit einem Krug Orangensaft und einem Glas zurück.

»Danke, Barbara«, sagte er.

Sie nickte ihm mit einem zaghaften Lächeln zu und schenkte Tessa ein.

Tessa nahm das Glas, aber sie trank nicht, hielt es nur fest umklammert, als gäbe es ihr Halt.

»Rebecca darf mich so nicht sehen. Ich muß mich zusammennehmen.« Sie sah das Glas in ihrer Hand, trank einen Schluck und verzog das Gesicht. »Ich kann Orangensaft aus der Dose nicht ausstehen. Warum habe ich ihn überhaupt im Haus? Russell sagt immer, er sei gar nicht so schlecht. Wahrscheinlich hat er recht.« Verzweifelt drehte sie sich zu Lynley um und stieß hervor: »Er hat William nicht getötet.«

»Das gleiche sagen in Keldale alle von Roberta.«

Sie zuckte zusammen. »Ich empfinde nichts für sie. Es tut mir leid. Ich habe sie nie gekannt.«

»Sie wurde in eine Nervenheilanstalt eingewiesen, Mrs. Mowrey. Als William gefunden wurde, behauptete sie, ihn getötet zu haben.«

»Wenn sie es zugegeben hat, warum sind Sie dann zu mir gekommen? Wenn sie sagt, daß sie William getötet hat, kann Russell unmöglich –« Sie brach ab, als wäre ihr plötzlich bewußt geworden, wie gern sie bereit war, die Tochter dem Mann zu opfern.

Man konnte ihr kaum einen Vorwurf daraus machen. Lynley dachte an die Stallbox, an die Bibel, das Fotoalbum, die Totenstille im Haus.

»Haben Sie Gillian nie wiedergesehen?« fragte er abrupt und wartete auf ein Zeichen, einen winzigen Hinweis nur, daß Tessa von Gillians Verschwinden wußte. Es kam keines.

»Nein, nie.«

»Sie hat sich nie mit Ihnen in Verbindung gesetzt?«

»Natürlich nicht. Selbst wenn sie es gewollt hätte, hätte William es ihr nicht erlaubt, da bin ich sicher.«

Nein, wahrscheinlich nicht, dachte Lynley. Aber nachdem sie fortgegangen war, nachdem sie alle Brücken zu ihrem Vater abgebrochen hatte – warum hatte sie da nicht bei ihrer Mutter Zuflucht gesucht?

»Ein religiöser Fanatiker«, erklärte Barbara mit Entschiedenheit. Sie schob sich das Haar hinter die Ohren und richtete ihre Aufmerksamkeit auf die Fotografie in ihrer Hand. »Aber der hier ist nicht übel. Sie hat einen guten Griff getan beim zweiten Versuch. Schade, daß sie sich vorher nicht scheiden ließ.«

Russell Mowrey blickte sie von dem Foto, das Tessa ihnen gegeben hatte, lächelnd an. Ein sympathischer Mann im hellen Anzug, die Ehefrau am Arm. Ostersonntag. Barbara steckte das Bild in den braunen Umschlag und sah zum Fenster hinaus. »Wenigstens wissen wir jetzt, warum Gillian gegangen ist.«

»Wegen der Frömmigkeit ihres Vaters?«

»So seh' ich es jedenfalls«, antwortete Barbara. »Die übertriebene Frömmigkeit des Vaters und das zweite Kind. Acht Jahre lang war sie der absolute Mittelpunkt im Leben ihres Vaters – die Mutter scheint keine große Rolle gespielt zu haben –, und plötzlich ist ein zweites Kind da. Es soll eigentlich Mama gehören, aber Papa hat kein rechtes Vertrauen zu Mamas Fähigkeiten, mit ihren Kindern umzugehen, also nimmt er das zweite auch unter seine Fittiche. Mama geht, und Gillian folgt nach.«

»Ganz so war es nicht, Havers. Sie wartete acht Jahre, ehe sie ging.«

»Na ja, sie konnte schließlich mit ihren acht Jahren nicht weglaufen. Sie wartete eben ab und haßte Roberta wahrscheinlich dafür, daß sie ihr den Vater gestohlen hatte.«

»Das reimt sich nicht zusammen. Erst sagen Sie, Gillian ging, weil sie den religiösen Fanatismus ihres Vaters nicht ertragen konnte. Dann sagen Sie, sie ging, weil sie ihn an Roberta verloren hatte. Was trifft nun zu? Entweder liebt sie ihn und möchte wieder sein Liebling sein, oder sie kann seine puritanische Frömmigkeit nicht aushalten und flüchtet. Beides zusammen geht nicht.«

»Warum muß denn immer alles schwarz oder weiß sein?« protestierte Barbara erregt. »Das ist doch nie so im Leben.«

Lynley warf ihr einen Blick zu, verdutzt über den heftigen Ton. Ihr Gesicht wirkte fahl.

»Barbara –«

»Es tut mir leid! Verdammt noch mal, jetzt fang' ich schon wieder an. Am besten, ich geb' auf. Ich kann's einfach nicht. Immer tu' ich das gleiche. Nie kann ich –«

»Barbara«, unterbrach er sie ruhig.

Sie starrte geradeaus. »Ja, Sir?«

»Wir sprechen hier über den Fall. Wir plädieren nicht vor einem Gericht. Es ist gut, wenn man eine Meinung hat. Ich möchte sogar, daß Sie eine haben. Ich habe die Erfahrung gemacht, daß es immer eine große Hilfe ist, einen Fall mit einer anderen Person durchzudiskutieren.«

In Wirklichkeit aber war es viel mehr als das. Es waren Streitigkeiten, später Lachen, die geliebte Stimme, die sagte: Oh, du bist überzeugt, daß du recht hast, Tommy, aber ich werde dir das Gegenteil beweisen! Das Gefühl tiefer Einsamkeit senkte sich über ihn wie ein grauer Schleier.

Sie schwiegen beide. Bis Barbara die Spannung nicht mehr aushalten konnte.

»Ich weiß nicht, was es ist«, sagte sie. »Plötzlich fällt bei mir eine Klappe runter, und ich vergesse völlig, was ich tue.«

»Ich verstehe.«

Mehr antwortete er nicht. Während sein Blick dann und wann zu den Hängen jenseits des Tals schweifte, durch das die Straße führte, dachte er an Tessa Mowrey. Er versuchte, sie zu verstehen, und wußte, daß er dazu schlecht gerüstet war. Sein eigenes Leben bot ihm keinen Schlüssel zum Verständnis des beschränkten und erlebnisarmen Lebens auf einem abgelegenen Bauernhof, das ein vierzehnjähriges Mädchen in die Illusion treiben konnte, nur eine sofortige Heirat böte ihr eine Zukunft. Aber das war zweifellos die Grundlage all dessen, was geschehen war. Keine romantischen Interpretationen der Tatsachen – keine Betrachtungen über Heathcliff, so angebracht sie auch sein mochten – konnten über die wahre Erklärung hinwegtäuschen. Die Plackerei, das öde Einerlei jener Wochen, als sie gezwungen gewesen war, auf dem Hof zu bleiben und mitzuhelfen, waren schuld daran, daß ihr ein simpler Bauer zum Märchenprinzen geworden war. Und so war sie von einem Käfig in den anderen geflogen. Mit vierzehn Ehefrau, mit fünfzehn Mutter. Hätte nicht jede Frau nur den einen Wunsch gehabt, einem solchen Leben zu entfliehen? Aber warum hatte sie dann so schnell wieder geheiratet?

Anscheinend unfähig, das Schweigen länger zu ertragen, unterbrach Barbara seine Überlegungen. Der Ton ihrer Stimme verriet, daß sie unter innerem Druck stand. Lynley warf ihr einen neugierigen Blick zu. Auf ihrer Stirn standen kleine Schweißperlen. Sie schluckte geräuschvoll.

»Was ich nicht verstehe, ist der – der Gedenkschrein für Tessa. Die Frau verläßt ihn – womit ich nicht sagen will, daß sie nicht jedes Recht dazu hatte –, und er errichtet ihr im Wohnzimmer den reinsten Altar.«

Der Schrein. Natürlich, dachte Lynley. »Woher wissen wir, daß William den Schrein errichtet hat?«

Barbara hatte ihre Erklärung bereits bei der Hand.

»Eines der beiden Mädchen könnte es gewesen sein«, sagte sie.

»Und welche, glauben Sie?«

»Gillian.«

»Aus Rache? Um William täglich daran zu erinnern, daß Mama durchgebrannt ist? Um ihn ein bißchen zu quälen, weil er Roberta bevorzugte?«

»Genau, Sir.«

Wieder fuhren sie eine Weile schweigend, dann sagte Lynley: »Sie könnte es getan haben, Havers. Die Verzweiflung könnte sie dazu getrieben haben.«

»Tessa, meinen Sie?«

»Russell war an dem Abend weg. Sie sagt, sie hätte eine Tablette genommen und wäre gleich zu Bett gegangen. Aber niemand kann das bestätigen. Sie kann auch nach Keldale gefahren sein.«

»Warum hätte sie den Hund töten sollen?«

»Der hätte sie doch nicht gekannt. Den hat es vor neunzehn Jahren noch nicht gegeben. Was wäre denn Tessa für ihn gewesen? Eine Fremde.«

»Aber sie hätte William doch nicht zu töten brauchen«, meinte Barbara stirnrunzelnd. »Sie hätte sich doch scheiden lassen können.«

»Nein. So leicht nicht. Sie vergessen, daß er katholisch war.«

»Trotzdem ist Russell für mich der wahrscheinlichere Kandidat. Wer weiß, wohin er an dem Abend gefahren ist.« Als Lynley nichts erwiderte, fügte sie hinzu: »Sir?«

»Ich –« Lynley zögerte und widmete der Straße mehr Aufmerksamkeit, als nötig gewesen wäre. »Tessa hat recht. Er ist nach London gefahren.«

»Woher wollen Sie das wissen?«

»Weil ich glaube, daß ich ihn gesehen habe, Havers. Im Yard.«

»Also wollte er sie tatsächlich anzeigen. Sie hat wahrscheinlich die ganze Zeit gewußt, daß er das tun würde.«

»Nein. Das glaube ich nicht.«

Barbara bot einen weiteren Kandidaten an. »Vielleicht war's auch Ezra.«

Lynley warf ihr einen lächelnden Blick zu.

»William im Morgenrock mitten auf der Straße, wutschnaubend damit beschäftigt, Ezras Aquarelle zu zerfetzen, während Ezra ihn aus Leibeskräften beschimpft und verflucht? Ja, da könnten wir ein Mordmotiv haben. Ich glaube nicht, daß ein Maler es gut verträgt, wenn ihm jemand seine Arbeiten zerreißt.«

»Aber wieso war er im Morgenrock? Draußen war's doch noch hell. Um die Zeit geht doch kein Mensch schlafen.«

»Vielleicht hat er sich zum Abendessen umgezogen. Er ist oben in seinem Zimmer, schaut zum Fenster hinaus, sieht Ezra auf seinem Land und rast hinunter wie ein Berserker.«

»Ja, so könnte es natürlich gewesen sein.«

»Wie sonst?«

»Vielleicht machte er Gymnastik.«

»Kniebeugen in der Unterhose? Kann ich mir schwer vorstellen.«

»Mit Olivia vielleicht.«

Lynley lächelte. »Das glaube ich nicht, wenn alles stimmt, was wir über ihn gehört haben. Das dürfte vor der Heirat für ihn tabu gewesen sein.«

»Und was ist mit Nigel Parrish?«

»Was soll mit ihm sein?«

»Na, glauben Sie ihm etwa, daß er den Hund aus reiner Herzensgüte auf den Hof zurückgeführt hat? Da ist doch was faul.«

»Richtig. Aber können Sie sich vorstellen, daß Parrish bereit wäre, sich an William Teys' Blut die Hände zu beschmutzen? Ganz zu schweigen davon, wie er den Anblick des abgeschlagenen Kopfes ertragen hätte.«

»Hm, ja, da wäre er wahrscheinlich in Ohnmacht gefallen.«

Sie lachten. Zum erstenmal gemeinsam. Das Lachen schlug beinahe augenblicklich in unbehagliches Schweigen um bei der Erkenntnis, daß sie Freunde werden könnten.

Der Entschluß, nach Barnstingham zu fahren, reifte aus Lynleys Überzeugung, daß Roberta den Schlüssel zur Lösung aller Fragen besaß, die sie beschäftigten: wer der Mörder war, welches Motiv hinter dem Verbrechen stand; was es mit Gillians Verschwinden auf sich hatte. Er hatte von unterwegs angerufen, um sie anzumelden. Als er jetzt den Bentley auf der gekiesten Auffahrt vor dem Gebäude anhielt, wandte er sich Barbara zu.

»Zigarette?« Er hielt ihr das goldene Etui hin.

»Danke nein, Sir.«

Er nickte, betrachtete einen Moment den imposanten Bau, sah dann wieder Barbara an. »Möchten Sie lieber hier draußen warten, Sergeant?« fragte er, während er sich seine Zigarette mit einem silbernen Feuerzeug ansteckte.

»Warum?« Sie beobachtete ihn scharf.

Er zuckte lässig die Achseln. Allzu lässig, fand sie.

»Sie sehen ganz schlapp aus. Ich dachte, Sie würden gern eine kleine Verschnaufpause einlegen.«

Schlapp. Internatsjargon. Jetzt schlüpfte er wieder in die Rolle des ehemaligen Eton-Schülers. Ihr war schon aufgefallen, wie er sich ihrer gelegentlich bediente, wenn es ihm zweckmäßig erschien. Warum gerade jetzt?

»Wieso reden Sie von mir? Sie selbst sehen auch ganz schön mitgenommen aus, Inspector. Was meinen Sie wirklich?«

Bei ihren Worten sah er in den Spiegel, die Zigarette zwischen den Lippen, die Augen gegen den Rauch zusammengekniffen. »Ja, ich seh' wirklich nicht gerade aus wie das blühende Leben.« Er begann, an sich herumzuzupfen: rückte die Krawatte zurecht, fuhr sich durch das Haar, wischte ein nicht vorhandenes Stäubchen vom Revers seines Jacketts. Sie wartete. Endlich schaute er sie an. Die Maske war plötzlich von ihm abgefallen.

»Der Hof hat Sie gestern ein bißchen aus der Fassung gebracht«, sagte er offen. »Ich habe das Gefühl, daß uns hier noch viel Schlimmeres erwartet.«

Einen Moment lang schaffte sie es nicht, ihren Blick von seinem zu lösen; dann zwang sie sich, zur Tür zu greifen und sie aufzustoßen.

»Ich kann's aushalten, Sir«, sagte sie abrupt und stieg aus.

»Sie ist in der geschlossenen Abteilung«, sagte Dr. Samuels zu Lynley, während sie durch den Korridor gingen, der von Osten nach Westen quer durch das ganze Gebäude führte.

Barbara folgte mit etwas Abstand, froh, daß Barnstingham nicht so war, wie sie es sich vorgestellt hatte, als sie das Wort Nervenheilanstalt gehört hatte. Der englische Barockbau hatte kaum Ähnlichkeit mit einem Krankenhaus. Die Eingangshalle, über zwei Stockwerke reichend, mit geriffelten Pilastern an den Wänden, war hell und luftig, die Wände in beruhigendem Apricot gestrichen, die Stuckverzierungen weiß, während der flauschige Teppich einen hellen Rostton hatte.

Barbara war erleichtert. Als Lynley zuerst von seiner Absicht gesprochen hatte, hierherzufahren, weil er es für dringend notwendig hielt, Roberta wenigstens zu sehen, war ihr flau geworden, und die heimtückische alte Beklemmung hatte von ihr Besitz ergriffen. Lynley hatte es natürlich gemerkt. Verdammt. Dem entging aber auch gar nichts.

Jetzt, wo sie im Haus war, fühlte sie sich wieder ruhiger, und das gute Gefühl verstärkte sich, nachdem sie die hohe Eingangshalle hinter sich gelassen hatten und den Weg durch den Korridor antraten, der sie mit ruhigen Landschaftsbildern und Vasen voll frischer Blumen empfing. Aus der Ferne drangen Musik und Gesang zu ihnen.

»Der Chor«, erklärte Dr. Samuels. »Bitte, hier entlang.«

Auch über die Person Samuels' war sie positiv überrascht gewesen. Hätte Barbara ihn außerhalb der Anstalt getroffen, sie hätte nie erraten, daß er Psychiater war. Bei dem Wort *Psychiater* stellte sich bei ihr automatisch das Bild Freuds ein: ein bärtiges viktorianisches Gesicht, eine Zigarre, kluge, taxierende Augen. Samuels aber sah aus wie ein Mann, dem es mehr Freude machte, im Hochmoor zu wandern, als im gestörten Seelenleben anderer herumzustochern. Er hatte einen kräftigen, langgliedrigen Körper, ein gebräuntes, glattrasiertes Gesicht und, wie Barbara argwöhnte, eine Tendenz, mit Leuten, deren Intelligenz der seinen nicht gewachsen war, schnell ungeduldig zu werden.

Ihre Beklommenheit war fast ganz verschwunden, als Dr. Samuels eine schmale Tür öffnete – völlig unauffällig in der Wandtäfelung –, die in einen anderen Trakt des Gebäudes führte. Dies war die geschlossene Abteilung, und sie war ähnlich, wie Barbara sich eine solche Abteilung immer vorgestellt hatte. Der Teppichboden, ein sehr dunkles Braun, war sicher leicht zu pflegen. Die Wände waren sandfarben, schmucklos, unterbrochen nur von den Türen, in die auf Augenhöhe kleine Fenster eingelassen waren. Es roch nach Desinfektions- und Reinigungsmitteln, und durch den kahlen Gang zog ein leises Stöhnen, das von überall und nirgends zu kommen schien. Es konnte der Wind sein. Es konnte aber auch etwas ganz anderes sein.

Hier ist es, sagte sie zu sich selbst. Der Platz für die Verrückten, für Mädchen, die ihre Väter enthaupten, für Mädchen, die morden. Es gibt viele Arten von Mord, Barb.

»Sie hat seit ihrer ursprünglichen Erklärung nicht mehr gesprochen«, bemerkte Samuels. »Sie ist nicht katatonisch. Sie hat lediglich alles gesagt, was sie zu sagen gedenkt, meine ich.« Er warf einen Blick auf die Agenda in seiner Hand. »›Ich war's. Es tut mir nicht leid.‹ Am Tag, als die Leiche gefunden wurde. Seitdem hat sie kein Wort mehr gesprochen.«

»Und das hat keine körperlichen Ursachen? Sie wurde untersucht?«

Samuels kniff pikiert die Lippen zusammen. Es war klar, daß er dieses Eindringen Scotland Yards als Affront empfand, und wenn er schon Auskünfte geben mußte, würde er sie auf ein Minimum beschränken.

»Sie wurde untersucht«, sagte er. »Kein Anfall, kein Schlaganfall. Sie kann sprechen. Aber sie will nicht.«

Wenn die brüske Art des Arztes ihm zu schaffen machte, so ließ Lynley es sich nicht anmerken. Er traf immer wieder auf diese Haltung, die Polizei als abzuwehrenden Gegner und nicht als willkommenen Helfer zu sehen. Er ging etwas langsamer und berichtete Samuels von Robertas geheimem Vorratslager. Das wenigstens trug ihm die Aufmerksamkeit des Arztes ein.

»Ich weiß nicht, was ich Ihnen sagen soll, Inspektor«, bekannte er. »Das Essen kann, wie Sie vermuten, ein Zwang sein. Es kann ein Stimulus oder eine Reaktion sein. Es kann eine Form der Befriedigung oder der Sublimierung sein. Solange Roberta nicht bereit ist, uns einen Hinweis zu geben, kann es praktisch alles sein.«

Lynley schwenkte zu einem anderen Thema um.

»Warum haben Sie sie von der Polizei in Richmond übernommen? Ist das nicht etwas irregulär?«

»Nein, sie wurde ja völlig regulär eingewiesen«, entgegnete Samuels. »Wir sind ein privates Krankenhaus.«

»Von wem wurde sie denn eingewiesen? Von Superintendent Nies?«

Samuels schüttelte ungeduldig den Kopf.

»Aber nein. Wir handeln doch nicht auf das Wort eines x-beliebigen Polizeibeamten.« Er überflog Robertas Krankenblatt. »Es war – Augenblick mal – Gibson. Richard Gibson. Er bezeichnet sich als ihren nächsten Verwandten. Er erwirkte die Zustimmung des Gerichts und erledigte die Formalitäten.«

»Richard Gibson?«

»Richtig«, bestätigte Samuels kurz. »Er hat sie eingewiesen. Zumindest bis zum Prozeß. Sie ist in täglicher Behandlung. Bis jetzt ist noch kein Fortschritt feststellbar, aber das heißt nicht, daß es überhaupt keinen geben wird.«

»Aber weshalb sollte Gibson –«

Lynley sprach mehr zu sich selbst, doch Samuels unterbrach ihn, vielleicht in der Annahme, daß die Worte an ihn gerichtet waren.

»Sie ist seine Cousine. Und je eher es ihr bessergeht, desto eher findet der Prozeß statt. Es sei denn, es erweist sich, daß sie prozeßunfähig ist.«

»Und dann«, sagte Lynley, den Blick auf den Arzt gerichtet, »muß sie ihr Leben lang hierbleiben, nicht wahr?«

»Bis sie wieder gesund wird.« Samuels führte sie zu einer schweren, abgeschlossenen Tür. »Sie ist da drinnen. Es ist bedauerlich, daß sie allein bleiben muß, aber in Anbetracht der Umstände...« Er machte eine vage Geste, sperrte die Tür auf und öffnete sie. »Roberta, du hast Besuch«, sagte er.

Er hatte Prokofieff gewählt – *Romeo und Julia* –, hatte die Kassette gleich eingeschoben, als sie losgefahren waren. Gott sei Dank, dachte Barbara. Gott sei Dank. Sollte die Musik, sollten die Geigen, Celli und Bratschen alles fortschwemmen, Gedanken und Erinnerungen, alles, alles, vollständig und unabänderlich, so daß nichts mehr blieb als das Hören, so daß sie nicht an das Mädchen in dem Zimmer zu denken brauchte, nicht an den Mann, der neben ihr im Auto saß.

Selbst mit starr nach vorn gerichtetem Blick bemerkte sie noch seine Hände am Steuer, die feinen Haare auf ihnen – heller als sein Kopfhaar –, konnte jeden Finger sehen, jede Bewegung wahrnehmen, während er den Wagen lenkte, der sie nach Keldale zurückbrachte.

Als er sich vorbeugte, um die Lautstärke einzustellen, zeigte er ihr sein Profil. Die Haut seines Gesichts war leicht gebräunt. Helles Haar, braune Augen. Eine klassisch gerade Nase. Die kraftvolle Kinnpartie. Ein Gesicht, das deutlich große innere Stärke verriet, ein Ausmaß an inneren Reserven, von dem sie keine Ahnung hatte.

Sie hatte am Fenster gesessen, aber nicht hinausgesehen, sondern starr zur Wand geblickt, ein unförmiges Mädchen, beinahe einen Meter achtzig groß, an die zwei Zentner schwer. Sie hockte mit gekrümmtem Rücken wie geschlagen auf einem Stuhl und wiegte sich hin und her.

»Roberta, mein Name ist Thomas Lynley. Ich bin gekommen, um mit Ihnen über Ihren Vater zu sprechen.«

Sie wiegte sich weiter. Die Augen waren ausdruckslos, sahen nichts. Wenn sie Lynley gehört hatte, so zeigte sie es durch nichts.

Ihr Haar war schmutzig und roch unangenehm. Es war aus ihrem breiten, runden Gesicht zurückgekämmt und wurde hinten von einem Gummiband zusammengehalten. Doch ein paar fettige Strähnen hatten sich befreit und hingen steif herunter in die Falten ihres fleischigen Nackens.

»Pater Hart ist zu uns nach London gekommen, Roberta. Er bat uns, Ihnen zu helfen. Er sagt, er weiß, daß Sie niemandem etwas getan haben.«

Nichts. Das Gesicht blieb ausdruckslos. Eitrige Pickel bedeckten Wangen und Kinn. Wie aufgebläht umhüllte die Haut schwammige Fettschichten, die alle Konturen, die das Gesicht vielleicht einmal gehabt hatte, überlagerten. Sie war teigig, grau, schmutzig.

»Wir haben mit vielen Leuten in Keldale gesprochen. Wir waren bei Ihrem Vetter Richard, bei Olivia und Bridie. Bridie hat sich die Haare geschnitten, Roberta. Sie wollte so gern aussehen wie Lady Di. Aber leider ist es nichts geworden. Ihre Mutter hat sich sehr aufgeregt darüber. Sie hat uns erzählt, wie lieb Sie immer mit Bridie waren.«

Keine Reaktion. Roberta trug einen zu kurzen Rock, der die dicken, wabbeligen Schenkel entblößte. Die weiße Haut war mit rötlich entzündeten Pusteln bedeckt. An den Füßen hatte sie Krankenhauspantoffeln, die vorn offen waren. Sie waren ihr zu klein, und die dicken Zehen hingen weit heraus.

»Wir waren auf dem Hof. Haben Sie wirklich die vielen Bücher alle gelesen? Stepha Odell sagte, sie hätten sie alle gelesen. Es sind ja unwahrscheinlich viele. Wir haben die Fotos Ihrer Mutter gesehen, Roberta. Sie war eine sehr schöne Frau, nicht?«

Schweigen. Die Arme hingen ihr an den Seiten herab. Die riesigen Brüste drohten den billigen Stoff der Bluse zu sprengen, die zwischen den Knöpfen auseinanderklaffte, während sich das wogende Fleisch bei jeder wiegenden Bewegung hin und her schob.

»Roberta, was ich Ihnen jetzt sage, wird vielleicht schmerzlich für Sie sein. Wir haben heute Ihre Mutter besucht. Wußten Sie, daß sie in York wohnt? Sie haben dort noch zwei Geschwister, einen Bruder und eine Schwester. Sie hat uns erzählt, wie sehr Ihr Vater Sie und Gillian geliebt hat.«

Die Wiegebewegungen hörten auf. Das Gesicht veränderte sich nicht, aber die Tränen begannen zu fließen. Sie rannen ihr in stummer Qual über das Gesicht. Mit den Tränen kam der Schleim. Er tropfte in einem dicken klebrigen Faden von ihrer Nase herab, berührte ihre Lippen und legte sich auf ihr Kinn.

Lynley kauerte vor ihr nieder. Er zog ein schneeweißes Taschentuch heraus und wischte ihr das Gesicht. Er nahm ihre schwammige, leblose Hand in seine Hände und drückte sie fest.

»Roberta.« Sie zeigte keine Reaktion. »Ich werde Gillian finden.« Er stand auf, faltete das elegante Taschentuch mit seinem Monogramm und steckte es wieder ein.

Was hat Webberly gesagt? dachte Barbara. Von Lynley können Sie eine Menge lernen.

Und jetzt wußte sie es. Sie konnte ihn nicht ansehen. Sie konnte ihm nicht in die Augen blicken. Sie wußte, was sie in ihnen sehen würde, und der Gedanke, daß dieser Mann, den sie unbedingt als eingebildeten und oberflächlichen Snob hatte sehen wollen, dazu fähig war, tauchte sie in eisige Kälte.

Er sollte der leichtsinnige Playboy sein, der in eleganten Nachtclubs tanzte, der die Frauen beglückte und jede Gesellschaft mit Charme und Witz unterhielt, der sich mit lockerer Selbstverständlichkeit in der Welt der Reichen und Privilegierten bewegte; aber doch nicht – niemals – der Mensch, den sie heute gesehen hatte.

Er war mühelos aus dem Bild herausgetreten, das sie geschaffen hatte, und hatte es zerstört. Irgendwie mußte sie ihn wieder hineinbekommen. Wenn es ihr nicht gelang, würde das Feuer in ihr, das sie so viele Jahre am Leben gehalten hatte, erlöschen. Und dann, das wußte sie, würde sie an der Kälte sterben.

Sie sehnte sich nur danach, seiner Gegenwart zu entfliehen. Aber als der Bentley die letzte Kurve vor dem Dorf umrundete, wußte sie augenblicklich, daß es ein schnelles Entkommen nicht geben würde. Auf der Brücke nämlich, direkt auf dem Weg, den der Wagen nehmen mußte, standen Nigel Parrish und ein anderer Mann in heftigem Streit.

9

Dröhnende Orgelmusik schien selbst aus den Bäumen zu schallen. Sie schwoll zum Crescendo an, fiel zu sanften Tönen ab, schwoll von neuem an: ein barockes Klangwerk aus gewaltigen Akkorden, Pausen und verschnörkelten Figuren. Beim Erscheinen des Bentley gingen die beiden Männer auseinander. Der eine schrie Nigel Parrish noch eine letzte wütende Schmähung nach, ehe er in Richtung zur High Street davonging.

»Ich glaube, ich werde mir den guten Nigel gleich mal vorknöpfen«, sagte Lynley. »Sie brauchen nicht mitzukommen, Havers. Ruhen Sie sich ein wenig aus.«

»Ich kann selbstverständlich –«

»Das ist ein Befehl, Sergeant.«

Zum Teufel mit ihm. »Ja, Sir.«

Lynley wartete, bis Barbara im Gasthaus verschwunden war, ehe er über die Brücke zu dem ungewöhnlichen kleinen Haus ging, das drüben auf der anderen Seite der Dorfwiese stand. An der Vorderfront des Hauses zog sich ein Spalier mit Rosen entlang. Unbeschnitten wucherten sie wie in der Wildnis den schmalen Fenstern zu beiden Seiten der Haustür entgegen, rankten sich an der Mauer empor und waren schon daran, in leuchtender Pracht das Dach zu erobern. Blutrot erfüllten sie die Luft mit einem schwülen Duft, der beinahe betäubend wirkte.

Nigel Parrish war schon im Haus verschwunden. Lynley, der ihm folgte, blieb an der offenen Tür stehen und sah sich im anschließenden Zimmer um. Die donnernde Musik, die noch immer über sie hinwegdröhnte, kam aus einer Stereoanlage, die alles, was er bisher in dieser Art gesehen hatte, in den Schatten stellte. Riesige Boxen standen in allen vier Ecken des Zimmers und schufen in seiner Mitte einen brausenden Klangwirbel. Außer einer Orgel und der Stereoanlage waren nur noch ein paar alte Sessel und ein fadenscheiniger Teppich in dem Raum.

Parrish schaltete die Anlage aus, nahm die Kassette aus dem Recorder, verstaute sie in ihrem Kästchen, legte sie weg. Er tat das alles sehr gemächlich, mit einer Präzision der Bewegung, die Lynley verriet, daß er sehr wohl von seiner Anwesenheit wußte. Es war dennoch eine gute Vorstellung.

»Mister Parrish?«

Ein überraschtes Zusammenzucken. Eine rasche Wendung.

Ein Lächeln der Begrüßung. Doch das Zittern seiner Hände konnte er nicht verbergen. Lynley sah es, und offenbar auch Parrish, denn er schob die Hände hastig in die Hosentaschen.

»Inspector! Ein Freundschaftsbesuch, hoffe ich? Schade, daß Sie die kleine Szene mit Ezra mit ansehen mußten.«

»Ah, das war also Ezra.«

»Ja. Unser lieber kleiner Ezra mit dem Honighaar und der Honigzunge.« Parrish lächelte strahlend, so künstlich, daß es jammervoll wirkte. »Der liebe Junge meinte, die ›künstlerische Freiheit‹ gäbe ihm das Recht, sich in meinen Garten zu schleichen, um das Abendlicht auf dem Fluß zu studieren. Ist das nicht eine Frechheit? Ich sitze hier ganz ruhig und nähre meine Seele mit Bach, als ich aus dem Fenster schaue und sehe, wie er sich in meinem Garten häuslich einrichtet, dieser Schlawiner.«

»Zum Malen dürfte es ein wenig spät am Nachmittag sein«, meinte Lynley.

Er schlenderte zum Fenster. Weder der Fluß noch der Garten waren vom Zimmer aus zu sehen. Er überlegte, was Parrishs Lüge zu bedeuten hatte.

»Nun, wer weiß, was in den Köpfen dieser großen Meister des Pinselstrichs vorgeht«, sagte Parrish mit unverhohlenem Spott. »Hat Whistler die Themse nicht mitten in der Nacht gemalt?«

»Ich weiß nicht recht, ob Ezra Farmington in Whistlers Klasse ist.«

Lynley sah, wie Parrish eine Packung Zigaretten herauszog und mit zittrigen Fingern vergeblich versuchte, sie anzuzünden. Er ging zu ihm und gab ihm Feuer.

Parrishs Blick traf den seinen und versteckte sich dann hinter Rauchschleiern.

»Danke«, sagte er. »Eine scheußliche Szene. Aber ich habe Sie in meinem Haus noch gar nicht willkommen geheißen. Etwas zu trinken? Nein? Ich hoffe, Sie haben nichts dagegen, wenn ich mir ein Gläschen gönne.«

Er verschwand in einem Nebenzimmer. Glas klirrte. Dann Schweigen, gefolgt von neuerlichem Klappern von Flaschen und Glas. Parrish kam mit einem kleinen Whisky wieder. Der zweite oder dritte, vermutete Lynley.

»Warum gehen Sie eigentlich ins *Dove and Whistle*?«

Die Frage traf Parrish unerwartet.

»Bitte, nehmen Sie doch Platz, Inspector. Ich muß mich nämlich jetzt unbedingt erst mal setzen, und wenn ich mir vorstelle, daß Sie wie der rächende Jahwe persönlich vor mir stehen, wird mir ganz schwach vor Angst.«

Eine ausgezeichnete Hinhaltetaktik, dachte Lynley. Aber das Spiel konnte man auch zu zweit spielen. Er ging zu der Stereoanlage hinüber und nahm sich viel Zeit, um Parrishs Bestände an Kassetten zu inspizieren: eine beträchtliche Sammlung von Bach, Chopin, Verdi, Vivaldi und Mozart. Doch auch die Modernen waren angemessen vertreten. Parrishs musikalische Vorlieben waren breit gefächert. Er ging zu einem der schweren alten Sessel und sah sinnend zu den schwarzen Eichenbalken an der Zimmerdecke empor.

»Warum leben Sie in diesem gottverlassenen kleinen Dorf? Ein Mann mit Ihrem musikalischen Talent und Geschmack würde sich doch in einem großstädtischen Milieu sicher viel wohler fühlen.«

Parrish lachte kurz auf und strich sich mit der Hand über das tadellos frisierte Haar.

»Ich glaube, die andere Frage ist mir lieber. Darf ich wählen, welche ich beantworten will?«

»Der *Gral* ist gleich um die Ecke. Aber Sie marschieren quer durchs ganze Dorf, um drüben im *Dove and Whistle* Ihr Bier zu trinken. Was ist dort so attraktiv?«

»Gar nichts.« Parrish spielte mit einem Knopf an seinem Hemd. »Ich könnte natürlich behaupten, daß es Hannah ist, aber ich bezweifle, daß Sie mir das abnehmen würden. Es ist einfach so, daß mir die Atmosphäre im *Dove* besser gefällt. Es hat doch etwas absolut Ketzerisches, sich direkt der Kirche gegenüber vollaufen zu lassen.«

»Gehen Sie im *Gral* vielleicht jemandem aus dem Weg?« erkundigte sich Lynley.

»Aus dem Weg ...?« Parrishs Blick glitt zum Fenster. Eine voll erblühte Rose küßte mit prallen Lippen das Glas. Ihre Blütenblätter begannen schon, sich zu rollen. Man hätte sie pflücken sollen. Sie würde bald welken. »Himmel, nein. Wem sollte ich aus dem Weg gehen? Pater Hart vielleicht? Oder dem lieben verstorbenen William? Er und der Pater haben ein-, zweimal die Woche dort einen gehoben.«

»Sie mochten Teys wohl nicht sonderlich?«

»Nein. Für Bigotterie hatte ich noch nie viel übrig. Ich weiß nicht, wie Olivia den Mann ertragen konnte.«

»Vielleicht wollte sie einen Vater für Bridie.«

»Vielleicht. Die Kleine könnte wirklich eine strenge Hand brauchen. Wahrscheinlich wäre selbst der sauertöpfische alte William besser gewesen als gar nichts.« Er streckte die Beine aus, drehte die Füße hin und her, als wolle er den Glanz seiner Schuhe prüfen. »Ich würde mich ja anbieten, aber ich mach' mir nicht viel aus Kindern. Und Enten mag ich überhaupt nicht.«

»Aber Olivia mögen Sie?«

Parrishs Miene verriet nichts. »Ich bin mit ihrem verstorbenen Mann zur Schule gegangen. Mit Paul. Das war ein Kerl. Der sprühte vor Lebenslust.«

»Er starb vor vier Jahren, nicht wahr?«

Parrish nickte. »Huntingtonsche Chorea. Am Ende erkannte er nicht mal mehr seine Frau. Es war grauenhaft. Für alle. Ihn so sterben sehen zu müssen. Da hat sich für uns alle was verändert.« Er starrte stumm auf seine Fingernägel.

Sie waren sehr gepflegt, wie Lynley feststellte.

Parrish hob den Blick und lächelte schon wieder strahlend.

Das war sein Schutz, seine Abwehr gegen jede Emotion, die die dünne Wand seiner zur Schau getragenen Gleichgültigkeit zu sprengen drohte.

»Als nächstes werden Sie wahrscheinlich fragen, wo ich mich in der fraglichen Nacht aufgehalten habe. Ich würde Ihnen liebend gern ein schönes Alibi präsentieren, Inspector. Mit der Dorfhure im Bett, wäre hübsch. Aber ich wußte leider nicht, daß unser gesegneter Bruder William an diesem Abend unter einem Beil sein Leben beschließen würde, darum saß ich nur hier und spielte Orgel. Ganz allein. Ich könnte höchstens sagen, daß jemand, der mich gehört hat, meine Worte bestätigen kann.«

»So wie heute vielleicht?«

Parrish überging die Frage und trank den letzten Schluck Whisky.

»Als ich zu spielen aufhörte, ging ich zu Bett. Wiederum leider ganz allein.«

»Wie lange leben Sie schon in Keldale, Mister Parrish?«

»Ah, da wären wir also wieder am Anfang. Warten Sie. Es müssen jetzt fast sieben Jahre sein.«

»Und vorher?«

»Vorher, Inspector, lebte ich in York. Ich unterrichtete an einer Schule. Musik. Und falls Sie vorhaben sollten, in meiner Vergangenheit zu kramen, um vielleicht einen saftigen kleinen Skandal aufzustöbern, muß ich Sie enttäuschen. Ich wurde nicht entlassen. Ich ging aus eigenem Willen. Ich wollte aufs Land. Ich wollte Ruhe und Frieden.« Bei den letzten Worten wurde seine Stimme ein wenig schrill.

Lynley stand auf. »Dann will ich Ihnen die jetzt geben. Guten Abend, Mister Parrish.«

Als er aus dem Häuschen trat, setzte wieder die Musik ein – gedämpft diesmal; aber vorher verriet ihm noch der Klang splitternden Glases, wie Nigel Parrish sein Weggehen feierte.

»Ich hoffe, Sie haben nichts dagegen, daß ich Sie heute abend in Keldale Hall zum Essen angemeldet habe«, sagte Stepha Odell. Sie neigte den Kopf ein wenig zur Seite und betrachtete Lynley nachdenklich. »Ja, ich glaube, ich habe genau das Richtige getan. Sie sehen aus, als könnten Sie das heute abend brauchen.«

»Verfalle ich denn vor Ihren Augen?«

Sie klappte das Rechnungsbuch zu und schob es auf das Bord hinter dem Empfangstisch.

»Aber nein. Das Essen ist dort natürlich ausgezeichnet, aber das ist nicht der Grund, weshalb ich für Sie reserviert habe. Keldale Hall ist ein beliebtes Ausflugsziel hier. Die Eigentümerin ist ein Original.«

»Sie haben hier aber auch alles zu bieten, wie?«

Sie lachte. »Alles, was das Leben an Abwechslung bereithält, Inspector. Möchten Sie etwas trinken, oder sind Sie noch im Dienst?«

»Zu einem Glas Odell's würde ich nicht nein sagen.«

»Gut.« Sie ging ihm voraus in den Aufenthaltsraum und trat hinter den Tresen. »Keldale Hall gehört der Familie Burton-Thomas. Keiner kennt sich in den Verwandtschaftsbeziehungen richtig aus, und Mrs. Burton-Thomas ist das ganz recht so. Ich bin überzeugt, sie hat selbst ein halbes Dutzend Kinder, von denen sie verlangt, daß sie sie ›Tante‹ nennen, ganz zu schweigen von den Nichten und Neffen, die im Hotel als Zimmermädchen, Hoteldiener und Küchenhilfen arbeiten.«

»Klingt herrlich verschroben«, bemerkte Lynley.

Sie schob ihm sein Bier über die Theke und zapfte sich auch eines.

»Warten Sie nur, bis Sie die ganze Sippe kennenlernen. Mrs. Burton-Thomas nimmt das Abendessen immer mit ihren Gästen ein. Sie war hingerissen von der Vorstellung, daß Scotland Yard heute abend bei ihr speisen würde. Ich trau's ihr zu, daß sie jemanden vergiftet, nur um Sie bei der Arbeit zu sehen. Im

Augenblick ist da drüben allerdings nicht viel los. Sie sagte mir, daß im Moment nur zwei Paare da sind. Ein amerikanischer Zahnarzt mit seiner Frau und zwei ›himmelblaue Turteltauben‹, wie sie sich ausdrückte.«

»Mir scheint, das wird ein Abend, wie ich ihn mir gewünscht habe.«

Mit dem Glas in der Hand ging er zum Fenster und blickte die gewundene kleine Straße hinunter, die zur alten Abtei führte. Viel konnte er nicht von ihr erkennen. Die Straße machte schon bald einen Knick nach rechts und verschwand unter dem schützenden Laubdach herbstlicher Bäume.

Stepha gesellte sich zu ihm. Eine Zeitlang sprachen sie nichts. Dann sagte sie leise: »Sie waren wohl bei Roberta, nicht?«

Er drehte den Kopf, weil er dachte, sie beobachte ihn, aber das war nicht der Fall. Ihr Blick war auf das Glas in ihrer Hand gerichtet. Sie drehte es langsam auf der Handfläche, als konzentriere sie sich einzig darauf, es im Gleichgewicht zu halten und ja keinen Tropfen Bier zu vergießen.

»Woher wissen Sie das?«

»Sie war ein großes Kind. Ich weiß es noch. Beinahe so groß wie Gillian.« Sie strich sich mit der Hand, die von der Feuchtigkeit am Glas naß war, ein paar Härchen aus der Stirn. »Ja, sie war ein großes Mädchen. Aber nicht dick. Das kam erst später. Und es ging ganz langsam. Erst wurde sie nur ein bißchen rundlich. Dann war sie – wie Sie sie heute gesehen haben.« Sie schauderte und sagte sofort: »Das ist gemein von mir, nicht? Ich habe eine Abneigung gegen alles Häßliche. Das gefällt mir selbst an mir nicht.«

»Aber Sie haben mir nicht geantwortet.«

»Nein? Was haben Sie gefragt?«

»Woher Sie wissen, daß ich bei Roberta war.«

Sie errötete. Sie trat von einem Fuß auf den anderen und wirkte so verlegen, daß es Lynley leidtat, sie gedrängt zu haben.

»Es ist nicht weiter wichtig«, sagte er.

»Ich – Sie sehen einfach anders aus als heute morgen. Bedrückter. Als hätten Sie eine Last auf den Schultern. Und an Ihren Mundwinkeln sind zwei Kerben, die vorher nicht da waren.« Sie errötete noch tiefer.

»Ach so.«

»Darum kam ich auf den Gedanken, daß Sie bei ihr gewesen sein könnten.«

»Aber Sie wußten es, ohne zu fragen.«

»Ja, das kann sein. Und ich fragte mich, wie Sie es aushalten können, das Häßliche im Leben anderer anzusehen, ohne zurückzuschrecken.«

»Ich tue es schon seit einigen Jahren. Man gewöhnt sich daran, Stepha.«

Der Mann, der erdrosselt im Sessel hinter seinem Schreibtisch saß, das junge Mädchen, das tot dagelegen hatte, die Spritze noch im Arm, der grausam verstümmelte junge Mann. Gewöhnte man sich je wirklich an die dunkle Seite des Menschen?

Sie sah ihn mit erstaunlicher Direktheit an.

»Aber es muß doch sein wie ein Blick in die Hölle.«

»Ein wenig, ja.«

»Und Sie wollten nie davor weglaufen? Einfach wie verrückt in die andere Richtung rennen? Niemals? Kein einziges Mal?«

»Man kann nicht ewig davonlaufen.«

Sie wandte sich von ihm ab, starrte zum Fenster hinaus.

»Ich schon«, murmelte sie.

Hastig drückte Barbara ihre dritte Zigarette aus, als es an ihre Zimmertür klopfte. In kopflosem Schrecken sah sie sich im Zimmer um, riß das Fenster auf und rannte ins Bad, wo sie das belastende Beweismaterial in der Toilette hinunterspülte.

Wieder klopfte es, und Lynley rief ihren Namen.

Sie ging zur Tür und machte auf. Er zögerte, warf einen neugierigen Blick über ihre Schulter, ehe er sprach.

»Ah, Havers«, sagte er. »Miss Odell wollte uns offenbar etwas Gutes tun und hat uns für heute abend einen Tisch in Keldale Hall bestellt.« Er sah auf seine Uhr. »In einer Stunde.«

»Was?« schrie Barbara entsetzt auf. »Ich habe doch gar nichts – ich kann nicht – ich weiß nicht –«

Lynley zog eine Augenbraue hoch.

»Bitte sagen Sie jetzt nicht, Sie hätten nichts anzuziehen, Havers.«

»Aber ich habe doch wirklich nichts«, beteuerte sie. »Fahren Sie doch allein. Ich ess' was im *Dove and Whistle.*«

»Halten Sie das angesichts Ihrer Reaktion auf das gestrige Mahl für klug?«

Ein Schlag unter den Gürtel. Hundsgemein.

»Ich hab' Huhn noch nie gemocht.«

»Eben. Der Koch in Keldale Hall ist, wie ich gehört habe, ein Meister seines Fachs. Gemeines Huhn steht ganz sicher nicht auf seinem Speisezettel.«

»Aber ich kann unmöglich –«

»Es ist ein Befehl, Havers. In einer Stunde.« Er drehte sich um.

Wütend knallte sie die Tür zu. Sollte er ruhig merken, wie verärgert sie war. Wunderbar! Das würde ein prachtvoller Abend werden. Sechzehn verschiedene Bestecke, Gläser links und Gläser rechts, hochmütige Kellner, die einem Messer und Gabel wieder wegnahmen, noch ehe man sie benützt hatte. Huhn und Erbsen im *Dove and Whistle* klang paradiesisch dagegen.

Sie riß den Kleiderschrank auf. Also, Barb, worin wollen wir heute abend glänzen, wenn wir uns unter die feine Gesellschaft mischen? Vielleicht im braunen Tweedrock mit passendem Pullover? Oder in den Jeans mit den Wanderstiefeln? Oder wie wär's mit dem blauen Kostüm, um ihn an Helen zu erinnern? Ha! Als könnte man der schönen Helen mit der todschicken Garderobe, dem seidigen Haar, den manikürten Fingern und der melodischen Stimme das Wasser reichen!

Sie zerrte ein weißes Wollkleid heraus und schleuderte es auf das ungemachte Bett. Im Grund war es beinahe zum Lachen. Würden die Leute wirklich glauben, sie wäre seine Freundin? Apollo, der Medusa zum Essen ausführt. Wie würde er die Blicke und das Getuschel verkraften?

Eine Stunde später klopfte er wieder bei ihr. Sie warf einen Blick in den Spiegel. Grauenhaft! Das Kleid war entsetzlich. Sie sah aus wie eine weiß verkleidete Tonne auf Beinen. Sie riß die Tür auf und funkelte ihn wütend an.

Er sah aus, als wäre er gerade einem Journal für Herrenmode entstiegen.

»Reisen Sie immer mit großer Garderobe?« fragte sie bissig.

»Wie die Pfadfinder! Allzeit bereit.« Er lächelte. »Gehen wir?«

Unten öffnete er ihr die Wagentür und half ihr höflich in den Bentley. Der geborene Kavalier, dachte sie sarkastisch. Mit automatischer Schaltung. Man stieg in den Smoking, und Scotland Yard war vergessen.

Als hätte er ihre Gedanken gelesen, wandte er sich ihr zu, ehe er den Motor anließ.

»Havers, ich würde den Fall heute abend gern mal ruhen lassen.«

Und worüber, zum Teufel, sollten sie reden, wenn der Fall tabu war?

»In Ordnung«, antwortete sie brüsk.

Er nickte und drehte den Zündschlüssel.

»Ich liebe diese Gegend von England«, sagte er, als sie die Keldale Abbey Road hinunterfuhren. »Sie haben sicher noch nicht gehört, daß ich ein unerschütterlicher Anhänger des Hauses York bin, hm?«

»Des Hauses York?«

»Die Rosenkriege. Wir sind hier mitten in dem Gebiet, wo sie sich abgespielt haben. Middleham ist nicht weit von hier.«

»Oh.« Na prächtig. Ein historischer Diskurs. Ihr gesamtes Wissen über die Rosenkriege beschränkte sich auf den Namen des Konflikts.

»Man ist natürlich geneigt, das Haus York zu verurteilen. Schließlich wurde Heinrich VI. ja von seinen Anhängern getötet.« Er trommelte mit den Fingern nachdenklich aufs Steuerrad. »Aber irgendwie kann ich nicht umhin, das auch gerecht zu finden. Ich meine, Pomfret und das alles. Richard III., der von seinem eigenen Vetter ermordet wurde. Der Mord an Heinrich scheint den Kreis der Verbrechen geschlossen zu haben.«

Sie knetete den weißen Wollstoff zwischen den Fingern und seufzte, geschlagen.

»Ehrlich, Sir, ich hab' für so was kein Talent. Ich – also, ich passe viel besser ins *Dove and Whistle*. Könnten Sie mich nicht bitte –«

»Barbara!«

Er steuerte den Wagen an den Straßenrand. Sie wußte, daß er sie ansah, doch sie starrte unbewegt in die Dunkelheit vor dem Wagen und zählte die Nachtfalter, die im Scheinwerferlicht tanzten.

»Könnten Sie nicht einen Abend lang die sein, die Sie wirklich sind? Wer auch immer Sie sein mögen.«

»Was soll das wieder heißen?« Gott, wie zänkisch sie klang.

»Das heißt, daß Sie die Maske fallenlassen können. Oder daß ich es mir wünsche.«

»Welche Maske?«

»Seien Sie einfach Sie selbst.«

»Wie können Sie es wagen –«

»Warum geben Sie vor, nicht zu rauchen?« unterbrach er sie.

»Warum spielen *Sie* den affigen Snob?« Sie war entsetzt über den schrillen Klang ihrer Stimme.

Einen Moment war es ganz still. Dann warf er den Kopf zurück und lachte.

»Eins zu null für Sie. Wollen wir für heute abend einen Waffenstillstand schließen und uns erst ab morgen früh wieder gegenseitig verachten?«

Erst war sie zornig, dann aber lächelte sie wider Willen. Sie wußte, daß sie manipuliert wurde, aber es erschien ihr nicht wichtig.

»Meinetwegen«, sagte sie widerstrebend. Doch ihr fiel auf, daß keiner die Frage des anderen beantwortet hatte.

In Keldale Hall wurden sie von einer Frau empfangen, deren Anblick sämtliche Ängste Barbaras in bezug auf ihre Garderobe augenblicklich beschwichtigte. Sie trug einen langen zipfeligen Rock undefinierbarer Farbe, eine mit blitzenden Sternen bestickte Folklorebluse und eine perlenbesetzte Stola, die sie sich wie eine Indianerdecke um die Schultern gelegt hatte. Das graue Haar war zu beiden Seiten ihres Kopfes von Gummibändern zusammengehalten, und um dem Ensemble den letzten Pfiff zu geben, hatte sie sich oben auch noch einen spanischen Kamm ins Haar gesteckt.

»Scotland Yard?« fragte sie und musterte Lynley mit kritischem Blick. »Mann, so waren die Burschen zu meiner Zeit nicht verpackt.« Sie lachte dröhnend. »Kommen Sie herein. Wir sind heute abend nur eine kleine Gesellschaft, aber Sie haben mich davor bewahrt, einen Mord zu begehen.«

»Wie darf ich das verstehen?« fragte Lynley, während er Barbara vor sich eintreten ließ.

»Ich hab' ein amerikanisches Ehepaar hier, dem ich liebend gern den Hals umdrehen würde. Aber lassen wir das. Sie werden es schnell genug verstehen. Wir sitzen hier drinnen.«

Sie führte sie durch die imposante Eingangshalle, in der es verlockend nach brutzelndem Fleisch duftete.

»Ich hab' kein Sterbenswörtchen darüber verlauten lassen, daß Sie von Scotland Yard sind«, erklärte sie in vertraulichem Ton, während sie ihre Perlenstola zurechtzog. »Wenn Sie die Watsons kennenlernen, werden Sie begreifen, warum.«

Weiter durch den Speisesaal, wo Kerzenlicht flackernde Schatten an die Wände warf. Eine lange Tafel war mit feinem Porzellan und blitzendem Silber gedeckt.

»Das andere Paar ist auf der Hochzeitsreise. Londoner. Sie gefallen mir. Schmusen nicht dauernd in aller Öffentlichkeit rum, wie Frischverheiratete das so häufig tun. Sehr ruhig. Sehr angenehm. Ich vermute, sie fallen nicht gern auf, weil der Mann ein verkrüppeltes Bein hat. Aber die junge Frau ist ein entzückendes Geschöpf.«

Barbara hörte, wie Lynley hinter ihr mit einem pfeifenden Geräusch den Atem anhielt. Er verlangsamte den Schritt und blieb stehen.

»Wie heißen sie?« fragte er heiser.

Alice Burton-Thomas blieb an der Tür zum Eichenzimmer stehen und drehte sich um. »Allcourt-St.-James.« Sie öffnete schwungvoll die Tür. »Hier sind unsere Gäste«, verkündete sie.

Die Szene, dachte Barbara, hat Filmqualität. Im gewaltigen offenen Kamin brannte ein knisterndes Feuer. Bequeme Sessel standen darum herum. Am anderen Ende des Raumes, halb im Schatten, stand Deborah St. James an einem Klavier und blätterte in einem Familienalbum. Sie sah lächelnd auf. Die Männer standen auf. Und das Bild erstarrte.

»Gott«, flüsterte Lynley – Gebet, Fluch, Resignation.

Barbara sah ihn an, und schlagartig kam ihr die Erkenntnis. Wie absurd, daß sie es nicht schon früher gesehen hatte. Lynley liebte die Frau des anderen.

»Hallo. Der Anzug ist echt Wahnsinn«, sagte Hank Watson und bot Lynley die Hand. Sie war schwammig und ein wenig feucht und erinnerte Lynley an warmen ungekochten Fisch. »Zahnarzt«, verkündete er. »Wir waren auf einer Tagung in London. Alles auf Kosten des Finanzamtes. Das ist meine Frau JoJo.«

Irgendwie brachte man die Begrüßung hinter sich.

»Bei mir gibt's vor dem Abendessen immer ein Glas Champagner«, erklärte Alice Burton-Thomas. »Und am liebsten auch vor dem Frühstück. – Danny, her mit dem Saft«, rief sie laut zur Tür hin, und wenige Augenblicke später erschien ein junges Mädchen mit Eiskübel, Champagner und Gläsern.

»Und was treiben Sie so, Mister Lynley?« erkundigte sich Hank, während die Gläser herumgereicht wurden. »Ich dachte erst, er wäre hier Universitätsprofessor. Ich war ganz baff, als ich hörte, daß er Leichen schnippelt.«

»Sergeant Havers und ich arbeiten bei Scotland Yard«, antwortete Lynley.

»He, Böhnchen, hast du das gehört?« Er musterte Lynley mit neuem Interesse. »Sind Sie wegen der Babyaffäre hier?«

»Babyaffäre?«

»Der Fall ist drei Jahre alt. Die Spur dürfte inzwischen ziemlich kalt sein.« Hank zwinkerte Danny zu, die gerade die Champagnerflasche in den Eiskübel senkte. »Das tote Baby in der Abtei. Sie wissen schon.«

Lynley wußte gar nichts und wollte auch nichts wissen. Er war unfähig, eine Antwort zu geben. Er merkte nur, daß er nicht wußte, wie er sich verhalten, wohin er blicken, was er sagen sollte. Er war sich einzig Deborahs Nähe bewußt.

»Wir sind wegen der Enthauptungsaffäre hier«, antwortete Barbara höflich.

»Enthauptung?« Hanks Stimme überschlug sich fast. »Na, das scheint hier ja eine lustige Gegend zu sein. Nicht, Böhnchen?«

»Das kann man wohl sagen«, bestätigte JoJo mit ernsthaftem Nicken. Sie spielte mit der langen Halskette, die sie trug, und warf hoffnungsvolle Blicke zu den schweigenden St. James' hinüber.

Hank rückte seinen Sessel näher an Lynleys heran und beugte sich vor.

»Na, dann erzählen Sie mal, Sportsfreund.« Er schlug mit der Hand auf die Armlehne von Lynleys Sessel. »Wer ist der Mörder?«

Es war zuviel. Er konnte diesen widerlichen kleinen Mann mit dem sensationslüsternen Grinsen nicht ertragen. Und der Anzug! Safrangelb mit großblumigem Hemd, das fast bis zum Bauchnabel geöffnet war, und auf der behaarten Brust ein Medaillon, das an einer schweren Goldkette hing. An seinem Finger funkelte ein nußgroßer Brillant, und die weißen Zähne blitzten wie bei einem Raubtier.

»Das wissen wir noch nicht mit Sicherheit«, antwortete Lynley ernsthaft. »Aber die Beschreibung paßt auf Sie.«

Hank starrte ihn an, als wollten ihm die Augen aus dem Kopf fallen.

»Die Beschreibung paßt auf *mich*?« krächzte er. Dann aber sah er Lynley scharf ins Gesicht und grinste. »Ihr verdammten Briten, ihr! Euren Humor kapier' ich einfach nicht. Aber ich mach' schon Fortschritte, was, Si?«

Erst jetzt sah Lynley den Freund an und stellte fest, daß er lächelte. Erheiterung blitzte in seinen Augen.

»Eindeutig«, antwortete Simon.

Während sie durch die Dunkelheit zum Gasthof zurückfuhren, musterte Barbara Lynley verstohlen. Bis zu diesem Abend war es für sie völlig undenkbar gewesen, daß ein Mann wie er an einer unglücklichen Liebe leiden könnte. Und doch war es so. Er liebte Deborah.

Im Moment ihres Eintritts in das Eichenzimmer hatte sich ein bedrückendes Schweigen peinlicher Verlegenheit zwischen den drei Menschen ausgebreitet. Bis Deborah mit einem zaghaften Lächeln und grüßend dargebotener Hand zu ihnen getreten war.

»Tommy! Was hast du denn in Keldale zu tun?« hatte sie erstaunt gefragt.

Er stand da wie vom Donner gerührt. Barbara sah es und kam ihm zu Hilfe.

»Wir haben hier einen Fall«, antwortete sie.

Dann hatte sich dieser gräßliche kleine Amerikaner dazwischengedrängt – ein Glück eigentlich –, und die anderen drei hatten langsam ihre Fassung wiedergefunden.

Doch St. James war in seinem Sessel am Kamin geblieben. Zwar hatte er den Freund höflich begrüßt, war ihm sonst jedoch nicht entgegengekommen. Seine Aufmerksamkeit konzentrierte sich in erster Linie auf seine Frau. Wenn Lynleys unerwartetes Erscheinen ihn beunruhigte, wenn sich angesichts der offen daliegenden Gefühle des Freundes Eifersucht in ihm regte, so war ihm nichts davon anzumerken.

Von den beiden war Deborah eindeutig die Verwirrtere gewesen. Ihre Wangen waren beinahe fiebrig gerötet. Ihre Hände waren unruhig. Ihre Blicke schweiften rastlos zwischen den beiden Männern hin und her. Sie hatte ihre Erleichterung nicht verhehlt, als Lynley sich gleich nach dem Abendessen mit dem Vorwand, einen langen Tag vor sich zu haben, verabschiedet hatte.

Jetzt hielt er den Bentley vor dem Gasthof an. Nachdem er den Motor ausgeschaltet hatte, lehnte er sich zurück und rieb sich die Augen.

»Ich hab' das Gefühl, ich könnte ein ganzes Jahr lang schlafen. Was glauben Sie, wie Mrs. Burton-Thomas diesen fürchterlichen Zahnarzt wieder los wird?«

»Mit Arsen vielleicht.«

Er lachte. »Irgend etwas muß sie auf jeden Fall tun. Er redete so, als hätte er die Absicht, mindestens noch einen Monat zu bleiben. Ein schrecklicher Mensch!«

»Und so was trifft man dann auf der Hochzeitsreise!« meinte

sie, neugierig, ob er den Faden aufnehmen und etwas über St. James und Deborah sagen würde, über den Zufall, der ihn hier mit den beiden zusammengeführt hatte.

Doch statt einer Erwiderung stieg er aus dem Wagen und schlug die Tür zu. Barbara beobachtete ihn scharf, während er um den Wagen herumging und zu ihrer Tür kam. Äußerlich nicht die geringste Erschütterung. Er hatte alles im Griff.

Die Tür des Hauses öffnete sich. Stepha Odell stand im Licht.

»Ich dachte mir doch, daß ich Ihren Wagen gehört habe«, sagte sie. »Sie haben Besuch, Inspector.«

Deborah stand vor dem Spiegel und sah sich an. Seit sie das Zimmer betreten hatte, hatte er kein Wort gesagt. Stumm war er zum Kamin gegangen und hatte sich, den Kognakschwenker in der Hand, in den Sessel gesetzt. Sie hatte ihn beobachtet, ohne zu wissen, was sie sagen sollte. Sie hatte Angst, die Mauer des Schweigens zu durchbrechen. Nicht diesen Weg, Simon, hätte sie am liebsten laut gerufen. Kapsle dich nicht von mir ab. Kehr nicht in diese Finsternis zurück. Aber wie konnte sie das sagen, wo sie damit riskiert hätte, Tommy vorgehalten zu bekommen?

Sie ließ Wasser ins Becken laufen und starrte unglücklich in den hellen Strahl. Was dachte er, während er allein drüben im Zimmer saß? Fühlte er sich von Tommy bedrängt? Stellte er sich vor, daß sie von Tommy träumte, wenn er sie umarmte? Nicht ein einziges Mal hatte er sie danach gefragt. Er hatte einfach angenommen, was sie gesagt, was sie gegeben hatte. Aber was konnte sie ihm jetzt sagen oder geben, wo ihre gemeinsame Vergangenheit mit Tommy zwischen ihnen stand?

Sie spritzte sich kaltes Wasser ins Gesicht, trocknete es, drehte den Hahn zu und zwang sich, ins Zimmer zurückzukehren. Mit Beklommenheit sah sie, daß er zu Bett gegangen war. Die schwere Schiene lag auf dem Boden neben dem Sessel, seine Krücken lehnten neben dem Bett an der Wand. Das Zimmer war dunkel. Aber im verglühenden Feuerschein sah sie, daß er noch wach war, daß er mit den Kissen im Rücken aufsaß und ins Feuer blickte.

Sie ging zum Bett und setzte sich.

»Ich bin völlig durcheinander«, sagte sie.

Er suchte ihre Hand. »Ich weiß. Ich sitze schon die ganze Zeit hier und überlege, wie ich dir helfen kann. Aber ich weiß nicht, was ich tun soll.«

»Ich habe ihn verletzt, Simon. Das war nie meine Absicht, aber es ist trotzdem geschehen, und ich kann es einfach nicht vergessen. Wenn ich ihn sehe, fühle ich mich verantwortlich für seinen Schmerz. Ich möchte ihn ihm abnehmen. Ich – wahrscheinlich würde ich mich dann besser fühlen. Weniger schuldig.«

Er berührte ihre Wange.

»Wenn es so einfach wäre, Liebes. Du kannst ihm seinen Schmerz nicht abnehmen. Du kannst ihm nicht helfen. Er muß ganz allein damit fertig werden, aber es ist schwer für ihn, weil er dich liebt. Und die Tatsache, daß du verheiratet bist, ändert daran nichts, Deborah.«

»Si –«

Er ließ sie nicht ausreden.

»Mich beunruhigt vor allem die Wirkung, die er auf dich hat. Ich sehe deine Schuldgefühle. Ich möchte sie dir abnehmen, wie du ihm den Schmerz abnehmen willst, und weiß nicht, wie. Es bedrückt mich, dich so unglücklich zu sehen.«

Sie sah ihm ins Gesicht und fand Ruhe und Trost in den vertrauten Konturen. Ein Gesicht, das von durchlebter und überwundener Qual gezeichnet war. Sie spürte ihre Liebe zu ihm so stark, daß es ihr fast das Herz zerriß.

»Du hast wirklich die ganze Zeit hier in der Dunkelheit gesessen und dir meinetwegen Kopfzerbrechen gemacht? Ach, Simon, wie typisch für dich.«

»Warum sagst du das? Was dachtest du denn, daß ich tue?«

»Ich dachte, du quälst dich mit – mit Dingen, die der Vergangenheit angehören.«

»Ach.« Er zog sie in seine Arme und legte seine Wange auf ihr Haar. »Ich will dich nicht belügen, Deborah. Leicht ist es für mich nicht zu wissen, daß Tommy dein Geliebter war. Wäre es ein anderer Mann gewesen, so hätte ich ihn mit allen möglichen Schwächen und Fehlern belegen können, um mich selbst davon zu überzeugen, daß er deiner nicht wert war. Aber das ist ja nicht der Fall, nicht wahr? Er ist ein feiner Mensch. Er hätte dich verdient. Keiner weiß das besser als ich.«

»Und das quält dich. Ich dachte es mir.«

»Nein, es quält mich nicht. Gar nicht.« Seine Finger glitten leicht durch ihr Haar. Er streichelte ihren Hals und streifte ihr das Nachthemd von den Schultern. »Anfangs ja, da quälte es mich. Das gebe ich zu. Aber nachdem wir das erstemal miteinander geschlafen hatten, erkannte ich, daß ich nie wieder an dich und Tommy zu denken brauche. Wenn ich es nicht will. Und wenn ich dich jetzt ansehe –,« sie ahnte sein Lächeln – »denke ich ganz entschieden an die Gegenwart und nicht an die Vergangenheit. Dann spüre ich, daß ich dich bei mir haben möchte, daß ich den Duft deiner Haut riechen und deinen ganzen schönen Körper küssen möchte. Um ehrlich zu sein, dieses Begehren wächst sich allmählich zu einem richtigen Problem in meinem Leben aus.«

»In meinem auch.«

»Dann sollten wir vielleicht alle unsere Energien darauf konzentrieren, eine Lösung dafür zu finden«, sagte er mit einem leisen Lachen. Ihre Hand schlüpfte unter die Decke. Er seufzte auf bei ihrer Berührung. »Das ist ein guter Anfang«, flüsterte er und küßte sie.

10

Der Besuch war Superintendent Nies. Er wartete im Aufenthaltsraum, drei leere Biergläser auf dem Tisch, einen Karton zu seinen Füßen. Er stand auf, als sie hereinkamen, ein mißtrauischer und wachsamer Mensch, der niemals ganz entspannt wirkte. Seine Lippen wurden schmal, als er Lynley sah, und seine Nasenlöcher zogen sich zusammen, als hätte er einen üblen Geruch wahrgenommen. Seine ganze Erscheinung drückte Verachtung aus.

»Sie wollten *alles* haben, Inspector«, sagte er kurz. »Bitte sehr.«

Er trat mit dem Fuß gegen den Karton, weniger, um ihn wegzuschieben, als um Lynleys Aufmerksamkeit auf ihn zu lenken.

Sie standen immer noch, so als hätte sie Nies' Anwesenheit gelähmt. Barbara spürte fast körperlich Lynleys Spannung. Dennoch war sein Gesicht völlig ausdruckslos, während er den anderen ansah.

»Das ist es doch, was Sie wollten, nicht wahr?« sagte Nies hämisch, packte den Karton und schüttete seinen Inhalt auf den Teppich. »Ich nehme an, wenn Sie alles verlangen, dann meinen Sie auch alles, Inspector. Sie sind doch ein Mann, dessen Worte ernst zu nehmen sind. Oder hofften Sie, ich würde Ihnen den ganzen Kram durch jemand anderen schicken lassen und Ihnen so weitere Gespräche mit mir ersparen?«

Lynley senkte den Blick zu den Sachen auf dem Boden. Frauenkleider offenbar.

»Vielleicht haben Sie zuviel getrunken«, sagte er milde.

Nies trat einen Schritt vor. Das Blut schoß ihm ins Gesicht.

»Das würde Ihnen so passen, wie? Daß ich mich vor lauter Kummer darüber, Sie wegen Davenports Tod für ein paar Tage ins Kittchen gesteckt zu haben, dem Alkohol ergebe? War natürlich auch nicht die Art von Unterkunft, die Seine Lordschaft gewöhnt sind, wie?«

Noch nie hatte Barbara das Bedürfnis eines Menschen, einen anderen niederzumachen, so deutlich vorgeführt bekommen; noch nie hatte sie es erlebt, daß sich jemand so vollkommen von seinem Haß treiben ließ. Sie erlebte es jetzt bei Nies, sah es in seiner Haltung, in den zu Fäusten geballten Händen, in der ungeheuren Anspannung seines Körpers. Was sie nicht verstehen konnte, war Lynleys Reaktion. Nach dem ersten Moment der Spannung war er unnatürlich ruhig geworden. Und das schien der Grund für Nies' wachsende Wut zu sein.

»Haben Sie den Fall gelöst, Inspector?« höhnte Nies. »Haben Sie jemanden verhaftet? Nein, natürlich nicht. Dazu braucht man Fakten. Ich will Ihnen einige nennen, damit Sie ein bißchen Zeit sparen. Roberta Teys hat ihren Vater getötet. Sie schlug ihm den Kopf ab, setzte sich neben ihn und wartete darauf, entdeckt zu werden. Und Sie können an Beweismaterial ausgraben, was Sie wollen, es wird an den Tatsachen nichts ändern. Aber graben Sie ruhig, Sie Schlaumeier, viel Spaß dabei. Von mir haben Sie nichts mehr zu erwarten. Und jetzt gehen Sie mir aus dem Weg.«

Nies stürzte an ihnen vorbei, schlug krachend die Haustür hinter sich zu und stürmte zu seinem Wagen. Der Motor heulte auf, die Gänge krachten. Dann war er fort.

Lynley sah die beiden Frauen an. Stepha war sehr bleich. Barbara war von einer stoischen Ruhe. Aber beide erwarteten unverkennbar eine Reaktion von ihm. Doch dazu war er jetzt nicht fähig. Er wollte nicht über Nies sprechen. Er hätte dem Mann gern ein Etikett umgehängt: Paranoiker, Psychopath, Wahnsinniger fielen ihm ein. Aber er wußte zu gut, wie es war, wenn einen reine Anstrengung und Erschöpfung bei der Bearbeitung eines Falls an den Rand des Zusammenbruchs stießen. Lynley sah klar, daß Nies nur um Haaresbreite davon entfernt war, unter dem Druck zusammenzubrechen, den Scotland Yard mit der erbarmungslosen Prüfung seiner Kompetenz auf ihn ausübte. Wenn es daher dem Mann auch nur einen Moment lang Erleichterung brachte, sich über ihren Zusammenstoß vor fünf Jahren zu erregen, so ließ er ihm gern freie Bahn.

»Würden Sie mir die Akte Teys aus meinem Zimmer holen, Sergeant?« sagte er zu Barbara. »Sie liegt auf der Kommode.«

Barbara starrte ihn an. »Sir, dieser Mensch hat –«

»Sie liegt auf der Kommode«, wiederholte Lynley.

Er ging durch das Zimmer zu dem Haufen Kleidungsstücke auf dem Boden, hob das Kleid auf und legte es ausgebreitet über das Sofa. Es war ein in blassen Farben bedrucktes Kleid mit einem weißen Matrosenkragen und langen Ärmeln, die weiße Manschetten hatten.

Auf dem linken Ärmel war ein großer rostbrauner Fleck. Ein zweiter, unregelmäßig geformter Fleck zog sich etwa in Kniehöhe über den Rock. Der Saum des Rocks war voller Spritzer. Blut.

Er befühlte den Stoff und erkannte das Material, ohne nach dem Etikett sehen zu müssen: Seide.

Auch die Schuhe waren da, große schwarze Pumps, an der Kante, wo Oberleder und Sohle zusammentrafen, schmutzverkrustet. Auch sie hatten rostrote Flecken.

»Das ist ihr Sonntagskleid«, sagte Stepha und fügte tonlos hinzu: »Sie hatte zwei. Eines für den Winter und eines für den Sommer.«

»Ihr bestes Kleid?« fragte Lynley.

»Soviel ich weiß, ja.«

Er fing langsam an zu begreifen, warum die Dorfbewohner sich so hartnäckig zu glauben weigerten, daß das Mädchen den Mord begangen hatte. Jede neue Information machte es unwahrscheinlicher.

Barbara kehrte mit der Akte zurück. Ihr Gesicht war ausdruckslos. Schon ehe er die Unterlagen durchzublättern begann, wußte er, daß er das, was er suchte, nicht finden würde. Und so war es auch.

»Dieser verdammte Kerl«, murmelte er verärgert und sah Barbara an. »Er hat uns keine Analyse der Flecken gegeben.«

»Aber er hat sie doch machen lassen, oder?« fragte Barbara.

»Natürlich. Er hat nur nicht die Absicht, sie uns zu geben. Das würde uns ja die Arbeit erleichtern.«

Lynley schimpfte leise vor sich hin, während er die Kleider wieder in den Karton packte.

»Und was tun wir jetzt?« fragte Barbara.

Er wußte die Antwort. Er brauchte Simon: die Präzision des geschulten Fachmanns, die Klarheit und Sicherheit seines Könnens. Er brauchte ein Labor, in dem Tests durchgeführt werden konnten, und einen gerichtsmedizinischen Experten, dem er vertrauen konnte. Es war zum Verrücktwerden: er mochte das Problem drehen und wenden, wie er wollte, jeder Weg führte immer wieder zu Simon St. James.

Er betrachtete den offenen Karton zu seinen Füßen und verfluchte für einen Moment den Mann aus Richmond. Webberly hat sich getäuscht, dachte er. Ich bin der letzte, dem er diesen Fall hätte übertragen sollen. Nies erkennt die Verurteilung durch London zu klar. Er sieht in mir nur den schweren Fehler, den er gemacht hat.

Er erwog die Alternativen. Er konnte den Fall einem anderen übergeben; MacPherson zum Beispiel. Er würde hier ungehindert arbeiten und die Sache innerhalb von zwei Tagen erledigen können. Aber MacPherson hatte mit den Bahnhofsmorden zu tun. Undenkbar, ihn von einem Fall, wo seine Erfahrung und sein Können dringend gebraucht wurden, nur deshalb abzuziehen, weil Nies sich mit seiner Vergangenheit nicht aussöhnen konnte. Er konnte Kerridge in Newby Wiske anrufen. Kerridge war immerhin Nies' Vorgesetzter. Aber Kerridge einzuschalten, der alles daran setzen würde, die Scharte Romaniv auszuwetzen, war noch absurder. Außerdem verfügte Kerridge nicht über die Unterlagen, die Laborbefunde, die Protokolle der Zeugenaussagen. Alles, was er zu bieten hatte, war sein überwältigender Haß auf Nies. Die ganze Situation war ein einziges Durcheinander von frustriertem Ehrgeiz, Irrtum und Rache. Er hatte genug davon.

Ein Glas klirrte vor ihm auf dem Tisch. Er blickte auf und traf Stephas ruhigen Blick.

»Ich denke, jetzt wäre ein Schluck Odell's recht.«

Er lachte kurz. »Sergeant«, sagte er, »möchten Sie auch ein Glas?«

»Nein, Sir«, antwortete sie, und gerade als er dachte, sie würde ihn nun auf ihre frühere moralinsaure Art darauf hinweisen, daß sie im Dienst war, fügte sie hinzu: »Aber eine Zigarette könnte ich brauchen, wenn Sie nichts dagegen haben.«

Er reichte ihr Etui und Feuerzeug: »Bedienen Sie sich.«

Sie zündete sich die Zigarette an.

»Sie hat sich das Sonntagskleid angezogen, um dem Vater den Kopf abzuschlagen. Das ist doch blödsinnig.«

»Daß sie das Kleid anhatte, war ganz normal«, bemerkte Stepha.

»Wieso?«

»Es war doch Sonntag. Sie wollte zur Kirche.«

Lynley und Barbara blickten auf. Beide erkannten gleichzeitig die Tragweite von Stephas Worten.

»Aber Teys wurde doch am Samstag abend getötet«, wandte Barbara ein.

»Also muß Roberta am Sonntag morgen wie immer aufgestanden sein, ihre Kleider angezogen und auf ihren Vater gewartet haben.« Lynley blickte wieder auf das Kleid im Karton. »Er war nicht im Haus. Es ist anzunehmen, daß sie ihn irgendwo auf dem Hof vermutete. Sie wird sich natürlich nichts dabei gedacht haben, denn sie wußte ja, daß er rechtzeitig kommen würde, um mit ihr zur Kirche zu gehen. Er hat wahrscheinlich, solange sie lebte, nicht einmal den Kirchgang verpaßt. Aber als er nicht kam, wurde sie unruhig. Sie ging hinaus, um ihn zu suchen.«

»Und sie fand ihn im Stall«, schloß Barbara. »Aber das Blut auf ihrem Kleid – wie soll das dahin gekommen sein?«

»Ich nehme an, sie war im Schock. Sie wird die Leiche hochgehoben und auf ihren Schoß gezogen haben.«

»Aber er hatte doch keinen Kopf. Wie konnte sie –«

»Dann«, fuhr Lynley fort, »legte sie die Leiche wieder auf den Boden und blieb, immer noch im Schock, dort sitzen, bis Pater Hart kam.«

»Aber warum sagte sie dann, sie hätte ihn getötet?«

»Das hat sie nie gesagt«, widersprach Lynley.

»Wie meinen Sie das?«

»Sie sagte: ›Ich war's. Es tut mir nicht leid.‹« In Lynleys Stimme war ein Ton der Entschiedenheit.

»Für mich klingt das wie ein Geständnis.«

»Durchaus nicht.« Er zeichnete mit einem Finger den Fleck auf dem Kleid nach. »Aber es klingt nach etwas anderem.«

»Wonach?«

»Es klingt danach, daß Roberta sehr wohl weiß, wer ihren Vater ermordet hat.«

Lynley fuhr schreckhaft aus dem Schlaf. Das Licht des frühen Morgens sickerte ins Zimmer und bildete zarte Streifen, die sich über den Boden zum Bett zogen. Ein kühler Wind strich durch die Vorhänge und trug das Gezwitscher erwachender Vögel und das ferne Blöken von Schafen herein. Aber das alles nahm er nur am Rande wahr. Er lag im Bett und fühlte nur die Depression, die überwältigende Verzweiflung und gleichzeitig das brennende Begehren. Ach, könnte er sich jetzt zur Seite drehen und sie dort finden, das rote Haar auf dem Kissen ausgebreitet, die Augen im

Schlaf geschlossen. Ach, könnte er sie jetzt wecken, ganz behutsam, und mit seinem Mund und seinen Fingern die feinen Veränderungen wahrnehmen, die ihr Verlangen verrieten.

Er schlug die Decke zurück. Wahnsinn, dachte er. Blindlings, ohne zu überlegen, zog er sich an, nahm einfach, was ihm gerade in die Hände fiel. Nur fliehen!

Er packte einen Pullover und stürzte aus dem Zimmer, rannte die Treppe hinunter und auf die Straße hinaus. Da erst fiel ihm ein, auf die Uhr zu sehen. Es war halb sieben.

Dunstschleier lagen über dem Tal, drehten sich sanft um schlafende Häuser und deckten den Fluß zu. In der High Street war alles still, waren alle Läden geschlossen. Selbst der Krämer hatte noch nicht angefangen, seine Obstkisten auf die Straße zu schleppen. Die Fenster von Sinjis Haarstudio waren dunkel, die Methodistenkapelle vergittert.

Er ging zur Brücke, brachte fünf sinnlose Minuten damit zu, Steine ins Wasser zu werfen, und wurde schließlich vom Anblick der Kirche abgelenkt.

Freundlich blickte die St.-Catherine's-Kirche von ihrer kleinen Anhöhe aufs Dorf herab, genau der Ort für ihn, die Geister der Vergangenheit auszutreiben.

Er machte sich langsam auf den Weg.

Es war eine stolze kleine Kirche, ein schöner normannischer Bau, von alten Bäumen umgeben, die den Friedhof mit den verfallenen Grabsteinen beschatteten. Das Halbrund der Apsis war von mehreren mit Glasmalereien geschmückten Fenstern durchbrochen, und am anderen Ende stand der Glockenturm, in dem Scharen gurrender Tauben hausten. Einen Moment lang sah er ihnen zu, wie sie dort oben herumflatterten, dann ging er den Kiesweg zum überdachten Friedhofstor hinauf.

Langsam spazierte er zwischen den alten Gräbern hindurch, sah sich die Grabsteine an, die teilweise so verwittert waren, daß die Inschriften nicht mehr zu lesen waren. Überall wucherten

Gräser und Unkräuter, die noch feucht waren vom Morgendunst. Moos wuchs auf feuchten Steinen, die niemals die Sonne traf, weil die Bäume ihre dichtbelaubten Äste über ihnen ausspannten.

Über einige umgestürzte Grabsteine, etwas von der Kirche entfernt, neigte sich eine Gruppe dunkler Zypressen, die beinahe aussahen wie menschliche Gestalten. Neugierig ging er näher, und da bemerkte er sie.

So typisch für sie: die Hosenbeine der verblichenen Jeans hochgerollt, stieg sie barfuß durchs hohe, feuchte Gras, um die Gräber im günstigsten Licht und aus dem besten Blickwinkel einzufangen. Und auch das war typisch für sie, daß ihre Umwelt für sie versunken zu sein schien. Sie kümmerte sich nicht um den Schmutzfleck an ihrem nackten Bein, bemerkte nicht das karminrote Blatt, das sich in ihrem zerzausten Haar gefangen hatte, nahm nicht wahr, daß er keine zehn Meter von ihr entfernt stand und sie voller Sehnsucht beobachtete, während er hoffnungslos wünschte, sie wäre wieder das, was sie einmal in seinem Leben gewesen war.

Der niedrige Bodennebel enthüllte und verbarg immer andere Orte. Das Licht der Morgensonne spielte auf den Steinen. Ein neugieriger Vogel sah mit glänzenden Augen von einem Grabstein in der Nähe herüber. Er nahm das alles nur verschwommen wahr, aber er wußte, daß sie es mit ihrer Kamera einfangen würde.

Er sah sich nach Simon um. Sicher saß er irgendwo in der Nähe und sah seiner Frau bei ihrer Arbeit zu. Doch er war nirgends zu entdecken. Sie war ganz allein.

Er fühlte sich von der Kirche mit ihrer Verheißung von Trost und Frieden verraten. Es hat keinen Sinn, Deb, dachte er, während er sie beobachtete. Nichts macht mich vergessen. Ich möchte, daß du ihn verläßt. Verrätst. Zu mir zurückkommst. Denn du gehörst zu mir.

Sie blickte auf, strich sich das Haar aus dem Gesicht und sah ihn an. An ihrem Gesichtsausdruck erkannte er, daß er seine Gedanken ebensogut laut hätte aussprechen können. Sie verstand sofort.

»O Tommy.«

Nein, sie würde nicht Theater spielen, würde die Stille nicht mit amüsantem Geplauder überbrücken wie Helen. Ganz im Gegenteil, sie biß sich auf die Lippe und verstummte. Sie sah aus, als hätte sie einen Schlag empfangen. Hastig beugte sie sich über ihr Stativ und machte sich daran zu schaffen.

Er ging zu ihr.

»Es tut mir leid«, sagte er. Sie hantierte weiter mit gesenktem Kopf, so daß das herabfallende Haar das Gesicht verbarg, an ihren Geräten herum. »Ich komm' nicht darüber hinweg. Ich versuche es, aber es ist einfach sinnlos.« Sie hielt das Gesicht abgewandt, als betrachtete sie die fernen Hügel. »Ich sage mir immer wieder, daß es für uns alle so das beste ist, aber ich glaube es nicht. Ich liebe dich immer noch, Deb.«

Erst da wandte sie sich ihm zu. Ihr Gesicht war weiß. Ihre Augen glänzten feucht.

»Du mußt loslassen.«

»Mein Verstand begreift das, aber mein Gefühl weigert sich.«

Eine Träne löste sich aus ihrem Auge. Er hob die Hand, um sie wegzuwischen, und ließ den Arm sogleich wieder sinken.

»Ich wachte heute morgen mit einem so verzweifelten Verlangen auf, dich wieder in den Armen zu halten, daß ich sofort raus mußte aus dem Zimmer, weil ich sonst vor lauter Schmerz die Wände hochgegangen wäre. Ich glaubte, hier auf dem Friedhof würde ich ein bißchen Ruhe finden. Ich rechnete nicht damit, daß ich dich hier treffen würde.« Er blickte auf ihre Geräte. »Was tust du hier? Wo ist Simon?«

»Er ist im Hotel. Ich – ich bin früh aufgewacht und bin gleich aufgestanden, weil ich mir das Dorf ansehen wollte.«

Es hörte sich an, als würde sie lügen. »Ist er krank?« fragte er.

Sie blickte zu den Zypressen hinauf. Eine Veränderung in Simons Atemzügen hatte sie kurz vor sechs geweckt. Er lag so still, daß sie einen entsetzlichen Moment lang geglaubt hatte, er stürbe. Er atmete leise und vorsichtig, und sie erkannte plötzlich, daß es ihm einzig darum ging, sie nicht zu wecken. Aber als sie nach seiner Hand griff, schlossen sich seine Finger wie eine Klammer um sie.

»Warte, ich hole dir deine Medizin«, flüsterte sie und stand auf, um die Tabletten zu holen. Danach hatte sie stumm sein Gesicht beobachtet, während er darum kämpfte, der Schmerzen Herr zu werden.

»Kannst du – nur für eine Stunde, Liebes?«

Dies war jener Teil seines Lebens, aus dem sie immer ausgeschlossen sein würde. Sie war gegangen.

»Er hatte – er hatte heute morgen etwas Schmerzen.«

Lynley zuckte zusammen unter ihren Worten. Er begriff alles, was sie bedeuteten, so gut.

»Mein Gott, gibt es denn kein Entrinnen?« fragte er bitter. »Selbst das geht auf mein Konto.«

»Nein!« widersprach sie erschrocken. »Sag das nicht. Sag das niemals. Tu dir das nicht an. Es ist nicht deine Schuld.«

Sie hatte hastig gesprochen, ohne daran zu denken, welchen Eindruck ihre Worte bei Lynley hervorrufen würden, und plötzlich hatte sie Angst, zuviel gesagt zu haben – mehr, als sie beabsichtigt hatte. Sie wandte sich wieder ihrer Kamera zu, schraubte das Objektiv ab, nahm die Kamera vom Stativ, verstaute alles in ihrer Tasche.

Er beobachtete sie. Ihre Bewegungen waren ruckhaft wie in einem alten Stummfilm. Vielleicht wurde sie sich dessen selbst bewußt, merkte, was ihr Unbehagen verriet; sie ließ die Hände sinken und blieb mit gesenktem Kopf reglos stehen. Ein Sonnenstrahl lag auf ihrem Haar. Es hatte die Farbe des Herbstes.

»Ist er noch im Hotel? Hast du ihn dort zurückgelassen, Deb?«

Es war nicht so, daß er es wissen wollte, sondern er spürte, daß sie das Bedürfnis hatte, es ihm zu sagen. Selbst jetzt schaffte er es nicht, dieses Bedürfnis zu ignorieren.

»Er wollte – es war der Schmerz. Er möchte nicht, daß ich das mit ansehe. Er glaubt mich zu schützen, wenn er mich zwingt zu gehen.« Sie sah zum Himmel auf, als erwarte sie von dort ein Zeichen. »Er schließt mich aus. Es ist so bitter. Ich hasse es.«

Er verstand. »Weil du ihn liebst, Deb.«

Sie starrte ihn einen Moment lang an, ehe sie antwortete.

»Ja, das tue ich. Ich liebe ihn wirklich, Tommy. Er ist ein Teil meines Selbst. Eine Hälfte meiner Seele.« Sie legte ihm zaghaft die Hand auf den Arm, eine kaum spürbare Berührung. »Ich wünsche dir, daß du jemanden findest, den du so liebst. Du brauchst es. Du verdienst es. Aber ich – ich kann das für dich nicht sein. Ich will es nicht einmal sein.«

Sein Gesicht wurde blaß bei ihren Worten. Während er versuchte, die Fassung zu bewahren, fiel sein Blick auf das Grab zu ihren Füßen, und er nutzte es als Ablenkung.

»Ist das der Grund deiner morgendlichen Exkursion?« fragte er in leichtem Ton.

»Ja.« Sie glich ihren Ton dem seinen an. »Ich habe so viel von dem Baby in der alten Abtei gehört, daß ich mir sein Grab einmal ansehen wollte.«

»›... wie Flamm und Rauch‹«, las er. »Seltsamer Grabspruch für ein Kind.«

»Ich habe eine Vorliebe für Shakespeare«, sagte hinter ihnen jemand mit dünner Stimme.

Sie drehten sich um. Pater Hart, in Soutane und Chorhemd, stand auf dem Kiesweg ein paar Schritte entfernt, die Hände auf dem Bauch gefaltet. Er hatte sich lautlos genähert, wie ein Geist aus dem Nebel.

»Wenn ich entscheiden kann, bin ich bei Grabsprüchen immer

für Shakespeare. Zeitlos. Poetisch. Er gibt Leben und Tod Bedeutung.«

Er klopfte auf die Taschen seiner Soutane und zog eine Pakkung Player's heraus, zündete sich eine Zigarette an und drückte das Streichholz zwischen den Fingerspitzen aus, ehe er es einsteckte. Es war eine traumwandlerisch wirkende Folge von Bewegungen, so als wäre er sich ihrer gar nicht bewußt.

Lynley sah die gelbliche Blässe seiner Haut und die wäßrigen alten Augen.

»Das ist Mrs. St. James, Pater Hart«, sagte er freundlich. »Sie hat gerade Ihr berühmtestes Grab fotografiert.«

Pater Hart schien aus seinem Traumzustand zu erwachen.

»Mein berühmtestes Grab?« Verwundert blickte er einen Moment auf, dann senkte er den Blick zu dem Grab zu ihren Füßen, und sein Gesicht umwölkte sich. »Ach so, ja.« Er runzelte die Stirn. »Ich habe mir jahrelang den Kopf darüber zerbrochen, wer einem Säugling antun konnte, ihn nackt in der Kälte dem Tod auszusetzen. Ich brauchte erst eine Sondergenehmigung, ehe ich das arme Seelchen hier begraben durfte.«

»Eine Sondergenehmigung?«

»Ja, die Kleine war nicht getauft. Aber ich nenne sie Marina.« Er zwinkerte mehrmals rasch und ging zu anderem über. »Aber wenn Sie berühmte Gräber sehen wollen, Mrs. St. James, dann müssen Sie sich die Krypta ansehen.«

»Klingt wie aus Edgar Allan Poe«, bemerkte Lynley.

»Keineswegs. Es ist ein heiliger Ort.«

Pater Hart ließ seine Zigarette auf den Weg fallen und trat sie aus. Er bückte sich unbefangen nach dem Stummel, steckte ihn ein und setzte sich in Richtung Kirche in Bewegung. Lynley nahm Deborahs Fotoausrüstung, und sie folgten ihm.

»Es ist die Grabstätte des heiligen Cedd«, erklärte Pater Hart. »Bitte, kommen Sie. Ich wollte mich gerade für die Morgenmesse vorbereiten, aber vorher zeige ich es Ihnen noch.« Er sperrte das

Portal der Kirche mit einem großen Schlüssel auf und winkte sie ins Innere. »Die Morgenmesse wird wochentags kaum noch besucht. William Teys war der einzige, der täglich kam. Jetzt, wo er tot ist – nun, da stehe ich während der Woche oft in einer leeren Kirche.«

»Er war ein naher Freund von Ihnen, nicht wahr?« fragte Lynley.

Die Hand des Priesters zitterte am Lichtschalter.

»Er war – wie ein Sohn.«

»Hat er mit Ihnen einmal über seine Schlafstörungen gesprochen? Hat er Ihnen erzählt, daß er Tabletten nehmen mußte?«

Wieder zitterte die alte Hand. Pater Hart zögerte. Die Pause ist zu lang, dachte Lynley und stellte sich ein wenig anders im dämmrigen Licht, um das Gesicht des alten Mannes deutlicher sehen zu können. Sein Blick war auf den Lichtschalter gerichtet, seine Lippen bewegten sich, als betete er. Seine Hände zitterten stark.

»Ist irgend etwas mit Ihnen, Pater Hart?«

»Nein, nein, ich – es geht mir gut. Nur manchmal – die Erinnerungen, wissen Sie.« Der Priester gab sich einen sichtlichen Ruck, um sich zusammenzunehmen. »William war ein guter Mensch, Inspector, aber ein Mensch, der um seine innere Ruhe kämpfen mußte. Ein geplagter Mensch. Er – er hat mir nie davon erzählt, daß er Schlafstörungen hatte, aber es überrascht mich nicht, das zu hören.«

»Wieso nicht?«

»Weil er im Gegensatz zu vielen anderen geplagten Menschen, die ihre Leiden im Alkohol ertränken oder ihnen auf andere Weise entfliehen, seinen Schwierigkeiten ins Auge sah und sich bemühte, so gut wie möglich mit ihnen fertig zu werden. Er war stark und anständig, aber die Last, die er zu tragen hatte, war schwer.«

»Sie sprechen von Tessa und Gillian, die ihn beide verlassen hatten, nicht?«

Bei der Nennung des zweiten Namens verschloß sich das alte Gesicht. Der Priester schluckte krampfhaft.

»Tessa hat ihm weh getan. Aber Gillian hat ihn vernichtet. Er wurde nie wieder der alte, nachdem sie fortgegangen war.«

»Was war sie für ein Mensch?«

»Sie – sie war ein Engel, Inspector. Ein Sonnenschein.‹ Mit zitternder Hand drückte der Pater hastig den Lichtschalter und lenkte ihre Aufmerksamkeit mit einer ausholenden Geste auf die Kirche. »Nun, wie gefällt sie Ihnen?«

Das Schiff wirkte keineswegs wie das einer Dorfkirche. Dorfkirchen sind meistens kleine, schmucklose Bauten, denen Farbe, Stil und Schönheit fehlen. Hier war das ganz anders. Der Erbauer dieser Kirche hatte offenbar von einer Kathedrale geträumt; die beiden gewaltigen Säulen am Westende hatten zweifellos ein weit gewichtigeres Dach tragen sollen.

»Aha, Sie haben es also bemerkt«, murmelte Pater Hart, als er Lynleys Blick von den Säulen zur Apsis wandern sah. »Hier hätte eigentlich die Abtei stehen sollen. St. Catherine's hatte eine monumentale Abteikirche werden sollen. Aber infolge eines Streits unter den Mönchen wurde die Abtei dann drüben bei Keldale Hall gebaut. Es war ein Wunder.«

»Ein Wunder?« fragte Deborah.

»Ja, ein echtes Wunder. Wenn sie die Abtei hier gebaut hätten, wo die sterblichen Überreste des heiligen Cedd ruhen, wäre zur Zeit Heinrichs VIII. alles zerstört worden. Das Grab des heiligen Cedd wäre zerstört worden, können Sie sich das vorstellen?« Das ganze Entsetzen über eine solche Möglichkeit lag in der Stimme des Paters. »Nein, es war ein Akt Gottes, der die Meinungsverschiedenheit unter den Mönchen herbeiführte. Und da der Grundstein für diese Kirche schon gelegt und die Krypta fertig war, gab es keinen Grund, die Überreste des Heiligen zu exhumieren. Sie ließen ihn hier, wo damals nur eine kleine Kapelle stand.«

Er ging ihnen langsam und mit schweren Schritten zu einer steinernen Treppe voraus, die vom Hauptgang in Dunkelheit hinunterführte.

»Kommen Sie, es ist gleich hier unten.« Er winkte ihnen.

Die Krypta war eine zweite kleine Kirche tief im Inneren der Hauptkirche, ein normannisches Gewölbe mit beinahe völlig schmucklosen Säulen. An ihrem hinteren Ende brannten auf einem schlichten Steinaltar zwei Kerzen unter einem Kruzifix. Das Gewölbe war feucht und muffig, spärlich erleuchtet, von Lehmgeruch erfüllt. An den Mauern hatte sich grünlicher Schwamm eingenistet.

Deborah fröstelte. »Der arme Mann. Es ist so kalt hier. Ich könnte mir denken, daß er viel lieber irgendwo in der Sonne begraben wäre.«

»Hier ist er sicherer«, antwortete der Priester.

Er trat in ehrerbietiger Haltung zum Altar, kniete nieder und versenkte sich in ein stilles Gebet.

Sie betrachteten ihn. Seine Lippen bewegten sich lautlos, dann hielt er einen Moment inne, als befände er sich im Gespräch mit einem unbekannten Gott. Als er sein Gebet beschlossen hatte, stand er mit einem seligen Lächeln auf.

»Ich spreche täglich mit ihm«, flüsterte er, »denn wir verdanken ihm alles.«

»Inwiefern?« fragte Lynley.

»Er hat uns gerettet. Das Dorf, die Kirche, den Fortbestand des Katholizismus hier in Keldale.«

Das Gesicht des Priesters leuchtete, während er sprach.

»Der Mensch oder die Reliquien?« fragte Lynley.

»Der Mensch, seine Gegenwart, seine Reliquien, alles zusammen«, antwortete der Priester. Er breitete die Arme aus, als wolle er die ganze Krypta umfassen, und erhob seine Stimme. »Er gab ihnen den Mut, an ihrem Glauben festzuhalten, Inspector, Rom treu zu bleiben in den schrecklichen Zeiten der Reformation. Die

Priester versteckten sich hier. Über der Treppe lag ein falscher Boden, wo die Dorfpriester jahrelang versteckt blieben. Doch der Heilige war zu allen Zeiten bei ihnen, und die Gemeinde St. Catherine's ist nie zu den Protestanten übergegangen.« In seinen Augen standen Tränen. Er suchte nach seinem Taschentuch. »Sie – ich bin – bitte entschuldigen Sie. Wenn ich vom heiligen Cedd spreche... das Privileg zu genießen, seine Gebeine in dieser Kirche zu haben. Mit ihm in heiliger Verbindung zu stehen. Ich weiß nicht, ob Sie das verstehen können.«

Der alte Mann schien überwältigt. Lynley suchte nach einer Ablenkung.

»Die Beichtstühle oben sahen aus wie elisabethanische Schnitzereien«, bemerkte er sanft. »Sind sie das?«

Der Priester wischte sich die Augen, räusperte sich und sah ihn mit einem schwachen Lächeln an.

»Ja, sie waren ursprünglich nicht für Beichtstühle gedacht. Daher die profane Thematik. Man erwartet im allgemeinen nicht, in einer Kirche Schnitzereien von tanzenden jungen Männern und Frauen zu sehen. Aber sie sind sehr schön, nicht wahr? Ich glaube, das Licht ist da hinten in der Kirche so schwach, daß die Beichtenden die Türen nicht richtig sehen können. Wahrscheinlich glauben die meisten, es wäre eine Darstellung des Treibens der Hebräer, nachdem Moses sie allein gelassen hatte, um auf den Sinai hinaufzusteigen.«

»Und was stellen die Schnitzereien wirklich dar?« fragte Deborah, während sie dem Priester die Treppe hinauf folgten.

»Ein heidnisches Bacchanal«, antwortete er mit einem entschuldigenden Lächeln. Dann wünschte er ihnen einen schönen Morgen und verschwand durch die geschnitzte Tür beim Altar.

»Ein seltsamer kleiner Mann«, bemerkte Deborah, nachdem er weg war. »Woher kennst du ihn, Tommy?«

Lynley folgte Deborah durch die Kirche in den hellen Morgen hinaus.

»Er hat uns die Informationen über den Fall gebracht. Er hat den Toten gefunden.« Er berichtete ihr in aller Kürze von dem Mord, und sie hörte ihm zu, wie sie immer zugehört hatte, die weichen grünen Augen unverwandt auf sein Gesicht gerichtet.

»Nies!« rief sie, als er geendet hatte. »Wie furchtbar für dich. Tommy, das ist wirklich unfair.«

Wie typisch für sie, dachte er, gleich den Kern der Sache zu sehen, den wunden Punkt, der ihm persönlich zu schaffen machte.

»Webberly glaubte, meine Anwesenheit könnte ihn kooperativer machen. Weiß der Himmel, wieso«, sagte er trocken. »Leider scheine ich genau das Gegenteil zu bewirken.«

»Aber das ist doch schlimm für dich. Wie konnte er dir nach allem, was Nies dir in Richmond angetan hat, diesen Fall übertragen? Hättest du nicht ablehnen können?«

Er mußte lächeln über ihre Empörung.

»Diese Möglichkeit haben wir im allgemeinen nicht, Deb. Darf ich dich ins Hotel zurückfahren?«

»Nein, nein«, antwortete sie sofort. »Das ist nicht nötig. Ich habe –«

»Natürlich. Das war gedankenlos von mir.«

Lynley stellte ihre Tasche zu Boden und blickte niedergeschlagen zu den Tauben hinauf, die oben auf dem Glockenturm schwatzten und flatterten. Deborah berührte seinen Arm.

»Das ist es nicht«, sagte sie sanft. »Ich hab' den Wagen hier. Er ist dir wahrscheinlich nicht aufgefallen.«

Jetzt erst bemerkte er den blauen Escort, der unter einer Kastanie stand. Er nahm wieder ihre Tasche und trug sie zum Auto. Sie folgte ihm schweigend.

Deborah sperrte den Kofferraum zu und wartete, bis er die Tasche verstaut hatte. Viel gewissenhafter, als für die kurze Fahrt nötig gewesen wäre, rückte sie die Tasche noch einmal zurecht, um dafür zu sorgen, daß ihren Geräten nichts geschah.

Aber dann ließ es sich nicht länger vermeiden, sie mußte ihn ansehen.

Er betrachtete sie so eindringlich, als wolle er sich jeden ihrer Züge für alle Zeiten einprägen.

»Ich muß an die Wohnung in Paddington denken«, sagte er. »Wenn wir nachmittags dort zusammen waren.«

»Das habe ich nicht vergessen, Tommy.«

Ihre Stimme klang zärtlich. Doch das verstärkte nur seinen Schmerz. Er wandte sich ab.

»Erzählst du ihm, daß du mich getroffen hast?«

»Natürlich.«

»Und worüber wir gesprochen haben? Erzählst du ihm das auch?«

»Si weiß von deinen Gefühlen. Er ist dein Freund. Und ich bin deine Freundin, Tommy.«

»Ich will deine Freundschaft nicht, Deborah«, erwiderte er.

»Ich weiß. Aber ich hoffe, eines Tages willst du sie doch. Sie wartet auf dich.«

Er fühlte wieder ihre Hand auf seinem Arm. Ihre Finger drückten ihn flüchtig und ließen ihn wieder los. Sie öffnete die Wagentür, stieg ein und war fort.

Allein ging er zum Gasthof zurück.

Er war gerade auf der Höhe des Hauses von Olivia Odell, als sich das Gartentor öffnete und eine kleine Gestalt die Treppe heruntersprang. Ihr folgte die Ente.

»Warte, Dougal«, rief Bridie. »Mama hat dein neues Futter gestern in den Schuppen getan.«

Die Ente, die die Treppe sowieso nicht hinuntergekommen wäre, wartete geduldig, während Bridie die Schuppentür aufzog und im Inneren verschwand. Gleich darauf tauchte sie wieder auf, einen schweren Sack im Schlepptau. Lynley sah, daß sie eine Schuluniform trug, die allerdings ziemlich zerknittert und nicht allzu sauber war.

»Hallo, Bridie«, rief er.

Sie hob den Kopf. Das Haar sah nicht mehr ganz so schlimm aus wie am Vortag.

»Ich muß Dougal füttern«, erklärte sie. »Und dann muß ich in die Schule. Ich kann die Schule nicht ausstehen.«

Er trat zu ihr in den Garten. Die Ente verfolgte sein Näherkommen argwöhnisch. Ihr Blick wanderte ständig zwischen ihm und dem versprochenen Frühstück hin und her. Bridie schüttete eine gigantische Portion auf den Boden, und die Ente begann begierig mit den Flügeln zu schlagen.

»Okay, Dougal, jetzt geht's los.« Bridie hob den Vogel liebevoll von der Treppe und setzte ihn auf den feuchten Boden. Wohlwollend sah sie zu, wie Dougal sich auf sein Futter stürzte. »Das Frühstück mag er am liebsten«, sagte sie zu Lynley, während sie ihren gewohnten Platz auf der obersten Stufe einnahm. Sie stützte das Kinn auf die hochgezogenen Knie und sah ihre Ente hingebungsvoll an.

Lynley setzte sich zu ihr.

»Du hast die Haare jetzt aber sehr hübsch«, bemerkte er. »Hat Sinji das gemacht?«

Sie schüttelte den Kopf, ohne den Blick von der Ente zu wenden.

»Nein. Tante Stepha.«

»Ach was? Das hat sie wirklich gut gemacht.«

»Ja, solche Sachen kann sie«, bestätigte Bridie in einem Ton, der andeutete, daß es andere Dinge gab, von denen Tante Stepha keine Ahnung hatte. »Aber jetzt muß ich in die Schule. Gestern hat Mama mich nicht geschickt. Sie sagte, es wäre viel zu demütigend.« Bridie warf geringschätzig den Kopf. »Dabei sind es doch meine Haare und nicht ihre«, fügte sie hinzu.

»Na ja, Mütter nehmen manches ein bißchen persönlich. Ist dir das noch nicht aufgefallen?«

»Sie hätte es doch so nehmen können wie Tante Stepha. Die

hat nur gelacht, als sie mich sah.« Sie sprang von der Treppe und füllte eine flache Schale mit Wasser. »Hier, Dougal«, rief sie.

Die Ente, die mit Andacht fraß, ignorierte sie. Es hätte ihr ja jemand das Futter rauben können, wenn sie es nicht schleunigst fraß. Dougal war eine vorsichtige Ente. Das Wasser konnte warten. Nur kein Risiko eingehen.

Bridie setzte sich wieder zu Lynley. In freundschaftlichem Schweigen sahen sie der Ente beim Fressen zu. Dann seufzte Bridie. Sie musterte ihre abgestoßenen Schuhspitzen und versuchte erfolglos, sie mit Spucke zum Glänzen zu bringen.

»Ich weiß überhaupt nicht, warum ich in die Schule muß. William ist auch nie gegangen.«

»Nie?«

»Na ja – nur bis er zwölf war. Wenn Mama William geheiratet hätte, hätte ich nicht in die Schule zu gehen brauchen. Bobba ist auch nicht gegangen.«

»Überhaupt nicht?«

Bridie berichtigte sich. »Als sie sechzehn war, brauchte sie nicht mehr zu gehen. Ich weiß überhaupt nicht, wie ich das so lang aushalten soll. Aber Mama zwingt mich. Sie will, daß ich auf die Universität geh', aber dazu hab' ich gar keine Lust.«

»Was würdest du denn lieber tun?«

»Für Dougal sorgen.«

»Aha. Ja, weißt du, Bridie, auch die gesündesten Enten leben nicht ewig. Es ist immer gut, wenn man noch einen Rückhalt hat.«

»Ich kann Tante Stepha helfen.«

»Im Gasthof?«

Sie nickte. Dougal hatte sein Frühstück verschlungen und tauchte jetzt seinen Schnabel in die Wasserschale.

»Aber wenn ich das zu Mama sage, nützt es gar nichts. ›Ich will nicht, daß du dein Leben lang in einer Gaststube stehst.‹« Sie imitierte die etwas klagende Stimme ihrer Mutter ungemein treffend. »Wenn Mama und William geheiratet hätten, wär' alles ganz anders. Dann könnte ich aus der Schule raus und zu Hause lernen. William war unheimlich gescheit. Er hätte mir Unterricht geben können. Und er hätt's auch getan. Das weiß ich.«

»Woher weißt du das?«

»Weil er mir und Dougal immer vorgelesen hat.« Die Ente watschelte schlingernd zu ihnen, als sie ihren Namen hörte. »Aber fast immer nur aus der Bibel.« Bridie putzte einen Schuh an ihrer Socke ab. »Ich mag die Bibel nicht besonders. Das Alte Testament schon gar nicht. William sagte immer, das wäre, weil ich die Geschichten nicht verstehe. Er sagte zu Mama, ich brauchte Religionsunterricht. Er war echt nett und hat mir die Geschichten erklärt, aber ich habe sie trotzdem nicht richtig kapiert. Hauptsächlich weil da keiner eine Strafe kriegte, wenn er gelogen hatte.«

»Wie meinst du das?« Lynley suchte in seinem beschränkten Vorrat an Bibelkenntnissen erfolglos nach ungestraften biblischen Lügnern.

»Na ja, da haben sich die Leute doch dauernd gegenseitig angelogen. Jedenfalls steht es so in den Geschichten. Und keinem ist gesagt worden, daß das unrecht war.«

»Ah ja. Das Lügen.« Lynley beobachtete die Ente, die mit routiniertem Schnabel seine Schnürsenkel untersuchte. »Weißt du, die Geschichten in der Bibel sind alle ein bißchen symbolisch«, erklärte er obenhin. »Was habt ihr denn noch gelesen?«

»Nichts. Nur die Bibel. Ich glaube, William und Bobba haben auch nie was anderes gelesen. Ich wollte ja gern, daß es mir gefällt, aber es hat mir nicht gefallen. Das hab' ich William nicht gesagt, weil er ja nett zu mir sein wollte, und ich wollte nicht böse sein. Ich glaube, er wollte mich kennenlernen«, fügte sie altklug hinzu. »Weil ich ja immer dagewesen wäre, wenn er Mama geheiratet hätte.«

»Wolltest du, daß er deine Mutter heiratet?«

Sie hob den Vogel hoch und setzte ihn zwischen sich und Lynley auf die Stufe. Mit einem gleichgültigen Blick zu Lynley machte sich Dougal daran, sein glänzendes Gefieder zu putzen.

»Papa hat mir oft vorgelesen«, sagte Bridie statt einer Antwort. Ihre Stimme war nun leiser und ihre Konzentration ausschließlich auf ihre Schuhspitzen gerichtet. »Aber dann ist er fortgegangen.«

»Fortgegangen?« Lynley fragte sich, ob das eine beschönigende Umschreibung für seinen Tod war.

»Eines Tages ist er fortgegangen.« Bridie legte ihre Wange auf ihr Knie, zog die Ente dicht neben sich und starrte zum Fluß hinunter. »Er hat nicht mal auf Wiedersehen gesagt.« Sie drehte den Kopf und küßte den glatten Kopf der Ente. Die knabberte dafür kurz an ihrer Wange. »Ich hätte auf Wiedersehen gesagt«, flüsterte sie.

»Würden Sie das Wort ›Engel‹ oder ›Sonnenschein‹ gebrauchen, um jemanden zu charakterisieren, der getrunken, geflucht und den Männern die Köpfe verdreht hat?« fragte Lynley.

Barbara sah von ihrem Frühstücksei auf, rührte Zucker in ihren Kaffee und überlegte.

»Das käme darauf an, wie man ›Regen‹ definiert, nicht?«

Er lächelte. »Vermutlich.«

Er schob seinen Teller weg und betrachtete Barbara sinnend. Sie sah an diesem Morgen gar nicht übel aus: auf ihren Augenlidern lag ein Hauch Farbe, ebenso auf Wangen und Lippen, und ihre Haare lockten sich merklich. Selbst ihre Kleidung hatte sich entschieden gebessert; sie trug einen braunen Tweedrock mit passendem Pullover, der, wenn auch nicht ideal, so doch wesentlich besser zu ihrem Teint paßte als das schlimme blaue Kostüm.

»Warum die Frage?« wollte sie wissen.

»Stepha schilderte Gillian als wildes Gör, das trank.«

»Und den Männern die Köpfe verdrehte.«

»Ja. Und Pater Hart sagte, sie sei ein echter Sonnenschein gewesen.«

»Das ist wirklich sonderbar.«

»Er sagte, Teys wäre vernichtet gewesen, als sie durchbrannte.«

Barbara zog die Augenbrauen zusammen und schenkte Lynley eine frische Tasse Kaffee ein, ohne zu merken, was diese Geste für ihre Beziehung bedeutete.

»Na ja, das erklärt immerhin, wieso alle Fotos von ihr verschwunden sind, nicht? Er widmete sein Leben seinen Kindern, und was war der Lohn? Daß Gillian auf und davon ging.«

Bei den letzten Worten fiel Lynley etwas ein. Er kramte in der Akte, die zwischen ihnen auf dem Tisch lag, und zog die Fotografie von Russell Mowrey heraus, die Tessa ihnen gegeben hatte.

»Zeigen Sie das Foto heute mal den Leuten im Dorf«, sagte er.

Barbara nahm die Aufnahme, doch ihr Gesicht zeigte Verwunderung.

»Sie sagten doch, er wäre in London.«

»Jetzt, ja. Nicht unbedingt vor drei Wochen. Wenn Mowrey damals hier war, muß er jemanden nach dem Weg zum Hof gefragt haben. Irgend jemand muß ihn gesehen haben. Konzentrieren Sie sich auf die High Street und die Gäste der Wirtshäuser. Sie könnten vielleicht auch in Keldale Hall nachfragen. Wenn niemand ihn gesehen hat –«

»– sind wir wieder bei Tessa«, sagte sie.

»Oder einer anderen Person, die ein Motiv hatte. Es scheint da mehrere zu geben.«

Madeline Gibson öffnete auf Lynleys Klopfen. Er hatte sich zwischen zwei streitenden Kindern hindurchmanövriert, war über ein kaputtes Dreirad und eine kaputte Puppe, die keine Arme mehr hatte, hinweggestiegen und hatte auf der Treppe einen Teller mit Spiegeleiern weggeschoben. Sie übersah das alles mit gleichgültigem Blick und zog den smaragdgrünen Morgenrock über den üppigen Brüsten zusammen. Sie trug nichts darunter und machte auch kein Hehl daraus, daß er zu keinem ungünstigeren Zeitpunkt hätte kommen können.

»Dick«, rief sie, den verschleierten Blick auf Lynley gerichtet, »du kannst die Hose wieder zumachen. Es ist Scotland Yard.« Sie verzog den Mund zu einem trägen Lächeln und öffnete die Tür weiter. »Kommen Sie rein, Inspector.«

Sie ließ ihn in dem winzigen Vestibül zwischen Spielsachen und schmutzigen Kleidern stehen und schlenderte zur Treppe.

»Dick!« rief sie wieder.

Die Arme über der Brust gefaltet, drehte sie sich um und hielt den Blick auf Lynley gerichtet. Ein Lächeln spielte auf ihren Zügen. Ein wohlgeformtes Knie und ein straffer Schenkel zeigten sich zwischen Falten aus grünem Satin.

Über ihnen war Lärm zu hören, ein Mann brummelte vor sich hin, dann erschien Richard Gibson. Er polterte die Treppe herunter und sah seine Frau stehen.

»Menschenskind, Mad, zieh dir was an«, sagte er.

»Vor fünf Minuten wolltest du's anders«, versetzte sie mit einem vielsagenden Lächeln und stieg dann gemächlich die Treppe hinauf, wobei sie soviel wie möglich von ihrem hübschen Körper zur Schau stellte.

Gibson sah ihr mit nachsichtiger Erheiterung nach.

»Sie sollten Sie sehen, wenn sie wirklich scharf ist«, bemerkte er in vertraulichem Ton. »Jetzt spielt sie nur ein bißchen.«

»Ah ja. Ich verstehe.«

Gibson lachte näselnd. »Es macht sie wenigstens zufrieden, Inspector. Für eine Weile jedenfalls.« Er sah sich in dem chaotischen Haus um und sagte: »Gehen wir vorn raus.«

Lynley fand den Garten noch weniger einladend als das Haus, aber er sagte nichts und folgte Gibson.

»Geht rein zu eurer Mutter«, befahl der seinen beiden wilden

Sprößlingen und stieß mit dem Fuß den Teller mit den Spiegeleiern an den Rand der Treppe. Augenblicklich erschien aus dem vertrockneten Gebüsch die magere Katze der Familie und machte sich über die Mahlzeit her. Sie wirkte gierig und verschlagen und erinnerte Lynley an die Frau oben im Haus.

»Ich war gestern bei Roberta«, sagte er zu Gibson.

Der hatte sich auf die Treppe gehockt und war dabei, seine Stiefel zu binden.

»Wie geht es ihr? Hat sich was gebessert?«

»Nein. Als wir das erstemal miteinander sprachen, sagten Sie mir nicht, daß Sie Roberta in die Anstalt eingewiesen haben, Mister Gibson.«

»Sie haben nicht gefragt, Inspector.« Er hatte die Stiefel fertiggeschnürt und stand auf. »Haben Sie erwartet, daß ich sie bei der Polizei in Richmond lassen würde?«

»Nicht unbedingt. Haben Sie ihr auch einen Anwalt besorgt?«

Gibson, das sah Lynley, hatte nicht damit gerechnet, daß die Polizei sich um den rechtlichen Schutz einer geständigen Mörderin kümmern würde. Die Frage überraschte ihn. Seine Augenlider flatterten, und er stopfte umständlich das Flanellhemd in seine Blue jeans. Er ließ sich Zeit mit der Beantwortung der Frage.

»Einen Anwalt? Nein.«

»Interessant, daß Sie zwar für ihre Einweisung in eine Heilanstalt sorgen, sich aber um die Wahrung ihrer rechtlichen Interessen nicht kümmern. Bequem, würden Sie nicht auch sagen?«

In Gibsons Gesicht zuckte ein Muskel.

»Nein, würde ich nicht sagen.«

»Können Sie mir dann vielleicht eine Erklärung dafür geben?«

»Ich glaube nicht, daß ich Ihnen Erklärungen zu geben habe«, versetzte Gibson kurz. »Aber meiner Ansicht nach waren Bobbys seelische Probleme etwas dringlicher als ihre rechtlichen.« Seine dunkle Haut hatte sich gerötet.

»In der Tat. Und wenn sie für prozeßunfähig erklärt wird – was zweifellos geschehen wird –, befinden Sie sich in ausgezeichneter Position, nicht wahr?«

Gibson sah ihm direkt ins Gesicht.

»Bei Gott, ja, das bin ich«, entgegnete er zornig. »Dann hab' ich das Haus und den Hof und kann mit meiner Frau auf dem Eßtisch bumsen, wenn's mir Spaß macht. Und das alles, ohne daß Bobby irgendwo rumhockt. Das wollen Sie doch hören, wie, Inspector?« Er schob angriffslustig den Kopf vor, aber als Lynley auf seine Aggression nicht reagierte, zog er ihn wieder zurück. Seine Worte waren aber darum nicht weniger aufgebracht. »Ich hab' die Nase voll von Leuten, die glauben, ich würde Bobby in die Pfanne hauen. Ich hab' genug von diesen Leuten, die glauben, Madeline und ich würden uns freuen, wenn sie ihr Leben lang eingesperrt würde. Denken Sie vielleicht, ich weiß nicht, was alle denken? Denken Sie, Madeline weiß es nicht?« Er lachte bitter. »Stimmt, ich hab' ihr keinen Anwalt besorgt. Ich hab' mir selbst einen genommen. Und wenn ich durchdrücken kann, daß sie für unzurechnungsfähig erklärt wird, dann werde ich das tun. Glauben Sie denn, das ist schlimmer, als wenn sie ihr Leben im Gefängnis zubringen müßte?«

»Dann glauben Sie also, daß sie ihren Vater getötet hat?« fragte Lynley unbewegt.

Gibsons Schultern fielen herunter.

»Ich weiß überhaupt nicht, was ich glauben soll. Ich weiß nur, daß Bobby nicht mehr das Mädchen ist, das ich kannte, als ich von Keldale wegging. *Das* Mädchen hätte keiner Fliege was zuleide getan. Aber dieses neue Mädchen – sie ist mir total fremd.«

»Vielleicht hat das mit Gillians Verschwinden zu tun.«

»Gillian?« Gibson lachte ungläubig. »Ich würde sagen, daß Gillys Verschwinden für alle Beteiligten eine Wohltat war.«

»Wieso?«

»Sagen wir einfach, daß Gilly ein frühreifes Ding war.« Er blickte zum Haus. »Neben ihr wäre Madeline die Jungfrau Maria gewesen. Hab' ich mich klar genug ausgedrückt?«

»Durchaus. Hat sie Sie verführt?«

»Sie sind wirklich unverblümt, wie? Geben Sie mir eine Zigarette, dann erzähl' ich's Ihnen.«

Er zündete sich die Zigarette an, die Lynley ihm aus seinem Etui anbot, und sah zu den Feldern hinüber, die gleich hinter der ungepflasterten Straße anfingen. Jenseits schlängelte sich der Weg zum High Kel Moor in die Bäume.

»Ich war neunzehn, als ich aus Keldale wegging, Inspector. Ich wollte nicht weg. So wahr ich hier stehe, es war das letzte, was ich wollte. Aber ich wußte, wenn ich es nicht täte, würde es früher oder später zum großen Knall kommen.«

»Aber Sie schliefen mit Ihrer Cousine Gillian, ehe Sie fortgingen?«

Gibson prustete verächtlich. »Wohl kaum. Schlafen ist nicht das Wort, das ich bei einem Mädchen wie Gilly gebrauchen würde. Sie wollte die Kontrolle über alles haben, und sie hatte sie, Inspector. Sie konnte mit einem Mann Sachen anstellen – besser als jede routinierte Nutte. Sie trieb mich ungefähr viermal am Tag die Wände hoch.«

»Wie alt war sie?«

»Sie war zwölf, als sie mich das erstemal auf eine Art anschaute, die mit verwandtschaftlicher Zuneigung nichts zu tun hatte. Dreizehn, als sie das erstemal – ihre Nummer abzog. In den folgenden zwei Jahren trieb sie mich fast an den Rand des Wahnsinns.«

»Wollen Sie sagen, daß Sie von hier weggingen, um ihr zu entkommen?«

»So edel bin ich nun auch wieder nicht. Ich ging, um William zu entkommen. Früher oder später hätte er was gemerkt. Das wünschte ich uns beiden nicht. Ich wollte Schluß machen.«

»Warum haben Sie nie mit William darüber gesprochen?«
Gibson riß erstaunt die Augen auf.

»Für den konnte doch keines der beiden Mädchen ein Wässerchen trüben. Wie hätte ich ihm sagen sollen, daß Gilly, sein ein und alles, hinter mir her war wie eine rollige Katze und mich scharf machte wie eine geübte Hure? Er hätte mir nie geglaubt. Ich hab's ja selbst oft nicht geglaubt.«

»Sie ging ein Jahr nach Ihnen aus Keldale fort, nicht wahr?«
Er warf seine Zigarette auf die Straße.

»Ja, das hab' ich gehört.«

»Haben Sie sie je wiedergesehen?«

Gibsons Blick wich dem seinen aus.

»Niemals«, sagte er. »Und es war ein Segen.«

Marsha Fitzalan war eine gebeugte, verwelkte Frau mit einem Gesicht, das Lynley an einen rotbackigen, runzligen Apfel erinnerte. Tausend Fältchen zeichneten die alte Haut und reichten bis zu den blauen Augen hinauf. Doch diese Augen waren quicklebendig, sprühten vor Interesse und Heiterkeit und sagten jedem, der sie ansah, daß ihr Körper zwar alt sei, Herz und Verstand jedoch jung geblieben seien wie eh und je.

»Guten Morgen«, sagte sie lächelnd und korrigierte sich nach einem Blick auf ihre Uhr. »Oder besser, guten Nachmittag. Sie sind Inspector Lynley, nicht wahr? Ich dachte mir schon, daß Sie früher oder später vorbeikommen würden. Ich habe Zitronenkuchen gebacken.«

»Extra für diesen Anlaß?« fragte Lynley.

»Gewiß«, bestätigte sie. »Bitte, kommen Sie herein.«

Auch sie wohnte in einem der Gemeindehäuser, aber hier sah es ganz anders aus als bei den Gibsons. Der Garten vor dem Haus war in abwechslungsreichen Beeten mit Blumen bepflanzt; Steinkraut und Primeln, Löwenmäulchen und Geranien. Sie waren in Vorbereitung auf den nahenden Winter zurückgeschnitten, die Erde um jede einzelne Pflanze umgegraben. Neben der Haustür standen zwei Vogelhäuschen, und an einem Fenster hing ein Glockenspiel, dessen leises Geläute trotz des Lärmens und Schreiens der Gibson-Kinder im Nachbargarten zu hören war.

Die Atmosphäre drinnen im Haus erinnerte Lynley sofort an lange Nachmittage im Zimmer seiner Großmutter in Howenstow. Auch hier war alles ganz anders als bei den Gibsons. Das kleine Wohnzimmer war behaglich, wenn auch nicht teuer eingerichtet, mit Bücherregalen an zwei Seiten, die bis zur Zimmerdecke reichten. Auf einem kleinen Tisch unter dem einzigen Fenster stand eine Sammlung gerahmter Fotografien, und über dem uralten Fernsehapparat hingen kleine Gobelinstickereien.

»Würden Sie mit in die Küche kommen, Inspector?« fragte Marsha Fitzalan. »Ich weiß, es ist eine schreckliche Sitte, Gäste in der Küche zu empfangen, aber ich fühle mich hier immer am wohlsten. Meine Freunde behaupten, das komme daher, daß ich auf einem Bauernhof aufgewachsen bin. Dort ist die Küche immer der Mittelpunkt des alltäglichen Lebens, nicht wahr? Da bin ich wahrscheinlich nie herausgewachsen. Kommen Sie, setzten Sie sich. Kaffee und ein Stück Kuchen? Sie sehen richtig ausgehungert aus. Sie sind wohl Junggeselle? Junggesellen neigen immer dazu, das Essen zu vernachlässigen, nicht wahr?«

Wieder kam die Erinnerung an seine Großmutter, an das Gefühl des Geborgenseins, der bedingungslosen Liebe. Während er zusah, wie sie geschäftig das Tablett herrichtete, ihre Hände ruhig und sicher, wurde sich Lynley vollkommen gewiß, daß Marsha Fitzalan die Antwort wußte.

»Würden Sie mir von Gillian Teys erzählen?« fragte er.

Ihre Hände hielten inne. Mit einem Lächeln drehte sie sich nach ihm um.

»Von Gilly? Aber mit Vergnügen. Gillian Teys war das hinreißendste junge Mädchen, das ich je gekannt habe.«

11

Sie kam an den Tisch und stellte das Tablett in die Mitte. Es war eine förmliche Geste, die eigentlich unnötig war. Die Küche war so klein, daß man mit ein paar Schritten von der Anrichte zum Tisch gelangte, aber sie hielt an der äußeren Form fest und benutzte, wenn Besuch kam, ihr Tablett.

Auf ihm lag ein altes Spitzendeckchen, auf dem sich das feine Porzellan sehr hübsch ausnahm. Die beiden Teller waren angeschlagen, aber Tassen und Untertassen hatten die Jahre unversehrt überstanden.

Herbstliche Zweige in einem Tonkrug schmückten den einfachen Holztisch, auf dem Marsha Fitzalan jetzt sorgfältig zum Kaffee deckte. Sie schenkte beide Tassen ein, nahm sich Zucker und Sahne und begann dann zu erzählen.

»Gilly war wie ihre Mutter. Ich hatte Tessa auch bei mir im Unterricht. Daran sehen Sie, wie alt ich bin. Aber so ist es nun mal. Fast jeder im Dorf war in meinem Klassenzimmer, Inspector.« Sie zwinkerte lächelnd, als sie hinzufügte: »Außer Pater Hart. Er und ich gehören derselben Generation an.«

»Das hätte ich nie erraten«, sagte Lynley ernsthaft.

Sie lachte. »Wie kommt es nur, daß wirklich charmante Männer immer merken, wenn eine Frau auf ein Kompliment aus ist?«

Sie machte sich mit Appetit über ihren Kuchen her, kaute einige Augenblicke genüßlich und fuhr dann fort.

»Gillian war das Ebenbild ihrer Mutter. Sie hatte das gleiche schöne blonde Haar, diese prachtvollen Augen und das gleiche weiche Gemüt. Aber Tessa war eine Träumerin, während Gillian um einiges realistischer war, würde ich sagen. Tessa saß immer in irgendeinem Wolkenkuckucksheim. Ein schwärmerisches Mädchen. Ich denke, daß sie deshalb vielleicht so jung geheiratet hat. Sie glaubte fest daran, daß eines Tages der große, dunkle

Held erscheinen und in heißer Liebe zu ihr entbrennen würde. William Teys paßte in dieses Bild.«

»Und Gillian wartete nicht auf den Märchenprinzen?«

»O nein. Männer waren für sie völlig uninteressante Wesen. Sie wollte Lehrerin werden. Ich weiß noch, wie sie nachmittags immer hierherkam und sich dann mit einem Buch irgendwo in die Ecke hockte. Sie liebte die Brontës. Dieses Kind hat *Jane Eyre* bis zu seinem vierzehnten Geburtstag bestimmt sechs- oder siebenmal gelesen. Sie, Jane und Mister Rochester waren die innigsten Freunde. Und sie sprach mit Wonne über alles, was sie gelesen hatte. Aber es war nicht einfaches Geplapper, wissen Sie. Sie unterhielt sich mit mir über die Figuren, die Beweggründe, die tiefere Bedeutung. Sie sagte oft: ›Das muß ich alles wissen, wenn ich mal Lehrerin bin, Miß Fitzalan.‹«

»Warum ist sie von zu Hause weggelaufen?«

Die alte Frau blickte sinnend auf die braunbelaubten Zweige im Krug.

»Ich weiß es nicht«, antwortete sie nachdenklich. »Sie war ein so gutes Kind. Es gab nie ein Problem, das sie mit ihrer raschen Intelligenz nicht lösen konnte. Ich weiß wirklich nicht, was da plötzlich geschah.«

»Wäre es möglich, daß sie in einen Mann verliebt war? Daß sie wegging, um ihm zu folgen?«

Marsha Fitzalan tat den Gedanken mit einem Kopfschütteln ab.

»Ich glaube nicht, daß Gillian sich damals schon für Männer interessierte. Sie war noch nicht so weit wie die anderen Mädchen.«

»Wie war Roberta? Hatte sie Ähnlichkeit mit ihrer Schwester?«

»Nein, Roberta war wie ihr Vater.« Sie brach plötzlich ab und runzelte die Stirn. »*War.* Ich möchte nicht in der Vergangenheit von ihr sprechen. Aber sie scheint fast schon gestorben zu sein.«

»Ja, den Eindruck hat man, nicht wahr?«

Sie sah ihn beinahe dankbar an, als wäre sie froh, daß er ihr zustimmte.

»Roberta war wie ihr Vater, sehr erdverbunden und sehr schweigsam. Die Leute werden Ihnen erzählen, daß sie überhaupt keine eigene Persönlichkeit besaß, aber das stimmt nicht. Sie war einfach äußerst schüchtern. Sie hatte die schwärmerische Veranlagung ihrer Mutter und die Schweigsamkeit ihres Vaters geerbt. Sie ging völlig in ihren Büchern auf.«

»Wie Gillian?«

»Ja und nein. Sie las so leidenschaftlich wie Gillian, aber sie sprach nie über das, was sie gelesen hatte. Gillian las, um zu lernen. Roberta, glaube ich, las, um zu fliehen.«

»Wovor wollte sie fliehen?«

Marsha Fitzalan zog das Spitzendeckchen auf dem Tablett gerade. Ihre Hände waren vom Alter gefleckt.

»Vor dem Wissen, daß sie verlassen worden war, vermute ich.«

»Von Gillian oder ihrer Mutter?«

»Von Gillian. Roberta hing abgöttisch an Gillian. Ihre Mutter hat sie nie gekannt. Man muß sich nur vorstellen, wie es gewesen sein muß, ein Mädchen wie Gilly zur älteren Schwester zu haben: so schön, so lebendig, so intelligent. Gilly hatte alles, was Roberta nicht hatte und sich wünschte.«

»War sie da nicht eifersüchtig?«

Sie schüttelte den Kopf.

»Nein, sie war nicht eifersüchtig auf Gilly. Sie liebte sie. Ich würde denken, daß es Roberta tief verletzt hat, als ihre Schwester fortging. Aber im Gegensatz zu Gilly, die über ihren Schmerz gesprochen hätte – wirklich, sie sprach über alles und jedes –, verinnerlichte Roberta diesen Schmerz. Ich weiß noch genau, wie die Haut des armen Kindes aussah, nachdem Gilly fort war. Komisch eigentlich, daß ich mich daran erinnere.«

Lynley dachte an das Mädchen, das er in der Heilanstalt gesehen hatte, und fand es nicht verwunderlich, daß die Lehrerin sich an Robertas Haut erinnerte.

»Akne?« fragte er. »Dafür wäre sie allerdings noch ein bißchen jung gewesen.«

»Nein. Sie bekam einen ganz fürchterlichen Ausschlag. Ich bin überzeugt, daß er seelische Ursachen hatte, aber als ich sie darauf ansprach, behauptete sie, es wäre eine Allergie gegen Schnauz.«

Marsha Fitzalan senkte die Augen und zeichnete mit ihrer Gabel feine Muster in die Krümel auf ihrem Teller. Lynley wartete geduldig. Er war überzeugt, daß das noch nicht alles war.

»Ich fühlte mich so hilflos, Inspector«, fuhr sie schließlich fort. »Ich hatte das Gefühl, als Freundin und als Lehrerin versagt zu haben, da sie mit mir nicht darüber sprechen konnte, was mit Gilly geschehen war. Aber sie wollte einfach nicht reden. Deshalb behauptete sie, es wäre eine Allergie gegen die Hundehaare.«

»Haben Sie mit ihrem Vater darüber gesprochen?«

»Zunächst nicht. William war so durcheinander über Gillians Verschwinden, daß er kaum ansprechbar war. Wochenlang redete er überhaupt nur mit Pater Hart. Aber ich fand schließlich, daß ich es Roberta schuldete, mit ihm zu sprechen. Das Kind war ja gerade erst acht Jahre alt. Da bin ich auf den Hof gegangen und sagte ihm, daß ich mir Sorgen um sie machte, auch wegen des traurigen Märchens über die Hundeallergie.«

Sie schenkte sich frischen Kaffee ein und trank in kleinen Schlucken, während sie in Gedanken bei jenem lang vergangenen Besuch weilte.

»Der arme Mann. Ich hätte wegen seiner Reaktion wirklich nicht besorgt zu sein brauchen. Ich glaube, er fühlte sich schrecklich schuldig wegen Roberta. Er fuhr gleich am nächsten Tag nach Richmond und besorgte drei oder vier Mittel für den Ausschlag. Es kann gut sein, daß das arme Ding nichts anderes brauchte als die Aufmerksamkeit des Vaters. Danach ging der Ausschlag nämlich sehr bald weg.«

Aber alles andere blieb unverändert, dachte Lynley. Im Geist sah er das einsame kleine Mädchen in dem düsteren Haus, umgeben von den Geistern und den Stimmen der Vergangenheit, gefangen in einem Leben in Schweigen, wo nur die Bücher Trost und Nahrung brachten.

Lynley sperrte die Hintertür auf und trat ins Haus. Es war so kalt und muffig wie bei ihrem ersten Besuch. Er ging durch die Küche ins Wohnzimmer, wo Tessa Teys vom Gedenkschrein in der Ecke zu ihm herablächelte. Ihr Gesicht war jung und sehr empfindsam. Er stellte sich vor, wie Russell Mowrey den Kopf von seinen Grabungsarbeiten hob und dieses schöne Gesicht erblickte. Es war leicht zu verstehen, daß er sich in diese Frau verliebt hatte. Es war leicht zu verstehen, daß er sie immer noch liebte.

Nicht tausend Schiffe, sondern ein erzürnter Ehemann, dachte Lynley. Ist es möglich, Tessa? Oder sahst du an einem einzigen Nachmittag deine ganze Welt einstürzen und konntest es nicht ertragen, sie wieder aufzubauen?

Er wandte sich von dem Schrein ab und lief die Treppe hinauf. Nein, die Lösung mußte im Haus sein. Gillian mußte sie haben.

Er ging zuerst in ihr Zimmer, doch seine sterile Unbewohntheit sagte nichts aus. Das Bett mit dem reinlichen Überwurf starrte ihn kalt an. Auf dem Teppich waren keine Fußabdrücke, die in die Vergangenheit führten. Hinter der Tapete verbargen sich keine lang gehüteten Geheimnisse. Es war, als hätte nie ein junges Mädchen in diesem Zimmer gelebt, hätte nie ihre Lebendigkeit und ihren Geist in diesen Raum getragen. Und doch – etwas war noch da von Gillian. Er hatte es gesehen, er konnte es fühlen.

Er ging zum Fenster und sah gedankenverloren zum Stall hinunter. Sie war wild, ungebärdig. Sie war ein Engel, ein Sonnenschein. Sie war eine rollige Katze. Sie war das hinreißendste junge Mädchen, das ich je gekannt habe. Es war, als gäbe es überhaupt keine reale Gillian, sondern nur ein Kaleidoskop, das, wenn man es schüttelte, sich jedem, der hineinschaute, in anderer Konstellation zeigte. Er wollte so gern daran glauben, daß die Lösung in diesem Zimmer wartete, doch als er sich vom Fenster abwandte, sah er nichts als Möbelstücke, Tapete, Teppich.

Wie konnte ein Mensch so gänzlich aus dem Leben der Familie gelöscht werden, in der er sechzehn Jahre gelebt hatte? Es war unvorstellbar. Und doch war es geschehen. Aber war es wirklich geschehen?

Er ging in Robertas Zimmer hinüber. Gillian konnte nicht spurlos aus dem Leben ihrer Schwester verschwunden sein. Die beiden Schwestern hatten sich geliebt. Ein starkes Band hatte sie miteinander verbunden. Darin zumindest waren sich alle einig, ganz gleich, was sie über Gillian gesagt hatten. Sein Blick schweifte vom Fenster zum Schrank und weiter zum Bett. Er überlegte: Hier hatte sie ihre Essensvorräte versteckt gehalten? Warum sollte sie hier nicht auch Gillian versteckt haben?

Lynley wappnete sich innerlich gegen den Anblick und den Gestank der verfaulenden Lebensmittel und zog die Matratze weg. Der Gestank schoß wie eine Flutwelle in die Höhe. Das schlimmste, dachte er angewidert, war das Wissen, daß das Mädchen in diesem Bett über all der Fäulnis tatsächlich geschlafen hatte.

Er sah sich um, suchte nach einer Möglichkeit, sich die bevorstehende Aufgabe zu erleichtern, und fand nichts. Das Licht im Zimmer war schlecht. So unangenehm es war, es würde ihm nichts anderes übrigbleiben, als die Matratze ganz herunterzuziehen und den Bezug des Sprungrahmens aufzureißen. Stöhnend vor Anstrengung riß er Matratze und Bettzeug auf den

Boden und eilte zum Fenster. Er riß es auf und blieb einen Moment stehen, um frische Luft zu schöpfen, ehe er zum Bett zurückkehrte. Er stieg auf den Sprungrahmen und plante die Attacke, ohne auf die aufsteigende Übelkeit zu achten.

Na los, alter Junge, komm schon. Das ist doch der Grund, warum du zur Polizei gegangen bist. Jetzt reiß dich zusammen. Nur ein starker, kräftiger Riß!

Er packte zu, und der brüchige Stoff – die dünne Schicht der Normalität – zerriß unter seinen Händen und offenbarte den Wahnsinn darunter. Mäuse spritzten in alle Richtungen auseinander, hinterließen ihre winzigen Spuren in den verfaulenden Früchten. Eine Maus säugte ihren Wurf blinder Junger auf einem Bett aus schmutziger Unterwäsche. Und eine Wolke von Motten, die aus ihrem Schlaf aufgestöbert worden waren, schoß ans Licht und schlug Lynley ins Gesicht.

Erschrocken fuhr er zurück, unterdrückte mit Mühe einen Aufschrei und stürzte ins Bad, wo er sich das Gesicht mit Wasser bespritzte. Er schaute sich im Spiegel an und lachte lautlos. Gut, daß du kein Mittagessen im Magen hast. Nach dem Anblick hier bringst du vielleicht dein Leben lang keinen Bissen mehr runter.

Er suchte ein Handtuch, um sich das Gesicht zu trocknen. Es war keines da. Doch an der Badezimmertür hing ein Morgenmantel. Er schlug die Tür zu. Das beschädigte Riegelschloß knirschte gegen den Türrahmen. Er trocknete sich das Gesicht an dem Kleidungsstück und besah sich nachdenklich das Schloß. Ein neuer Gedanke kam ihm, und er ging hinaus.

Der Kasten mit den Schlüsseln stand dort, wo er ihn beim erstenmal gesehen hatte, ganz hinten auf dem obersten Bord von Teys' Schrank. Er nahm ihn heraus und schüttete den Inhalt aufs Bett. Teys hatte Gillians Sachen vermutlich irgendwo in einem Koffer oder einer Truhe eingesperrt. Auf dem Boden vielleicht. Und der Schlüssel dazu mußte in diesem Kasten sein. Er suchte ohne Erfolg. Es waren lauter Türschlüssel. Eine merkwürdige Sammlung. Verärgert warf er sie wieder in den Kasten und verwünschte die Gründlichkeit des Mannes, der jede Erinnerung an die Existenz einer seiner Töchter mit soviel Entschlossenheit ausgelöscht hatte.

Warum? fragte er sich. Was war das für ein Schmerz, der William Teys getrieben hatte, die Existenz des Kindes zu verleugnen, das er so geliebt hatte? Was konnte ihm das Mädchen angetan haben, um ihn zu einem solchen Akt der Vernichtung zu veranlassen? Während die Schwester verzweifelt versucht hatte, sie für sich zu retten, indem sie heimlich ihre Fotografien aufbewahrt hatte.

Er wußte, was als nächstes kam. Auf dem Boden ist nichts, alter Junge. Zurück in ihr Zimmer. Du weißt, daß es dort ist. Vielleicht nicht unter der Matratze, aber es ist dort, das weißt du. Ihn schauderte bei dem Gedanken, was für Überraschungen vielleicht noch in diesem Zimmer warteten.

Während er seine Kräfte für einen neuerlichen Angriff auf Robertas Zimmer sammelte, erreichte ihn von draußen fröhliches Pfeifen. Er ging zum Fenster.

Ein junger Mann kam den Pfad vom High Kel Moor herunter, eine Staffelei über der Schulter, einen Holzkasten in der Hand. Es war Zeit, Ezra kennenzulernen.

Sein erster Gedanke war, daß der Mann nicht so jung war, wie er aus der Ferne gewirkt hatte. Es muß das Haar gewesen sein, dachte Lynley. Es war von einem satten Blondton, und Ezra trug es länger, als der derzeitigen Mode entsprach. Aus der Nähe besehen, war Ezra ein Mann Mitte Dreißig, dem bei diesem Zusammentreffen mit dem Beamten von Scotland Yard offensichtlich nicht recht wohl war in seiner Haut. Seine ganze Haltung war abwehrend, und seine Augen verschleierten sich, wenn man ihn anschaute. Die Augen waren so tiefblau wie das mit

Farbe bekleckste Hemd des Mannes. Er hatte zu pfeifen aufgehört, sobald er Lynley aus dem Haus kommen und über das Mäuerchen zur Weide hatte laufen sehen.

»Ezra Farmington?« sagte Lynley freundlich.

Farmington blieb stehen. Seine Gesichtszüge erinnerten Lynley an das Delacroix-Gemälde Chopins. Die gleichen gemeißelten Lippen, der Schatten eines Grübchens im Kinn, die dunklen Brauen – viel dunkler als das Haar –, die scharfe Nase, die das Gesicht dominierte, aber nicht von den anderen Zügen ablenkte.

»Ja, stimmt«, antwortete er zurückhaltend.

»Sie haben wohl oben im Moor ein wenig gemalt?«

»Ja.«

»Nigel Parrish erzählte mir, Sie betreiben Lichtstudien.«

Dieser Name löste eine sofortige Reaktion aus. Die Augen verhüllten sich.

»Und was erzählte Ihnen Nigel sonst noch?«

»Daß er sah, wie William Teys Sie von seinem Land gescheucht hat. Sie scheinen sich jetzt frei darauf zu bewegen.«

»Mit Gibsons Erlaubnis«, sagte Farmington kurz.

»Ach ja? Davon sagte er mir gar nichts.«

Lynley blickte ruhig zum Pfad hinauf. Er war steil und steinig, schlecht instand gehalten, zum Wandern aus Vergnügen wenig geeignet. Es mußte einem Maler schon sehr ernst sein mit seinem Vorhaben, wenn er es überhaupt auf sich nahm, dort hinaufzuklettern. Er wandte sich wieder Farmington zu. Das Nachmittagslüftchen, das über die Weiden strich, zauste sein Haar, und die Sonne setzte dem Honigblond Glanzlichter auf. Lynley begann zu begreifen, warum Farmington sein Haar lang trug.

»Mister Parrish erzählte mir, daß Teys einige Ihrer Arbeiten vernichtete.«

»Hat er Ihnen auch erzählt, was zum Teufel er an dem Abend hier draußen zu suchen hatte?« fragte Farmington. »Nein, garantiert nicht.«

»Er sagte, er hätte Teys' Hund auf den Hof zurückgebracht.«

Farmingtons Gesicht zeigte Ungläubigkeit.

»Er hat den Hund zurückgebracht? Da kann man ja nur lachen.« Zornig trieb er die zugespitzten Füße seiner Staffelei in die weiche Erde. »Nigel versteht sich wirklich darauf, die Fakten zu manipulieren. Lassen Sie mich raten, was er Ihnen erzählt hat. Daß Teys und ich mitten auf der Straße einen Riesenkrach hatten, als er ganz arglos mit dem armen blinden Hund im Schlepptau dazukam.« Farmington fuhr sich erregt mit der Hand durchs Haar. Sein Körper war so angespannt, daß Lynley förmlich darauf wartete, ihn explodieren zu sehen. »Mensch, der Kerl treibt mich noch mal zu einer Wahnsinnstat.«

Lynley zog interessiert eine Braue hoch. Farmington sah es.

»Das ist wohl schon ein Schuldgeständnis, Inspector? Ja, dann würde ich vorschlagen, daß Sie mal bei Nigel vorbeischauen und ihn fragen, was *er* denn an dem Abend auf der Gembler Road verloren hatte. Der Hund hätte aus Timbuktu hierher zurückgefunden, das können Sie mir glauben.« Er lachte. »Der Hund war um einiges gescheiter als Nigel. Was allerdings nicht viel zu sagen hat.«

Es hätte Lynley interessiert, was der Grund für Farmingtons Zorn war. Daß er echt war, daran gab es keinen Zweifel. Doch er stand in keinem Verhältnis zur gegenwärtigen Situation. Der Mann schien bis ins Innerste gespannt, als stünde er unter einem beinahe unerträglichen Druck.

»Ich habe zwei Aquarelle von Ihnen in der Keldale Lodge gesehen. In der Manier erinnerten sie mich an Wyeth. War das beabsichtigt?«

Farmington entspannte sich wieder ein wenig.

»Ach, die hab' ich vor Jahren gemalt, da war ich auf der Suche nach meinem eigenen Stil. Ich traute meinen Instinkten nicht, deshalb kopierte ich alle möglichen Leute. Es wundert mich, daß Stepha die Bilder noch hängen hat.«

»Sie erzählte mir, Sie hätten damit einen Herbst Ihre Unterkunft bezahlt.«

»Ja, das stimmt. Damals hab' ich fast alles mit Bildern bezahlt. Wenn Sie sich ein bißchen umschauen, finden Sie mein Zeug in jedem Laden im Dorf. Sogar Zahnpasta hab' ich mir mit Bildern gekauft.«

Seine Stimme klang spöttisch. Die Verachtung, die sie enthielt, war gegen sich selbst gerichtet, nicht gegen Lynley.

»Ich mag Wyeth«, fuhr Lynley fort. »Er malt mit einer Einfachheit, die ich erfrischend finde. Ich mag Einfachheit. Klarheit der Linie und des Details.«

Farmington verschränkte die Arme.

»Sind Sie immer so direkt, Inspector?«

»Ich bemühe mich«, antwortete Lynley lächelnd. »Erzählen Sie mir von Ihrem Streit mit William Teys.«

»Und wenn ich mich weigere?«

»Das können Sie natürlich. Aber dann würde ich mich fragen, warum. Haben Sie etwas zu verbergen, Mister Farmington?«

Farmington wippte auf den Fußballen auf und nieder.

»Nein, ich habe nichts zu verbergen. Ich war an dem Tag oben im Hochmoor und kam kurz vor Einbruch der Dunkelheit herunter. Teys muß mich vom Fenster aus gesehen haben. Ich weiß nicht. Er holte mich jedenfalls hier auf der Straße ein. Und es gab Krach.«

»Er hat einige Ihrer Arbeiten zerrissen.«

»Die waren sowieso Mist. Das ließ mich kalt.«

»Ich dachte immer, Künstler möchten gern selbst über ihre Werke bestimmen und nicht anderen die Kontrolle darüber überlassen. Ist das bei Ihnen nicht auch so?«

Lynley sah sofort, daß er einen wunden Punkt getroffen hatte. Farmington erstarrte plötzlich. Sein Blick glitt zu der tiefstehenden Sonne am Horizont. Er antwortete nicht gleich.

»Doch«, sagte er dann. »Bei mir ist das auch so.«

»Dann muß Teys' Eigenmächtigkeit –«

»Teys?« Farmington lachte. »Was Teys tat, war mir gleichgültig. Ich sagte Ihnen doch, was er da zerfetzte, war sowieso lauter Mist. Obwohl er das natürlich nicht hätte beurteilen können. Wenn einer zum Abendvergnügen auf voller Lautstärke Souza spielt, fehlt's ihm schon weit am Geschmack.«

»Souza?«

»Diesen fürchterlichen Marsch, Stars and Stripes Forever. Lieber Himmel, man hätte meinen können, er hätte die ganze Bude voll fähnchenschwingender Amerikaner. Und dieser Kerl hat die Stirn, mir vorzuwerfen, ich hätte den Hausfrieden gebrochen, weil ich auf Zehenspitzen über sein Land geschlichen bin. Ausgelacht hab' ich ihn. Und da stürzte er sich auf meine Bilder.«

»Was tat Nigel Parrish, während das alles passierte?«

»Nichts. Nigel hatte gesehen, was er hatte sehen wollen, Inspektor. Er hatte ein bißchen geschnüffelt und konnte an diesem Abend hochzufrieden in sein Bett kriechen.«

»Und an anderen Abenden?«

Farmington nahm seine Staffelei.

»Wenn Sie sonst keine Fragen mehr haben, mach' ich mich jetzt auf die Socken.«

»Doch, ich hab' noch eine Frage.«

Farmington sah ihn an. »Was?« fragte er.

»Was taten Sie an dem Abend, als Teys starb?«

»Ich war im *Dove and Whistle*.«

»Und nach der Polizeistunde?«

»Zu Hause in meinem Bett. Allein.« Er schwang sich mit einer Kopfbewegung das Haar aus dem Gesicht. »Tut mir leid, daß ich Hannah nicht mitgenommen habe, Inspector. Sie wäre ein prima Alibi, aber sie ist leider nicht mein Typ.«

Er kletterte über die Steinmauer und ging zornig die Straße hinunter.

»Es war ein totaler Reinfall.« Barbara warf das Foto auf den Tisch im *Dove and Whistle* und ließ sich müde auf den Stuhl ihm gegenüber sinken.

»Mit anderen Worten, niemand hat Russell Mowrey gesehen?«

»Niemand hat ihn auch nur gekannt. Tessa allerdings wurde von den meisten wiedererkannt. Einige zogen pikiert die Brauen hoch und stellten ein paar spitze Fragen.«

»Und wie haben Sie reagiert?«

»So vage wie möglich, mit vielen lateinischen Sprüchen, um die Klippen zu umschiffen. Es klappte ganz gut, bis ich zu *caveat emptor* kam. Das hatte irgendwie nicht den gleichen beeindrukkenden Klang wie die anderen Sprüche.«

»Möchten Sie Ihre Enttäuschung vielleicht in einem Bier ertränken, Sergeant?« fragte er.

»Nur ein Tonic«, antwortete sie und fügte, als sie seinen Gesichtsausdruck sah, erklärend hinzu: »Wirklich. Ich trinke nur selten, Sir. Ehrlich.« Mit einem Lächeln.

»Ich hab' einen ziemlich faszinierenden Tag hinter mir«, berichtete Lynley, als er mit ihrem Getränk zurückkam. »Erst traf ich Madeline Gibson in einem heißen Negligé aus smaragdgrünem Satin mit nichts darunter.«

»Ja, das Leben eines Kriminalbeamten ist schwer«, stellte Barbara ironisch fest.

»Und oben wartete Gibson, bereit, in den Kahn zu springen. Ich war höchst willkommen.«

»Das kann ich mir vorstellen.«

»Dann hab' ich heute eine Menge über Gillian erfahren. Sie war ein Sonnenschein und ein Engel, eine rollige Katze oder das hinreißendste junge Mädchen, das man sich vorstellen kann. Es kommt ganz darauf an, wen man nach ihr fragt. Entweder ist diese Frau ein Chamäleon, oder die Leute hier geben sich die größte Mühe, den Anschein zu erwecken.«

»Aber warum?«

»Keine Ahnung. Es sei denn, sie haben aus bestimmten Gründen ein Interesse daran, sie als möglichst geheimnisvolles Wesen erscheinen zu lassen.«

Er trank den letzten Schluck seines Biers, lehnte sich auf seinem Stuhl zurück und streckte seine müden Glieder.

»Aber den richtigen Spuk hab' ich heute auf dem Hof erlebt, Havers.«

»Wieso?«

»Stellen Sie es sich bitte bildlich vor: Ich, heiß auf der Spur von Gillian Teys. Ein Gefühl sagte mir, daß des Rätsels Lösung sich in Robertas Zimmer befinden mußte. Ich stürzte mich also mit Leidenschaft in meine Nachforschungen, riß den Überzug von ihrem Sprungrahmen herunter und wäre beinahe in Ohnmacht gefallen vor Entsetzen.« Er schilderte ihr farbenfroh den Anblick.

Barbara schnitt eine Grimasse. »Ich bin froh, daß ich da nicht dabei war.«

»Oho, keine Sorge. Ich war viel zu erschüttert, um das Bett wieder in Ordnung zu bringen. Dazu brauche ich morgen Ihre Hilfe. Sagen wir, gleich nach dem Frühstück?«

»Sie Ekel!« Sie lachte.

In dem Häuschen an der Ecke der Bishop Furthing Road saß man offenbar beim Tee; einem späten Tee allerdings, der vermutlich auch gleich das Abendessen war. Constable Gabriel Langston hielt nämlich, als er ihnen öffnete, einen Teller mit diversen Leckerbissen in der Hand – kaltes Huhn, Käse, Obst und Kekse drängten sich auf dem angeschlagenen braunen Keramikteller.

Langston wirkte sehr jung für einen Polizeibeamten, doch der Name Gabriel paßte zu ihm. Er war ein schmächtiger Mensch mit dünnem gelbem Haar, dessen Beschaffenheit an weihnachtliches Engelshaar erinnerte, und mit einer babyglatten Haut. Sein Gesicht wirkte irgendwie unfertig, so als wären die Knochen unter Haut und Muskeln zu weich.

»Ich – ich w-w-wäre gleich zu Ihnen ge-gekommen«, stotterte er, vom Hals bis zur Stirn errötend, »als Sie hier ank-kamen. Aber man s-s-sagte mir, Sie würden zu mir k-k-kommen, wenn Sie etwas b-b-brauchen.«

»Das hat Ihnen zweifellos Nies gesagt«, vermutete Lynley.

Langston nickte verlegen und bat sie mit einer Geste in sein Haus.

Der Tisch war für eine Person gedeckt. Langston stellte hastig seinen Teller ab, wischte sich die Hände an der Hose und bot Lynley dann die Rechte.

»Freut m-m-mich, Sie beide k-k-kennenzulernen. T-t-tut mir leid, daß ...« Er errötete noch tiefer und wies hilflos auf seinen Mund, als fühle er sich für seine Sprachstörung verantwortlich. »T-tee?« fragte er eifrig.

»Gern, danke. Und Sie, Sergeant?«

»Ja, ich nehme auch gern eine Tasse«, sagte Barbara.

Langston nickte mit offenkundiger Erleichterung, lächelte sie an und verschwand in einer winzigen Küche, die sich an das Zimmer anschloß. Das Häuschen war, das konnten sie deutlich sehen, gerade groß genug für eine Person. Es war peinlich sauber – gefegt, geschrubbt, ordentlich aufgeräumt. Etwas unangenehm war lediglich der Geruch von nassem Hundehaar. Der Hund, von dem dieser Geruch ausging, lag auf einer alten Decke vor dem kleinen offenen Kamin, in dem ein elektrischer Ofen stand. Es war ein weißer Highland Terrier, der jetzt den Kopf hob, sie ernsthaft betrachtete und einmal herzhaft gähnte, ehe er sich wieder der Wärme des elektrischen Ofens zuwandte.

Langston kam mit einem Tablett und einem zweiten Terrier im Schlepptau wieder herein, der, lebhafter als sein Gefährte, freudig bellend an Lynley hochsprang.

»Hierher! Down!« befahl Langston so scharf, wie das bei seiner sanften Stimme möglich war.

Der Hund gehorchte widerwillig. Dann trottete er durch das Zimmer und legte sich zu seinem Gefährten vor den Kamin.

»S-s-sind zwei b-b-brave Burschen, Inspektor. Entschuldigen Sie.«

Lynley wehrte mit einer freundlichen Geste ab, während Langston den Tee einschenkte.

»Lassen Sie sich bitte nicht beim Essen stören, Constable. Sergeant Havers und ich sind ein bißchen spät dran. Wir können uns unterhalten, während Sie essen.«

Langston machte ein Gesicht, als hielte er das nicht für möglich, machte sich aber dann dennoch mit einem scheuen Nicken über sein Abendessen her.

»Soviel ich weiß, rief Pater Hart, unmittelbar nachdem er William Teys gefunden hatte, bei Ihnen an«, begann Lynley. Als Langston zustimmend nickte, fuhr er fort: »Roberta war noch da, als Sie ankamen?«

Wieder ein Nicken.

»Haben Sie Richmond sofort benachrichtigt? Warum?«

Lynley bereute die Frage sofort. Du Tolpatsch, dachte er verärgert. Er konnte sich vorstellen, wie es für den Mann sein mußte, sich mit der Befragung von Zeugen abzuquälen, besonders solcher wie Pater Hart, der immer etwas abgehoben von der Wirklichkeit zu sein schien.

Langston starrte auf seinen Teller, während er sich bemühte, eine Antwort zu formulieren.

»Es war wohl das praktischste und schnellste«, warf Barbara ein, und Langston nickte dankbar.

»Hat Roberta mit irgend jemandem gesprochen?«

Langston schüttelte den Kopf.

»Auch nicht mit Ihnen? Oder einem der Beamten aus Richmond?«

Wieder ein Kopfschütteln. Lynley sah Barbara an.

»Dann hat sie also nur mit Pater Hart gesprochen.« Er rekapitulierte. »Roberta saß auf dem umgedrehten Eimer, das Beil lag in ihrer Nähe, der Hund war unter Teys begraben. Aber die Waffe, mit der dem Hund die Kehle durchschnitten worden war, fehlte. Ist das korrekt?«

Ein Nicken. Langston biß in ein Hühnerbein, den Blick auf Lynley gerichtet.

»Was ist aus dem Hund geworden?«

»D-d-den hab' ich b-b-begraben.«

»Wo?«

»Hier h-h-hinten.«

Lynley beugte sich vor. »Hinter Ihrem Haus? Warum? Hat Nies Ihnen das befohlen?«

Langston schluckte, wischte sich wieder die Hände an der Hose. Er warf einen unglücklichen Blick auf seine beiden Hunde vor dem Feuer, die, als sie seine Aufmerksamkeit auf sich gerichtet sahen, freundlich mit den Schwänzen wedelten.

»Ich –« Es war mehr Verlegenheit als sein Stottern, die ihn diesmal beim Sprechen behinderte. »Ich m-mag Hunde so g-gern«, erklärte er. »Ich w-w-wollte nicht, daß sie d-d-den alten Schnauz verbrennen. Er – war ein Freund v-v-von meinen Burschen.«

»Der arme Kerl«, murmelte Lynley, als sie wieder auf der Straße standen. Es wurde jetzt schnell dunkel. Irgendwo rief eine Frau laut nach einem Kind. »Kein Wunder, daß er Richmond holte.«

»Wie kam er nur auf den Wahnsinnsgedanken, zur Polizei zu gehen?« fragte Barbara, während sie zum Gasthof hinübergingen.

»Er hat wahrscheinlich nie damit gerechnet, daß er es einmal mit einem Mord zu tun bekommen würde. So was erwartet man ja auch in einem Ort wie Keldale nicht. Vorher war es wahrscheinlich Langstons vornehmste Aufgabe, abends durch die Straßen zu marschieren und nachzuprüfen, ob alle Geschäfte zugesperrt waren.«

»Und jetzt?« fragte Barbara. »Den Hund bekommen wir erst morgen.«

»Stimmt.« Lynley klappte seine Uhr auf. »Ich hab' also noch zwölf Stunden Zeit, St. James zu beschwatzen, Flitterwochen gegen Mörderjagd zu tauschen. Was meinen Sie, Havers? Haben wir eine Chance?«

»Sie meinen, er muß zwischen dem toten Hund und seiner Frau wählen?«

»Richtig.«

»Ich fürchte, da muß ein Wunder her, Sir.«

»Das war schon immer mein Spezialgebiet«, sagte Lynley mit grimmiger Entschlossenheit.

Sie würde eben wieder das weiße Wollkleid anziehen müssen. Barbara nahm es aus dem Schrank und musterte es kritisch. Mit einem anderen Gürtel würde es schon gehen. Oder vielleicht mit einem Tuch um den Hals. Hatte sie eines mitgenommen? Auch ein Kopftuch würde gehen, nur um dem Kleid ein bißchen Farbe zu geben, es ein wenig zu verändern. Leise vor sich hin summend, kramte sie in ihren Sachen. Sie lagen ungeordnet in der Kommodenschublade, aber sie fand, was sie suchte. Ein rot-weiß kariertes Halstuch. Ein bißchen wie eine Tischdecke, aber das ließ sich jetzt nicht ändern.

Sie ging zum Spiegel und war angenehm überrascht von ihrem Anblick. Die Landluft hatte ihrem Gesicht Farbe gegeben, und ihre Augen blitzten lebhaft. Das kommt von dem Gefühl, endlich zu etwas nutze zu sein, dachte sie.

Es hatte ihr Spaß gemacht, allein durch das Dorf zu stromern. Es war das erstemal, daß ein Inspector ihr zugestanden hatte, etwas auf eigene Faust zu unternehmen. Es war das erstemal, daß ein Inspector gezeigt hatte, daß er ihr eigenständiges Denken zutraute. Sie fühlte sich beschwingt von der Erfahrung und wurde sich erst jetzt wirklich bewußt, wie tief ihr Selbstvertrauen durch die demütigende Rückkehr zur uniformierten Polizei erschüttert worden war. Das war wirklich eine grauenvolle Zeit gewesen: der schwelende Zorn, der sich zur unverständlichen Wut gesteigert hatte; die schmerzende Wunde der Erniedrigung; dieses Unglücklichsein; das Wissen, von den anderen als unfähig betrachtet zu werden, als Versager zu gelten.

Versager: die kleinen Augen ihres Vaters blickten ihr aus dem Spiegel entgegen. Sie wandte sich ab.

Jetzt ging alles viel besser. Sie war auf dem Weg, und nichts konnte sie aufhalten. Sie würde die Prüfung zum Inspector noch einmal machen. Und diesmal würde sie sie bestehen. Sie wußte es.

Sie zog den Tweedrock aus, den Pullover, die Schuhe. Zwar hatte ihr niemand etwas über Russell Mowrey sagen können, aber alle hatten ihre Fragen ernst genommen. Alle hatten sie als das gelten lassen, was sie war: eine Vertreterin Scotland Yards. Eine gute Vertreterin: tüchtig, intelligent, klarsichtig. Genau das hatte sie gebraucht. Nun konnte sie sich wirklich an den Ermittlungsarbeiten beteiligen. Nun gehörte sie dazu.

Sie legte den Gürtel um, band sich das Tuch locker um den Hals und ging die Treppe hinunter.

Lynley war im Aufenthaltsraum. Gedankenverloren stand er vor dem Aquarell, das die alte Abtei zeigte. Stepha Odell war hinter dem Tresen und beobachtete ihn. Sie wirkten selbst wie die Figuren eines Bildes. Stepha rührte sich zuerst.

»Noch etwas zu trinken, ehe Sie fahren, Inspector?« fragte sie liebenswürdig.

»Nein, danke.«

Lynley drehte sich um. »Ah, Havers«, sagte er zerstreut und rieb sich die Schläfen. »Fertig zum Angriff auf Keldale Hall?«

»Ja«, antwortete sie.

»Dann fahren wir.«

Er nickte Stepha zu, nahm Barbara beim Arm und ging mit ihr hinaus.

»Ich habe mir überlegt, wie wir am besten an die Sache herangehen«, bemerkte er, als sie im Wagen saßen. »Sie müssen uns dieses schreckliche amerikanische Paar so lange vom Hals halten, daß ich mit St. James sprechen kann. Schaffen Sie das? Es ist mir wirklich zuwider, Sie einem solchen Schicksal auszuliefern, aber ich fürchte, wenn der gute Hank mich hört, wird er sofort seinen Senf dazugeben wollen.«

»Keine Sorge, Sir«, antwortete Barbara. »Ich werde ihn vollständig fesseln.«

Er warf ihr einen argwöhnischen Blick zu. »Wie denn?«

»Ich lasse ihn einfach von sich selbst reden.«

Lynley lachte und sah plötzlich jünger aus und nicht mehr so ausgelaugt.

»Ja, das müßte klappen.«

»Passen Sie mal auf, Barbie«, sagte Hank augenzwinkernd, »wenn Sie schon hier in dieser gottverlassenen Gegend nach Mördern suchen, dann sollten Sie sich mal ein oder zwei Nächte *hier* einmieten. Ich sag' Ihnen, wenn's dunkel wird, spukt's hier, daß es eine wahre Wonne ist. Stimmt's, Böhnchen?«

Sie waren im Eichenzimmer bei einem Drink. Hank, in blendend weißer Hose mit einem bestickten Hemd, das bis zum Gürtel geöffnet war und das unvermeidliche goldene Medaillon enthüllte, strahlte Barbara an. Er stand am großen steinernen Kamin, als wäre er der Schloßherr persönlich. Seine Hand, die das Kognakglas hielt, lag lässig auf einer stilisierten steinernen Rose des gemeißelten Simses, die andere war an der Taille, den Daumen in den Hosenbund gehakt. Es war eine beeindruckende Pose.

JoJo saß in einem hochlehnigen Sessel und blickte bedauernd bald zu Barbara, bald zu Deborah. Lynley und St. James war es, wie Barbara mit Genugtuung feststellte, gelungen, sich zurückzuziehen, und Alice Burton-Thomas war auf einer weich gepolsterten Couch in der Nähe geräuschvoll eingenickt. Barbara vermerkte das höchst unregelmäßige Schnarchen und kam zu dem Schluß, daß es vorgetäuscht war. Man konnte es der Frau nicht verübeln. Hank schwadronierte nun schon seit einer guten Viertelstunde.

Barbara warf einen raschen Blick auf Deborah, um zu sehen, wie sie es aufnahm, daß ihr Mann sie so schnöde dem eisernen Zugriff Hanks preisgegeben hatte. Ihr Gesicht, auf dem der Widerschein des Feuers spielte, war ruhig, doch als sie Barbaras Blick bemerkte, flog ein spitzbübisches Lächeln um ihren Mund. Sie weiß genau, was los ist, dachte Barbara und fand Deborah sympathisch dafür, daß sie sich so verständnisvoll zeigte.

Gerade als Hank erneut den Mund öffnete, um näher auf den wilden Spuk in Keldale Hall einzugehen, gesellten sich Lynley und St. James wieder zu ihnen.

»Jetzt passen Sie auf«, dröhnte Hank. »Ich geh' also neulich abend zum Fenster, weil mir das verdammte Gekreische der Pfauen so auf die Nerven geht, und –«

»Pfauen?« fragte Deborah. »Hast du das gehört, Simon? Es war gar nicht das Baby. Hast du mich etwa angeschwindelt?«

»Ich habe mich offensichtlich getäuscht«, antwortete St. James. »Für mich klang es wie Babygeschrei. Wollen Sie uns sagen, daß unsere Abwehrmaßnahmen gegen die bösen Geister ganz überflüssig waren?«

»Sie haben das für Babygeschrei gehalten?« fragte Hank ungläubig. »Sie müssen wirklich vor Liebe närrisch sein, Si. Das war ein Pfau, und gekreischt hat er wie ein Jochgeier.« Er setzte sich, die Knie gespreizt, die Ellbogen auf den fleischigen Schenkeln. »Ich geh' also zum Fenster und überleg', ob ich einfach zumachen oder einen Schuh runterschmeißen soll, um das Biest abzumurksen. Ich bin ein verdammt guter Schütze. Hab' ich Ihnen das gesagt? Nein? Ja, wissen Sie, bei uns gibt's da in Laguna so eine Straße, wo die Schwulen sich rumtreiben.« Er wartete, um zu sehen, ob er seine Zuhörer noch einmal über die Einwohnerschaft von Laguna Beach aufklären müsse. Als keine Fragen kamen, fuhr er fröhlich fort: »Und im Schuhwerfen krieg' ich da Übung genug, das kann ich Ihnen flüstern. Was, Böhnchen? Stimmt's oder hab' ich recht?«

»Beides, Schatz«, antwortete JoJo. »Er trifft wirklich alles«, beteuerte sie.

»Das bezweifle ich nicht«, erwiderte Lynley mit grimmigem Humor.

Hank ließ seine Jacketkronen blitzen.

»Ich steh' also am Fenster, den Schuh in der Hand, da seh' ich plötzlich was ganz anderes als den Vogel.«

»Es war gar nicht der Vogel, der gekreischt hat?« erkundigte sich Lynley.

»Doch, klar, der Vogel war da, aber das war nicht das einzige.« Er wartete, in der Hoffnung, daß sie ihn fragen würden, was er noch gesehen hatte. Aber sie hüllten sich alle in höfliches Schweigen. »Okay, okay.« Er lachte. Dann senkte er die Stimme. »Danny und dieser Kerl, wie heißt er gleich? Ira – Ezechiel –«

»Ezra?«

»Richtig. Die stehen da unten und küssen sich, daß mir die Luft weggeblieben ist. Mann o Mann! ›He, wollt ihr nicht mal Luft holen‹, schrei' ich runter.« Er wieherte.

Höfliches Lächeln in der Runde. JoJo blickte von einem Gesicht zum anderen wie ein Hündchen, das gestreichelt werden möchte.

»Aber jetzt kommt erst der Knalleffekt.« Hank senkte wieder die Stimme. »Die Dame ist gar nicht Danny.«

Er lächelte triumphierend. Endlich hatte er ihre ungeteilte Aufmerksamkeit.

»Noch einen Kognak, Deborah?« fragte St. James.

»Danke, ja.«

Hank beugte sich in seinem Sessel vor.

»Es ist *Angelina*! Na, ist das eine Überraschung?« Er brüllte vor Gelächter und schlug sich auf die Schenkel. »Dieser Ezra treibt's schlimmer als ein Gockel im Hühnerstall, Leute. Ich weiß nicht, was er so Tolles an sich hat, aber er ist auf jeden Fall nicht geizig damit.« Er trank schlürfend von seinem Kognak. »Ich hab' am Morgen ein paar Anspielungen zu Angelina gemacht, aber das Mädchen hat's faustdick hinter den Ohren. Hat mit keiner Wimper gezuckt. Ich sag's Ihnen, Tom, wenn Sie etwas erleben wollen, dann sollten Sie sich hier einmieten.« Er seufzte hochbefriedigt und spielte mit seiner Goldkette. »Ja, ja, die Liebe. Ein herrlicher Zeitvertreib, hm? Nichts bringt einen so durcheinander wie die Liebe. Das können Sie bestimmt bestätigen, Si, was?«

»Ich bin seit Jahren durcheinander«, erwiderte St. James.

Hank lachte. »Sie hat Sie wohl ziemlich jung eingefangen, wie?« Er deutete auf Deborah. »Waren wohl eine ganze Weile hinter ihm her?«

»Seit meiner Kindheit«, antwortete sie freundlich.

»Kindheit?« Hank ging durchs Zimmer, um sich noch einen Kognak einzuschenken. Alice Burton-Thomas schnarchte laut, als er an ihr vorüberkam. »Liebe auf der Schulbank, hm, genau wie JoJo und ich. Weißt du noch, Böhnchen? Damals in meinem alten Chevy? Haben Sie hier eigentlich Drive-in-Kinos?«

»Ich glaube, dieses Phänomen trifft man nur in Ihrem Land an«, erwiderte St. James.

»Ach was.« Hank zuckte die Achseln und ließ sich wieder in seinen Sessel fallen. Kognak tropfte auf seine weiße Hose. Er achtete nicht darauf. »Sie kennen sich also von der Schulzeit?«

»Nein. Wir wurden einander im Haus meiner Mutter vorgestellt.«

St. James und Deborah tauschten einen Blick.

»Aha, die wollte Sie verkuppeln, was? Das Böhnchen und ich haben uns auch durch Freunde kennengelernt, die uns einfach zusammengeschmissen haben. Da haben wir was gemeinsam, Sir.«

»Wissen Sie, ich bin im Haus seiner Mutter geboren«, bemerkte Deborah höflich. »Aber aufgewachsen bin ich eigentlich in Simons Haus in London.«

Hank war perplex. »Hast du das gehört, Böhnchen? Sind Sie beide verwandt? Vetter und Cousine oder so was?« Vorstellungen von Bluterkranken, die hinter geschlossenen Türen dahinsiechen, schossen ihm augenscheinlich durch den Kopf.

»Nein, nein. Mein Vater ist Simons – wie würdest du Vater bezeichnen, Simon?« fragte sie ihren Mann. »Lakai, Diener, Butler?«

»Schwiegervater«, sagte St. James.

»Hast du das mitgekriegt, Böhnchen«, sagte Hank ehrfürchtig. »Das nenne ich romantische Liebe.«

Es war so plötzlich, so unerwartet gekommen, daß sie Mühe hatte, es zu verdauen. Lynleys Charakter entpuppte sich als so facettenreich wie ein meisterlich geschliffener Diamant. Immer wieder zeigte sich eine neue Seite, die sie nie zuvor gesehen hatte.

Er liebte Deborah. Gut, das war klar. Das war verständlich. Aber daß er die Tochter von St. James' Diener liebte! Barbara fand es unglaublich. Wie hatte ihm das nur passieren können? Er hatte auf sie immer den Eindruck gemacht, als hätte er seine Gefühle und sein Leben absolut unter Kontrolle. Wie hatte er das geschehen lassen können?

Sie sah sein merkwürdiges Verhalten bei der Hochzeit jetzt in einem ganz neuen Licht. Er hatte nicht *sie* so schnell wie möglich loswerden wollen; er hatte dem Schmerz entfliehen wollen, den es ihm bereitete, die Frau, die er liebte, mit einem anderen Mann glücklich zu sehen.

Wenigstens verstand sie jetzt, warum Deborah sich zwischen den beiden Männern für St. James entschieden hatte. Sie hatte zweifellos nie eine Wahl gehabt. Lynley hätte ihr niemals von Liebe gesprochen, denn hätte er das getan, so hätte das unweigerlich zur Frage der Heirat geführt, und niemals würde Lynley die Tochter eines Hausdieners heiraten. Das hätte seinen Familienstammbaum bis in die Wurzeln erschüttert.

Doch er hatte sicherlich den Wunsch gehabt, Deborah zu seiner Frau zu machen. Wie mußte er gelitten haben, als er mit ansah, wie St. James seelenruhig alle gesellschaftlichen Konventionen durchbrach, die ihn selbst – Lynley – gefangenhielten.

Was hatte St. James gesagt? Mein Schwiegervater. Mit diesem einen Wort hatte er gelassen sämtliche Standesunterschiede beseitigt, die ihn von seiner Frau getrennt hatten.

Kein Wunder, daß sie ihn liebt, dachte Barbara.

Im dunklen Auto warf sie einen verstohlenen Blick auf Lynley. Wie ertrug er das Wissen, daß es ihm an Mut gefehlt hatte, Deborah zu seiner Frau zu machen; daß er so feige gewesen war, den Namen seiner Familie über seine Liebe zu stellen? Wie er sich dafür hassen mußte! Wie tief er das bereuen mußte! Wie schrecklich einsam er in Wirklichkeit sein mußte!

Er spürte ihren Blick.

»Sie haben heute gute Arbeit geleistet, Sergeant. Besonders heute abend. Dafür, daß Sie uns Hank eine volle Viertelstunde lang vom Hals gehalten haben, verdienen Sie eine besondere Belobigung.«

Die anerkennenden Worte taten ihr gut. »Danke, Sir. Ist St. James bereit, uns zu helfen?«

Er nickte. »Ja.«

Ja, dachte Lynley, er ist bereit, uns zu helfen. Mit einem Seufzer, in dem sich Bitterkeit und Selbstironie mischten, warf er die Akte auf den Nachttisch, legte seine Lesebrille obenauf und rieb sich die Augen. Er zog das Kissen hinter seinem Rücken hoch.

Deborah hatte mit Simon gesprochen. Das war ihm gleich klargewesen. Und sie waren sich über die Antwort, die Simon ihm geben würde, schon einig gewesen, noch ehe er um Unterstützung gebeten hatte. Es war eine klare und einfache Antwort gewesen. »Natürlich, Tommy. Was kann ich tun?«

Es war so typisch für die beiden. Es war typisch für Deborah, daß sie bei ihrem Gespräch am Morgen sogleich seine Sorgen erfaßt hatte. Es war typisch für sie, daß sie ihm den Weg zu Simon geebnet hatte. Und es war typisch für Simon, daß er seine Unterstützung ohne jedes Zögern zugesagt hatte, da das kleinste Zögern die Schuld aufgestört hätte, die wie ein gefährlicher verwundeter Tiger zwischen ihnen lag.

Er lehnte sich in die Kissen und schloß müde die Augen, während er erschöpft seine Gedanken in die Vergangenheit zurückschweifen ließ. Er gab sich den betörenden Bildern früheren Glücks hin, die ungetrübt waren von Schmerz und Kummer.

›The lovely Thais by his side
Sate like a blooming Easter bride,
In flow'r of youth and beauty's pride.
Happy, happy, happy pair!
None but the brave deserves the fair.‹

Wie von selbst schlichen sich Drydens Worte in sein Bewußtsein. Er wollte sie nicht. Er schob sie weg und zwang sie, in sein Unbewußtes zu versinken. So sehr war er darauf konzentriert, daß er nicht hörte, wie die Tür geöffnet wurde und jemand an sein Bett kam. Er nahm erst wahr, daß jemand in seinem Zimmer war, als eine kühle Hand sanft seine Wange berührte. Er riß die Augen auf.

»Ich glaube, Sie brauchen ein Odell's, Inspector«, flüsterte Stepha.

12

Verblüfft starrte er sie an. Vergeblich wartete er auf den inneren Umschlag, auf das prompte Erscheinen jenes Mannes von Welt, der lachte und tanzte und auf alles eine geistreiche Erwiderung hatte. Seine Maske wollte sich nicht einstellen, nichts geschah. Stephas Eindringen in sein Zimmer, das so unmerklich vor sich gegangen war, schien seinen einzigen Abwehrmechanismus zerstört zu haben; alles, was ihm von seinem ganzen Repertoire als Mann von Welt geblieben war, war die Fähigkeit, ruhig dem Blick ihrer schönen Augen zu begegnen.

Er spürte, daß er sich vergewissern mußte, daß sie Realität war, keine Traumgestalt aus den Nebeln seiner Erinnerung. Er berührte ihr Haar. Weich, dachte er verwundert.

Sie nahm seine Hand, küßte die Handfläche, das Gelenk. Ihre Zunge streichelte sachte seine Finger.

»Komm heute nacht in meine Arme. Laß mich den Wahnsinn und die höllischen Bilder vertreiben.«

Ihre Stimme war nur ein Hauch, so daß er sich fragte, ob auch sie Teil eines Traumes wäre. Aber ihre weichen Hände spielten über seine Wangen und seinen Hals, und als sie sich zu ihm herabneigte und er die Süße ihres Mundes kostete, wußte er, daß sie Wirklichkeit war, die Gegenwart, die gelassen die dicken Abwehrmauern seiner Vergangenheit einreißen wollte.

Er wollte fliehen vor der Belagerung, Zuflucht suchen in den verklärten Erinnerungen, die ihn in diesem vergangenen Jahr so gut abgeschirmt hatten; in diesem Jahr, in dem alles Begehren ausgelöscht gewesen war, alle Sehnsucht tot, das ganze Leben unvollständig. Aber sie gestattete keine Flucht, und während sie zielstrebig die Wehrmauern zerstörte, die ihn schützten, spürte er wiederum nicht herrliche Befreiung, sondern jenes beängstigende Verlangen, einen anderen mit Leib und Seele zu besitzen.

Er konnte nicht. Er würde es nicht zulassen. Verzweifelt suchte er die letzten, schon zerstörten Abwehrkräfte zusammenzuraffen, jenes gefühllose Geschöpf zu retten, das schon tot war. An seiner Stelle wurde – zart und verletzlich – der Mensch wiedergeboren, der die ganze Zeit über dagewesen war.

»Erzähl mir von Paul.«

Sie stützte sich auf einen Ellbogen, berührte mit einem Finger seine Lippen, zeichnete ihre Kontur nach. Das Licht fiel auf ihre Haare, ihre Schultern, ihre Brüste. Feuer und Milch und ein kaum wahrnehmbarer Veilchenduft. »Warum?«

»Weil ich dich kennenlernen möchte. Weil er dein Bruder war. Weil er sterben mußte.«

Ihr Blick wich dem seinen aus.

»Was hat Nigel dir erzählt?«

»Daß Pauls Tod jeden veränderte.«

»Ja, das ist wahr.«

»Bridie sagte, er wäre fortgegangen und hätte ihr nie auf Wiedersehen gesagt.«

Stepha ließ sich neben ihn sinken, in seine Arme.

»Paul hat sich das Leben genommen, Thomas«, sagte sie leise. Sie zitterte bei den Worten, und er hielt sie fester. »Wir haben es Bridie nicht gesagt. Wir sagen, daß er an Huntington's Chorea gestorben ist, und in gewisser Weise stimmt das ja auch. Es war die Krankheit, die ihn tötete. Hast du schon einmal Menschen mit dieser Krankheit gesehen? Veitstanz. Sie haben ihren Körper nicht mehr in der Gewalt. Sie zucken und torkeln und springen und stürzen. Und am Ende verlieren sie auch noch den Verstand. Aber Paul nicht. Nein, Paul nicht.«

Ihr brach die Stimme. Sie holte tief Atem. Er strich ihr über das Haar und küßte sie auf den Scheitel.

»Das tut mir leid.«

»Er hatte gerade noch genug Verstand, um zu begreifen, daß er seine Frau nicht mehr erkannte, daß er den Namen seines Kindes nicht mehr wußte, seinen Körper nicht mehr beherrschte. Er hatte gerade noch genug Verstand, um für sich zu beschließen, daß es Zeit zum Sterben sei.« Sie schluckte. »Ich habe ihm geholfen. Das mußte ich tun. Wir waren Zwillinge.«

»Das wußte ich nicht.«

»Hat Nigel es dir nicht gesagt?«

»Nein. Nigel liebt dich, nicht wahr?«

»Ja.« Sie antwortete ohne Geziertheit.

»Ist er nach Keldale gekommen, um in deiner Nähe zu sein?«

Sie nickte. »Wir waren alle zusammen auf der Universität: Nigel, Paul und ich. Zu einem früheren Zeitpunkt hätte ich Nigel vielleicht geheiratet. Er war damals noch nicht so zornig und bitter. Die Quelle seiner Bitterkeit bin ich, fürchte ich. Aber jetzt werde ich nie mehr heiraten.«

»Warum nicht?«

»Weil Huntington's Chorea eine Erbkrankheit ist. Ich bin Trägerin. Ich möchte sie nicht an ein Kind weitergeben. Es ist schlimm genug, Bridie jeden Tag sehen zu müssen und immer, wenn sie mal stolpert oder was fallen läßt, sofort zu fürchten, daß sie auch diese furchtbare Krankheit hat. Ich weiß nicht, was ich täte, wenn ich ein Kind hätte. Wahrscheinlich würde ich verrückt werden vor Angst.«

»Man braucht nicht unbedingt Kinder zu haben. Oder man könnte eines adoptieren.«

»Natürlich, Männer sagen das so. Nigel sagt das auch. Aber für mich hat eine Ehe keinen Sinn, wenn ich nicht auch ein eigenes Kind haben kann. Ein eigenes gesundes Kind.«

»War das Baby in der alten Abtei ein gesundes Kind?«

Sie richtete sich auf, um ihm ins Gesicht sehen zu können.

»Im Dienst, Inspector? Eine merkwürdige Zeit und ein merkwürdiger Ort dafür, finden Sie nicht?«

Er lächelte reumütig. »Entschuldige. Der reine Reflex.« Aber dann fügte er doch hinzu: »War es gesund?«

»Wo hast du denn von dem Baby in der alten Abtei gehört? Nein, du brauchst es mir nicht zu sagen. In Keldale Hall.«

»Wie ich hörte, war es eine wahr gewordene Legende?«

»So ungefähr. Die Legende – die von den Burton-Thomas' bei jeder Gelegenheit gefördert wird – besagt, daß man manchmal in der alten Abtei nachts einen Säugling weinen hören kann. Die Realität ist, wie zu erwarten, weit weniger romantisch. Das Geräusch kommt vom Wind, wenn er gerade mit der richtigen Stärke durch einen Spalt in der Mauer zwischen dem nördlichen Querschiff und dem Mittelschiff hindurchpfeift. Das kommt mehrmals im Jahr vor.«

»Und woher weißt du das?«

»Mein Bruder und ich haben als Jugendliche einmal im Frühjahr vierzehn Tage dort gezeltet, weil wir hinter das Geheimnis kommen wollten. Wir haben selbstverständlich die Burton-Thomas' nicht bloßgestellt, indem wir die Wahrheit ausposaunten. Aber es ist schon richtig, das Geräusch des Windes hat große Ähnlichkeit mit dem Weinen eines Kindes.«

»Und was ist mit dem richtigen Baby?«

»Aha, zurück zum Ausgangspunkt, hm?« Sie legte ihr Gesicht auf seine Brust. »Ich weiß nicht viel darüber. Pater Hart fand das kleine Ding vor ungefähr drei Jahren. Er entfachte bei den Leuten hier helle Empörung, und Gabriel Langston bekam den Auftrag, der Sache auf den Grund zu gehen. Der arme Kerl. Er hat nie etwas herausbekommen. Die Wogen glätteten sich nach ein paar Wochen. Das Kind wurde beerdigt, alle kamen, und damit war die Sache erledigt. Es war alles ziemlich unerfreulich.«

»Und du warst froh, als es vorbei war?«

»Ja. Ich mag keine Düsternis in meinem Leben. Ich will ein Leben voller Lust und Spaß.«

»Vielleicht hast du Angst vor anderen Gefühlen.«

»Ja. Aber am meisten Angst habe ich davor, so zu enden wie Olivia; einen Menschen so sehr zu lieben und dann zusehen zu müssen, wie er mir brutal von der Seite gerissen wird. Ich kann ihre Nähe kaum noch ertragen. Nach Pauls Tod versank sie im Nebel und tauchte nie wieder auf. So möchte ich nicht werden. Niemals.« Sie sprach das letzte Wort zornig, doch als sie den Kopf hob, sah er Tränen in ihren Augen. »Bitte, Thomas«, flüsterte sie, und sein Körper reagierte mit heißem Begehren.

Heftig zog er sie an sich, fühlte ihr Feuer und ihre Leidenschaft, hörte ihren Aufschrei der Lust, spürte, wie der Wahnsinn dahinschmolz.

»Und was ist mit Bridie?«

»Wie meinst du das?«

»Sie wirkt wie eine verlorene kleine Seele. Nur Bridie und ihre Ente.«

Stepha lachte leise. Sie drehte sich auf die Seite und drückte ihren warmen Rücken an seinen Körper.

»Bridie ist ein besonderes kleines Wesen, nicht?«

»Olivia wirkt merkwürdig distanziert von ihr. Es scheint fast so, als wüchse Bridie ganz ohne Eltern auf.«

»Liv war nicht immer so. Aber Bridie ist wie Paul. Sie ist ihm ungeheuer ähnlich. Ich glaube, es tut Olivia sehr weh, sie nur zu sehen. Sie hat Pauls Tod immer noch nicht überwunden. Wahrscheinlich wird sie ihn nie überwinden.«

»Warum, um Gottes willen, wollte sie dann wieder heiraten?«

»Bridies wegen. Paul war ein sehr starker Vater. Ich glaube, Olivia hielt es für ihre Pflicht, einen Ersatz für ihn zu finden. Und William war wahrscheinlich ganz erpicht darauf, diesen Platz einzunehmen.« Ihre Stimme wurde schläfrig. »Ich weiß nicht, wie sie sich diese Ehe für sich selbst vorstellte. Aber ich glaube, ihr lag in erster Linie daran, Bridie einen Vater zu geben. Und es hätte bestimmt gut geklappt. William war sehr gut zu Bridie. Und Roberta auch.«

»Bridie sagt, daß du auch gut zu ihr bist.«

»Ja?« Sie gähnte. »Ich hab' ihr das verschnittene Haar ein bißchen zurechtgestutzt, dem armen kleinen Schatz. Zu viel bin ich nicht gut, fürchte ich.«

»Du kannst Gespenster vertreiben«, sagte er leise. »Das kannst du sehr gut.«

Aber sie war bereits eingeschlafen.

Er erwachte, und diesmal erkannte er die Realität sofort wieder. Sie lag da wie ein Kind, die Knie hochgezogen, beide Fäuste unter dem Kinn. Im Schlaf runzelte sie die Stirn, und zwischen ihren Lippen hatte sich eine Haarsträhne gefangen. Er lächelte bei ihrem Anblick.

Ein Blick auf die Uhr. Es war halb sieben. Er beugte sich über sie und küßte ihre Schultern. Sie erwachte sofort, war augenblicklich hellwach, nicht im mindesten verwirrt, wußte genau, wo sie war. Sie hob die Hand, berührte seine Wange und zog ihn zu sich herunter.

Er küßte ihren Mund, dann ihren Hals und hörte die Veränderung ihrer Atemzüge, die Lust signalisierte. Seine Hand glitt über ihren Körper. Sie seufzte.

»Thomas.« Sie hob den Kopf. Ihre Wangen waren gerötet, ihre Augen leuchteten. »Ich muß gehen.«

»Noch nicht.«

»Schau doch, wie spät es ist.«

»Gleich.« Er neigte sich zu ihr, fühlte ihre Hände in seinem Haar.

»Du – ich – guter Gott!« Sie lachte, als sie merkte, wie ihr Körper sie verriet.

Er lächelte. »Dann geh, wenn du mußt.«

Sie setzte sich auf, küßte ihn ein letztesmal und ging ins Bad. Er lag da, von einem Glücksgefühl erfüllt, das er für immer verloren geglaubt hatte, und lauschte den vertrauten Geräuschen aus dem Badezimmer. Er fragte sich plötzlich, wie er das letzte Jahr der Einsamkeit überhaupt hatte überleben können.

Dann kam sie lächelnd wieder ins Zimmer und zog seine Bürste durch ihr zerzaustes Haar. Sie griff nach dem grauen Morgenrock und zog ihn an.

Und in diesem Moment, im Licht des frühen Morgens, sah er an ihrem Körper die unverwechselbaren Anzeichen dafür, daß sie ein Kind geboren hatte.

Barbara stand endlich auf, als sie hörte, wie Lynleys Zimmertür leise geöffnet und wieder geschlossen wurde. Sie hatte auf der Seite gelegen, die Augen starr auf einen Punkt an der Wand gerichtet, die Zähne so fest aufeinandergebissen, daß ihr ganzer Unterkiefer schmerzte. Seit jenem ersten Moment vor sechs Stunden, als sie die beiden das erstemal in seinem Zimmer gehört hatte, hatte sie krampfhaft versucht, alle Gefühle in sich abzutöten.

Ihre Beine waren wie taub, als sie zum Fenster ging. Mit steinernem Gesicht starrte sie in den Morgen hinaus. Das Dorf schien ohne Leben, ein Ort ohne Farben und Geräusche. Wie passend, dachte sie.

Das Bett hatte sie fast wahnsinnig gemacht, das unverkennbare rhythmische Quietschen seines Bettes. Es quietschte und quietschte, bis sie am liebsten laut geschrien, mit den Fäusten an die Wand getrommelt hätte, um ihm ein Ende zu machen. Aber die Stille, die ebenso plötzlich eintrat, war noch schlimmer. Sie hämmerte ihr in den Ohren mit zornigen Schlägen, die sie endlich als das Schlagen ihres Herzens erkannte. Und dann wieder das Bett. Endlos. Und der gedämpfte Aufschrei der Frau.

Sie drückte ihre Hand, die heiß und trocken war, auf die Fensterscheibe und fühlte mit gleichgültiger Überraschung das feuchte, kühle Glas. Ihre Finger rutschten ab und hinterließen Streifen. Sie betrachtete sie zerstreut.

So war das also mit seiner unglücklichen Liebe zu Deborah. Lieber Gott, dachte Barbara, ich muß ja nicht bei Trost gewesen sein. Wann war der denn je was anderes als das, was er heute nacht war: ein Gockel, ein Macho, der sich seine Männlichkeit zwischen den Beinen jeder Frau beweisen muß, die ihm über den Weg läuft.

Gestern nacht haben Sie sie gründlich bewiesen, Inspector. Gleich drei- oder viermal, daß es eine wahre Wonne war. Sie sind wirklich ein hochbegabter Bursche.

Sie lachte lautlos und ohne Erheiterung. Im Grunde war es eine Genugtuung zu entdecken, daß er genau das war, wofür sie ihn immer gehalten hatte: ein streunender Kater auf der Pirsch nach der rolligen Katze. Die Fassade aristokratischer Kultiviertheit war dünn. Man brauchte nur ein bißchen daran zu kratzen, und schon kam die Wahrheit durch.

Im Nebenzimmer begann geräuschvoll das Badewasser zu laufen. Für Barbara hörte es sich an wie brandender Applaus. Sie wandte sich vom Fenster ab. Sie fragte sich, wie sie den kommenden Tag hinter sich bringen sollte.

»Wir müssen das ganze Haus auseinandernehmen«, sagte Lynley. »Ein Zimmer nach dem anderen.«

Sie waren gerade im Arbeitszimmer. Barbara stand am Bücherregal und blätterte mit mürrischem Gesicht in einem eselsohrigen Brontë-Roman. Er beobachtete sie. Abgesehen von einsilbigen, völlig ausdruckslosen Antworten auf seine Bemerkungen beim Frühstück hatte sie kein Wort gesprochen. Der dünne Faden der Kommunikation, der sich zwischen ihnen angesponnen hatte, schien zerrissen zu sein. Um alles noch schlimmer zu machen, trug sie auch wieder das entsetzliche blaue Kostüm und die albernen farbigen Strümpfe dazu.

»Havers!« sagte er scharf. »Hören Sie mir überhaupt zu?«

Sie drehte mit aufreizender Langsamkeit den Kopf.

»Ich bin ganz Ohr – Inspector.«

»Dann fangen Sie in der Küche an.«

»Einer der beiden Orte, wo das kleine Frauchen hingehört.«

»Was soll das heißen?«

»Gar nichts.« Sie ging aus dem Zimmer.

Er sah ihr perplex nach. Was, zum Teufel, war in die Frau gefahren? Sie hatten so gut zusammengearbeitet, aber jetzt benahm sie sich, als könnte sie es nicht erwarten, den ganzen Erfolg zunichte zu machen und wieder ihre Uniform anzuziehen. Es war völlig unsinnig. Webberly bot ihr eine Chance, sich zu bewähren, und sie legte es förmlich darauf an, jedes Vorurteil, das die anderen Kriminalbeamten im Yard gegen sie hatten, zu bestätigen. Er seufzte und versuchte, sich die Gedanken über sie aus dem Kopf zu schlagen.

St. James mußte jetzt schon auf der Fahrt nach Newby Wiske sein, die Hundeleiche im Plastiksack im Kofferraum des Escort, Robertas Kleidung in dem braunen Karton auf dem Rücksitz. Er würde die Autopsie durchführen, die Tests überwachen und ihm dann seinen Befund bekanntgeben. Ein Glück, daß St. James zur Stelle war. Seine Mitarbeit würde gewährleisten, daß wenigstens in diesem Fall korrekt gehandelt wurde.

Chief Constable Kerridge hatte erfreut zur Kenntnis genommen, daß Allcourt-St.-James kommen würde, um sich der Einrichtungen des gutausgestatteten Labors im Präsidium zu bedienen. Dem ist alles recht, dachte Lynley, wenn er damit nur Nies eins auswischen kann. Er schüttelte angewidert den Kopf, ging zu William Teys' Schreibtisch und zog die oberste Schublade auf.

Sie barg jedoch keine Geheimnisse. Eine Schere, Bleistifte,

eine zerknitterte Karte des Landkreises, ein Farbband und eine Rolle Klebeband. Die Karte erregte sein Interesse, und er entfaltete sie begierig: vielleicht waren hier die Stationen einer sorgfältigen Fahndung nach Gillian eingezeichnet. Aber die Karte enthielt keinerlei Markierungen.

Die übrigen Schubladen enthielten sowenig Bedeutungsvolles wie die erste. Ein Töpfchen Leim, zwei Kartons unbenutzter Weihnachtskarten, drei kleine Stapel Fotografien vom Hof, Rechnungsbücher, eine angebrochene Rolle Pfefferminzdrops. Nichts über Gillian.

Er setzte sich wieder in den Sessel. Sein Blick fiel auf das Lesepult und die Bibel, die darauf lag. Einem Einfall folgend, stand er auf und schlug die Bibel an der eingemerkten Stelle auf.

›Und der Pharao sprach zu Joseph: Weil dir Gott dies alles kundgetan hat, ist keiner so verständig und weise wie du. Du sollst über mein Haus sein, und deinem Wort soll all mein Volk gehorsam sein; allein um den königlichen Thron will ich höher sein als du. Und weiter sprach der Pharao zu Joseph: Siehe, ich habe dich über ganz Ägyptenland gesetzt. Und er tat seinen Ring von seiner Hand und gab ihn Joseph an seine Hand und kleidete ihn mit kostbarer Leinwand und legte ihm eine goldene Kette um seinen Hals und ließ ihn auf seinem zweiten Wagen fahren und ließ vor ihm her ausrufen: Der ist des Landes Vater! Und setzte ihn über ganz Ägyptenland.‹

»Suchen Sie den Rat des Herrn?«

Lynley blickte auf. Barbara lehnte an der schweren Tür. Ihr formloser Körper war vom Morgenlicht scharf umrissen, ihr Gesicht war ausdruckslos.

»Sind Sie in der Küche fertig?« fragte er.

»Ich hatte Lust auf eine Pause.« Sie kam gemächlich ins Zimmer. »Haben Sie ’ne Zigarette da?«

Zerstreut reichte er ihr das Etui und ging zu den Bücherregalen, suchte, fand einen Band Shakespeare, nahm ihn heraus und blätterte darin herum.

»Ist Daze rothaarig, Inspector?«

Es dauerte einen Moment, ehe die Merkwürdigkeit der Frage ihm zu Bewußtsein kam. Als er aufsah, stand Barbara wieder an der Tür und rieb mit den Fingern sinnend über das Holz, allem Anschein nach gar nicht interessiert an seiner Antwort.

»Wie bitte?«

Sie klappte das Zigarettenetui auf und las die eingravierten Worte. »›Thomas, Darling, wir werden Paris immer im Herzen tragen, nicht wahr? Daze.‹«

Kalt begegnete sie seinem Blick. Da erst bemerkte er, wie bleich sie war, wie dunkel die Ringe der Müdigkeit unter ihren Augen waren, wie das Etui in ihrer Hand zitterte.

»Abgesehen von ihrer ziemlich kitschigen Ausdrucksweise – ist sie rothaarig?« wiederholte Barbara. »Ich frage nur, weil Sie rothaarige Frauen zu bevorzugen scheinen. Oder ist Ihnen in Wahrheit jede recht?«

Entsetzt erkannte Lynley, was die Veränderung ihres Verhaltens bewirkt hatte und daß er selbst die Schuld daran trug. Er konnte nichts sagen. Es gab keine schnelle Antwort auf ihre Frage. Aber er sah sogleich, daß eine Antwort gar nicht nötig war. Sie hatte gar nicht die Absicht, auf eine zu warten, ehe sie fortfuhr.

»Havers –«

Sie hob abwehrend die Hand. Sie war totenbleich. Ihr Gesicht wirkte wie plattgedrückt. Ihre Stimme war schrill.

»Es ist schlechter Stil, Inspector, zum nächtlichen Stelldichein nicht ins Zimmer der Frau zu gehen. Es wundert mich, daß Sie das nicht wissen. Bei *Ihrer* Erfahrung hätte ich das nicht vermutet. Aber es ist ja nur ein kleiner Lapsus und macht einer Frau sicher gar nichts aus, wenn sie dafür das ekstatische Vergnügen genießen kann, mit Ihnen zu bumsen.«

Er fuhr vor dem gemeinen Ton zurück, den sie dem Wort gab.

»Es tut mir leid, Barbara«, sagte er.

»Warum tut es Ihnen leid?« Sie stieß ein heiseres Lachen aus. »In der Hitze des Gefechts denkt keiner an mögliche Lauscher. Ich jedenfalls nie, das weiß ich.« Sie verzog den Mund zu einem zitternden Lächeln. »Und hitzig ist es ja wirklich zugegangen gestern nacht, nicht? Ich traute meinen Ohren nicht, als Sie beide ein zweitesmal loslegten. Und so bald schon! Gott, Sie haben sich ja kaum eine Verschnaufpause gegönnt.«

Er sah ihr nach, wie sie zum Regal ging und mit dem Finger über einen Buchrücken strich.

»Ich wußte nicht, daß Sie uns hören konnten. Ich bitte um Entschuldigung, Barbara. Es tut mir entsetzlich leid.«

Sie drehte sich mit einer raschen Bewegung nach ihm um.

»Warum sollte es Ihnen leid tun?« sagte sie wieder, mit lauterer Stimme diesmal. »Sie sind schließlich nicht vierundzwanzig Stunden im Dienst. Und außerdem war es ja im Grund nicht Ihre Schuld, nicht wahr? Woher hätten Sie wissen sollen, daß Stepha kreischen würde wie eine Verrückte.«

»Trotzdem – es war nie meine Absicht, Ihre Gefühle zu verletzen –«

»Sie haben meine Gefühle nicht verletzt!« Sie lachte schrill. »Wie kommen Sie denn auf eine so absurde Idee? Ich würde sagen, Sie haben eher meine Neugier geweckt. Während ich zuhörte, wie Sie es mit Stepha trieben – war es drei- oder viermal? –, hab' ich mich gefragt, ob Deborah auch solche begeisterten Schreie losgelassen hat.«

Es war ein Schuß ins Dunkle, aber er saß. Er wußte, daß sie es bemerkte, ihr Gesicht glühte vor Triumph.

»Ich denke, das geht Sie gar nichts an.«

»Natürlich nicht. Das weiß ich doch. Aber bei Ihrer zweiten Runde mit Stepha – sie dauerte doch mindestens eine Stunde, oder? – mußte ich unwillkürlich an den armen alten Simon denken. Der muß sich bestimmt ganz schön abplagen, um so eine Nummer hinzukriegen.«

»Sie sind gut informiert, Havers, das muß ich Ihnen lassen. Und wenn Sie den Handschuh werfen, sitzt der Pfeil. Oder werfe ich da jetzt die Bilder durcheinander?«

»Spielen Sie hier bloß nicht den Gönnerhaften!« Sie schrie jetzt. »Was glauben Sie eigentlich, wer Sie sind?«

»Zunächst einmal Ihr Vorgesetzter.«

»Ah ja, natürlich, Inspector. Das ist der richtige Moment, um den Vorgesetzten herauszukehren. Tja also, was soll ich tun? Soll ich mich hier an die Arbeit machen? Nehmen Sie's mir nicht übel, wenn ich nicht ganz auf dem Posten bin. Ich hab' in der vergangenen Nacht nicht gut geschlafen.«

Sie riß wütend ein Buch aus dem Regal. Es fiel zu Boden. Er sah, daß sie mit Mühe die Tränen zurückhielt.

»Barbara –«

Sie riß ein Buch nach dem anderen heraus und warf es zu Boden. Viele waren feucht und voller Stockflecken. Sie verbreiteten einen unangenehmen Geruch im Zimmer.

»Barbara, hören Sie mir zu. Sie haben bis jetzt gute Arbeit geleistet. Seien Sie jetzt nicht dumm.«

Zitternd drehte sie sich um. »Was soll das denn heißen?«

»Sie haben eine Chance, wieder zur Kripo zu kommen. Werfen Sie sie nicht weg, nur weil Sie wütend auf mich sind.«

»Ich bin nicht wütend auf Sie. Sie sind mir scheißegal.«

»Natürlich. Ich wollte damit nicht sagen, daß ich für Sie eine Bedeutung habe.«

»Wir wissen doch beide, warum ich Ihnen zugeteilt wurde. Sie brauchten für den Fall eine Frau, und sie wußten, daß bei mir nichts passieren würde.« Sie spie ihm die letzten Worte ins Gesicht. »Sobald der Fall abgeschlossen ist, sitz' ich wieder im Streifenwagen.«

»Was reden Sie da?«

»Tun Sie doch nicht so, Inspector. Ich bin nicht blöd. Ich schau' ab und zu mal in den Spiegel.«

Er war perplex, als er die Bedeutung ihrer Worte erfaßte.

»Glauben Sie, daß Sie mir nur deshalb zugeteilt wurden, weil Webberly fürchtet, ich würde mit jeder anderen Beamtin schlafen?« Sie antwortete nicht. »Glauben Sie das?« hakte er nach. Das Schweigen hielt an. »Verdammt noch mal, Havers –«

»Ich *weiß* es!« schrie sie. »Aber Webberly weiß nicht, daß dieser Tage jede Blondine oder Dunkelhaarige vor Ihnen sicher ist, nicht nur häßliche Ziegen wie ich. Sie sind nur auf Rothaarige scharf, Rothaarige wie Stepha. Als Ersatz für die eine, die Sie nicht haben können.«

»Das hat nichts mit diesem Gespräch zu tun.«

»Es hat alles damit zu tun. Nur weil sie Deborah nicht haben können, sind Sie die halbe Nacht wie ein Wahnsinniger auf Stepha rumgehopst, und nur deshalb ist es zu dieser ganzen beschissenen Diskussion gekommen.«

»Dann schlage ich vor, wir lassen das jetzt. Ich habe mich entschuldigt. Sie haben Ihre Gefühle und Ihre Überzeugungen – so bizarr sie auch sein mögen – absolut klargestellt. Ich glaube, das reicht.«

»Sie machen sich's leicht! Mich *bizarr* zu nennen«, schrie sie erbittert. »Und was ist mit Ihnen? Sie heiraten die Frau nicht, weil ihr Vater Bediensteter ist. Sie schauen lieber zu, wie Ihr bester Freund sich in sie verliebt, und dann trauern Sie ihr den Rest Ihres Lebens nach. Und Sie wagen es, mich *bizarr* zu nennen.«

»Ihre Informationen sind nicht ganz zutreffend«, sagte er eisig.

»Oh, ich habe alles an Informationen, was ich brauche. Und wenn ich die einzelnen Fakten aneinanderreihe, dann ist *bizarr* genau das richtige Wort, um sie zu beschreiben. Fakt eins: Sie lieben Deborah St. James. Fakt zwei: Sie ist mit einem anderen

Mann verheiratet. Fakt drei: Sie hatten offensichtlich eine Affäre mit ihr, was uns zwangsläufig zu Fakt vier führt: Sie hätten sie heiraten können, aber Sie entschieden sich dafür, es nicht zu tun, und für diese erbärmliche Entscheidung, der nur Ihr lächerliches Standesbewußtsein zugrunde liegt, werden Sie Ihr Leben lang blechen.«

»Sie scheinen ja von meiner unwiderstehlichen Wirkung auf Frauen sehr überzeugt zu sein. Jede Frau, die mit mir schläft, ist auch gleich bereit, meine Ehefrau zu werden. Ist das richtig?«

»Machen Sie sich ja nicht über mich lustig!« schrie sie, die Augen vor Wut zugedrückt.

»Ich mache mich nicht über Sie lustig. Für mich ist diese Diskussion beendet.« Er wollte zur Tür gehen.

»Klar, klar! Hauen Sie ab! Genau das hab' ich von Ihnen erwartet, Lynley. Bumsen Sie noch eine Runde mit Stepha. Oder wie wär's mit Helen? Setzt sie sich eine rote Perücke auf, damit Sie ihn hochkriegen? Erlaubt sie Ihnen, sie Deb zu nennen?«

Der Zorn stieg in ihm immer heftiger hoch. Er zwang sich zur Ruhe, indem er auf die Uhr sah.

»Havers, ich fahre jetzt nach Newby Wiske, um zu sehen, was St. James' Untersuchungen ergeben haben. Ihnen bleiben – sagen wir – drei Stunden, um dieses Haus auseinanderzunehmen und etwas zu finden – irgend etwas, Havers, ganz gleich, was –, was uns den Weg zu Gillian Teys zeigt. Da Sie eine so bemerkenswerte Fähigkeit besitzen, sich die Fakten aus den Fingern zu saugen, dürfte das für Sie überhaupt kein Problem sein. Wenn Sie jedoch nach Ablauf dieser drei Stunden nichts vorzuweisen haben, können Sie sich als entlassen betrachten. Ist das klar?«

»Warum entlassen Sie mich nicht gleich? Dann haben Sie's hinter sich«, schrie sie.

»Weil ich gern die Vorfreude genieße.« Er trat zu ihr und nahm ihr das Zigarettenetui aus der schlaffen Hand. »Daze ist blond«, sagte er.

Sie schnaubte verächtlich. »Kaum zu glauben. Setzt sie für die intimen Momente eine rote Perücke auf?«

»Das weiß ich nicht.« Er drehte das Zigarettenetui in seiner Hand um, so daß das in den Deckel eingravierte verschnörkelte A zu sehen war. »Aber es ist eine interessante Frage. Wenn mein Vater noch am Leben wäre, würde ich ihn fragen. Das Etui hat ihm gehört. Daze ist meine Mutter.«

Er nahm den Band Shakespeare und ging.

Barbara stand wie gelähmt und starrte ihm nach. Während sie darauf wartete, daß das Dröhnen ihres Blutes nachließ, wurde ihr langsam das Ungeheuerliche bewußt, das sie getan hatte.

Sie haben bis jetzt gute Arbeit geleistet... Sie haben eine Chance, wieder zur Kripo zu kommen. Werfen Sie sie nicht weg, nur weil Sie wütend auf mich sind.

Aber genau das hatte sie getan. Ihre wahnsinnige Wut, das Verlangen, ihn niederzumachen und zu verletzen, hatte alle ihre guten Vorsätze, sich als kompetente Mitarbeiterin zu bewähren, zunichte gemacht. Was um Gottes willen war nur über sie gekommen?

War sie eifersüchtig? Hatte sie etwa einen wahnwitzigen Moment lang geglaubt, Lynley könne sich ihr zuwenden und sie nicht als die sehen, die sie wirklich war: eine reizlose, dickliche Frau, zornig auf die ganze Welt, verbittert, ohne Freunde und schrecklich einsam? Hatte sie sich etwa der geheimen Hoffnung hingegeben, er könne seine Zuneigung zu ihr entdecken? War es das, was sie an diesem Morgen getrieben hatte, so über ihn herzufallen? Die Vorstellung war absurd.

Das konnte nicht sein. Das war unmöglich. Sie wußte genug über ihn, um *so* dumm nicht zu sein.

Sie fühlte sich wie ausgehöhlt. Es lag an diesem Haus. An diesem Ort, wo nur noch Gespenster wohnten. Fünf Minuten zwischen diesen Wänden, und sie war soweit, aus der Haut zu fahren, die Wände hochzugehen, sich wie ein Irre die Haare zu raufen.

Sie ging zur Tür und blickte durch das Wohnzimmer zu Tessas Gedenkschrein. Die Frau lächelte sie freundlich an. Aber lag da nicht eine Spur Siegesgewißheit in den Augen? War es nicht so, als hätte Tessa von Anfang an gewußt, daß sie nur versagen konnte, wenn sie dieses Haus betrat und seine eisige Stille spürte?

Drei Stunden, hatte er gesagt. Drei Stunden, um das Geheimnis um Gillian Teys aufzudecken.

Sie lachte bitter bei dem Gedanken und lauschte dem Geräusch in der Stille nach. Er wußte, daß sie das nicht schaffen würde; daß auf ihn das Vergnügen wartete, sie nach London zurückzuschicken, zurück zur uniformierten Polizei, zurück in Schmach und Schande. Welchen Sinn hatte es da, überhaupt einen Versuch zu machen? Warum packte sie nicht lieber gleich ihre Sachen und verschwand, anstatt ihm auch noch die Genugtuung zu geben?

Sie warf sich auf das Wohnzimmersofa. Tessa sah teilnahmsvoll zu ihr herunter. Aber – wenn es ihr nun doch gelang, Gillian zu finden? Was, wenn sie erfolgreich war, wo Lynley selbst gescheitert war? Würde es dann noch eine Rolle spielen, wenn er sie zurückschickte? Würde sie dann nicht ein für allemal wissen, daß sie wirklich etwas taugte, daß sie eine wertvolle Mitarbeiterin hätte sein können?

Es war ein durchaus überzeugender Gedanke. Sie zupfte zerstreut an dem zerschlissenen Überzug des Sofas. Das Kratzen ihrer Finger an dem groben Stoff war das einzige Geräusch im Haus. Sie blickte nachdenklich zur Treppe.

Sie saßen an einem Ecktisch im *Keys and Candle,* Newby Wiskes zentral gelegenes und gut besuchtes Gasthaus. Die Mittagsgäste waren gegangen, außer ihnen hockten nur noch ein paar Stammgäste über ihrem Bier am Tresen.

Sie schoben ihre Teller zur Seite, und Deborah schenkte den Kaffee ein, der ihnen eben gebracht worden war. Draußen warfen der Koch und der Spüler Müll in die Tonne und unterhielten sich laut über die Qualitäten eines Dreijährigen, der in Newmarket laufen würde und auf den der Koch offenbar seinen ganzen Wochenlohn gesetzt hatte.

St. James gab die übliche Menge Zucker in seinen Kaffee. Nach dem vierten Löffel sagte Lynley: »Zählt er eigentlich mit?«

»Nicht daß ich wüßte«, antwortete Deborah.

»Simon, das ist gräßlich. Wie kannst du diese Brühe trinken?«

Simon lachte nur und zog die Testergebnisse zu sich heran. »Irgendwie muß ich mich doch vom Geruch dieses Hundes erholen«, sagte er. »Dafür schuldest du mir was, Tommy.«

»In Ordnung, wie sieht's aus?«

»Das Tier ist an einer Halswunde verblutet. Sie scheint ihm mit einem Messer beigebracht worden zu sein, dessen Klinge zwölf Zentimeter lang war.«

»Also kein Taschenmesser.«

»Ich nehme an, es war ein Küchenmesser. Zum Fleischschneiden. Etwas in der Art. Hat die Polizei sämtliche Messer auf dem Hof sichergestellt und untersucht?«

Lynley blätterte in seinen Unterlagen.

»Anscheinend. Aber das fragliche Messer wurde nicht gefunden.«

St. James machte ein nachdenkliches Gesicht.

»Das ist interessant. Das läßt beinahe vermuten ...« Er verstummte und verwarf den Gedanken. »Nun, das Mädchen hat zugegeben, daß es seinen Vater getötet hat, das Beil lag neben ihr auf dem Boden –«

»Ohne jegliche Fingerabdrücke«, warf Lynley ein.

»Zugegeben. Aber wenn nicht gerade der Tierschutzverein

Anzeige wegen Grausamkeit gegen Tiere erstatten will, brauchen wir die Waffe, mit der der Hund getötet wurde, eigentlich gar nicht.«

»Du redest fast schon wie Nies.«

»Davor bewahre mich Gott.« St. James rührte seinen Kaffee um und wollte gerade wieder zum Zucker greifen, als Deborah mit einem sonnigen Lächeln die Dose wegzog. Simon knurrte gutmütig und setzte das Gespräch fort. »Aber wir haben noch etwas anderes festgestellt. Barbiturate.«

»Was?«

»Barbiturate«, wiederholte St. James. »Hier ist der Befund.« Er schob den Bericht über den Tisch.

Lynley las verbüfft. »Heißt das, daß der Hund betäubt wurde?«

»Ja. Der Drogenrückstand, der bei der Untersuchung festgestellt wurde, läßt darauf schließen, daß das Tier bewußtlos war, als ihm die Kehle durchschnitten wurde.«

»So was!« Lynley überflog den Bericht und warf ihn auf den Tisch. »Dann kann der Hund nicht getötet worden sein, weil man verhindern wollte, daß er bellte.«

»Wohl kaum. Er hätte keinen Mukser getan.«

»Hätte die Menge an Betäubungsmitteln ausgereicht, um ihn zu töten? Könnte jemand versucht haben, ihn damit zu töten, um dann, als er sah, daß das nicht klappte, zum Messer zu greifen?«

»Möglich ist das sicher. Nur ergibt es im Zusammenhang mit allem, was du mir über den Fall erzählt hast, keinen Sinn.«

»Wieso nicht?«

»Weil diese unbekannte Person zuerst ins Haus hätte eindringen müssen, um sich die Schlaftabletten zu beschaffen. Dann hätte sie sie dem Hund verabreichen und warten müssen, bis sie wirkten. Und sie hätte, als sie sah, daß der Hund daran nicht starb, nochmals ins Haus gehen müssen, um ein Messer zu holen und das Tier damit zu töten. Was hat aber der Hund dann in der ganzen Zeit getan? Glaubst du, er hat brav darauf gewartet, daß man ihm die Kehle durchschneidet? Hätte er nicht gebellt wie wild?«

»Warte. Du bist mir zu weit voraus. Weshalb hätte die Person ins Haus gehen müssen, um das Mittel zu holen?«

»Weil es dasselbe Mittel war, das William Teys eingenommen hatte, und er bewahrte seine Schlaftabletten im Haus auf und nicht im Stall, würde ich meinen.«

Lynley ließ sich das durch den Kopf gehen.

»Aber vielleicht hat die betreffende Person das Mittel mitgebracht.«

»Vielleicht. Es ist natürlich möglich, daß der Betreffende dem Hund das Mittel gab, wartete, bis es wirkte, dem Hund den Hals durchschnitt und dann wartete, bis Teys in den Stall kam.«

»Aber was hätte Teys denn zwischen zehn und Mitternacht im Stall zu suchen haben sollen?«

»Den Hund!«

»Warum? Warum gerade im Stall? Warum nicht im Dorf, wo der Hund immer herumwanderte? Warum sollte er überhaupt nach ihm suchen? Alle sagen, daß der Hund frei herumlief. Weshalb hätte er sich plötzlich an diesem einen Abend um ihn sorgen sollen?«

St. James zuckte die Achseln. »Was Teys tat, ist eine rein akademische Frage, wenn wir unsere Aufmerksamkeit darauf richten, denjenigen zu finden, der das Tier getötet hat. Nur eine Person kann den Hund getötet haben – Roberta.«

Draußen vor dem Gasthaus breitete St. James das weite Seidenkleid über dem Kofferraum des Bentley aus, ohne auf die neugierigen Blicke einer Gruppe Touristen zu achten, die mit Fotoapparaten um den Hals auf Motivsuche an ihnen vorüberkamen. Er wies auf den Fleck auf der Innenseite des linken Ärmels, auf die rostbraune Verfärbung am Rock in Höhe der Schenkel, auf den Fleck auf der rechten weißen Manschette.

»Das ist alles Blut von dem Hund, Tommy.« Er wandte sich Deborah zu. »Würdest du es noch einmal demonstrieren, Deb? Wie vorhin im Labor? Da, auf dem Rasenstück?«

Deborah kniete nieder und setzte sich auf die Fersen. Ihr weites, umbrabraunes Kleid blähte sich wie ein Umhang. St. James trat hinter sie.

»Mit einem folgsamen Hund wäre das einfach vorzuführen, aber wir tun unser Bestes. Roberta – die, wir ich vermute, an die Schlaftabletten ihres Vaters herankonnte – wird dem Hund im Lauf des Abends das Mittel gegeben haben. Vielleicht mit seinem Futter. Sie mußte natürlich dafür sorgen, daß der Hund im Stall blieb. Er sollte ja nicht irgendwo im Dorf plötzlich umkippen. Sobald der Hund bewußtlos war, wird sie sich auf den Boden gekniet haben, so wie Deb jetzt. Nur bei dieser Haltung können die Flecken dort auf das Kleid gekommen sein, wo sie sich befinden. Sie hat den Kopf des Hundes angehoben und in ihre Armbeuge gelegt.« Er beugte behutsam Deborahs Arm, um es Lynley zu zeigen. »So. Dann hat sie ihm mit der rechten Hand die Kehle durchgeschnitten.«

»Das ist ja Wahnsinn«, sagte Lynley heiser. »Warum denn?«

»Moment, Tommy. Der Kopf des Hundes ist von ihr abgewandt. Sie sticht ihm das Messer in den Hals. Daher das viele Blut auf dem Rock ihres Kleides. Sie zieht das Messer mit der rechten Hand aufwärts, bis es getan ist.« Er deutete auf die betreffenden Stellen an Deborahs Kleid. »Wir haben Blut am Ellbogen, wo der Kopf lag, und Blut am rechten Ärmel und der Manschette, wo sie ihm das Messer hineinstach.« St. James berührte leicht Deborahs Haar. »Danke, Liebes.« Er half ihr auf.

Lynley ging zum Wagen zurück und betastete das Kleid.

»Ehrlich gesagt, sehr einleuchtend klingt das nicht. Warum hätte sie den Hund töten sollen? Willst du behaupten, daß das

Mädchen an einem Samstagabend ihr Sonntagskleid anzog, in aller Ruhe in den Stall hinausging und dem Hund, an dem sie seit ihrer Kindheit hing, die Kehle durchgeschnitten hat?« Er sah auf. »Warum?«

»Das kann ich nicht beantworten. Ich kann dir nicht sagen, was in ihr vorging; nur, was sie getan haben muß.«

»Aber ist es nicht möglich, daß sie in den Stall ging, den Hund tot vorfand und ihn in ihrem Entsetzen in den Arm nahm? Daß sie so das Blut an ihr Kleid brachte?«

Eine winzige Pause. »Möglich. Aber unwahrscheinlich.«

»Aber möglich ist es. Möglich ist es?«

»Ja. Aber unwahrscheinlich, Tommy.«

»Wie siehst *du* es denn?«

Deborah und Simon tauschten Blicke des Unbehagens, an denen Lynley erkannte, daß sie über den Fall gesprochen und sich eine gemeinsame Meinung gebildet hatten, die mitzuteilen ihnen schwerfiel.

»Also?« fragte er scharf. »Willst du behaupten, daß Roberta den Hund tötete, daß ihr Vater in den Stall kam und die Tat entdeckte, daß sie in einen wilden Streit gerieten und sie ihm dann den Kopf abschlug?«

»Nein, nein. Es ist durchaus möglich, daß Roberta ihren Vater gar nicht getötet hat. Aber sie war eindeutig dabei, als es geschah. Sie muß dabeigewesen sein.«

»Wieso?«

»Weil das Blut hinten auf dem Rock ihres Kleides von ihm ist.«

»Vielleicht ging sie in den Stall, entdeckte seine Leiche und fiel im Schock auf die Knie.«

St. James schüttelte den Kopf.

»So kann es nicht gewesen sein.«

»Warum nicht?«

Er wies auf das Kleid hinten auf dem Auto.

»Schau dir das Muster an. Teys' Blut ist in Spritzern. Du weißt so gut wie ich, was das bedeutet. Es kann nur auf eine Weise dahin gekommen sein.«

Lynley schwieg einen Moment.

»Sie stand daneben, als es geschah«, sagte er schließlich.

»Ja. Wenn sie es nicht selbst getan hat, so stand sie dicht daneben, als ein anderer es tat.«

»Will sie jemanden schützen, Tommy?« fragte Deborah, als sie den Ausdruck auf Lynleys Gesicht sah.

Er antwortete nicht gleich. Er dachte an Muster: Wortmuster, Zeichenmuster, Verhaltensmuster. Er dachte daran, was ein Mensch lernt und wann er es lernt und wann es zur praktischen Anwendung kommt. Er dachte an Wissen und wie es sich unweigerlich mit der Erfahrung verbindet und auf die unabänderliche Wahrheit hinweist.

Er riß sich aus seinen Gedanken, um die Frage zu beantworten.

»Simon, was würdest du tun, wie weit würdest du gehen, um Deborah zu retten?«

Es war eine gefährliche Frage. Langes Schweigen folgte ihr. Dies waren Gewässer, die man vielleicht am besten unerforscht ließ.

»›Vierzigtausend Brüder‹? Sind wir da jetzt angelangt?«

St. James' Stimme war unverändert, aber der Ausdruck seines Gesichts war eine Warnung, klar gezeichnet und hart.

»Wie weit würdest du gehen?« insistierte Lynley.

»Tommy, nicht!« Deborah hob die Hand, um ihn davon abzuhalten, noch weiter zu gehen, den brüchigen Frieden zwischen ihnen aufs Spiel zu setzen.

»Würdest du die Wahrheit zurückhalten? Würdest du dein Leben geben? Wie weit würdest du gehen, um Deborah zu retten?«

St. James sah seine Frau an. Alle Farbe war aus ihrem Gesicht gewichen; die Sommersprossen auf ihrer Nase traten scharf hervor; in ihren Augen standen Tränen. Und er verstand. Dies war kein Scharmützel in einem Grab von Helsingör; dies war die Urfrage.

»Ich würde alles tun«, antwortete er, den Blick auf seine Frau gerichtet. »Bei Gott ja, ich würde alles tun.«

Lynley nickte. »Wie jeder, nicht wahr, für die, die er am meisten liebt.«

Er wählte die 6. Symphonie von Tschaikowsky, die *Pathétique*. Er lächelte leicht, während er den Klängen des ersten Satzes lauschte.

Helen hätte das nie zugelassen.

»Tommy, Darling, das kommt *nicht* in Frage«, hätte sie protestiert. »Wir wollen doch unsere beiderseitige Depression nicht bis zum Selbstmord steigern.« Dann hätte sie energisch sämtliche Kassetten durchwühlt, bis sie etwas angemessen Erheiterndes entdeckt hätte; vorzugsweise Johann Strauß, natürlich in voller Lautstärke. Und sie hätte ihre üblichen verrückten Bemerkungen dazu gemacht. »Siehst du sie vor dir, Tommy, wie sie mit ihren kleinen Tutus durch den Wald gaukeln? Es ist richtig erhebend.«

Doch an diesem Tag entsprach das ernste Thema der *Pathétique*, dieses schonungslose Ausloten menschlichen Leidens, seiner Stimmung. Er konnte sich nicht erinnern, wann je ein Fall ihn so belastet hatte. Ihm war, als drückte ihm ein ungeheures Gewicht, das mit der Verantwortung, der Sache auf den Grund zu gehen, absolut nichts zu tun hatte, das Herz ab. Er wußte wohl, woher das kam. Mord – atavistisch seiner Art nach und grauenvoll in seinen Folgen – war wie eine Hydra. Für jeden Kopf, den man ihr abschlug, wuchsen zwei neue Köpfe nach, fürchterlicher als der erste. Doch im Gegensatz zu so vielen anderen Fällen, wo reine Routine ihm genügte, um zum Kern des Bösen vorzustoßen – man band den Blutfluß ab, ließ kein weiteres Wachstum zu und ging persönlich unberührt aus dem Kampf hervor –, griff dieser Fall ihn weit tiefer an. Er wußte instinktiv, daß der Tod William Teys' nur einer der Köpfe des Ungeheuers war, und das Wissen, daß acht weitere darauf warteten, den Kampf mit ihm aufzunehmen – und, mehr noch, daß er noch nicht einmal bis zur Erkenntnis der wahren Natur des Bösen vorgedrungen war, mit dem er konfrontiert war –, erfüllte ihn mit Furcht. Aber er kannte sich gut genug, um zu wissen, daß seine Trostlosigkeit und seine Verzweiflung einen tieferen Grund hatten als den Tod eines Menschen in einem Dorfstall.

Havers wartete auf ihn. Und hinter Havers wartete die Wahrheit. So bitter und unbegründet ihre Anwürfe gewesen waren, so häßlich und verletzend ihre Worte, das, was sie gesagt hatte, war wahr. Hatte er nicht in der Tat das ganze vergangene Jahr mit der fruchtlosen Suche nach einem Ersatz für Deborah vertan? Nicht in dem Sinn, wie Havers unterstellt hatte; nein, auf weit verlogenere Art als in gleichgültiger körperlicher Verbindung, wo man flüchtiges Vergnügen teilt und dann, von der Begegnung unberührt und unverändert, auseinandergeht, um das eigene Leben wiederaufzunehmen. Das wäre wenigstens eine gewisse Art der Äußerung gewesen, ein momentanes Geben, wenn auch noch so oberflächlich. Doch er hatte im letzten Jahr keinem irgend etwas gegeben.

War nicht der wirkliche Grund für sein Verhalten der gewesen, daß er Isolation und Enthaltsamkeit nicht Deborahs wegen geübt hatte, sondern blind seinem Ausschließlichkeitskult gefolgt war und in blinder Anbetung die Riten der Vergangenheit zelebriert hatte? Er hatte jede Frau in seinem Leben einer unversöhnlichen Musterung unterzogen, und keine hatte im Vergleich mit Deborah bestehen können; aber es ging dabei nicht um die reale Deborah, sondern um eine mystische Göttin, die nur in seiner Phantasie lebte.

Er erkannte jetzt, daß er die Vergangenheit nicht hatte vergessen wollen, daß er alles getan hatte, um sie am Leben zu erhalten, als wäre es immer seine Absicht gewesen, sie und nicht Deborah zu seiner Braut zu machen. Er war zutiefst entsetzt.

Mit dem Entsetzen kam die Erkenntnis, daß er auch im Hinblick auf Stepha den Tatsachen ins Auge sehen mußte. Aber er schaffte es nicht. Noch nicht.

Als der letzte Satz der Symphonie sich dem Ende näherte, steuerte er den Bentley die gewundene Straße vom Hochmoor hinunter nach Keldale. Herbstlaub flatterte unter den Rädern auf und wehte hinter ihm wie eine rotgoldene Wolke durch die Luft, die den Winter ankündigte. Er hielt vor dem Gasthof an und blieb einen Moment im Wagen sitzen. Während er geistesabwesend auf die Fenster starrte, fragte er sich wie benommen, wie und wann er die einzelnen Bruchstücke seines Lebens zusammenbringen würde.

Havers mußte ihn gesehen haben. Sie kam zur Tür, sobald er den Motor ausschaltete. Er stöhnte innerlich und machte sich auf einen weiteren Zusammenstoß gefaßt, aber sie gab ihm keine Gelegenheit, etwas zu sagen. »Ich habe Gillian gefunden«, erklärte sie.

13

Irgendwie hatte sie den Morgen überstanden. Die furchtbare Auseinandersetzung mit Lynley und das Grauen in Robertas Zimmer hatten aus ihrer Wut und ihrem Elend schließlich dumpfe Gleichgültigkeit gemacht. Sie wußte, daß er sie so oder so entlassen würde. Sie hatte es auch nicht anders verdient. Doch vorher wollte sie ihm wenigstens einmal beweisen, daß sie die Fähigkeit zum Inspector besaß, und um das zu tun, mußte sie dieses letzte Gespräch durchstehen, mußte diese letzte Gelegenheit nutzen, um ihm die Früchte ihrer Arbeit zu zeigen.

Sie sah zu, wie Lynley die ungewöhnliche Sammlung von Gegenständen musterte, die auf einem der Tische im Aufenthaltsraum ausgebreitet lag: das Album mit den zerstörten Familienfotos; ein zerlesener, abgegriffener Roman, die Fotografie aus Robertas Kommode, das andere Bild, das die beiden Schwestern zeigte, sechs vergilbte Seiten einer Zeitung, alle im gleichen Format gefaltet, 65 × 42 cm.

Lynley zog zerstreut seine Zigaretten heraus, zündete sich eine an und setzte sich aufs Sofa.

»Was ist das alles, Sergeant?« fragte er.

»Das sind die Fakten über Gillian«, antwortete sie mit beherrschter Stimme. Dennoch hörte er ein leichtes Zittern. Sie räusperte sich, um es zu vertuschen.

»Wollen Sie mich nicht aufklären?« sagte er. »Zigarette?«

Sie lechzte danach, die Zigarette in ihren Fingern zu fühlen, den Rauch tief einzusaugen, aber sie wußte, wenn sie sich eine anzündete, würden ihre Hände zittern.

»Nein, danke«, erwiderte sie. Sie holte einmal tief Atem, hielt den Blick auf sein abwartendes Gesicht gerichtet und begann.

»Wie legt Ihr Diener Denton Ihre Kommodenschubladen aus?«

»Mit irgendeinem Papier, vermute ich. Ich habe nie darauf geachtet.«

»Aber jedenfalls nicht mit Zeitungspapier, oder?« Sie setzte sich ihm gegenüber und ballte die Hände im Schoß zu Fäusten. »Ganz sicher nicht, denn die Druckerschwärze würde Ihre Sachen beschmutzen.«

»Das ist wahr.«

»Deshalb machte es mich stutzig, als Sie erwähnten, daß Robertas Schubladen mit Zeitung ausgelegt seien. Und mir fiel ein, daß Stepha uns erzählt hatte, daß sie sich jeden Tag den *Guardian* geholt hat.«

»Bis zum Tod von Paul Odell. Danach nicht mehr.«

Barbara strich sich das Haar hinter die Ohren. Es spielte keine Rolle, sagte sie sich, wenn er ihr nicht glaubte, wenn er über die Schlußfolgerungen lachte, zu denen sie nach drei Stunden in diesem grauenvollen Zimmer gekommen war.

»Ja, aber ich glaube, es hatte nichts mit Paul Odell zu tun, daß sie nicht mehr kam. Ich glaube, es hatte vielmehr etwas mit Gillian zu tun.«

Sein Blick glitt zu den Zeitungen, und Barbara sah, wie auch er bemerkte, was ihr selbst aufgefallen war: daß Roberta ihre Schublade mit dem Teil ausgelegt hatte, in dem die vermischten Anzeigen standen. Hinzu kam, daß zwar sechs Zeitungsblätter auf dem Tisch lagen, daß es sich aber um Duplikate von nur zwei Seiten des *Guardian* handelte, als hätte jene Ausgabe etwas Denkwürdiges enthalten und Roberta hätte alle Exemplare jenes Tages bei den Dorfbewohnern eingesammelt, um sie sich aufzuheben.

»Die Anzeigen«, murmelte Lynley. »Gillian hat ihr eine Nachricht geschickt.«

Barbara zog eines der Blätter zu sich heran und fuhr mit dem Finger die Spalte unter der Überschrift ›Verschiedenes‹ hinunter.

»›R. Schau die Annonce an. G.‹«, las sie vor. »Ich glaube, das ist die Nachricht.«

»Schau die Annonce an? Welche Annonce?«

Sie griff nach einem der Exemplare der anderen aufbewahrten Seite.

»Die hier, denke ich.«

Er las sie, eine kleine Bekanntmachung unter einem Datum, das fast vier Jahre zurücklag. Es wurde auf ein Treffen in Harrogate hingewiesen, eine Podiumsdiskussion, die von einer Organisation namens Testament House veranstaltet werden sollte. Die Diskussionsteilnehmer waren namentlich aufgeführt, doch Gillian Teys war nicht unter ihnen. Lynley sah mit offener Verständnislosigkeit auf.

»Da komme ich nicht mit, Sergeant.«

Sie zog erstaunt die Augenbrauen hoch.

»Kennen Sie Testament House nicht? Aber natürlich, ich vergesse dauernd, daß Sie ja seit Jahren nicht mehr in Uniform sind. Testament House ist am Fitzroy Square und wird von einem anglikanischen Geistlichen geleitet. Er war früher Universitätsdozent, aber eines Tages soll ihn einer seiner Studenten gefragt haben, warum er nicht praktiziere, was er predige – daß man die Hungrigen speisen und die Nackten kleiden soll –, und da fand er offenbar, daß dies eine Aufgabe wäre, der er sich zuwenden sollte. Er gründete Testament House.«

»Und was ist das nun genau?«

»Eine Organisation, die streunende Jugendliche aufnimmt. Minderjährige Prostituierte, Strichjungen, Drogenabhängige und jeden anderen Jugendlichen, der sich ziellos am Trafalgar Square, am Piccadilly Circus oder an einem der Bahnhöfe herumtreibt. Der Mann ist bei der uniformierten Polizei bekannt. Wir bringen ihm ständig junge Leute.«

»Das ist der Reverend George Clarence, der hier aufgeführt ist, nehme ich an?«

Sie nickte. »Er hält Podiumsdiskussionen, um Mittel für die Organisation lockerzumachen.«

»Und Sie glauben, daß Gillian Teys von dieser Gruppe in London aufgenommen wurde?«

»Ja.«

»Warum glauben Sie das?«

Sie hatte ewig gebraucht, um die Annonce zu finden, noch länger, ihre Bedeutsamkeit zu entdecken, und nun hing alles – im besonderen ihre weitere Laufbahn, wie sie sich eingestand – von Lynleys Bereitschaft ab, ihr zu glauben.

»Wegen dieses Namens.« Sie wies auf den dritten Namen in der Liste der Diskussionsteilnehmer.

»Nell Graham?«

»Ja.«

»Ich tappe völlig im dunklen.«

»Ich glaube ›Nell Graham‹ war die Nachricht, auf die Roberta wartete. Jahrelang las sie Tag für Tag getreulich die Zeitung, weil sie zu erfahren hoffte, was aus ihrer Schwester geworden war. ›Nell Graham‹ sagte es ihr. Es hieß, daß Gillian lebte.«

»Aber warum Nell Graham? Warum nicht –« Er blickte auf die anderen Namen – »Terence Hanover, Caroline Paulson oder Margaret Crist?«

Barbara nahm das abgegriffene Buch vom Tisch.

»Weil sie alle keine Geschöpfe der Brontës sind.« Sie klopfte auf das Buch. *»The Tenant of Wildfell Hall* handelt von Helen Huntington, einer Frau, die aus den gesellschaftlichen Konventionen ihrer Zeit ausbricht und ihren trunksüchtigen Mann verläßt, um ein neues Leben anzufangen. Sie verliebt sich in einen Mann, der nichts von ihrer Vergangenheit weiß, der nur den Namen kennt, den sie für sich selbst gewählt hat: Helen Graham. Nell Graham, Inspector.«

Sie schwieg und wartete unter Qualen auf seine Reaktion.

Sie hätte sie nicht stärker überraschen, rascher entwaffnen können.

»Bravo, Barbara«, sagte er leise. Seine Augen blitzten auf, und ein Lächeln breitete sich auf seinem Gesicht aus. Begierig beugte er sich vor. »Und wie geriet sie Ihrer Meinung nach zu dieser Gruppe?«

Die Erleichterung war so ungeheuer, daß Barbara plötzlich am ganzen Körper zitterte. Sie holte einmal bebend Luft, dann begann sie zu sprechen.

»Meiner... Ich glaube, Gillian hatte genug Geld, um nach London zu kommen, aber dann wird es ihr bald ausgegangen sein. Vielleicht haben sie sie irgendwo auf der Straße aufgelesen oder in einem der Bahnhöfe.«

»Aber hätten sie sie nicht zu ihrem Vater zurückgeschickt?«

»Nein, so arbeitet die Organisation nicht. Sie reden den Jugendlichen zu, nach Hause zurückzukehren oder wenigstens die Eltern anzurufen, um sie wissen zu lassen, daß ihnen nichts passiert ist, aber keiner wird dazu gezwungen. Wenn die Jugendlichen im Testament House bleiben wollen, müssen sie sich nur an die Regeln halten. Niemand stellt ihnen Fragen.«

»Aber Gillian ging mit sechzehn von zu Hause fort. Wenn sie diese Nell Graham ist, dann wäre sie dreiundzwanzig gewesen, als sie an dieser Podiumsdiskussion in Harrogate teilnahm. Ist denn anzunehmen, daß sie all die Jahre im Testament House geblieben ist?«

»Wenn sie sonst keinen Menschen hatte, erscheint mir das durchaus möglich. Wenn sie eine Familie suchte, dann war das ihre beste Möglichkeit. Aber um herauszubekommen, wie es wirklich ist, gibt es nur einen Weg –«

»Mit ihr zu sprechen«, sagte er prompt und stand auf. »Packen Sie Ihre Sachen. Wir fahren in zehn Minuten los.« Er kramte in der Akte und suchte das Foto von Russell Mowrey und seiner Familie heraus. »Geben Sie das Webberly, wenn Sie in London sind«, sagte er und schrieb rasch ein paar Worte auf die Rückseite.

»Wenn ich in London bin?«

Sie war plötzlich völlig niedergeschlagen. Er entließ sie also doch. Er hatte es ihr ja nach der gräßlichen Szene auf dem Hof praktisch versprochen. Es war nur zu erwarten gewesen.

Lynley blickte auf, lebhaft und sachlich.

»Sie haben sie gefunden, Sergeant. Sie können sie nach Keldale zurückbringen. Ich glaube, Gillian ist unsere einzige Möglichkeit, zu Roberta durchzudringen. Sind Sie nicht auch der Ansicht?«

»Ich ... Und was ist ...« Sie brach ab, weil sie Angst hatte, ihn mißverstanden zu haben. »Wollen Sie denn nicht Webberly anrufen? Wollen Sie nicht jemand anderen ...? Selbst hinfahren?«

»Ich habe hier zuviel um die Ohren. Um Gillian können Sie sich kümmern. Vorausgesetzt, Nell Graham ist wirklich Gillian. Beeilen Sie sich. Wir müssen nach York, damit Sie den Zug noch erreichen.«

»Aber – wie soll ich... Wie soll ich es anpacken? Soll ich einfach –«

Er winkte ab. »Ich verlasse mich auf Ihr Urteil, Sergeant. Hauptsache, Sie bringen sie so schnell wie möglich hierher.«

Ihr zitterten die Knie vor Erleichterung. »Ja, Sir«, sagte sie leise.

Er trommelte mit den Fingern auf das Steuerrad und betrachtete das Haus. Dank einer Wahnsinnsfahrt war es ihm gelungen, Barbara noch zum Dreiuhrzug nach London zu bringen, und jetzt saß er vor dem Haus der Mowreys und überlegte, wie er das bevorstehende Gespräch mit Tessa am besten angehen sollte. War nicht die Wahrheit trotz allem besser als das Schweigen? Hatte er nicht wenigstens das gelernt?

Sie öffnete ihm selbst. Der besorgte Blick, den sie über die Schulter nach rückwärts warf, verriet ihm, daß er ungelegen kam.

»Die Kinder sind gerade von der Schule gekommen«, erklärte sie, während sie hinaustrat und die Tür hinter sich zuzog. Sie zog die Wolljacke fest um ihren schlanken Körper, der wie der eines Kindes wirkte. »Haben Sie... Wissen Sie etwas von meinem Mann?«

Jetzt erst wurde ihm klar, daß es falsch gewesen war, zu erwarten, sie würde nach ihrer Tochter fragen. Tessa hatte der Vergangenheit wirklich Lebewohl gesagt, hatte einen sauberen Schnitt gemacht und sie zurückgelassen.

»Sie müssen sich an die Polizei wenden, Mrs. Mowrey.«

Sie wurde blaß. »Er kann doch nicht – niemals...«

»Sie müssen die Polizei anrufen.«

»Ich kann nicht. Ich kann nicht«, flüsterte sie verzweifelt.

»Er ist nicht bei seinen Eltern in London, nicht wahr?«

Sie schüttelte einmal kurz den Kopf und wich seinem Blick aus.

»Haben Sie überhaupt etwas von ihm gehört?«

Wieder Kopfschütteln.

»Ist es dann nicht am besten, nach ihm zu suchen?« Als sie nichts sagte, nahm er ihren Arm und führte sie behutsam den Gartenweg hinunter zur Einfahrt. »Warum hat William all die Schlüssel aufbewahrt?«

»Was für Schlüssel?«

»Ein ganzer Kasten voller Schlüssel stand auf dem Bord in seinem Schrank. Aber sonst gibt es im ganzen Haus nirgends einen Schlüssel. Wissen Sie, warum das so ist?«

Sie senkte den Kopf, drückte eine Hand an die Stirn.

»Ach, die. Das hatte ich vergessen«, murmelte sie. »Ich ... Es war wegen Gillians Wutanfall.«

»Wann war das?«

»Sie muß sieben gewesen sein. Nein, sie war fast acht. Das weiß ich, weil ich damals mit Roberta schwanger war. Es war so eine Szene, die plötzlich entsteht und dann fürchterliche Formen annimmt; später, wenn die Kinder erwachsen sind, erinnert man sich und lacht darüber. Ich kann mich erinnern, daß William beim Essen sagte: ›Gilly, heute abend lesen wir in der Bibel.‹ Ich saß da – wahrscheinlich in meine eigenen Phantasien vertieft – und erwartete, daß sie brav ›Ja, Papa‹ sagen würde, wie sie das immer tat. Aber sie wollte an diesem Abend die Bibel nicht lesen, doch William gab nicht nach. Sie wurde völlig hysterisch, stürzte aus dem Raum und sperrte sich in ihrem Zimmer ein.«

»Und dann?«

»Gilly hatte ihrem Vater bis dahin immer gehorcht. Der arme William saß da wie vom Donner gerührt. Er schien nicht zu wissen, wie er mit Gillys Widerstand umgehen sollte.«

»Was taten Sie?«

»Nichts, was besonders hilfreich gewesen wäre, soweit ich mich erinnere. Ich ging zu Gillys Zimmer hinauf, aber sie weigerte sich, mich hereinzulassen. Sie schrie nur, daß sie nie mehr in der Bibel lesen würde und daß niemand sie zwingen könne. Dann warf sie alle möglichen Gegenstände an die Tür. Ich – ich ging wieder zu William hinunter.« Sie sah Lynley mit einem Ausdruck an, in dem sich Ungläubigkeit und Bewunderung mischten. »Wissen Sie, William hat nie mit ihr geschimpft. Das war nicht seine Art. Aber später hat er sämtliche Schlüssel von den Türen abgezogen. Er sagte, wenn in der Nacht das Haus niedergebrannt wäre und er Gilly nicht hätte retten können, weil sie sich eingesperrt hatte, hätte er sich das nie verziehen.«

»Hat sie danach wieder mit ihm die Bibel gelesen?«

Sie schüttelte den Kopf. »Er hat nie wieder von ihr verlangt, sie mit ihm zu lesen.«

»Hat er sie mit Ihnen gelesen?«

»Nein. Nur allein.«

Ein junges Mädchen war während ihres Gesprächs an die Haustür gekommen, eine Scheibe Brot in der Hand, einen Marmeladenklecks am Mund. Sie war zierlich wie ihre Mutter, hatte aber das dunkle Haar und die klugen Augen des Vaters.

»Mama«, rief sie. Ihre Stimme war hell und klar. »Ist was nicht in Ordnung? Geht es um Daddy?«

»Nein, Schatz«, rief Tessa hastig zurück. »Ich komme gleich.« Sie wandte sich wieder Lynley zu.

»Wie gut haben Sie Richard Gibson gekannt?« fragte er sie.

»Williams Neffen? So gut, wie man ihn kennen kann, denke ich. Er war ein stiller Junge, aber liebenswert. Und er hatte einen herrlichen Humor. Gilly hat ihn geliebt. Warum fragen Sie?«

»Weil William ihm den Hof hinterlassen hat und nicht Roberta.«

Sie zog die Brauen zusammen. »Aber wieso nicht Gilly?«

»Gillian ist von zu Hause fortgelaufen, als sie sechzehn war, Mrs. Mowrey. Keiner hat je wieder von ihr gehört.«

Tessa zuckte zusammen wie unter einem Schlag. »Nein«, sagte sie, weniger als wolle sie es leugnen, eher als könne sie es nicht glauben.

»Richard war damals auch schon weg«, fuhr Lynley fort. »Es ist möglich, daß Gillian ihm folgte, dann aber vielleicht nach London ging.«

»Aber warum? Was war denn geschehen?«

Er überlegte, wieviel er ihr sagen sollte.

»Ich habe den Eindruck«, sagte er langsam, »daß zwischen ihr und Richard etwas war.«

»Und William kam dahinter? Er hätte Richard umgebracht, wenn das der Fall gewesen wäre.«

»Nehmen wir an, er kam tatsächlich dahinter und Richard wußte, wie er reagieren würde. Wäre das für Richard nicht Grund genug gewesen fortzugehen?«

»Bestimmt. Aber es erklärt nicht, warum William ihm den Hof hinterlassen hat und nicht Roberta.«

»Er hatte offenbar mit Gibson eine Vereinbarung getroffen. Roberta würde auf Lebenszeit Wohnrecht haben, doch der Besitz selbst sollte auf Gibson übergehen.«

»Aber er mußte doch damit rechnen, daß Roberta eines Tages heiraten würde. Ich finde das sehr ungerecht. William muß doch gewünscht haben, daß der Besitz in seiner Familie bleibt und eines Tages an seine eigenen Enkel übergeht, wenn schon nicht an Gillys Kinder, dann doch an Robertas.«

Ihre neunzehnjährige Abwesenheit hatte eine tiefe Kluft gerissen. Sie wußte nichts von Roberta, nichts vom geheimen Vorratslager des Mädchens, nichts von ihrem totalen inneren Rückzug. Roberta war für ihre Mutter nur ein Name; eine Fremde, die einmal heiraten, Kinder bekommen und alt werden würde. Sie besaß keinerlei Realität. Sie existierte gar nicht.

»Haben Sie nie an die Kinder gedacht?« fragte er sie.

Sie blickte zu Boden, so aufmerksam, als hätte sie nichts Wichtigeres zu tun, als ihre braunen Wildlederschuhe zu inspizieren.

Als sie nichts sagte, hakte er nach.

»Haben Sie sich nie Gedanken darüber gemacht, wie es ihnen geht, Mrs. Mowrey? Haben Sie sich nie vorgestellt, wie sie aussehen, wie sie ihr Leben gestalten?«

Sie schüttelte einmal heftig den Kopf. Und als sie ihm schließlich antwortete, wirkte ihre Stimme sehr kontrolliert, was jedoch nicht darüber hinwegtäuschen konnte, wie viele verdrängte Emotionen sich dahinter verbargen. Sie hielt den Blick auf die ferne Kathedrale gerichtet.

»Das habe ich mir nicht erlaubt, Inspector. Ich konnte nicht. Ich wußte, daß sie ein gutes Zuhause hatten. Ich wußte, daß es ihnen gutging. Darum ließ ich sie für mich sterben. Das mußte ich, wenn ich überleben wollte. Können Sie das verstehen?«

Vor ein paar Tagen noch hätte er nein gesagt. Und es wäre die Wahrheit gewesen. Aber inzwischen war alles anders.

»Ja«, antwortete er. »Ich verstehe es.« Er nickte ihr zum Abschied zu und ging zum Wagen.

»Inspector –« Er drehte sich um, die Hand schon am Türgriff. »Sie wissen, wo Russell ist, nicht wahr?«

Sie las die Antwort auf seinem Gesicht, aber sie hörte stattdessen auf die Lüge.

»Nein«, antwortete er.

Ezra Farmington wohnte direkt gegenüber vom *Dove and Whistle* in dem Gemeindehaus, das sich an das Marsha Fitzalans anschloß. Wie bei ihr war der Vorgarten bepflanzt, wurde aber mit weniger Fürsorge gepflegt. Es war, als hätte der Mann mit den besten Vorsätzen begonnen, um sie dann, genau wie die Pflanzen, zu vergessen. Die Büsche gediehen, doch sie hätten längst einmal beschnitten werden müssen, Unkraut wucherte in den Beeten, verwelkte einjährige Pflanzen hätten aus der Erde gezogen und auf den Kompost geworfen werden müssen; das kleine Fleckchen Rasen stand so hoch wie eine Sommerwiese.

Farmington war nicht im geringsten erfreut, ihn zu sehen. Er öffnete Lynley auf sein Klopfen, verstellte ihm aber sogleich den Weg ins Haus. Über seine Schulter sah Lynley, daß er dabei war, seine Arbeiten durchzusehen. Dutzende von Aquarellen lagen im Wohnzimmer auf dem Sofa und auf dem Boden verteilt. Manche waren zerrissen, andere zusammengeknüllt, wieder andere offensichtlich zertrampelt. Der Künstler selbst war sichtlich angetrunken.

»Inspector?« fragte Farmington übertrieben höflich.

»Darf ich hereinkommen?«

Farmington zuckte die Achseln. »Warum nicht?« Er öffnete die Tür ein Stück weiter und lud Lynley mit einer lässigen Geste ein. »Entschuldigen Sie das Chaos. Ich werf' gerade mal den Mist raus.«

Lynley stieg über mehrere Bilder hinweg.

»Von vor vier Jahren?« fragte er freundlich.

Der Tip war richtig. Farmingtons Gesicht verriet es ihm, die leichte Blähung seiner Nasenflügel, die Bewegung seiner Lippen.

»Was soll das heißen?« Er lallte fast, merkte es wohl selbst und machte eine sichtliche Anstrengung, sich zusammenzunehmen.

»Um welche Zeit war Ihr Streit mit William Teys?« fragte Lynley, ohne auf die Frage des anderen einzugehen.

»Um welche Zeit?« Farmington zuckte wieder die Achseln. »Keine Ahnung. Drink, Ins ... Inspector?« Er grinste mit glasigem Blick und ging mit steifen Bewegungen durchs Zimmer zu einem Glas mit Gin. »Nein? Es macht Ihnen doch nichts aus, wenn ich ...? Danke.« Er kippte einen Schluck hinunter, hustete, lachte und wischte sich mit so heftiger Bewegung den Mund ab, daß es fast ein Schlag war. »Schlappie, verträgt nicht mal ’nen Schluck Gin.«

»Sie kamen vom High Kel Moor herunter. Bei Dunkelheit würden Sie diesen Weg nicht gehen, nicht wahr?«

»’türlich nicht.«

»Und Sie hörten Musik aus dem Haus?«

»Ha!« Er machte mit dem Glas in der Hand eine wegwerfende Geste. »Eine ganze Marschkapelle war das, In-spector. Ich dachte, ich wäre mitten in eine Truppenparade reingeraten.«

»Sie haben nur Teys gesehen? Sonst niemanden?«

»Zählt unser tierliebender Nigel mit, der das Hündchen heimbrachte?«

»Abgesehen von Nigel.«

»Nein.« Er hob sein Glas und leerte es. »Ich nehm’ an, Roberta war drinnen und hat die Platten gewechselt, die arme fette Kuh. Zu was anderem taugte sie nicht. Außer dazu natürlich –« er zwinkerte mit glasigen Augen – »den lieben Papa mit der Streitaxt ins Jenseits zu befördern.« Er lachte über seine Worte. »Wie Lizzie Borden«, fügte er hinzu und lachte noch lauter.

Lynley fragte sich, warum der Mann es darauf anlegte, abstoßend zu wirken; warum er sich solche Mühe gab, eine Seite seines Wesens hervorzukehren, die so häßlich war, daß sie kaum zu ertragen war. Sie schien nur aus Haß und Zorn zu bestehen und aus einer so abgrundtiefen Verachtung, daß man sie beinahe greifen konnte. Farmington war unverkennbar ein talentierter Maler, doch er schien blind entschlossen, die kreative Kraft zu zerstören, die seinem Leben Sinn gab.

Als er sich plötzlich die Hand auf den Mund drückte und in Richtung zum Badezimmer davonstolperte, nahm Lynley die Gelegenheit wahr und betrachtete die Bilder, die er zurückgelassen hatte. In den Studien, die zu vernichten der Künstler nicht über sich gebracht hatte, erkannte er den Ursprung.

Es waren Studien aus allen möglichen Blickwinkeln, Kohle, Bleistift, Pastell und Aquarell. Bewegung, Leidenschaft und Begehren waren in ihnen festgehalten, und sie zeugten alle von der Seelenqual des Malers. Sie zeigten alle Stepha Odell.

Als Lynley den Mann zurückkommen hörte, riß er sich von der Betrachtung der Bilder und dessen, was sie ihm sagten, los. Statt dessen zwang er sich, Farmington wirklich wahrzunehmen, und erkannte plötzlich in ihm sein eigenes Spiegelbild, sein zweites Selbst, ja den Menschen, zu dem er werden konnte, wenn er es so wollte.

Vom King's-Cross-Bahnhof fuhr Barbara mit der Northern Line zur Warren Street. Von dort waren es nur wenige Minuten zu Fuß zum Fitzroy Square. In dieser Zeit versuchte sie, eine Strategie auszuarbeiten.

Es lag auf der Hand, daß Gillian Teys in die ganze Sache tief verstrickt war, doch es würde äußerst schwierig sein, das zu beweisen. Wenn sie die Cleverneß besaß, elf Jahre lang spurlos verschwunden zu bleiben, dann war sie zweifellos auch raffiniert genug, um für die fragliche Nacht ein sicheres Alibi parat zu haben. Es schien Barbara der beste Weg zu sein – immer vorausgesetzt, Nell Graham war tatsächlich Gillian Teys und war aufgrund der spärlichen Informationen, die sie hatte, auffindbar –, ihr keinerlei Wahl zu lassen; sie wenn nötig zu verhaften, um sie noch am selben Abend nach Keldale bringen zu können. Sie ließ sich alles, was man über Gillian gesagt hatte, noch einmal durch den Kopf gehen: ihr unsoziales Verhalten, ihre sexuelle Promiskuität, ihre Fähigkeit, beides hinter einer Maske engelhafter Lieblichkeit zu verbergen. Mit einer so gerissenen Person konnte man nur auf eine Art umgehen: knallhart.

Der Fitzroy Square – ein hübsch saniertes Fleckchen von Camden Town – war ein ungewöhnlicher Ort für ein Heim für streunende Jugendliche. Vor zwanzig Jahren, als der Platz noch das triste Nachkriegsbild verfallender Häuser und schmutziger Bürgersteige geboten hatte, hätte man sich nicht gewundert, hier ein Heim für die Gestrandeten zu finden. Aber jetzt, wo der Platz ein ganz neues, frisches Gesicht hatte, wo die gepflegte Grünanlage in seiner Mitte sorgsam eingezäunt war, um die Penner fernzuhalten, wo jedes Haus frisch gestrichen war und jede sauber lackierte Tür im Abendlicht glänzte, konnte man sich kaum vorstellen, daß hier noch immer die von der Gesellschaft Vergessenen und Ausgestoßenen, die Geängstigten und die Gequälten ihre Zuflucht fanden.

Testament House war in einem hohen, schmalen Gebäude untergebracht, an dessen Fassade ein Gerüst aufgezogen war. Ein Müllcontainer voller Mörtelbrocken, leerer Farbeimer und Kartons zeugte davon, daß man den renovierten Nachbarhäusern nicht länger nachstehen wollte. Die Haustür war offen, obwohl es empfindlich kühl geworden war, und aus dem Inneren war Musik zu hören; nicht die wilden Rock-and-Roll-Klänge, die man in einem Heim für verwahrloste Jugendliche erwartet hätte, sondern die klaren und präzisen Töne einer klassischen Gitarre. Ein Duft nach Tomatensoße und Gewürzen drang bis auf die Straße heraus.

Barbara stieg die zwei Stufen hinauf und trat ins Haus. In dem langen Flur lag ein alter roter Läufer, der an manchen Stellen so abgetreten war, daß die Holzdielen darunter durchschimmerten. Die Wände waren kahl bis auf mehrere Anschlagbretter mit Informationen über Arbeitsmöglichkeiten, mit hinterlassenen Nachrichten und verschiedenen Bekanntmachungen. Zwei große Pfeile wiesen wie zur Ermutigung auf ein Verzeichnis der von der nahe gelegenen Universität angebotenen Kurse hin. An einem Brett hingen Listen der nächsten Krankenhäuser und Kliniken, von Drogen- und Familienberatungsstellen, und am unteren Rand des Bretts waren Abreißzettel mit der Nummer einer Telefonberatungsstelle für Suizidgefährdete angebracht.

»Hallo«, rief eine Frau Barbara freundlich zu. »Brauchen Sie Hilfe?«

Barbara drehte sich um. Die rundliche ältere Frau beugte sich über einen Empfangstisch und schob eine Hornbrille nach oben auf ihr graues Haar. Ihr Lächeln war entgegenkommend, doch es trübte sich, als Barbara ihren Dienstausweis zeigte. Über ihnen erklang immer noch die feine Gitarrenmusik.

»Ist etwas passiert?« fragte die Frau. »Ich nehme an, Sie wollen zu meinem Mann, Pastor Clarence.«

»Nein«, antwortete Barbara. »Das wird vielleicht gar nicht nötig sein. Ich suche diese junge Frau. Sie heißt Gillian Teys, aber wir vermuten, daß sie den Namen Nell Graham benützt.«

Sie reichte der Frau die Fotografie, obwohl sie wußte, daß es gar nicht nötig war. Kaum nämlich hatte sie den Namen Nell Graham ausgesprochen, hatte sich das Gesicht der Frau verändert und ihr verraten, daß sie hier richtig war.

Dennoch sah sich die Frau das Foto an. »Ja, das ist Nell«, sagte sie.

Obwohl Barbara so sicher gewesen war, verspürte sie ein Gefühl von Triumph.

»Können Sie mir sagen, wo ich sie erreichen kann? Ich muß sie dringend so rasch wie möglich sprechen.«

»Sie ist doch nicht in Schwierigkeiten?«

»Ich muß sie dringend sprechen«, wiederholte Barbara.

»Ja, natürlich. Sie dürfen mir wahrscheinlich nichts sagen. Es ist nur –« Die Frau strich sich nervös übers Kinn. »Warten Sie, ich hole Jonah«, sagte sie impulsiv. »Das geht ihn an.«

Ehe Barbara etwas erwidern konnte, eilte die Frau schon die Treppe hinauf. Gleich darauf brach die Gitarrenmusik abrupt ab. Ein Sturm von Protesten folgte, dann Gelächter. Schritte, die gedämpfte Stimme der Frau, die tiefere Stimme eines Mannes.

Als er auf der Treppe erschien, sah Barbara, daß er der Musiker war. Er trug die Gitarre über der Schulter. Er war viel zu jung, um Pastor George Clarence sein zu können, doch er trug die Kleidung des Geistlichen, und die auffallende Ähnlichkeit mit dem Begründer von Testament House ließ Barbara vermuten, daß er der Sohn des Mannes war. Er hatte das gleiche klar geschnittene Gesicht, die gleiche hohe Stirn, die gleichen klugen, aufmerksamen Augen. Selbst das Haar trug er wie sein Vater, links gescheitelt, mit einem Wirbel über der Stirn, den kein Kamm bändigen konnte. Er war nicht groß, wahrscheinlich höchstens einen Meter siebzig, und zierlich gebaut. Aber die Haltung seines Körpers verriet innere Kraft und Selbstvertrauen.

Er kam durch den Flur und streckte ihr seine Hand entgegen.

»Jonah Clarence«, sagte er. Sein Händedruck war fest. »Meine Mutter sagte mir, daß Sie Nell suchen.«

Mrs. Clarence hatte ihre Brille abgenommen. Sie kaute selbstvergessen an einem der Bügel, während sie mit gefurchter Stirn und aufmerksamen Blicken, die von einem zum anderen schweiften, ihr Gespräch verfolgte.

Barbara reichte Jonah Clarence die Fotografie.

»Das ist Gillian Teys«, sagte sie. »Ihr Vater wurde vor drei Wochen in Yorkshire ermordet. Sie wird als Zeugin gebraucht und muß mich dorthin begleiten.«

Clarence zeigte kaum eine Reaktion, aber es schien, als könne er den Blick nicht mehr von Barbaras Gesicht wenden. Doch er zwang sich dazu, zwang sich, die Fotografie anzusehen. Dann blickte er zu seiner Mutter.

»Es ist Nell.«

»Jonah«, sagte sie leise. »Mein Junge...« Ihre Stimme drückte tiefe Teilnahme aus.

Clarence reichte Barbara das Foto zurück, richtete jedoch das Wort an seine Mutter.

»Eines Tages mußte es ja passieren, nicht wahr?« sagte er, und man merkte ihm die Erschütterung an.

»Jonah, soll ich ... Möchtest du ...?«

Er schüttelte den Kopf.

»Ich wollte jetzt sowieso weg«, antwortete er. Dann sah er Barbara an. »Ich bringe Sie zu Nell. Sie ist meine Frau.«

Lynley betrachtete das Gemälde von der alten Abtei und fragte sich, wie er für seine Botschaft so blind hatte sein können. Die Schönheit des Bildes lag in seiner ruhigen Einfachheit, in der Hingabe an das Detail, in der Absage an jegliche Romantisierung der verfallenden Mauern und an jeden Versuch, die Ruine als etwas anderes darzustellen als das, was sie war: Relikt einer gestorbenen Zeit, das von kommender Zeit verschlungen wurde.

Skeletthaft ragten die Mauern zu einem öden Himmel empor, als wollten sie aufsteigen, dem unvermeidlichen Ende zu entkommen, das unten auf sie wartete. Sie kämpften gegen das Pflanzenreich: Farne, die hartnäckig aus kargen Spalten wuchsen, wilde Blumen, die an den Rändern der Mauern des Querschiffs blühten, üppig wuchernde Gräser, die sich auf den Steinen, auf denen einst die Mönche im Gebet niedergekniet hatten, mit wilden Kräutern mischten.

Stufen führten nirgendwohin. Geschwungene Treppen, die einst die Gläubigen auf dem Weg vom Kreuzgang zum Sprechzimmer, vom Aufenthaltsraum in den Hof getragen hatten, versanken jetzt in moosgrünem Vergessen, Veränderungen unterworfen, die ihnen nicht ihre Würde nahmen, ihnen nur eine andere Gestalt und einen neuen Sinn gaben.

Die Fenster waren fort. Dort, wo einst Glasmalereien Presbyterium und Chor, Hauptschiff und Querschiff geschmückt hatten, war nichts geblieben als klaffende Höhlen, die mit leerem Blick auf eine Landschaft hinausschauten, die mit Recht verkündete, daß sie allein im Kampf mit der Zeit die Oberhand hatte.

Wie sollte man die Überreste der Abtei von Keldale definieren? Als ausgeblutete Hülle einer großen Vergangenheit oder als

Werk der Vergänglichkeit, das im Zusammenbruch eine neue Zukunft verhieß? Hing es nicht allein von der Definition ab?

Lynley hob den Kopf, als er vor dem Gasthof einen Wagen anhalten hörte. Er vernahm das Öffnen und Schließen von Türen, gedämpfte Stimmen, ungleichmäßige Schritte. Er merkte, daß es allmählich dunkel wurde, und schaltete eine der Lampen ein, als St. James den Raum betrat. Er war allein, Lynley hatte es gewußt.

Sie sahen einander an und spürten erneut die Kluft aus der Vergangenheit, die immer noch zwischen ihnen stand. Als wolle er entfliehen, ging Lynley hinter den Tresen und schenkte zwei Gläser Brandy ein. Dann trat er auf den Freund zu, reichte ihm das eine Glas.

»Ist sie draußen?« fragte er.

»Sie ist in die Kirche gegangen. Um sich ein letztes Mal den Friedhof anzusehen, wie ich sie kenne. Wir reisen morgen ab.«

Lynley lächelte. »Du bist standhafter als ich. Hank hätte mich schon in den ersten fünf Minuten vertrieben. Wollt ihr an die Seen?«

»Nein. Für einen Tag nach York, dann zurück nach London. Ich muß Montag morgen wieder am Gericht sein. Vorher brauche ich noch etwas Zeit, um eine Analyse abzuschließen.«

»Schade, daß ihr nur so wenige Tage für euch hattet.«

»Wir haben noch das ganze Leben vor uns. Deborah hat Verständnis.«

Lynley nickte und sah von St. James zu den Fenstern, in denen sich ihre beiden Gestalten spiegelten. Zwei völlig unterschiedliche Männer, die eine schmerzliche Vergangenheit teilten und die, wenn er das wollte, eine reiche, erfüllte Zukunft teilen konnten. Es hing alles nur von der Definition ab. Er spülte den Rest seines Brandys hinunter.

»Dank dir für deine Hilfe, Simon«, sagte er schließlich und gab ihm die Hand. »Du und Deborah seid wunderbare Freunde.«

In Jonah Clarences klapprigem alten Morris fuhren sie nach Islington. Die Fahrt war nicht lang. Er sprach nichts. Die verkrampft um das Steuerrad liegenden Hände, an denen die Knöchel weiß hervortraten, verrieten seine innere Spannung.

Sie wohnten an einer kleinen Straße, die von der Caledonian Road abging. An ihrem oberen Ende waren zwei Schnellimbisse, die vielfältige Gerüche nach bratenden Frühlingsrollen, Pizza und Fisch mit Pommes Frites verströmten, an ihrem unteren Ende, dort wo sie in die Pentonville Road mündete, gab es eine Fleischerei. Es war eine Gegend der Stadt, die zwischen Gewerbegebiet und Wohnviertel schwankte. Textilfabriken, Mietwagenunternehmen und Werkzeugfabriken wechselten mit Straßenzügen ab, die sichtlich bestrebt waren, sich zur eleganten Wohngegend zu mausern. Keystone Crescent war eine halbmondförmig angelegte kleine Straße, mit konkaven Reihenhäusern auf der einen und konvexen auf der anderen Seite. Alle hatten sie die gleichen schmiedeeisernen Zäune, und wo früher einmal kleine Gärtchen geblüht hatten, waren jetzt betonierte Parkplätze.

Die rußgeschwärzten Häuser waren zwei Stockwerke hoch, und jedes hatte im Souterrain eine abgeschlossene Wohnung. Doch während einige Häuser in jüngster Zeit renoviert worden waren, entpuppte sich das, vor dem Jonah Clarence seinen Wagen abstellte, als ausgesprochen schäbig. Früher einmal weiß gestrichen mit grünen Fensterrahmen, war es jetzt nur noch schmutzig, und seine einzige Zierde waren zwei offene Mülltonnen, die nicht weit von der Haustür standen.

»Kommen Sie«, sagte Jonah tonlos.

Er öffnete das kleine Tor und ging ihr voraus eine schmale, steile Treppe hinunter zur Souterrainwohnung. Im Gegensatz zum Haus, das dringend reparaturbedürftig war, war die Tür aus massivem Holz frisch gestrichen und hatte einen Türklopfer aus blitzendem Messing in der Mitte. Er sperrte auf, öffnete, bat Barbara herein.

Sie sah sofort, daß die Wohnung mit liebevoller Sorgfalt eingerichtet war, als wollten ihre Bewohner damit die äußere Verwahrlosung wettmachen. Cremefarbene Wände und bunte Teppiche, weiße Vorhänge an den Fenstern, vor denen liebevoll gepflegte Topfpflanzen standen, Bücher, Fotoalben, eine kleine Stereoanlage, eine Sammlung Schallplatten in einem niedrigen Regal, das sich an einer Wand entlangzog. Der Raum war spärlich möbliert, doch jedes einzelne Stück war offensichtlich mit einem Blick für Schönheit und gute Arbeit ausgesucht worden.

Jonah Clarence stellte seine Gitarre ab und ging zur Schlafzimmertür.

»Nell?« rief er.

»Ich wollte mich nur rasch umziehen, Darling. Ich bin sofort fertig.« Die Stimme war heiter.

Er sah Barbara an. Sie sah, daß sein Gesicht grau geworden war.

»Ich würde gern reingehen –«

»Nein«, sagte Barbara. »Warten Sie hier. Bitte, Mister Clarence«, fügte sie hinzu, als sie sah, daß er sich nicht abhalten lassen wollte.

Mit schwerfälligen Bewegungen, als wäre er in den letzten zwanzig Minuten um Jahre gealtert, ging er zu einem Sessel und setzte sich, die Augen auf die Tür geheftet. Die Geräusche hinter ihr wurden von fröhlichem Summen begleitet. Schubladen wurden geöffnet und geschlossen. Eine Schranktür knarrte. Das Summen hörte auf. Schritte näherten sich. Die Tür ging auf, und Gillian Teys war von den Toten zurückgekehrt.

Sie sah aus wie ihre Mutter, trug aber ihr blondes Haar sehr kurz, fast wie das eines Jungen, so daß sie wie eine Zehnjährige wirkte. Auch ihre Kleidung betonte das Kindhafte. Sie trug einen Schottenrock, einen dunkelblauen Pullover und schwarze Schuhe mit Kniestrümpfen. Sie wirkte so, als käme sie gerade von der Schule.

»Jonah, ich –« Sie verstummte, als sie Barbara sah. »Jonah? Ist etwas...« Es schien, als hätte sie zu atmen aufgehört. Sie tastete nach dem Türknauf hinter sich.

Barbara trat einen Schritt auf sie zu.

»Scotland Yard, Mrs. Clarence«, sagte sie sachlich. »Ich würde Ihnen gern einige Fragen stellen.«

»Fragen?« Sie griff sich mit der Hand an den Hals. Ihre blauen Augen verdunkelten sich. »Worüber?«

»Über Gillian Teys«, antwortete ihr Mann. Er hatte sich nicht aus seinem Sessel gerührt.

»Wer?« fragte sie leise.

»Gillian Teys«, wiederholte er ruhig. »Ihr Vater wurde vor drei Wochen in Yorkshire ermordet, Nell.«

Sie wich zur Tür zurück. »Nein.«

»Nell –«

»Nein!« Ihre Stimme wurde lauter.

Barbara trat noch einen Schritt näher.

»Bleiben Sie weg von mir! Ich weiß nicht, wovon Sie reden. Ich kenne keine Gillian Teys.«

»Geben Sie mir das Bild«, sagte Jonah zu Barbara und stand auf. Sie reichte es ihm. Er ging zu seiner Frau und legte seine Hand auf ihren Arm. »Das ist Gillian Teys«, sagte er, doch sie wandte den Kopf ab.

»Ich weiß nichts, ich weiß nichts!« Ihre Stimme war schrill vor Angst.

»Sieh es dir an, Darling.« Behutsam drehte er ihr Gesicht dem Foto zu.

»Nein!« schrie sie, riß sich von ihm los und floh ins andere Zimmer.

Eine Tür flog krachend zu. Ein Riegel wurde vorgeschoben.

Wunderbar, dachte Barbara. Sie drängte sich an dem jungen Mann vorbei und ging zur Badezimmertür. Drinnen war es still. Sie rüttelte am Knauf. Sei hart! Sei aggressiv!

»Mrs. Clarence, kommen Sie heraus.« Schweigen. »Mrs. Clarence, hören Sie mir zu. Man beschuldigt Ihre Schwester Roberta dieses Mordes. Sie ist in der Nervenheilanstalt Barnstingham. Sie hat seit drei Wochen nicht ein einziges Wort gesprochen, außer daß sie behauptete, ihren Vater ermordet zu haben. Ihr Vater wurde geköpft, Mrs. Clarence.« Wieder rüttelte Barbara am Türknauf. »Geköpft, Mrs. Clarence. Haben Sie mich gehört?«

Von drinnen kam ersticktes Wimmern, der klägliche Laut eines von Angst gepeinigten verwundeten Tieres. Dann folgte ein entsetzter Schrei. »Ich hab' ihn dir doch dagelassen, Bobby! O Gott, hast du ihn verloren?«

Dann wurde jeder Wasserhahn im Bad voll aufgedreht.

14

Sauber. Sauber! Muß es tun. Muß sauber werden. Schnell, schnell, schnell. Jetzt passiert es, wenn ich nicht sauber werde. Schreien, Klopfen, Schreien, Klopfen. Laut, laut. Unaufhörlich, ohne Ende. Schreien, Klopfen. Aber sie werden beide weggehen – lieber Gott, sie müssen weggehen –, wenn ich erst sauber bin. Sauber. Sauber.

Heißes Wasser. Sehr, sehr heiß. Dampf in dicken Wolken. Fühl's auf dem Gesicht. Atme ihn tief ein. Damit ich sauber werde.

»Nell!«

Nein, nein, nein!

Schranktür auf. Griffe glitschig. Mach schon auf. Zieh schon auf. Hände zittern. Such sie, such sie. Gut versteckt unter den Handtüchern. Steife, harte Bürsten. Stahlbürsten. Gute Bürsten, feste Bürsten. Bürsten, die mich saubermachen.

»Mrs. Clarence!«

Nein, nein, nein!

Schnaufen, Keuchen. Ekelhaft, widerlich. Laut, laut im ganzen Zimmer. Dröhnen in den Ohren. Schluß, Schluß, aufhören! Hände auf die Ohren, und es hört nicht auf. Fäuste auf die Augen, und es hört nicht auf. Immer Schnaufen. Immer Keuchen.

»Nellie, bitte. Mach die Tür auf!«

Nein, nein, nein!

Keine Türen sind jetzt offen. Keine Flucht auf diesem Weg. Nur noch eine Rettung jetzt. Sauber, sauber, sauber. Erst die Schuhe. Weg mit ihnen. Rasch, versteck sie. Dann die Strümpfe. Aber die Hände wollen nicht. Zerreiß sie! Schnell, schnell, schnell!

»Mrs. Clarence? Können Sie mich hören? Hören Sie, was ich sage?«

Kann nicht hören, kann nicht sehen. Will nicht hören, will nicht sehen. Dampfwolken in mir. Dampfwolken, die alles verbrennen. Dampfwolken, die mich saubermachen.

». . . wollen Sie es wirklich so, Mrs. Clarence? Denn genau das wird mit Ihrer Schwester geschehen, wenn sie weiterhin schweigt. Lebenslänglich, Mrs. Clarence. Für den Rest ihres Lebens.«

Nein! Sag ihnen, nein! Sag ihnen, daß nichts jetzt eine Rolle spielt. Kann nicht denken, kann nicht handeln. Schnell, Wasser, schnell! Mach mich sauber. Ich fühl' es auf den Händen. Nein, es ist nicht heiß genug. Kann nichts fühlen, kann nichts sehen. Niemals, niemals sauber werden.

›. . . den nannte sie Moab. Von dem kommen her die Moabiter bis auf den heutigen Tag. Den nannte sie Ben-ammi. Von dem kommen her die Ammoniter bis auf den heutigen Tag. Und siehe, da ging ein Rauch auf vom Lande wie der Rauch von einem Ofen. Sie zogen weg von Zoar und blieben auf dem Gebirge, denn sie fürchteten sich.‹

»Wie schließt die Tür? Ist es ein Riegel? Ein Schlüssel?«

»Ich –«

»Nehmen Sie sich zusammen. Wir müssen aufbrechen.«

»Nein.«

Klopfen, Klopfen, laut, laut, erbarmungslos. Mach, daß sie weggehen. Mach, mach, daß sie weggehen.

»Nell! Nell!«

Wasser überall. Kann's nicht fühlen, kann's nicht sehen. Ist gewiß nicht heiß genug, um mich sauberzumachen. Sauber, sauber. Seife und Bürsten, Seife und Bürsten. Feste reiben, feste, feste! Macht mich sauber, sauber, sauber.

»Entweder das, oder wir müssen Hilfe holen. Wollen Sie das wirklich? Daß ein ganzer Polizeitrupp die Tür aufbricht?«

»Seien Sie still! Sie sehen doch, was Sie angerichtet haben. Nell!«

Segne mich, Vater. Ich habe gesündigt. Versteh mich und vergib mir. Bürsten kratzen, Bürsten reißen, reißen, damit ich sauber werde.

»Sie haben keine Wahl. Das ist eine Polizeiangelegenheit und kein kleiner Ehestreit, Mister Clarence.«

»Was tun Sie da? Verdammt noch mal, gehen Sie vom Telefon weg!«

Klopfen, Klopfen.

»Nell!«

›Ich habe Mister Rochester geheiratet. Die Trauung fand in aller Stille statt, außer meinem Mann und mir waren nur der Pfarrer und sein Ministrant zugegen. Von der Kirche heimkehrend, ging ich in die Küche, wo Mary das Essen bereitete und John Messer putzte. Mary, sagte ich, ich wurde heute früh mit Mister Rochester getraut.‹

»Dann haben Sie genau zwei Minuten Zeit, um sie da rauszuholen, sonst erscheinen hier solche Mengen an Polizei, wie Sie in Ihrem Leben noch nicht gesehen haben. Ist das klar?«

He, du bist wirklich eine tolle kleine Katze. Nicht schon wieder! Nicht so bald! Mein Gott, Gilly, mein Gott!

Gilly ist tot, Gilly ist tot. Aber Nell ist sauber, sauber, sauber. Schrubbt sie fest, ganz tief rein, macht sie sauber, sauber, sauber!

»Du mußt mich reinlassen, Nell. Hörst du mich? Ich breche jetzt das Schloß auf. Hab keine Angst.«

Na komm schon, Gilly-Maus. Ich will nichts Ernstes heute abend. Komm, wir wollen einfach lachen und ausgelassen sein und total verrückt sein. Wir trinken was und tanzen die ganze Nacht durch. Wir suchen uns ein paar Männer und fahren nach Whitby. Wir nehmen Wein mit. Wir nehmen was zu essen mit. Wir tanzen nackt auf den Mauern der Abtei. Sollen sie versuchen, uns zu fangen, Gilly. Wir wollen so richtig wild sein.

Klopfen lauter jetzt. Es klopft und klopft, so fest, so fest. Ohren dröhnen, Herz zerspringt. Schrubbt sie sauber überall.

»So klappt das nicht, Mister Clarence. Ich werde doch –«

»Nein! Halten Sie endlich den Mund, verdammt noch mal!«

Spät am Abend. Ich sagte dir auf Wiedersehen. Hast du mich gehört? Hast du mich gesehen? Hast du ihn gefunden, wo ich ihn hingelegt hatte? Bobby, hast du ihn gefunden? Hast du ihn gefunden-funden-funden?

Krachendes Holz, splitterndes Holz. Nie mehr sicher. Eine letzte Chance, ehe Lot mich findet. Eine letzte Chance, mich sauberzumachen.

»O Gott! O mein Gott, Nell!«

»Ich rufe einen Krankenwagen.«

»Nein! Lassen Sie uns! Lassen Sie uns in Ruhe.«

Zupackende Hände. Abrutschende Hände. Rotes Wasser voller Blut. Arme, die mich umfangen. Jemand weint. Hüllt mich ein, hält mich warm.

»Nellie. O Gott. Nell!«

An ihn gedrückt. Ich höre ihn schluchzen. Ist es vorbei? Bin ich sauber?

»Bringen Sie sie hier heraus, Mister Clarence.«

»Hauen Sie ab. Lassen Sie uns allein.«

»Das kann ich nicht. Sie ist in einen Mord verwickelt. Das wissen sie so gut wie ich. Wenn schon sonst nichts, sollte ihre Reaktion auf dies alles –«

»Sie hat nichts damit zu tun. Es kann gar nicht sein. Ich war mit ihr zusammen.«

»Sie erwarten doch nicht, daß ich das glaube?«

»Nell! Ich erlaube es nicht. Ich lasse sie nicht zu dir!«

Weinen, weinen. Brennende Tränen. Der Körper gepeinigt von Schmerz und Leiden. Mach ein Ende. Laß Schluß sein. »Jonah –«

»Ja, Liebes. Was ist?«

»Nell ist tot.«

»Da hat er die Tür aufgebrochen«, sagte Barbara.

Lynley rieb sich die Stirn. In den letzten drei Stunden hatte er rasende Kopfschmerzen bekommen. Das Gespräch mit Barbara machte sie noch schlimmer.

»Und?«

Stille.

»Havers?« fragte er scharf.

Er wußte, daß sein Ton brüsk klang, daß es sich nach Zorn und Ungeduld anhören würde, nicht nach der Erschöpfung, die es war. Er hörte, wie sie den Atem einsog. Weinte sie?

»Es war... Sie hatte...« Sie räusperte sich. »Die Wanne.«

»Was heißt das? Hatte sie ein Bad genommen?« Er fragte sich, ob Barbara sich bewußt war, daß sie völlig ungereimtes Zeug redete. Guter Gott, was war da geschehen?

»Ja. Nur – sie hatte sich abgebürstet. Den ganzen Körper. Mit Stahlbürsten. Sie blutete.«

»Mein Gott«, murmelte er. »Wo ist sie, Havers? Wie geht es ihr?«

»Ich wollte einen Krankenwagen rufen.«

»Warum, um Gottes willen, haben Sie es nicht getan?«

»Ihr Mann ... er war ... Es war meine Schuld, Inspector. Ich dachte, ich müßte sie hart anfassen. Ich ... Es war meine Schuld.« Ihre Stimme brach.

»Havers, um Gottes willen. Reißen Sie sich zusammen.«

»Sie hat geblutet. Sie hatte sich den ganzen Körper mit den Bürsten abgeschrubbt. Er hat sie eingewickelt. Er weigerte sich, sie loszulassen. Er weinte. Sie sagte, sie wäre tot.«

»O Gott«, flüsterte er.

»Ich wollte zum Telefon. Da kam er mir nach. Er –«

»Ist Ihnen was passiert? Sind Sie verletzt?«

»Er hat mich rausgestoßen. Ich bin gestürzt. Es ist nichts passiert. Ich ... Es war meine Schuld. Sie kam aus dem Schlafzimmer. Ich erinnerte mich an alles, was wir über sie gesagt hatten. Es erschien mir das beste, streng mit ihr zu sein. Ich hab' nicht nachgedacht. Ich hab' mir nicht klargemacht, daß sie –«

»Havers, jetzt hören Sie mir mal zu.«

»Aber sie hat sich eingeschlossen. Das Wasser war voll Blut. Es war so heiß. Alles war voller Dampf ... Wie konnte sie das heiße Wasser nur aushalten?«

»Havers!«

»Ich hab' mir eingebildet, ich könnte mal was richtig machen. Wenigstens diesmal. Ich hab' alles verpfuscht, nicht wahr?«

»Unsinn, natürlich nicht«, entgegnete er gegen seine Überzeugung. »Sind sie noch in der Wohnung dort?«

»Ja. Soll ich jemanden vom Yard holen?«

»Nein!«

Er überlegte hastig. Schlimmer hätte die Situation gar nicht sein können. Da hatte man die Frau nach all den Jahren gefunden, und dann mußte so etwas geschehen. Zum Wahnsinnigwerden. Er wußte, daß sie allein ihnen helfen konnte, der Sache auf den Grund zu kommen. Sie war ihre einzige Hoffnung.

»Was soll ich dann –«

»Fahren Sie nach Hause. Gehen Sie zu Bett. Ich mach' das schon.«

»Bitte, Sir.« Er konnte die Verzweiflung in ihrer Stimme hören. Er konnte es nicht ändern, konnte es nicht verhindern, konnte sich jetzt darüber kein Kopfzerbrechen machen.

»Tun Sie, was ich Ihnen sage, Havers. Fahren Sie nach Hause. Rufen Sie keinesfalls im Yard an und kehren Sie nicht in diese Wohnung zurück. Ist das klar?«

»Bin ich –«

»Kommen Sie dann morgen mit dem Zug wieder hierher.«

»Und Gillian?«

»Um Gillian kümmre ich mich«, sagte er grimmig und legte auf.

Er sah zu dem Buch auf seinem Schoß hinunter. Er hatte die vergangenen drei Stunden damit zugebracht, alles aus seinem Gedächtnis hervorzukramen, was er aus seinem Studium über Shakespeare noch wußte. Seine Kenntnisse waren begrenzt. Sein Interesse am elisabethanischen Zeitalter war historischer, nicht literaturwissenschaftlicher Art gewesen, und mehr als einmal hatte er an diesem Abend den Weg verflucht, den er damals in Oxford eingeschlagen hatte; hatte sich Fachwissen auf einem Gebiet gewünscht, das ihm damals kaum relevant erschienen war.

Doch er hatte es schließlich gefunden, und jetzt las er die Zeilen immer wieder, in dem Bemühen, dem Vers aus dem siebzehnten Jahrhundert eine dem zwanzigsten Jahrhundert gemäße Bedeutung zu geben.

›Denn eine Sünde weckt die andre auch,
Mord ist Nachbar der Lust, wie Flamm und Rauch.‹

Er gibt Leben und Tod Bedeutung, hatte der kleine Priester gesagt. Was also hatten die Worte des Prinzen von Tyrus mit einem verlassenen Grab in Keldale zu tun? Und was hatte das Grab mit dem Tod eines Bauern zu tun?

Absolut gar nichts, sagte sein Verstand. Absolut alles, widersprach sein Instinkt.

Er klappte das Buch zu. Den Schlüssel hatte Gillian: zur Bedeutung und zur Wahrheit. Er griff zum Telefon und wählte.

Es war nach zehn, als sie die schlecht beleuchtete Straße in Ealing hinunterging. Webberly war überrascht gewesen, sie zu sehen, aber die Überraschung war verflogen, als er den Brief geöffnet hatte, den Lynley ihr für ihn mitgegeben hatte. Er warf nur einen Blick auf die kurze Nachricht, drehte das Bild um und hängte sich ans Telefon. Nachdem er Edwards in kurzem Kommandoton befohlen hatte, augenblicklich zu kommen, hatte er sie weggeschickt, ohne danach zu fragen, wieso sie plötzlich ohne Lynley in London erschienen war. Es war, als existierte sie gar nicht für ihn. Und so war es ja auch. Sie existierte nicht für ihn. Nicht mehr.

Na und? dachte sie. Wen interessiert schon, was passiert? Es war von Anfang an unvermeidlich. Du blödes, fettes kleines Schwein, du hast dir eingebildet, du wärst die große Detektivin. Dachtest, du wüßtest über Gillian Teys Bescheid, was? Hast sie im Nebenzimmer summen hören, und nicht mal da hattest du genug Grips, um es zu kapieren.

Sie musterte das Haus. Die Fenster waren dunkel. Von nebenan dröhnte Mrs. Gustafsons Fernsehapparat, aber aus dem Haus, vor dem sie stand, kam keinerlei Anzeichen von Leben. Nichts.

Nichts. Ja, dachte sie, das ist es. Da drinnen ist nichts, absolut gar nichts, und schon gar nicht das, was du dir wünschst. Die vielen Jahre, und du hast ein Hirngespinst ausgebrütet, Barb. Und alles umsonst, die reine Verschwendung.

Sie wehrte den Gedanken ab, weigerte sich, ihn zu akzeptieren, und sperrte die Tür auf. Der Geruch des stillen Hauses fiel über sie her; ein Geruch nach ungewaschenen Körpern, nach eingesperrten Küchendünsten, nach muffiger Luft, nach bedrückender Hoffnungslosigkeit. Er war widerlich und krank, doch in diesem Moment hieß sie ihn willkommen. Sie atmete ihn tief ein, fand ihn angemessen und gerecht.

Sie schloß die Tür hinter sich und lehnte sich an sie, während ihre Augen sich an die Dunkelheit gewöhnten. Hier ist es, Barb. Hier hat alles angefangen. Laß dich davon wieder zum Leben erwecken.

Sie stellte ihre Handtasche auf den wackligen Tisch neben der Tür und zwang sich, zur Treppe zu gehen. Als sie sie erreichte, fing ihr Auge einen Lichtblitz aus dem Wohnzimmer ein. Neugierig ging sie zur Tür und fand das Zimmer leer vor. Das Licht war nur der Schein eines vorbeihuschenden Autoscheinwerfers gewesen, der sich flüchtig im Glas des Bildes gespiegelt hatte. Seines Bildes. Tonys Bild.

Es zog sie ins Zimmer, und sie setzte sich in den Sessel ihres Vaters, der, neben dem ihrer Mutter, dem Schrein gegenüberstand. Tonys Gesicht lächelte sie spitzbübisch an, sein drahtiger Körper strotzte von Leben.

Sie war erschöpft, ausgelaugt, aber sie zwang sich, den Blick auf das Bild gerichtet zu halten und bis in die Tiefen der Erinnerung zu tauchen, in denen Tony immer noch schwach und grau in einem schmalen weißen Krankenhausbett lag. Sein Bild war auf ewig in ihr Gedächtnis eingebrannt, so, wie sie es damals gesehen hatte: Schläuche und Nadeln überall, zuckende Finger, die an der Bettdecke zupften. Der dünne Hals konnte den Kopf nicht länger tragen, der zu Übergröße angewachsen schien. Seine Lider waren schwer, verkrustet, geschlossen. Seine aufgesprungenen Lippen bluteten.

»Koma«, hatten sie gesagt. »Es wird bald soweit sein.«

Aber das stimmte nicht. Es war noch nicht soweit gewesen. Erst hatte er noch einmal die Augen geöffnet, und ein geisterhaftes Lächeln war über sein Gesicht geflogen, als er flüsterte:

»Wenn du bei mir bist, hab' ich keine Angst, Barbie. Du gehst doch nicht fort, oder?«

Es war, als hätte er hier, in der Dunkelheit des Wohnzimmers zu ihr gesprochen. Alle Gefühle stiegen wieder hoch, wie immer: der Schmerz, der sie zerreißen wollte, und dann – wie der feurige Atem der Hölle – die wahnsinnige Wut. Dies einzig Reale, das sie am Leben hielt.

»Ich geh' nicht fort«, versprach sie. »Ich werde niemals vergessen.«

»Kind?«

Sie schrie auf vor Überraschung, als sie in die niederdrückende Gegenwart zurückgerissen wurde.

»Kind? Bist du's?«

Ihr Herz hämmerte wie verrückt, aber sie zwang sich, ruhig zu antworten. Kein Problem nach so vielen Jahren ständiger Übung.

»Ja, Mama. Ich hab' mich nur ein bißchen hingesetzt.«

»Im Dunkeln, Kind? Warte, ich mach' Licht, damit –«

»Nein.« Ihre Stimme war brüchig. Sie räusperte sich. »Nein, Mama. Laß es aus.«

»Aber ich mag die Dunkelheit nicht, Kind. Sie – sie macht mir angst.«

»Warum bist du auf?«

»Ich hörte die Tür. Ich dachte, es wäre vielleicht...« Sie trat in Barbaras Blickfeld, eine gespensterhafte Gestalt in einem flekkigen rosafarbenen Morgenrock. »Manchmal denke ich, er ist zu uns zurückgekommen, Kind. Aber er wird nie zurückkommen, nicht?«

Barbara stand abrupt auf.

»Geh wieder ins Bett, Mama.« Sie merkte, wie rauh ihre Stimme klang, und versuchte vergebens, ihr einen sanfteren Ton zu geben. »Wie geht's Dad?« Sie nahm ihre Mutter beim Arm und führte sie aus dem Zimmer.

»Er hatte einen guten Tag heute. Wir dachten an die Schweiz. Die Luft ist so gut und frisch dort, weißt du. Wir dachten, die Schweiz wäre am schönsten für die nächste Reise. Es ist natürlich ein bißchen früh, so bald nach der Griechenlandreise schon wieder loszufahren, aber er meint, es wäre ein guter Gedanke. Würde die Schweiz dir gefallen, Kind? Wenn du meinst, es wäre nicht das Richtige für dich, können wir uns ja immer etwas anderes aussuchen. Ich möchte, daß du glücklich bist.«

Glücklich? »Die Schweiz ist in Ordnung, Mama.«

Sie spürte, daß die Hand ihrer Mutter wie eine Klaue ihren Arm umklammerte. Sie gingen langsam die Treppe hinauf.

»Gut. Ich dachte mir schon, daß es dir recht ist. Am besten fangen wir in Zürich an. Wir machen diesmal eine Rundreise, mit einem gemieteten Auto. Ich möchte so gern die Alpen sehen.«

»Klingt gut, Mama.«

»Dad fand das auch, Kind. Er war sogar im Reisebüro und hat mir die Prospekte geholt.«

Barbara blieb stehen. »War er bei Mister Como?«

Die Hand ihrer Mutter auf ihrem Arm zitterte.

»Oh, das weiß ich nicht, Kind. Er sagte nichts von Mister Como. Ich bin sicher, er hätte es erwähnt, wenn er bei ihm gewesen wäre.«

Sie erreichten den Treppenabsatz. Ihre Mutter blieb vor der Tür zu ihrem Schlafzimmer stehen.

»Er ist ein neuer Mensch, wenn er nachmittags ein bißchen ausgeht, Kind. Ein ganz neuer Mensch.«

Barbara drehte sich der Magen um, als sie daran dachte, was ihre Mutter meinen könnte.

Jonah Clarence machte leise die Schlafzimmertür auf. Die Vorsichtsmaßnahme war überflüssig, sie war wach. Sie drehte den Kopf bei dem gedämpften Geräusch und lächelte schwach.

»Ich hab' dir eine Suppe gemacht«, sagte er.

»Jo –« Ihre Stimme klang so schwach, so kraftlos, daß er hastig zu sprechen fortfuhr.

»Es ist nur eine Dosensuppe. Ich hab' dir auch ein Butterbrot gemacht.«

Er stellte das Tablett aufs Bett und half ihr, sich aufzusetzen. Bei der Bewegung begannen mehrere tiefe Wunden wieder zu bluten. Er nahm ein Handtuch und drückte es fest auf ihre Haut; nicht nur um das fließende Blut einzudämmen, sondern auch um die Erinnerung an das, was an diesem Abend mit ihrem Leben geschehen war, zu verdecken.

»Ich verstehe nicht –«

»Nicht jetzt, Darling«, sagte er. »Erst mußt du etwas essen.«

»Können wir dann reden?«

Sein Blick glitt von ihrem Gesicht. Schnittwunden bedeckten ihre Hände und Arme, ihre Brüste, ihren Bauch und ihre Schenkel. Bei dem Anblick fühlte er eine so tiefe Qual, daß er nicht gleich antworten konnte. Aber sie sah ihn aufmerksam an, Vertrauen und Liebe in den schönen Augen, während sie auf seine Antwort wartete.

»Ja«, sagte er leise. »Dann können wir reden.«

Sie lächelte mit bebenden Lippen.

Er schob ihr das Tablett auf den Schoß, aber als sie von der Suppe nehmen wollte, sah er, wie ihre Hand zitterte. Behutsam nahm er ihr den Löffel ab und begann, sie zu füttern, ein mühsames Unterfangen, bei dem jeder hinuntergebrachte Schluck Suppe ein kleiner Sieg war.

Er ließ sie nicht sprechen. Er hatte zu große Angst vor dem, was sie sagen würde. Statt dessen beschwichtigte er sie mit geflüsterten Worten der Liebe und Ermutigung, während er sich fragte, wer sie war und welch schrecklichen Kummer sie in sein Leben getragen hatte.

Sie waren noch kein Jahr verheiratet, aber ihm schien, sie

wären immer schon zusammengewesen, wären von dem Moment an füreinander bestimmt gewesen, als sein Vater sie vom King's-Cross-Bahnhof ins Testament House gebracht hatte – ein ernsthaftes, zartes Mädchen, das aussah, als wäre es höchstens zwölf Jahre alt. Diese wunderschönen großen Augen, hatte er gedacht, als er sie das erstemal sah. Und ihr Lächeln war wie Sonnenschein. Schon nach wenigen Wochen wußte er, daß er sie liebte; aber es dauerte fast zehn Jahre, ehe sie seine Frau wurde.

In dieser Zeit hatte er sich entschieden, Geistlicher zu werden und mit seinem Vater zusammenzuarbeiten, hatte sich geplagt wie Jakob, eine Rachel zu gewinnen, bei der er nie sicher sein konnte, ob sie ihn erhören würde. Doch das hatte ihn nicht entmutigen können. Nur Nell hatte er haben wollen. Keine andere.

Aber sie ist nicht Nell, dachte er. Ich weiß nicht, wer sie ist. Und das schlimmste ist, daß ich nicht einmal sicher bin, ob ich es überhaupt wissen will.

Er hatte sich immer als einen Mann der Tat gesehen, einen Mann, der den Mut und die Kraft seiner Überzeugung besaß und dennoch ein Mann des Friedens war. Dieses Bild war an diesem Abend zerstört worden. Ihr Anblick – wie sie in der Wanne gestanden und besinnungslos ihren Körper zerfetzt, das Wasser mit ihrem Blut gefärbt hatte –, dieser Anblick hatte genügt, um das sorgsam gepflegte Bild innerhalb zwei Minuten zersplittern zu lassen; die Zeit, die er gebraucht hatte, die laut Schreiende aus der Wanne zu ziehen, sie in Tücher einzuhüllen, um irgendwie die Blutungen zu stoppen, die Polizeibeamtin hinauszuwerfen.

In diesen zwei Minuten war aus dem friedliebenden, aufrichtigen Diener Gottes ein rasender Fremder geworden, der ohne Überlegung jeden hätte töten können, der seiner Frau Schaden zufügen wollte. Er war bis ins Innerste erschüttert, um so mehr, wenn er daran dachte, daß er sie zwar vielleicht vor ihren Feinden schützen konnte, aber nicht wußte, wie er Nell vor sich selbst schützen sollte.

Aber sie ist nicht Nell, dachte er wieder.

Sie hatte fertiggegessen, seit ein paar Minuten schon, und hatte sich wieder niedergelegt. Die Kissen unter ihr waren blutbefleckt. Er stand auf.

»Jo –«

»Ich hole nur was für die Wunden. Ich bin gleich wieder da.«

Er versuchte, den entsetzlichen Zustand des Badezimmers zu ignorieren, während er im Schrank herumsuchte. Die Wanne sah aus, als hätte man ein Tier in ihr geschlachtet. Überall war Blut, in jedem Spalt und jeder Ritze. Seine Hand zitterte unkontrollierbar, als er die Flasche mit dem Wasserstoffsuperoxid nahm. Er hatte Angst, er würde ohnmächtig werden.

»Jonah?«

Er schöpfte ein paarmal tief Atem und ging wieder ins Schlafzimmer.

»Verzögerte Reaktion.« Er versuchte zu lächeln und hielt die Flasche so fest, daß er glaubte, sie würde in seinen Händen zerbrechen. Er setzte sich auf die Bettkante. »Die meisten Wunden sind nicht tief«, sagte er im Konversationston. »Mal sehen, wie es morgen aussieht. Wenn es schlimm ist, fahren wir ins Krankenhaus. Was meinst du?«

Sie schwieg, und er wartete nicht auf eine Antwort. Er tupfte die offenen Stellen mit dem Wasserstoffsuperoxid ab und fuhr entschlossen zu sprechen fort.

»Ich hab' mir überlegt, daß wir am Wochenende nach Penzance fahren könnten, Schatz. Es würde uns guttun, ein paar Tage wegzukommen, meinst du nicht? Eins von den Mädchen hat mir von einem Hotel dort unten erzählt, wo sie als Kind mal mit ihren Eltern war. Es muß ganz wunderbar sein. Mit Blick auf den Mont Saint Michel. Wir könnten den Zug nehmen und uns unten dann ein Auto mieten. Oder Fahrräder. Hättest du Lust, Fahrräder zu mieten, Nell?«

Er fühlte ihre Hand an seiner Wange. Er merkte plötzlich, wie nahe er den Tränen war.

»Jo«, sagte sie leise. »Nell ist tot.«

»Sag so was nicht«, entgegnete er heftig.

»Ich habe schreckliche Dinge getan. Ich kann es nicht ertragen, daß du sie erfahren sollst. Ich dachte, ich wäre vor ihnen sicher; ich wäre ihnen für immer entflohen.«

»Nein!« Er fuhr fort, ihre Wunden zu reinigen.

»Ich liebe dich, Jonah.«

Das ließ ihn innehalten. Er schlug die Hände vor sein Gesicht.

»Wie soll ich dich nennen?« flüsterte er. »Ich weiß nicht einmal, wer du bist.«

»Jo, Jonah, mein Liebster...«

Ihre Stimme war wie eine Folter für ihn, die er kaum ertragen konnte, und als sie die Arme nach ihm ausstreckte, stürzte er aus dem Zimmer und schlug die Tür hinter sich zu.

Er stolperte zu einem Sessel, hörte sein Keuchen, spürte die Panik, die ihm den Verstand zu rauben drohte. Er ließ sich in den Sessel fallen und starrte, ohne etwas zu sehen, die Gegenstände an, die ihr gemeinsames Heim ausmachten, stieß verzweifelt den Gedanken weg, der im Zentrum seiner Angst saß.

Vor drei Wochen, hatte die Polizeibeamtin gesagt. Er hatte sie belogen, eine Augenblicksreaktion, die dem Entsetzen über ihre unverständliche Behauptung entsprungen war. Er war zu jener Zeit nicht mit Nell in London gewesen, sondern auf einer viertägigen Konferenz in Exeter. Nell hatte ihn eigentlich begleiten wollen, doch im letzten Moment war sie wegen einer Grippe zu Hause geblieben. Angeblich. War sie wirklich krank gewesen? Oder hatte sie hier die Gelegenheit gesehen, nach Yorkshire zu reisen?

»Nein!« Das Wort entfuhr ihm unwillkürlich. Er verachtete

sich dafür, der Frage auch nur einen Moment lang Raum gegeben zu haben, zwang sich, ruhiger zu atmen, die Hände zu lockern, sich zu entspannen.

Er griff nach seiner Gitarre, nicht um zu spielen, sondern um sich ihrer Realität zu vergewissern, sich der Bedeutung zu erinnern, die sie in seinem Leben hatte. Er hatte im Halbdunkel auf der Hintertreppe von Testament House gesessen und ein Lied gespielt, das er besonders liebte, als sie ihn das erstemal angesprochen hatte.

»Das klingt so schön. Kann das jeder lernen?«

Sie kauerte sich neben ihn auf die Treppe, den Blick auf seine Finger gerichtet, die über die Saiten glitten, und sie hatte gelächelt wie ein Kind, das vor Freude lächelt.

Es war einfach gewesen, ihr das Spielen beizubringen. Sie war musikalisch, und was sie einmal gesehen oder gehört hatte, vergaß sie nie wieder. Jetzt spielte sie so oft für ihn wie er für sie, nicht mit seiner Sicherheit und seinem Feuer, sondern mit einer schwermütigen Süße, die ihm schon vor langer Zeit hätte verraten müssen, was er jetzt nicht wahrhaben wollte.

Abrupt stand er auf. Wie um sich zu vergewissern, schlug er ein Buch nach dem anderen auf und las in jedem Band ihren Namen, Nell Graham, klar und sauber geschrieben. Um zu zeigen, daß das Buch ihr gehörte, oder um sich selbst zu überzeugen?

»Nein!«

Er nahm das Fotoalbum vom untersten Bord und drückte es an die Brust. Es war ein Dokument ihres gemeinsamen Lebens, eine Bestätigung, daß Nell real war, daß sie kein anderes Leben hatte als das, das sie mit ihm teilte. Er brauchte das Album nicht aufzuschlagen, um zu wissen, was es enthielt: die Geschichte ihrer Liebe, Erinnerungen, die ein wichtiger Teil ihres gemeinsamen Lebens waren. In einem Park, auf einem Waldweg, in stiller Träumerei an einem frühen Morgen, voller Erheiterung über eine Gruppe zankender Vögel am Strand. All diese Bilder legten Zeugnis ab von Nells Leben und den Dingen, die sie liebte.

Sein Blick schweifte zu den Pflanzen am Fenster. Die Usambaraveilchen hatten ihn immer am meisten an sie erinnert. Die schönen Blüten saßen anmutig und zierlich auf ihren Stengeln. Die dicken grünen Blätter schützten und umgaben sie. Man hätte nicht meinen sollen, daß diese Pflanzen das Londoner Wetter aushalten konnten, doch so zart und zerbrechlich sie wirken mochten, sie besaßen eine bemerkenswerte Kraft.

Während er die Pflanzen betrachtete, erkannte er endlich die Wahrheit und bemühte sich vergeblich, sie zu leugnen. Die Tränen, die schon lange hinter seinen Lidern warteten, brachen sich Bahn. Er ging zum Sessel zurück, setzte sich hinein und weinte.

Draußen klopfte es.

»Gehen Sie weg!« schluchzte er.

Das Klopfen ging weiter.

»Gehen Sie weg!«

Es war kein anderes Geräusch zu hören. Nur das beharrliche Klopfen. Wie die Stimme seines Gewissens würde es nie verstummen. »Verdammt noch mal, gehen Sie schon!« schrie er und rannte zur Tür, um sie aufzureißen.

Eine Frau stand vor ihm. Sie trug ein schwarzes Kostüm und eine weiße Seidenbluse. Über der Schulter hatte sie eine schwarze Umhängetasche, in der Hand ein in Leder gebundenes Buch. Doch es war das Gesicht, das seine Aufmerksamkeit fesselte. Ein ruhiges Gesicht mit klaren Augen und einem Ausdruck offener Zuwendung. Sie hätte Missionarin sein können. Oder eine Vision. Aber sie bot ihm die Hand und ließ keinen Zweifel daran, daß sie Wirklichkeit war.

»Mein Name ist Helen Clyde«, sagte sie.

Lynley setzte sich in eine Ecke. Etwas entfernt flackerten Kerzen, aber da, wo er war, hüllte Dunkelheit die Kirche ein. Es roch leicht nach Weihrauch, stärker nach Wachs, verbrannten Streichhölzern und nach Staub. Es war ganz still. Selbst die Tauben, die durch sein Kommen kurz aufgestört waren, hatten sich wieder beruhigt, und die Nacht war völlig windstill.

Er war allein. Seine einzigen Gefährten waren die Mädchen und Jünglinge, die in ewigem, lautlosem Tanz umschlungen, die Türen der elisabethanischen Beichtstühle schmückten.

Er war tief bedrückt und beklommen. Es war eine alte Geschichte, eine römische Legende aus dem fünften Jahrhundert, doch so wirklich in diesem Augenblick wie damals, als sie Shakespeare als Grundlage für sein Drama gedient hatte. Der Prinz von Tyrus reiste nach Antiochien, um ein Rätsel zu lösen und eine Prinzessin zu heiraten. Aber als er fortging, hatte er nichts und rettete mit knapper Not sein Leben.

Lynley kniete nieder. Er hätte gern gebetet, aber es kam nichts aus ihm heraus.

Er wußte, daß er dem Leib der Hydra nahe war, doch dieses Wissen erfüllte ihn weder mit Triumph noch mit Genugtuung. Statt dessen wäre er am liebsten geflohen vor der letzten Konfrontation mit dem Ungeheuer, da er jetzt wußte, daß er, auch wenn die Köpfe abgetrennt und der Leib schon angeschlagen war, nicht hoffen konnte, unverletzt aus der Begegnung hervorzugehen.

»Sorgt euch nicht um die Übeltäter.« Es war eine dünne, körperlose, zitternde Stimme. Sie kam von nirgendwoher und hing wie ein Hauch im kühlen Raum. Es dauerte einen Moment, ehe Lynley den Priester sah.

Pater Hart kniete vor dem Altar, tief gebeugt, die Stirn zu Boden gedrückt.

»Beneidet auch nicht die, die unrecht tun. Denn sie werden niedergemäht werden wie das Gras und verdorren wie das grüne Kraut. Vertraut auf den Herrn und tut Gutes; dann werdet ihr im Land wohnen, und ihr werdet wahrhaft gespeist werden. Freuet euch auch im Herrn; und er wird euch die Wünsche eurer Herzen erfüllen. Befehlt dem Herrn eure Wege; vertraut auf ihn, und er wird es wohl machen. Übeltäter werden gefällt werden; jene aber, die dem Herrn dienen, werden das Erdreich besitzen. Nur noch eine kleine Weile, und die Bösen werden nicht mehr sein.«

Lynley lauschte den Worten gepeinigt und versuchte, ihre Bedeutung zu leugnen. Während sich wieder tiefe Stille in der düsteren Kirche ausbreitete – nur vom röchelnden Atem des Priesters gestört –, bemühte er sich, Klarheit zu finden, den inneren Abstand, den er brauchte, um den Fall zu Ende zu bringen.

»Sind Sie zur Beichte gekommen?«

Er fuhr zusammen beim Klang der Stimme. Unbemerkt hatte sich der Priester genähert. Lynley stand auf.

»Nein, ich bin nicht katholisch«, antwortete er. »Ich wollte mich nur sammeln.«

»Dafür ist die Kirche ein guter Ort, nicht wahr?« Pater Hart lächelte. Er seufzte zufrieden. »Ich spreche immer noch ein kurzes Gebet, ehe ich für die Nacht zusperre. Und ich sehe vorher auch immer nach, ob nicht noch jemand hier ist. Es wäre ziemlich hart, bei dieser Kälte in der Kirche eingesperrt zu sein, nicht wahr?«

»Ja«, stimmte Lynley zu. »Das wäre hart.«

Er folgte dem Priester zum Ende des Gangs und in die Nacht hinaus. Wolken verdunkelten Mond und Sterne. Der alte Mann war nur ein Schattenbild ohne Form und Gestalt.

»Kennen Sie *Perikles* gut, Pater Hart?«

Der Priester antwortete nicht gleich, sondern hantierte mit seinen Schlüsseln, um das Portal abzuschließen.

»*Perikles*?« wiederholte er dann sinnend und ging an Lynley vorbei in den Kirchhof. »Das ist Shakespeare, nicht wahr?«

»›... wie Flamm und Rauch‹. Ja, das ist Shakespeare.«

»Ich – ja, ich kenne das Stück ganz gut.«

»Gut genug, um zu wissen, warum Perikles vor Antiochus floh? Warum Antiochus ihn töten lassen wollte?«

»Ich...« Der Priester kramte in seinen Taschen. »So genau erinnere ich mich nicht an die Einzelheiten.«

»Ich denke, Sie erinnern sich an genug. Gute Nacht, Pater Hart.«

Lynley ging davon. Er folgte dem Kiesweg die Anhöhe hinunter. Seine Schritte klangen unnatürlich laut in der Stille der Nacht. Auf der Brücke machte er halt, um seine Gedanken zu ordnen, und lehnte sich an das steinerne Geländer, den Blick zum Dorf. Olivia Odells Haus, rechts von ihm, war dunkel, Frau und Kind schliefen in sicherer Unschuld in seinem Inneren. Von der anderen Straßenseite, wo Nigel Parrishs Häuschen am Rand der Gemeindewiese stand, wehten geisterhaft gedämpfte Orgelklänge herüber. Zu seiner Linken wartete der Gasthof auf ihn, und dahinter führte die High Street in einer Biegung zum Wirtshaus. Von seinem Standort aus konnte er die St. Chad's Lane mit den Gemeindehäusern nicht sehen. Aber er konnte sie sich vorstellen. Da er kein Verlangen hatte, das zu tun, kehrte er zum Gasthof zurück.

Er war keine Stunde weg gewesen, aber schon beim Eintreten wußte er, daß während seiner Abwesenheit Stepha zurückgekehrt war. Es war, als hielte das Haus den Atem an, während es darauf wartete, daß er die Wahrheit entdeckte. Seine Füße waren bleischwer.

Er wußte nicht, wo Stepha ihre Privaträume hatte, aber er vermutete, daß sie sich irgendwo im Erdgeschoß befanden. Hinter dem Empfang, in Richtung zur Küche. Er trat durch die Tür.

Und er bekam sogleich seine Antwort. Greifbar hing sie in der Luft, die ihn umgab. Er konnte den Zigarettenrauch riechen. Er konnte den Alkohol, dessen Duft die Luft durchzog, beinahe auf der Zunge schmecken. Er konnte das Gelächter hören, das Flüstern und Tuscheln der Leidenschaft und der Lust. Er fühlte die

Hände, die ihn erbarmungslos vorwärts zogen. Es blieb nur eines: der Wahrheit ins Auge zu blicken.

Er klopfte an die Tür. Augenblicklich trat Stille ein.

»Stepha?«

Gedämpfte, hastige Bewegung. Stephas leises Lachen. Beinahe wäre er im letzten Moment umgekehrt. Aber dann drehte er den Türknauf und trat ein.

»Vielleicht kannst *du* mir jetzt ein Alibi geben, das sticht«, sagte Richard Gibson mit einem rauhen Lachen und gab der Frau einen Klaps auf den nackten Schenkel. »Ich hatte den Eindruck, der Inspector glaubte meiner kleinen Madeline nicht einen Moment.«

15

Helen sah ihn, als sie sich durch das Gewühl auf dem Fußgängerüberweg vom Bahnsteig zur Halle drängten. Die zweistündige Zugfahrt war strapaziös gewesen; auf der einen Seite die ständige Angst, Gillian könnte jeden Moment einen Zusammenbruch erleiden; auf der anderen das verzweifelte Bemühen, Sergeant Havers aus dem finsteren Loch der Depression zu locken, in das sie sich verkrochen hatte. Helen hatte sich so sehr überfordert gefühlt, daß schon der Anblick Lynleys, wie er sich da, im Luftzug des davonfahrenden Zugs stehend, das blonde Haar aus der Stirn strich, sie so erleichterte, daß ihr fast die Knie zitterten. Um ihn herum drängten und stießen die hastenden Menschen, doch er sah aus, als wäre er ganz allein. Er schaute auf. Ihre Blicke trafen sich, und für einen Moment stockte ihr Schritt.

Selbst aus dieser Entfernung konnte sie die Veränderung an ihm erkennen. Die umschatteten Augen. Die Spannung, die sich in der Haltung seines Kopfes und seiner Schultern ausdrückte, die tiefer gewordenen Kerben um Nase und Mund. Er war es, und er war es doch auch nicht. Es konnte nur einen Grund dafür geben: Deborah.

Er war ihr in Keldale begegnet. Das verriet ihr sein Gesicht. Und aus irgendeinem Grund – obwohl ein Jahr vergangen war, seit er seine Verlobung mit Deborah gelöst hatte, und trotz der vielen Stunden, die sie seitdem mit ihm verbracht hatte – wurde sie sich bewußt, daß sie die Vorstellung, er könnte ihr von dem Zusammentreffen mit Deborah erzählen, nicht ertragen konnte. Auf keinen Fall wollte sie ihm eine Gelegenheit geben, es zu tun. Es war feige. Sie verachtete sich dafür. Und sie hatte in diesem Moment keinerlei Verlangen, darüber nachzudenken, warum es plötzlich so ungeheuer wichtig geworden war, daß er mit ihr nie wieder über Deborah sprach.

Er schien ihre Gedanken gelesen zu haben. Das flüchtige, ein wenig schiefe Lächeln, mit dem er sie ansah, sagte es ihr.

»Du hast keine Ahnung, wie froh ich bin, dich zu sehen, Tommy«, sagte sie, als sie den Fuß der Treppe erreicht hatten, wo er wartete. »Ich hab' praktisch die ganze Fahrt vor Angst gebibbert, du könntest in Keldale hängengeblieben sein und wir müßten einen Wagen mieten und wie die Wilden im Moor herumkurven, um dich aufzustöbern. Aber nun hat sich ja alles in Wohlgefallen aufgelöst, und ich hätte mir die Berge von Keksen sparen können, die ich unterwegs aus lauter Nervosität verdrückt habe. Das Essen auf der Bahn ist absolut grauenvoll, nicht wahr?«

Sie nahm Gillian fester in den Arm, als müsse sie sie schützen. Es war eine instinktive Geste. Sie wußte, daß die junge Frau von Lynley nichts zu fürchten hatte, aber die vergangenen zwölf Stunden hatten zwischen ihr und Gillian eine tiefe Verbindung geschaffen, und jetzt merkte sie, daß sie nur widerstrebend bereit war, sie Lynley anzuvertrauen.

»Gillian, das ist Inspector Lynley«, sagte sie.

Gillian lächelte zaghaft. Dann senkte sie die Augen. Lynley wollte ihr die Hand geben, aber Helen schüttelte warnend den

Kopf. Er sah auf die Hände der jungen Frau hinunter. Die roten Male auf ihren Händen waren häßlich, aber nicht so gefährlich wie die Wunden, die Hals, Brust und Schenkel bedeckten und die unter dem Kleid verborgen waren, das Helen mit Sorgfalt für sie ausgesucht hatte.

»Ich hab' den Wagen draußen«, sagte er.

»Gott sei Dank.« Helen seufzte. »Führ mich sofort hin, ehe meine Füße von diesen schrecklichen Schuhen nicht wiedergutzumachenden Schaden leiden. Hübsch sind sie ja, nicht? Aber die Qualen, die ich ausstehe, wenn ich in ihnen rumhumple, kannst du dir nicht vorstellen. Ich frag' mich wirklich, warum ich so von der Mode abhängig bin.« Sie lachte. »Ich bin sogar bereit, mir fünf Minuten lang den schwermütigsten Tschaikowsky deiner Sammlung anzuhören, wenn ich mich nur endlich bequem hinsetzen kann.«

Er lächelte. »Das werd' ich mir merken, Goldkind.«

»Daran zweifle ich nicht einen Augenblick.« Sie wandte sich Barbara zu, die, seit sie aus dem Zug gestiegen waren, nur stumm hinter ihnen hergestapft war. »Sergeant, ich muß mal schnell auf die Toilette und mir die Kuchenreste abwischen. Ich glaube, ich habe mich überall mit dem Schokoladenguß beschmiert. Würden Sie Gillian zum Wagen hinausbringen?«

Barbara blickte von Helen zu Lynley. »Natürlich«, sagte sie starr.

Helen sah den beiden nach, als sie davongingen.

»Ich weiß wirklich nicht, welche von beiden schlechter dran ist, Tommy.«

»Dank dir für gestern abend«, sagte er statt einer Antwort. »War es schlimm für dich?«

Sie wandte den Blick von den beiden davongehenden Frauen. »Schlimm?«

Die Verzweiflung in Jonah Clarences Gesicht; der Anblick Gillians, die mit leerem Blick auf dem Bett gelegen hatte, notdürftig zugedeckt mit einem blutbefleckten Laken, während ihre Wunden, dort wo sie sich die ärgsten Verletzungen beigebracht hatte, noch immer bluteten; das Blut auf dem Boden und an den Wänden im Bad; die aufgebrochene Tür und die Bürsten, an deren schrecklichen Stahlborsten noch Haut- und Fleischfetzen hingen.

»Es tut mir leid, daß ich dich dem aussetzen mußte«, sagte Lynley. »Aber du warst die einzige, bei der ich mich darauf verlassen konnte, daß sie es schaffen würde. Ich weiß nicht, was ich getan hätte, wenn du nicht zu Hause gewesen wärst, als ich anrief.«

»Ich war im Moment zur Tür reingekommen. Ich muß zugeben, daß Jeffrey über das abrupte Ende des Abends nicht gerade begeistert war.«

Lynley war halb überrascht, halb erheitert.

»Jeffrey Cusick? Ich dachte, dem hättest du den Laufpaß gegeben.«

Sie lachte vergnügt und nahm seinen Arm.

»Ich hab's versucht, Tommy. Ich hab's wirklich versucht. Aber Jeffrey ist wild entschlossen zu beweisen, daß er und ich uns auf dem Weg zur großen Liebe befinden, ob ich das nun merke oder nicht. Gestern abend wollte er die Reise ein bißchen beschleunigen. Es war aber auch wirklich romantisch. Abendessen in Windsor am Themseufer. Champagnercocktails im Garten des Old House. Du wärst stolz auf mich gewesen. Ich erinnerte mich sogar, daß Wren es gebaut hat. Deine jahrelangen Bemühungen um meine Allgemeinbildung waren also nicht umsonst.«

»Aber ich hätte nicht gedacht, daß du sie an Jeffrey Cusick verschwendest.«

»Von Verschwendung kann keine Rede sein. Er ist ein netter Mann. Wirklich. Außerdem war er äußerst hilfsbereit, als ich mich anziehen mußte.«

»Das glaube ich gern«, meinte Lynley trocken.

Sie lachte über sein grimmiges Gesicht.

»Aber doch nicht so! Jeffrey würde nie eine Situation ausnützen. Er ist viel zu – zu –«

»Fischähnlich?«

»Ich wußte gar nicht, daß du so boshaft sein kannst, Tommy. Aber um ganz ehrlich zu sein, er ist wirklich ein ganz kleines bißchen wie ein Kabeljau. S-teif, weißt du.«

»Trug er den Schulschlips von Harrow, als ich anrief?« fragte Lynley. »Oder war er vielleicht im Adamskostüm?«

»Tommy, wie gemein! Aber laß mich nachdenken.« Sie legte nachdenklich eine Hand an die Wange und sah ihn mit lachenden Augen an, während sie so tat, als überlegte sie eingehend. »Nein, wir waren leider beide voll angekleidet, als du anriefst. Und danach war einfach keine Zeit mehr. Wir stürzten wie die Wahnsinnigen zu meinem Schrank und fingen an, was Passendes zu suchen. Was meinst du? War die Wahl gut?«

Lynley musterte das schwarze Kostüm mit den passenden Accessoires.

»Du siehst aus wie eine Quäkerin auf dem Weg zur Hölle«, stellte er trocken fest. »Guter Gott, Helen, ist das wirklich eine Bibel?«

Sie lachte. »Sieht genauso aus, nicht?« Sie drehte den Lederband in ihrer Hand. »In Wirklichkeit ist es eine Sammlung John Donne, die mir mein Großvater zum siebzehnten Geburtstag geschenkt hat. Vielleicht schlag' ich sie eines Tages tatsächlich mal auf.«

»Was hättest du getan, wenn sie dich gebeten hätte, ihr zum Trost ein paar Verse vorzulesen?«

»Oh, ich kann absolut biblisch klingen, wenn ich will, Tommy. ›Seid fruchtbar und mehret euch und ...‹ Was ist?«

Er war bei ihren Worten erstarrt. Sie fühlte die Spannung, die seinen Arm verkrampfte.

Lynley sah zu seinem Wagen, der vor dem Bahnhof parkte.

»Wo ist ihr Mann?«

Sie warf ihm einen eigenartigen Blick zu.

»Ich weiß nicht. Er ist verschwunden. Ich bin gleich zu Gillian hineingegangen, und als ich später herauskam, war er weg. Ich habe natürlich dort übernachtet. Er ist nicht wiedergekommen.«

»Wie hat Gillian das aufgenommen?«

»Ich –« Helen überlegte, wie sie die Frage am besten beantworten sollte. »Tommy, ich bin nicht einmal sicher, daß sie seine Abwesenheit wahrgenommen hat. Das klingt ein bißchen merkwürdig, ich weiß, aber ich habe den Eindruck, er hat aufgehört, für sie zu existieren. Sie hat mir gegenüber nicht ein einziges Mal seinen Namen genannt.«

»Hat sie sonst etwas gesprochen?«

»Nur, daß sie Bobby etwas dagelassen hat.«

»Die Nachricht in der Zeitung vermutlich.«

Helen schüttelte den Kopf.

»Nein. Ich habe den Eindruck, es war etwas, das sich im Haus befand.«

Lynley nickte nachdenklich und stellte eine letzte Frage.

»Wie hast du sie dazu gebracht hierherzukommen, Helen?«

»Ich habe überhaupt nichts dazu getan. Sie hatte sich bereits entschlossen, und ich schreibe das Sergeant Havers zu, Tommy, auch wenn man aus ihrem Verhalten schließen könnte, daß sie überzeugt ist, ich hätte im Hause Clarence ein Wunder vollbracht. Sprich doch einmal mit ihr, ja? Seit ich heute morgen mit ihr telefoniert habe, hat sie kaum ein Wort gesagt. Ich glaube, sie gibt sich allein die Schuld an allem, was passiert ist.«

Er seufzte. »Typisch Havers. Das hat mir bei diesem verdammten Fall gerade noch gefehlt, daß ich mich auch noch um sie kümmern muß.«

Helen sah ihn erstaunt an. Es kam höchst selten vor, daß er seinem Zorn freien Lauf ließ.

»Tommy«, sagte sie stockend, »während du in Keldale warst,

hast du da zufällig ... Bist du ...« Sie wollte nicht davon sprechen. Also würde sie auch nicht davon sprechen.

Er sah sie mit seinem schiefen Lächeln an.

»Entschuldige, mein Schatz.« Er legte ihr einen Arm leicht um die Schultern und drückte sie liebevoll. »Hab' ich dir schon gesagt, wie gut es mir tut, dich hierzuhaben?«

Er hatte kein Wort zu ihr gesagt. Hatte sie über ein flüchtiges Nicken hinaus überhaupt nicht zur Kenntnis genommen. Aber warum hätte er sich anders verhalten sollen? Jetzt, wo die schicke Helen da war, um ihn zu trösten – diese Superfrau, die gestern abend so gekonnt die Kastanien aus dem Feuer geholt hatte –, bestand kein Anlaß mehr für ihn, überhaupt noch mit ihr zu reden.

Sie hätte sich ja denken können, daß Lynley lieber eine seiner Geliebten mobil machen würde als jemanden vom Yard. War ja typisch für ihn. Mußte sich vor lauter Eitelkeit noch vergewissern, daß seine Weiber in London auch nach seiner Pfeife tanzten, wenn er sich irgendwo auf dem Land rumtrieb.

Es würde mich interessieren, dachte Barbara, ob die holdselige Lady auch noch springt, wenn sie von Stepha erfährt. Gott, wie die Frau aussah: makellose Haut, makellose Haltung, makelloses Benehmen – als hätten ihre Vorfahren in den letzten zweihundert Jahren allen Ausschuß ausgemustert, um das Prachtexemplar hervorzubringen, das Lady Helen Clyde war. Aber trotzdem reicht's nicht ganz, um Seine Lordschaft bei der Stange zu halten, was, Herzchen? Barbara lächelte in sich hinein.

Vom Rücksitz aus beobachtete sie Lynley. Hat bestimmt wieder eine wilde Nacht mit Stepha verbracht. Klar. Diesmal konnte es ihm ja gleich sein, wie laut die Frau kreischte, da war's bestimmt die doppelte Wucht. Und heute nacht würde er der liebreizenden Lady zu Diensten sein müssen. Aber das schaffte er schon. Er gehörte sicher zu denen, die mit den Anforderungen wuchsen. Und danach konnte er gleich noch Gillian vernaschen. Ihr Mann, dieses blutarme Bürschchen, würde die Zügel bestimmt mit Freuden an einen *richtigen* Mann übergeben.

Lieber Gott, die beiden faßten das kleine Luder wirklich mit Glacéhandschuhen an. Lady Helen konnte man das nicht verübeln. Sie wußte ja nicht, was Gillian Teys für eine war. Aber welche Entschuldigung hatte Lynley? Seit wann behandelte man Mordverdächtige bei der Kripo wie VIPs?

»Sie werden Roberta sehr verändert finden, Gillian«, sagte er gerade.

Barbara hörte die Worte ungläubig. Was hatte er vor? Was redete er da? Wollte er sie allen Ernstes auf das Zusammentreffen mit ihrer Schwester vorbereiten, wo sie doch beide genau wußten, daß sie sie erst drei Wochen zuvor gesehen hatte, als sie gemeinsam William Teys getötet hatten?

»Ich verstehe«, antwortete Gillian beinahe unhörbar.

»Sie wurde fürs erste in einer Nervenheilanstalt untergebracht«, fuhr Lynley behutsam fort. »Es geht um die Frage der geistigen Zurechnungsfähigkeit; denn sie hat das Verbrechen zwar zugegeben, seitdem aber kein Wort mehr gesprochen.«

»Wie kam sie... Wer...?« Gillian zögerte und gab auf. Sie schien in ihrem Sitz zu schrumpfen.

»Ihr Vetter Richard Gibson hat sie einweisen lassen.«

»Richard?« Ihre Stimme wurde noch leiser.

»Ja.«

Keiner sprach. Barbara wartete ungeduldig darauf, daß Lynley anfangen würde, die Frau zu verhören. Sein offenkundiges Widerstreben, es zu tun, war ihr unverständlich. Was machte er nur? Er tat so fürsorglich, als hätte er das Opfer eines Verbrechens vor sich, nicht seine Urheberin.

Verstohlen musterte Barbara Gillian. Die verstand es wirklich, die Leute zu manipulieren. Gestern ein paar Minuten im Badezimmer, und die ganze Bande hier fraß ihr praktisch aus der Hand.

Ihr Blick glitt wieder zu Lynley. Warum hatte er sie überhaupt zurückgeholt? Es konnte eigentlich nur einen Grund dafür geben: Er wollte sie ein für allemal an ihren Platz verweisen. Er wollte sie damit demütigen, daß er ihr vor Augen führte, daß selbst eine Dilettantin wie die holdselige Lady mehr Geschick und Fingerspitzengefühl hatte als Havers, die dämliche Ziege. Und sie dann für immer zur uniformierten Polizei verbannen.

Danke, Inspector, ich habe die Botschaft erhalten. Jetzt sehnte sie sich nur noch nach der Rückkehr nach London. Sollten Lynley und seine Lady die Bescherung beseitigen, die sie angerichtet hatte.

Sie hatte das Haar in zwei langen blonden Zöpfen getragen. Deshalb hatte sie an jenem ersten Abend im Testament House so jung ausgesehen. Sie sprach mit niemandem, taxierte vielmehr schweigend die Gruppe, um festzustellen, ob die Menschen hier ihres Vertrauens würdig waren. Und nachdem sie sich entschlossen hatte, ihnen zu vertrauen, hatte sie nur ihren Namen gesagt: Helen Graham, Nell Graham.

Aber hatte er nicht von Anfang an gewußt, daß es nicht ihr wahrer Name war? Vielleicht hatte das leichte Zögern sie verraten, das ihrer Antwort vorausging, wenn jemand sie ansprach. Vielleicht war es die Trauer in ihrem Blick, wenn sie selbst ihn aussprach. Vielleicht waren es die Tränen, als er zum erstenmal mit ihr geschlafen und in der Dunkelheit »Nell« geflüstert hatte. Wie dem auch sei, hatte er nicht immer gewußt – irgendwo im Innern –, daß es nicht ihr wahrer Name war?

Was hatte ihn zu ihr hingezogen? Anfangs war es die kindhafte Unschuld, mit der sie sich dem Leben im Testament House anvertraut hatte. Sie war so lernbegierig und setzte sich später mit solchem Feuer für die Ziele der Organisation ein. Dann war es die Reinheit gewesen, die er so bewunderte, diese Reinheit, die ihr gestattete, unberührt von Häßlichkeiten und Feindseligkeiten, die von außen an sie herangetragen wurden, ein eigenes Leben zu führen. Und auch ihr Gottvertrauen – nicht die demonstrative, eifernde Frömmigkeit der Bekehrten, sondern die gelassene Anerkennung einer Macht, die größer war als sie – hatte ihn berührt. Und schließlich war es ihr unerschütterlicher Glaube an ihn gewesen, an seine Fähigkeit, Großes zu leisten; die Worte der Ermutigung, die sie stets für ihn gehabt hatte, wenn er verzweifelt gewesen war; ihre unerschütterliche Liebe, wenn er sie am meisten gebraucht hatte.

Wie jetzt, dachte Jonah.

In den vergangenen zwölf Stunden hatte er sein eigenes Verhalten einer tiefgehenden und schonungslosen Musterung unterzogen und sich gezwungen, es als das zu sehen, was es war: Feigheit. Er hatte Frau und Heim verlassen, war kopflos davongelaufen, geflohen, um sich der Wahrheit nicht stellen zu müssen, vor der er Angst hatte. Doch was gab es zu fürchten, wenn Nell – wer immer sie auch sein mochte – doch nicht mehr und nicht weniger sein konnte als der liebevolle Mensch, der ihm immer zur Seite gestanden, aufmerksam jedem seiner Worte gelauscht, ihn nachts in ihren Armen gehalten hatte? Es konnte kein finsteres Ungeheuer in ihrer Vergangenheit geben, vor dem er sich fürchten mußte. Es konnte nur das geben, was sie für ihn war und immer gewesen war.

Das war die Wahrheit. Er wußte es. Er fühlte es. Er glaubte es. Und als sich die Tür der Anstalt öffnete, stand er rasch auf und ging durch die große Eingangshalle seiner Frau entgegen.

Lynley spürte Gillians Zögern, als sie die Anstalt betraten. Im ersten Moment schrieb er es ihrer begreiflichen Angst vor dem Zusammentreffen mit ihrer Schwester zu, die sie so viele Jahre nicht gesehen hatte. Dann aber bemerkte er, daß ihr Blick auf einen jungen Mann gerichtet war, der durch das Foyer auf sie zukam. Er wandte sich ihr zu, um etwas zu sagen, doch da sah er auf ihrem Gesicht einen Ausdruck tiefen Entsetzens.

»Jonah«, sagte sie erstickt und wich einen Schritt zurück.

»Sei mir nicht böse.« Jonah Clarence streckte die Arme aus, als wollte er sie berühren, aber dann hielt er inne. »Verzeih mir. Es tut mir leid, Nell.«

Seine Augen waren wie ausgelöscht, als hätte er seit Tagen nicht mehr geschlafen.

»So darfst du mich nicht nennen. Jetzt nicht mehr.«

Er ignorierte ihre Worte. »Ich habe die ganze Nacht auf einer Bank im King's-Cross-Bahnhof gesessen und versucht, mir klarzuwerden, mir zu überlegen, ob du einen Mann lieben könntest, der zu feige war, seiner Frau beizustehen, als sie ihn am dringendsten brauchte.«

Sie hob die Hand und berührte seinen Arm.

»Ach, Jonah«, sagte sie. »Bitte. Fahr nach London zurück.«

»Verlang das nicht von mir. Das wäre zu einfach.«

»Bitte! Ich bitte dich. Tu's für mich.«

»Nicht ohne dich. Nein, das tue ich nicht. Wenn du glaubst, daß du hier etwas erledigen mußt, dann bleibe ich bei dir.« Er sah Lynley fragend an. »Kann ich bei meiner Frau bleiben?«

»Das kommt allein auf Gillian an«, antwortete Lynley und sah deutlich, wie der junge Mann bei dem Namen unwillkürlich zusammenzuckte.

»Wenn du bleiben willst, Jonah«, sagte sie leise.

Er lächelte sie an, berührte leicht ihre Wange und wandte den Blick erst von ihrem Gesicht, als Dr. Samuels kam.

Der Arzt musterte die ganze Gruppe ohne ein Lächeln. Es war ihm nicht anzumerken, ob er froh war über das Erscheinen von Roberta Teys' Schwester und über die Möglichkeit des Fortschritts, die damit verbunden war.

»Inspector«, sagte er statt einer Begrüßung, »ist eine so große Gruppe wirklich notwendig?«

»Ja«, antwortete Lynley ruhig und hoffte, daß der Mann die

Vernunft besaß, Gillians Zustand zu beachten, ehe er zornig protestierte.

Samuels war anzusehen, daß er ungehalten war. Er war es offensichtlich nicht gewöhnt, anders als mit unterwürfiger Höflichkeit behandelt zu werden, und jetzt schien er zu schwanken zwischen dem Verlangen, Lynley scharf in die Schranken zu weisen, und dem Wunsch, das geplante Zusammentreffen zwischen den beiden Schwestern trotz allem durchzuführen. Seine Sorge um Roberta behielt die Oberhand.

»Das ist die Schwester?«

Ohne auf eine Antwort zu warten, nahm er Gillian beim Arm und konzentrierte seine Aufmerksamkeit ganz auf sie, während sie den Weg durch den langen Korridor zur geschlossenen Abteilung antraten.

»Ich habe Roberta erzählt, daß Sie sie besuchen werden«, sagte er ruhig, den Kopf zu ihr neigend. »Aber Sie müssen sich darauf vorbereiten, daß sie vielleicht keine Reaktion auf Ihre Anwesenheit zeigen wird. Es ist unwahrscheinlich, daß sie mit Ihnen sprechen wird.«

»Hat sie –« Gillian zögerte, offenbar unsicher, wie sie fortfahren sollte. »Hat sie immer noch nichts gesprochen?«

»Nein. Aber wir befinden uns noch in einem sehr frühen Therapiestadium, Miß Teys, und –«

»Mrs. Clarence«, warf Jonah fest ein.

Samuels blieb stehen und musterte Jonah Clarence. Ein Funke sprang zwischen ihnen auf, Argwohn und Abneigung.

»Mrs. Clarence«, korrigierte sich Samuels, den Blick unverwandt auf Jonah geheftet. »Wie ich schon sagte, Mrs. Clarence, wir befinden uns in den Anfangsstadien der Therapie. Wir haben keinen Grund, daran zu zweifeln, daß Ihre Schwester eines Tages wieder ganz gesund wird.«

»Eines Tages?« wiederholte Gillian, der die Unbestimmtheit der Aussage nicht entgangen war. Sie legte wie schützend einen

Arm um ihre Körpermitte, eine Geste, die sehr an ihre Mutter erinnerte.

Samuels schien ihre Reaktion zu taxieren. Er antwortete in einer Weise, die darauf schließen ließ, daß ihre kurze Erwiderung ihm weit mehr mitgeteilt hatte, als ihr klar war.

»Ja, Roberta ist sehr krank.«

Er legte die Hand an ihren Ellbogen und führte sie durch die Tür in der Täfelung. Stille begleitete sie durch die geschlossene Anstalt, die nur vom gedämpften Geräusch ihrer Schritte auf dem Teppich gebrochen wurde. Nicht weit vom Ende des Korridors war eine schmale Tür in die Wand eingelassen. Vor ihr blieb Samuels stehen, öffnete sie und schaltete das Licht an. Ein enger kleiner Raum zeigte sich ihnen. Er winkte sie hinein.

»Es wird hier ziemlich eng werden für Sie«, sagte er, und sein Ton verriet, daß er das keineswegs bedauerte.

Es war ein schmales Rechteck, nicht größer als eine Abstellkammer, und das war der Raum in der Tat einmal gewesen. Die eine Wand wurde von einem großen Spiegel eingenommen, an jedem Ende war ein Lautsprecher angebracht, in der Mitte standen ein Tisch und mehrere Stühle. Es war bedrückend, und der durchdringende Geruch nach Bohnerwachs und Desinfektionsmittel trug nicht dazu bei, das Gefühl des Eingesperrtseins zu mildern.

»Das macht nichts«, sagte Lynley.

Samuels nickte. »Wenn ich Roberta hole, schalte ich die Lichter hier aus. Dann können Sie durch diesen Spiegel ins Nebenzimmer sehen. Über die Lautsprecher können Sie alles hören, was gesprochen wird. Roberta wird nur den Spiegel sehen, aber ich habe ihr gesagt, daß Sie sich dahinter befinden. Sonst dürften wir sie gar nicht in das Zimmer führen. Sie verstehen?«

»Selbstverständlich.«

»Gut.« Er lächelte in sich hinein, als spürte er ihre Beklemmung und wäre froh zu sehen, daß sie nicht glaubten, die bevorstehende Sitzung würde ein interessanter Spaß werden. »Ich bin mit Gillian und Roberta im Nebenzimmer.«

»Ist das notwendig?« fragte Gillian zaghaft.

»Unter den vorliegenden Umständen leider, ja.«

»Was für Umstände?«

»Der Mord, Mrs. Clarence.« Samuels musterte sie alle noch ein letztesmal, dann schob er die Hände tief in die Hosentaschen. Sein Blick ruhte auf Lynley. »Wollen wir die rechtlichen Aspekte besprechen?«

»Das ist nicht nötig«, antwortete Lynley. »Ich bin mir ihrer voll bewußt.«

»Sie wissen, daß nichts, was sie eventuell sagt –«

»Ich weiß«, sagte Lynley.

Samuels nickte kurz. »Dann hole ich sie jetzt.« Er drehte sich auf dem Absatz um, schaltete das Licht aus und ging aus dem Zimmer.

Das Licht aus dem Raum hinter dem Spiegel drang nur gedämpft zu ihnen herüber. Die kleine Kammer war voller Schatten. Sie setzten sich auf die harten Holzstühle und warteten: Gillian, die Beine vor sich ausgestreckt, den Blick starr auf ihre Fingerspitzen gerichtet; Jonah neben ihr, den Arm schützend auf ihrer Stuhllehne; Barbara tief in sich zusammengesunken, mit gesenktem Kopf in der dunkelsten Ecke der Kammer; Helen neben Lynley, aufmerksam die stillschweigende Kommunikation zwischen Mann und Frau beobachtend; Lynley selbst tief in Gedanken verloren, aus denen er erst zurückfand, als Helen ihm die Hand drückte.

Er erwiderte dankbar den Druck. Sie wußte, wie es um ihn stand. Sie wußte es immer. Er sah sie an und lächelte, froh, sie an seiner Seite zu wissen.

Roberta war unverändert. Zwischen zwei weißgekleideten Pflegerinnen betrat sie das Zimmer, gekleidet wie zuvor in den zu kurzen Rock und die enge Bluse, an den Füßen die offenen Pantoffeln, die ihr zu klein waren. Doch sie war frisch gewaschen, ihr dickes Haar war sauber und noch ein wenig feucht, straff zurückgekämmt und im Nacken mit einem roten Band gebunden, das wie ein Farbklecks in dem eintönigen Zimmer wirkte. Das Zimmer selbst war nüchtern und schmucklos. Drei Stühle standen bereit und an der Wand ein hüfthoher Metallschrank. An den Wänden hing nichts. Es gab keine Ablenkung, keine Fluchtmöglichkeit.

»Ach Bobby«, murmelte Gillian, als sie ihre Schwester durch das Glas sah.

»Hier im Zimmer sind Stühle, wie du sehen kannst, Roberta.« Samuels Stimme drang klar über die Lautsprecher zu ihnen. »Ich werde gleich gehen und deine Schwester holen. Erinnerst du dich an deine Schwester Gillian, Roberta?«

Das Mädchen, das sich gesetzt hatte, begann sich zu wiegen. Sie antwortete nicht. Die beiden Pflegerinnen gingen hinaus.

»Gillian ist extra aus London gekommen. Aber ehe ich sie hole, möchte ich, daß du dich im Zimmer umsiehst, damit du dich daran gewöhnen kannst. Hier haben wir uns noch nie gesehen, nicht wahr?«

Schweigen. Die glanzlosen Augen des Mädchens blieben unbewegt; ihr Blick war auf einen Punkt an der gegenüberliegenden Wand gerichtet. Ihre Arme hingen leblos herab wie große, dicke Würste. Samuels ließ sich durch ihr Schweigen nicht aus der Ruhe bringen, ließ es dauern, während er das Mädchen freundlich beobachtete. Zwei endlos lange Minuten verstrichen auf diese Weise, ehe er aufstand.

»Ich hole jetzt Gillian, Roberta. Ich bleibe im Zimmer, solange sie bei dir ist. Du bist ganz sicher.«

Die letzten Worte schienen völlig überflüssig. Wenn das große, dicke Mädchen Angst empfand – wenn sie überhaupt etwas fühlte –, so war ihr davon nichts anzumerken.

Gillian stand im Beobachtungsraum auf. Ihre Bewegungen wirkten zögernd und unnatürlich, so als würde sie von einer fremden Macht geführt.

»Liebes, du weißt, daß du da nicht reinzugehen brauchst, wenn du Angst hast«, sagte Jonah.

Sie antwortete nicht, sondern streichelte ihm nur mit dem Handrücken, auf dem die brandroten Male der Stahlbürsten leuchteten, über die Wange. Es war, als sagte sie ihm Lebwohl.

»Fertig?« fragte Samuels, als er die Tür öffnete.

Mit scharfem Blick unterzog er Gillian einer raschen Musterung, vermerkte, wie es schien, ihre Schwächen und ihre Stärken.

Als sie nickte, sagte er ruhig: »Sie brauchen keine Angst zu haben. Ich bin da, und es sind mehrere Pflegerinnen in Hörweite für den Fall, daß sie schnell beruhigt werden muß.«

»Sie reden, als glaubten Sie, Bobby könnte allen Ernstes jemandem etwas antun«, sagte Gillian und ging ihm voraus ins Nebenzimmer, ohne auf eine Erwiderung zu warten.

Die anderen sahen angespannt durchs Glas, warteten auf eine Reaktion Robertas, als sich die Tür öffnete und ihre Schwester eintrat. Es kam keine. Das unförmige Mädchen wiegte sich ohne Unterbrechung hin und her.

Die Hand an der Tür, blieb Gillian stehen.

»Bobby«, sagte sie klar. Ihre Stimme war leise, aber ruhig. Sie sprach vielleicht so, wie eine Mutter mit einem widerspenstigen Kind sprechen würde.

Als sie keine Reaktion erhielt, nahm sie einen der drei Stühle und stellte ihn dem ihrer Schwester gegenüber, so daß sie sich direkt in Robertas Blickfeld befand. Sie setzte sich. Roberta starrte durch sie hindurch auf den Punkt an der Wand.

Gillian sah Samuels an, der seinen Stuhl auf die Seite gerückt hatte, außerhalb von Robertas Blickfeld.

»Was soll ich –«

»Erzählen Sie von sich. Sie kann Sie hören.«

Gillian zupfte an ihrem Kleid. Sie hob den Blick zum Gesicht ihrer Schwester.

»Ich bin aus London gekommen, um dich zu besuchen, Bobby«, begann sie. Ihre Stimme war schwach und zitterte. Doch beim Weitersprechen gewann sie allmählich an Stärke. »Da wohne ich jetzt. Mit meinem Mann. Ich hab' letzten November geheiratet.«

Sie sah zu Samuels hinüber, der ermutigend nickte.

»Du findest das bestimmt komisch, aber ich hab' einen Geistlichen geheiratet, einen Pastor. Kann man sich kaum vorstellen, daß ein Mädchen, das so streng katholisch erzogen worden ist, einen Pastor heiratet, nicht wahr? Was würde Papa dazu sagen.«

Schweigen. Das leere Gesicht zeigte weder Ablehnung noch Interesse. Gillian hätte ebensogut an die Wand reden können. Sie leckte sich die spröden Lippen und sprach stolpernd weiter.

»Wir haben eine Wohnung in Islington. Sie ist nicht sehr groß, aber sie würde dir gefallen. Erinnerst du dich, wie gern ich immer alle Pflanzen hatte? Jetzt hab' ich in meiner Wohnung ganz viele, weil sie da gerade das richtige Licht bekommen. Auf dem Hof sind meine Pflanzen nie was geworden, weißt du noch? Weil das Haus zu dunkel war.«

Roberta wiegte sich hin und her. Der Stuhl knarrte unter ihrem Gewicht.

»Ich habe auch eine Arbeit. Ich arbeite für eine Organisation, die Testament House heißt. Du weißt, was das für eine Organisation ist, nicht? Sie kümmern sich um durchgebrannte Jugendliche. Die können dort wohnen. Ich mache alle möglichen Arbeiten, aber am liebsten mag ich die Beratungsarbeit mit den Jugendlichen. Sie sagen, daß es ihnen leichtfällt, mit mir zu reden.« Sie schwieg einen Moment. »Bobby, möchtest du nicht mit mir reden?«

Das Mädchen atmete, als wäre sie betäubt. Der Kopf hing ihr auf eine Seite, als schliefe sie.

»Ich mag London. Das hätte ich nie gedacht, aber ich mag es wirklich. Wahrscheinlich, weil da meine Träume sind. Ich – ich möchte gern ein Kind. Das ist einer meiner Träume. Und ich würde – ich glaube, ich würde gern ein Buch schreiben. Mir gehen so viele Dinge durch den Kopf, und ich möchte sie gern aufschreiben. Wie die Brontë-Schwestern. Weißt du noch, wie wir immer die Brontës gelesen haben? Die hatten auch Träume, nicht wahr? Ich glaube, Träume braucht man einfach. Sie sind wichtig.«

»Es klappt nicht«, sagte Jonah Clarence brüsk. In dem Moment, in dem seine Frau die kleine Kammer verlassen hatte, hatte er die Falle gesehen, hatte begriffen, daß ihr Eintritt in die Welt ihrer Schwester eine Rückkehr in die Vergangenheit war, in der er keinen Platz hatte, aus der er sie nicht retten konnte. »Wie lang muß sie da drinnen bleiben?«

»Solange sie will.« Lynleys Stimme war kühl. »Es liegt nur bei Gillian.«

»Aber da kann doch alles mögliche passieren. Begreift sie das denn nicht?«

Jonah wäre am liebsten aufgesprungen, hätte die Tür aufgerissen und seine Frau weggezerrt. Es war, als reiche allein ihre Anwesenheit in dem Zimmer – gefangen mit diesem grauenvollen Elefantenbaby, das ihre Schwester war –, um sie anzustecken und für immer zu vernichten.

»Nell!« sagte er heftig.

»Ich möchte dir von der Nacht erzählen, als ich wegging, Bobby«, fuhr Gillian fort, den Blick auf das Gesicht ihrer Schwester gerichtet, in der Hoffnung auf eine noch so winzige Regung, die Verständnis und Wiedererkennen zeigen würde, die ihr gestatten würde, mit dem Reden aufzuhören.

»Ich weiß nicht, ob du dich noch daran erinnerst. Es war der Abend nach meinem sechzehnten Geburtstag. Ich –« Es war zuviel. Sie konnte nicht. Sie zwang sich vorwärts. »Ich habe Papa

Geld gestohlen. Hat er dir das erzählt? Ich wußte, wo er das Geld aufbewahrte, das Extrageld für besondere Ausgaben, und da hab' ich es genommen. Es war unrecht, ich weiß, aber ich – ich mußte fort. Ich mußte einfach eine Weile fort. Das weißt du doch, nicht wahr?« Und noch einmal, als suche sie Vergewisserung. »Nicht wahr, Bobby?«

Wiegte sich das Mädchen jetzt rascher, oder bildeten sich das die Beobachter nur ein?

»Ich bin nach York gegangen. Ich hab' die ganze Nacht gebraucht. Ich bin zu Fuß gegangen und per Anhalter gefahren. Ich hatte nur den Rucksack, du weißt schon, den, in dem ich immer meine Schulbücher hatte. Darum konnte ich nicht viele Sachen mitnehmen. Nur einmal zum Wechseln. Ich weiß nicht, was ich mir dabei gedacht hab', als ich einfach so ausriß. Das kommt einem jetzt ganz verrückt vor, nicht?«

Gillian lächelte ihre Schwester flüchtig an. Sie spürte das Hämmern ihres Herzens. Das Atmen fiel ihr schwer.

»Ich kam nach York. Ich werde nie den Anblick vergessen, als die Morgensonne auf die Kathedrale fiel. Es war so schön. Am liebsten wäre ich für immer geblieben.« Sie hielt inne, legte die Hände fest in den Schoß. Die tiefen Kratzer waren zu sehen. »Ich blieb den ganzen Tag in York. Ich hatte solche Angst, Bobby. Ich war doch noch nie ganz allein über Nacht von zu Hause fort gewesen, und ich wußte gar nicht mehr, ob ich überhaupt noch nach London wollte. Ich dachte, es wäre vielleicht einfacher, wenn ich auf den Hof zurückginge. Aber ich – ich konnte nicht. Ich konnte einfach nicht.«

»Das ist doch sinnlos«, erklärte Jonah Clarence heiser. »Was soll das? Wie soll das Roberta helfen?«

Lynley warf ihm einen mißtrauischen Blick zu, doch der junge Mann beruhigte sich wieder. Seine rechte Hand allerdings war zur Faust geballt.

»Da hab' ich am Abend den Zug genommen. Er hat so oft

gehalten, und jedesmal dachte ich, gleich würden sie mich rausholen. Ich dachte, Papa hätte vielleicht die Polizei alarmiert oder wäre mir selbst nachgekommen. Aber es geschah nichts. Die ganze Fahrt bis London nicht. Dann kam ich am King's-Cross-Bahnhof an.«

»Du brauchst ihr nicht von dem Zuhälter zu erzählen«, flüsterte Jonah. »Was hat das für einen Sinn.«

»Am King's-Cross-Bahnhof war ein netter Mann, der kaufte mir was zu essen. Ich war ihm so dankbar. Ich fand, er wäre ein richtiger feiner Herr. Aber während ich noch aß und er mir von einem Haus erzählte, das ihm gehöre und wo ich wohnen könne, kam ein anderer Mann in die Imbißstube. Er sah uns. Er kam her und sagte: »Sie kommt mit mir.« Ich dachte, er wäre von der Polizei und würde mich wieder nach Hause schicken. Ich fing an zu weinen und hielt mich an meinem Freund fest. Aber der schüttelte mich ab und rannte davon.«

Sie hielt inne, gefangen in der Erinnerung an jene Nacht.

»Der neue Mann war ganz anders. Seine Kleider waren alt und ein bißchen schäbig. Aber seine Stimme war gut. Er sagte mir, sein Name sei George Clarence, er sei Pastor und der andere Mann hätte mich nach Soho bringen wollen, in ein ... er hätte mich nach Soho bringen wollen«, schloß sie. »Er sagte, er habe ein Haus in Camden Town, wo ich unterkommen könne.«

Jonah hatte es alles in so lebhafter Erinnerung: den alten Rucksack, das verängstigte Mädchen, die abgestoßenen Schuhe und die Jeans, die sie getragen hatte. Er erinnerte sich an die Rückkehr seines Vaters und das Gespräch zwischen seinen Eltern. Die Worte »Zuhälter aus Soho ... begriff nicht einmal ... sieht aus, als hätte sie überhaupt nicht geschlafen ...« schossen ihm durch den Kopf. Er erinnerte sich, sie vom Tisch aus beobachtet zu haben, wo er gegessen und für eine Prüfung gepaukt hatte. Sie sah keinen an. Damals nicht.

»Mister Clarence war sehr gut zu mir, Bobby. Ich gehörte zu

seiner Familie. Ich – ich habe seinen Sohn Jonah geheiratet. Du würdest Jonah gern haben. Er ist so lieb. So gut. Wenn ich mit ihm zusammen bin, hab' ich das Gefühl, als könnte nie wieder etwas – als könnte nichts geschehen«, schloß sie.

Es war genug. Sie hatte getan, was sie konnte. Gillian sah Samuels flehend an, wartete auf eine Anweisung von ihm, auf ein Nicken zum Zeichen, daß es vorüber war. Doch er schaute sie nur durch seine Brillengläser ruhig an. Das Glas blitzte im Licht. Sein Gesicht verriet ihr nichts, aber seine Augen waren sehr gütig.

»Na bitte. Das wär's. Es hat nichts bewirkt«, sagte Jonah heftig. »Sie haben sie für nichts und wieder nichts hierhergeschleppt. Ich fahre jetzt mit ihr nach Hause.«

Er wollte aufstehen.

»Bleiben Sie sitzen«, sagte Lynley scharf, und Jonah wußte, daß er keine Wahl hatte.

»Bobby, sprich mit mir«, bettelte Gillian. »Sie sagen, daß du Papa getötet hast. Aber ich weiß, daß du das nicht getan haben kannst. Du hast doch nicht ausgesehen wie ... Es gab keinen *Grund*. Ich weiß es. Sag mir, daß es keinen Grund gab. Er ist mit uns zur Kirche gegangen, er hat uns vorgelesen, er hat sich Spiele für uns ausgedacht. Bobby, du hast ihn nicht getötet, nicht wahr?«

»Es ist dir wichtig, nicht wahr, daß ich ihn nicht getötet habe?« sagte Samuels leise. Seine Stimme war wie eine Feder, die leicht in der Luft zwischen ihnen schwebte.

»Ja«, antwortete Gillian sofort, den Blick unverwandt auf ihre Schwester gerichtet. »Ich hab' dir den Schlüssel unter dein Kopfkissen gelegt, Bobby. Du warst wach. Ich hab' mit dir gesprochen. Ich sagte: ›Sperr morgen damit ab‹, und du hast verstanden. Sag mir nicht, daß du es nicht verstanden hast. Ich *weiß*, du hast mich verstanden.«

»Ich war zu jung. Ich hab' es nicht verstanden«, sagte Samuels.

»Du mußtest es verstehen. Ich hab' dir gesagt, ich würde eine Nachricht in den *Guardian* setzen. Unter dem Namen Nell Graham, weißt du noch? Wir haben das Buch so geliebt, nicht? Sie war so tapfer und so stark. Genauso wollten wir beide werden.«

»Aber ich war nicht stark, nicht wahr?« fragte Samuels.

»Doch, du warst stark. Du hast nicht ausgesehen ... Du solltest doch nach Harrogate kommen. In der Nachricht stand, daß du nach Harrogate kommen sollst, Bobby. Du warst sechzehn. Du hättest kommen können!«

»Ich war mit sechzehn nicht so wie du, Gillian. Wie hätte ich so sein können?«

Samuels hatte seinen Stuhl nicht verschoben. Sein Blick ging zwischen den beiden Schwestern hin und her, während er auf ein Zeichen wartete, die unbewußten Botschaften aufnahm, die ihm Körperbewegung, Haltung und Ton der Stimme übermittelten.

»Du brauchtest ja auch gar nicht so zu sein. Du solltest gar nicht so sein. Du brauchtest doch nur nach Harrogate zu kommen. Nicht nach London, nur nach Harrogate. Von dort aus hätte ich dich mitgenommen. Aber als du nicht kamst, dachte ich – ich glaubte – es ginge dir gut. Daß nichts ... daß es dir gutginge. Du warst nicht wie Mama. Es ging dir gut.«

»Wie Mama?«

»Ja, wie Mama. Ich war wie sie. Ganz genau wie sie. Ich konnte es an den Fotos sehen. Aber du hattest keine Ähnlichkeit mit ihr. Und darum konnte dir nichts passieren.«

»Was bedeutete es denn, wie Mama zu sein?« fragte Samuels.

Gillian erstarrte plötzlich. Ihr Mund formte dreimal in rascher Folge das Wort »nein«. Es war zu grauenhaft. Sie konnte nicht weiter.

»War Bobby vielleicht doch wie Mama, obwohl Sie es nicht glaubten?«

Nein!

»Antworte ihm nicht, Nell«, flüsterte Jonah Clarence. »Du

brauchst ihm nicht zu antworten. Du bist hier nicht die Patientin.«

Gillian starrte auf ihre Hände. Die Last der Schuld lag ihr schwer auf den Schultern. Es war still im Zimmer bis auf das Knarren des Stuhls, auf dem sich ihre Schwester wiegte, bis auf ihr eigenes Atmen und das Dröhnen ihres Herzens. Sie meinte, nicht weiterzukönnen. Doch sie wußte gleichzeitig, daß sie nicht umkehren konnte.

»Du weißt doch, warum ich dich allein gelassen habe?« sagte sie dumpf. »Es war wegen des Geschenks an meinem Geburtstag, wegen des besonderen Geschenks, das –«

Sie hob die Hand zu den Augen. Sie zitterte. Sie mußte sich beherrschen.

»Du mußt mir die Wahrheit sagen. Du mußt mir sagen, was passiert ist. Du kannst doch nicht zulassen, daß sie dich für den Rest deines Lebens einsperren!«

Schweigen. Sie konnte nicht. Es gehörte der Vergangenheit an. Es war einer anderen geschehen. Außerdem war die kleine Achtjährige, die ihr überall gefolgt war, die anbetend jeden ihrer Handgriffe verfolgt hatte, tot. Dieses dicke, unförmige Geschöpf vor ihr war nicht Roberta. Es war unmöglich weiterzugehen. Roberta war nicht mehr da.

Gillian hob den Kopf. Robertas Blick hatte sich bewegt. Er hatte sich zu ihr bewegt, und daran erkannte Gillian, daß sie zu ihr durchgedrungen war, daß sie sie erreicht hatte. Aber diese Erkenntnis brachte ihr kein Gefühl des Triumphs. Sie brachte ihr die Verurteilung, sich ein letztes Mal der unabänderlichen Vergangenheit zu stellen.

»Ich verstand nicht«, sagte Gillian mit brüchiger Stimme. »Ich war ja erst vier oder fünf Jahre alt. Du warst damals noch gar nicht auf der Welt. Er sagte, es wäre etwas ganz Besonderes. Eine besondere Freundschaft, die Väter immer mit ihren Töchtern hätten. Wie Lot.«

»O nein!« stöhnte Jonah.

»Hat er dir aus der Bibel vorgelesen, Bobby? Mir hat er sie vorgelesen. Er kam abends rein und setzte sich auf mein Bett und las mir die Bibel vor. Und während er las –«

»Nein, nein, nein!« jammerte Jonah.

» – kam seine Hand zu mir unter die Decke. ›Magst du das, Gilly?‹ fragte er dann. ›Macht es dich glücklich? Es macht Papa sehr glücklich. Es ist so schön. So weich. Magst du es, Gilly?‹«

Jonah preßte die Faust an die Stirn und krümmte sich zusammen. »Nein, bitte!« stöhnte er.

»Ich wußte nicht, was es bedeutete, Bobby. Ich verstand es nicht. Ich war erst fünf, und es war immer dunkel im Zimmer. ›Dreh dich um‹, sagte er. ›Papa will dir den Rücken rubbeln. Magst du das? Wo hast du es am liebsten? Hier, Gilly? Ist es hier ganz besonders schön?‹ Und dann nahm er meine Hand. ›Papa hat es am liebsten hier, Gilly. Rubbel Papa da.‹«

»Wo war Mama?« fragte Samuels.

»Mama hat geschlafen. Oder sie war in ihrem Zimmer. Oder sie las. Aber das war im Grund unwichtig, denn das war ja etwas Besonderes. Das war etwas, was Väter nur mit ihren Töchtern teilen. Mama durfte davon nichts wissen. Mama hätte es nicht verstanden. Sie las ja nicht mit uns in der Bibel, darum hätte sie es auch nicht verstanden. Und dann ging sie fort. Ich war acht.«

»Und dann waren Sie allein.«

Gillian schüttelte wie betäubt den Kopf. Ihre Augen waren groß und dunkel.

»O nein«, sagte sie mit dünner, rissiger Stimme. »Da war ich dann Mama.«

Bei ihren Worten schrie Jonah Clarence auf. Helen warf einen Blick auf Lynley, sah sein unbewegtes Gesicht und legte ihre Hand auf die seine. Er drehte die Hand und umschloß fest ihre Finger.

»Papa stellte alle Bilder von ihr im Wohnzimmer auf, damit

ich sie jeden Tag anschauen konnte. ›Mama ist fort‹, sagte er, und dann mußte ich mir alle Bilder anschauen, damit ich sehen konnte, wie hübsch sie war und wie schwer ich gesündigt hatte, nur dadurch, daß ich auf die Welt gekommen war und sie vertrieben hatte. ›Mama wußte, wie sehr Papa dich liebt, Gilly. Darum ist sie fortgegangen. Du mußt jetzt Mama für mich sein.‹ Ich wußte nicht, was er meinte. Da zeigte er es mir. Er las aus der Bibel vor. Er betete. Und er zeigte es mir. Aber ich war zu klein, um ihm eine richtige Mama zu sein. Da hat er – ich mußte andere Dinge tun. Er brachte sie mir bei. Und ich war – war eine sehr gute Schülerin.«

»Sie wollten ihm gefallen. Er war Ihr Vater. Er war alles, was Sie hatten.«

»Ich wollte, daß er mich liebt. Er sagte, er liebte mich, wenn ich – wenn wir … ›Papa hat es am liebsten in deinem Mund, Gilly.‹ Und hinterher haben wir gebetet. Immer haben wir gebetet. Ich dachte, Gott würde mir verzeihen, daß ich Mama vertrieben hatte, wenn ich mich nur bemühte, Papa eine gute Mama zu sein. Aber Gott hat mir nie vergeben. Er existierte gar nicht.«

Jonah ließ den Kopf auf den Tisch sinken und begann zu weinen.

Gillian sah endlich ihre Schwester wieder an. Robertas Blick lag auf ihr, wenn auch ihr Gesicht ohne Ausdruck war. Sie hatte aufgehört, sich zu wiegen.

»Ich habe Dinge getan, Bobby, Dinge, die ich nicht verstand, weil Mama fort war, und ich – ich wollte meine Mama wiederhaben. Und ich dachte, ich könnte sie nur wiederbekommen, wenn ich selbst Mama werden würde.«

»War es das, was Sie taten, als Sie sechzehn wurden?« fragte Samuels leise.

»Er kam in mein Zimmer. Es war spät. Er sagte, es wäre an der Zeit für mich, Lots Tochter zu werden. Richtig. So, wie es in der Bibel steht. Und er zog sich aus.«

»Das hatte er vorher nie getan?«

»Ganz hatte er sich nie ausgezogen. Nein. Ich dachte, er wollte... was ich sonst immer... Aber das war's nicht. Er – drückte mir die Beine auseinander und... Du bist... Ich kann nicht atmen, Papa. Du bist zu schwer. Bitte, nicht. Ich hab' Angst. Es tut weh. Oh, es tut so weh.«

Jonah sprang schwankend auf, stieß seinen Stuhl heftig über den Linoleumboden. Er torkelte zum Fenster. »Es ist nie geschehen!« schluchzte er, die Stirn an die Scheibe gedrückt. »Es kann nicht geschehen sein. Es kann nicht. Du bist meine Frau.«

»Aber er legte mir die Hand auf den Mund. Er sagte: ›Wir dürfen Bobby nicht wecken, Herzchen. Papa hat *dich* am liebsten. Komm, Papa zeigt es dir, Gilly. Laß Papa rein. Wie Mama. Wie eine richtige Mama. Laß Papa rein.‹ Und es tat weh. Es tat so weh. Und ich *haßte ihn.*«

»Mein Gott, nein!« schrie Jonah und riß die Tür auf. Sie flog krachend an die Wand. Er stürzte aus dem Zimmer.

Es war still. Dann begann Gillian zu weinen.

»Ich war nur eine Hülle. Ich war niemand. Was machte es schon, was er mir antat? Ich war ja nicht da. Ich wurde das, was er haben wollte, was jeder gerade haben wollte. So habe ich gelebt. Jonah, so habe ich gelebt.«

»Indem Sie es jedem recht machten?« fragte Samuels.

»Die Leute kennen nichts Schöneres, als sich zu spiegeln. Also wurde ich zum Spiegel. Das hat er aus mir gemacht. O Gott, ich haßte ihn. Ich haßte ihn so sehr!«

Sie schlug die Hände vors Gesicht und weinte, Tränen der Qual, die sie elf lange Jahre zurückgehalten hatte. Die anderen saßen reglos und hörten ihr Weinen. Nach einer langen Zeit hob sie das zerquälte Gesicht zu ihrer Schwester.

»Laß dich nicht umbringen von ihm, Bobby. Laß ihn das nicht tun. Um Gottes willen, sag ihnen die Wahrheit.«

Stille. Es kam nichts. Nur die kaum erträglichen Schmerzenslaute Gillians waren zu hören. Roberta rührte sich nicht. Sie hätte taub sein können.

»Tommy«, flüsterte Helen. »Ich halt' das nicht aus. Sie hat es *umsonst* getan.«

Lynley starrte ins Nebenzimmer. Sein Kopf dröhnte, seine Kehle schmerzte, seine Augen brannten. Er hatte nur ein Verlangen: William Teys zu finden, ihn lebend zu finden und den Mann Glied für Glied in Stücke zu reißen. Nie zuvor hatte er solchen Zorn verspürt, solches Entsetzen, solchen Ekel. Gillians Qual hatte sich seiner bemächtigt wie eine Krankheit.

Sie hatte fast aufgehört zu weinen. Jetzt stand sie auf. Schwankend, benommen ging sie zur Tür. Sie griff nach dem Knauf. Sie drehte ihn, zog die Tür auf. Es war zwecklos gewesen. Es war vorbei.

»Mußtest du auch die Nackedeiparade machen, Gilly?« fragte Roberta.

16

Mit einer Bewegung, als befände sie sich unter Wasser, drehte sich Gillian beim Klang der tiefen Stimme ihrer Schwester langsam von der Tür weg.

»Erzähl es mir«, flüsterte sie.

Sie ging zu ihrem Stuhl zurück, rückte ihn näher an den anderen heran und setzte sich.

Robertas Augen, schwerlidrig unter den schützenden Fettwülsten, waren starr, aber glasig auf das Gesicht ihrer Schwester gerichtet. Ihre Lippen zuckten. Die Finger einer Hand krümmten und streckten sich wie im Krampf.

»Er machte Musik. Ganz laut. Er zog mir die Kleider aus.« Die Stimme des Mädchens veränderte sich plötzlich. Sie wurde einschmeichelnd, klebrig süß, tief wie die eines Mannes. »›Süßes

Kleines. Süßes Kleines. Marschier, süßes Kleines. Marschier für Papa.‹ Und dann hat er – er hatte ihn in der Hand . . . ›Schau, was Papa tut, während du marschierst, süßes Kleines!‹«

»Ich hab' dir doch den Schlüssel dagelassen, Bobby«, sagte Gillian wie gebrochen. »Als er in der Nacht in meinem Bett eingeschlafen war, bin ich in sein Zimmer gegangen und hab' den Schlüssel geholt. Was ist mit dem Schlüssel geworden? Ich hab' ihn dir doch dagelassen.«

Roberta kämpfte mit Erinnerungen, die so lange unter dem Entsetzen ihrer Kindheit begraben gewesen waren.

»Ich hatte – ich verstand nicht. Ich sperrte die Tür ab. Aber du hast mir nie erklärt, warum. Du hast nie gesagt, daß ich den Schlüssel behalten soll.«

»O Gott.« Gillian stieß einen qualvollen Seufzer aus. »Willst du sagen, daß du die Tür abends abgeschlossen hast, den Schlüssel aber am Tag steckengelassen hast? Bobby, willst du das sagen?«

Roberta legte den Arm über ihr feuchtes Gesicht. Er war wie ein Schild, und in seinem Schutz nickte sie. Ihr ganzer Körper spannte sich unter dem Druck eines zurückgehaltenen Aufschreis.

»Ich wußte es doch nicht.«

»Und da hat er ihn gefunden und an sich genommen.«

»Er legte ihn in seinen Schrank. Da waren alle Schlüssel. Er war abgeschlossen. Ich konnte nicht ran. ›Du brauchst keinen Schlüssel, süßes Kleines. Komm, süßes Kleines, marschier für Papa.‹«

»Wann mußtest du marschieren?«

»Bei Tag, bei Nacht. ›Komm her, süßes Kleines, Papa will dir beim Marschieren helfen.‹«

»Wie?«

Sie senkte den Arm. Ihr Gesicht verschloß sich abrupt. Sie zupfte mit den Fingern an ihrer Unterlippe.

»Bobby, sag es mir. Sag mir, wie«, fragte Gillian wieder. »Erzähl mir, was er getan hat.«

»Ich hab' Papa lieb. Ich hab' Papa lieb.«

»Sag das nicht.« Sie packte Roberta beim Arm. »Erzähl mir, was er mit dir gemacht hat.«

»Hab' Papa lieb. Hab' ihn lieb.«

»Du sollst das nicht sagen. Er war böse.«

Roberta schreckte vor dem Wort zurück.

»Nein! *Ich* war böse.«

»Wieso?«

»Ich war schuld, daß er so wurde – er konnte nichts dafür – er hat immerzu gebetet und konnte nicht anders ... du warst nicht da ... ›Gilly hat immer gewußt, was ich will. Gilly hat's verstanden. Du taugst nichts, süßes Kleines. Marschier für Papa. Los, marschier auf Papa.‹«

»Marschier auf Papa?« stieß Gillian hervor. Ihr Gesicht war aschfahl.

»Rauf und runter. Immer an einer Stelle. Rauf und runter. ›Das ist schön, süßes Kleines. Papa wird ganz groß zwischen deinen Beinen.‹«

»Bobby! Bobby!« Gillian wandte das Gesicht ab. »Wie alt warst du?«

»Acht. Hmmm, Papa hat das gern. Schön anfassen, überall anfassen und streicheln.‹«

»Hast du denn niemandem was gesagt? War denn keiner da?«

»Miß Fitzalan. Zu ihr hab' ich was gesagt. Aber sie hat nicht – sie konnte nicht ...«

»Sie hat nichts getan? Sie hat nicht geholfen?«

»Sie hat mich nicht verstanden. Ich sagte Schnauz ... sein Gesicht, wenn er sich an mir rubbelte. Sie verstand es nicht. ›Hast du's verraten, süßes Kleines? Wolltest du Papa verpetzen?‹«

»Mein Gott, sie hat mit *ihm* gesprochen?«

»›Gilly hat nie was verraten. Gilly hat Papa nie verraten. Du bist bös, süßes Kleines. Papa muß dich bestrafen.‹«

»Wie?«

Roberta gab keine Antwort. Sie begann wieder, sich zu wiegen, wollte an den Ort zurückkehren, den sie so lange bewohnt hatte.

»Du warst acht Jahre alt!« Gillian begann zu weinen. »Bobby, es tut mir so leid. Das wußte ich nicht. Ich dachte, dir würde er nichts tun. Du hast nicht ausgesehen wie ich. Du hattest keine Ähnlichkeit mit Mama.«

»Hat Bobby weh getan. Nicht wie Gilly. Nicht wie Gilly.«

»Nicht wie Gilly?«

»›Dreh dich um, süßes Kleines. Papa muß dich bestrafen.‹«

»O Gott, o Gott!« Gillian fiel auf die Knie und nahm ihre Schwester in die Arme. Sie schluchzte an ihrer Brust, aber Roberta reagierte nicht. Schlaff hingen ihre Arme an ihren Seiten herab, und ihr Körper verkrampfte sich, als sei die Nähe ihrer Schwester beängstigend oder ekelhaft. »Warum bist du nicht nach Harrogate gekommen? Hast du die Nachricht nicht gesehen? Warum bist du nicht gekommen? Ich dachte, es ginge dir gut. Ich dachte, er ließe dich in Ruhe. Warum bist du nicht gekommen?«

»Bobby ist gestorben. Bobby ist gestorben.«

»Sag so was nicht. Du lebst. Laß nicht zu, daß er dich jetzt tötet!«

Roberta fuhr zurück und befreite sich mit einer heftigen Bewegung.

»Papa nie getötet, Papa nie getötet, Papa nie getötet.« Ihre Stimme wurde schrill vor Angst.

Samuels beugte sich auf seinem Stuhl vor.

»Was getötet, Roberta?« fragte er rasch, in der Erkenntnis, daß der Augenblick gekommen war. »Was hat Papa nie getötet?«

»Baby. Papa hat das Baby nicht getötet.«

»Was hat er getan?«

»Fand mich im Stall. Hat geweint und gebetet. Geweint und gebetet.«

»Hast du dort das Baby bekommen? Im Stall?«

»Niemand was gemerkt. Dick und häßlich. Niemand hat's gemerkt.«

Gillians Augen waren starr vor Entsetzen, während sie nicht ihre Schwester, sondern Samuels ansah. Sie wippte auf den Fersen, eine Faust an den Mund gedrückt, als wolle sie sich am Schreien hindern.

»Du warst schwanger? Bobby! Er wußte nicht, daß du schwanger warst?«

»Keiner wußte es. Nicht wie Gilly. Dick und häßlich. Keiner hat's gemerkt.«

»Was ist mit dem Baby geschehen?«

»Bobby ist gestorben.«

»Was ist mit dem Baby geschehen?«

»Bobby ist gestorben.«

»Was ist mit dem Baby geschehen?« Gillians Stimme schwoll zum Schrei an.

»Hast du das Baby getötet, Roberta?« fragte Samuels.

Schweigen. Sie begann, sich zu wiegen, in schneller Bewegung, als wolle sie sich in den Wahnsinn zurückkatapultieren.

Gillian starrte sie an, sah die Panik, die sie trieb, sah den unangreifbaren Panzer der Psychose, der sie schützte. Und da wußte sie es.

»Papa hat das Baby getötet«, sagte sie betäubt. »Er fand dich im Stall, er weinte und betete, las die Bibel, um dort Rat zu finden, und tötete dann das Baby.« Sie berührte sachte das Haar ihrer Schwester. »Was hat er mit dem Baby getan?«

»Weiß nicht.«

»Hast du es gesehen?«

»Hab' das Baby nie gesehen. Mädchen oder Junge. Weiß nicht.«

»Bist du deshalb nicht nach Harrogate gekommen? Warst du zu der Zeit schwanger?«

Das Schweigen war Bestätigung, ebenso die Veränderung ihrer Körperbewegung, die langsamer wurde und schließlich aufhörte.

»Baby ist gestorben. Bobby ist gestorben. Hat nichts ausgemacht. ›Tut Papa leid, süßes Kleines. Papa tut dir nie mehr weh. Komm, süßes Kleines, marschier für Papa. Papa tut dir nie mehr weh.‹«

»Er hatte keinen Geschlechtsverkehr mehr mit dir, Roberta?« fragte Samuels. »Aber alles andere blieb wie vorher?«

»›Süßes Kleines, marschier für Papa.‹«

»Bist du für Papa marschiert, Roberta?« fuhr Samuels fort. »Nach dem Baby, bist du da für ihn marschiert?«

»Bin für Papa marschiert. Mußte ja.«

»Warum? Warum mußtest du?«

Schweigen. Sie sah sich verstohlen um, ein seltsam verzerrtes Lächeln der Genugtuung auf dem Gesicht. Und dann begann sie wieder, sich zu wiegen.

»Papa glücklich.«

»Es war wichtig, Papa glücklich zu machen«, sagte Samuels nachdenklich.

»Ja, ja. Sehr glücklich. Wenn Papa glücklich, rührt er nicht –« Sie brach ab. Die Körperbewegung wurde stärker.

»Nein, Bobby«, sagte Gillian. »Geh nicht fort. Du darfst jetzt nicht fortgehen. Du bist für Papa marschiert, weil du wolltest, daß er glücklich ist, damit er jemanden nicht anrührt. Wen?«

Im dämmrigen Beobachterzimmer durchfuhr das Entsetzen der Erkenntnis Lynley wie Wundschmerz. Die Tatsachen hatten die ganze Zeit offen dagelegen, direkt vor seinen Augen. Ein neunjähriges Mädchen, das Bibelunterricht erhielt, dem aus dem Alten Testament vorgelesen wurde, das die Lektion über Lots Töchter lernte.

»Bridie«, stammelte er und begriff endlich alles. Er hätte den Rest der Geschichte selbst erzählen können, statt dessen lauschte er Roberta, die ihre gequälte Seele zum ersten Mal offenbarte.

»Papa wollte Gilly, nicht eine dicke Kuh wie Roberta.«

»Dein Vater wollte ein Kind, nicht wahr?« fragte Samuels. »Nur ein Kinderkörper konnte ihn erregen. Wie Gillians. Wie der deiner Mutter.«

»Hat ein Kind gefunden.«

»Und was geschah?«

Sie preßte die gesprungenen Lippen aufeinander, als wollte sie sich am Sprechen hindern. In ihren Mundwinkeln war Blut. Sie stieß einen heiseren Schrei aus, und eine Wortflut sprudelte ihr wie von selbst über die Lippen.

»Der Pharao legte ihm eine Kette um den Hals und kleidete ihn mit kostbarer Leinwand, und er herrschte über Ägyptenland, und Josephs Brüder kamen zu ihm, und Joseph sagte, ich soll euer Leben erhalten zu einer großen Errettung.«

Gillian sagte weinend: »Die Bibel sagte dir, was du tun mußtest, genau wie sie es Papa immer sagte.«

»Kleide dich in Leinwand. Trage eine Kette.«

»Was geschah?«

»Lockte ihn in den Stall.«

»Wie hast du das gemacht?« Samuels' Stimme war leise.

Robertas Gesicht bebte. Ihre Augen füllten sich mit Tränen. Sie rannen ihr über die von Pickeln übersäten Wangen.

»Zweimal versucht. Nicht geklappt. Dann – Schnauz«, antwortete sie.

»Du hast Schnauz getötet, um deinen Vater in den Stall zu locken?« fragte Samuels.

»Schnauz hat nichts gemerkt. Hab' ihm Tabletten gegeben. Papas Tabletten. Hat geschlafen. Kehle – Kehle durchgeschnitten und Papa gerufen. Papa ist gerannt. Hat sich zu Schnauz gekniet.«

Sie begann mit heftiger Bewegung, sich zu wiegen, die Arme um den aufgeschwollenen Körper geschlungen, und begleitete die Bewegungen mit einem tonlosen Summen. Sie war auf dem Rückweg.

»Und dann, Roberta?« fragte Samuels. »Du kannst den letzten Schritt noch gehen, nicht wahr? Mit Gillian zusammen, hm?«

Sie wiegte sich und wiegte sich. Wild und zornig. Blind entschlossen. Den Blick auf die Wand gerichtet.

»Ich hab' Papa lieb. Hab' Papa lieb. Weiß nicht mehr. Weiß nicht mehr.«

»Aber natürlich weißt du es.« Samuels' Stimme war sanft, aber er ließ nicht locker. »Die Bibel sagte dir, was du tun mußt. Wenn du es nicht getan hättest, hätte dein Vater dem kleinen Mädchen all das angetan, was er dir und Gilly lange Jahre angetan hat. Er hätte sie mißbraucht und vergewaltigt. Aber du hast es verhindert, Roberta. Du hast dieses Kind gerettet. Du hast dich in kostbare Leinwand gekleidet. Du hast dir eine goldene Kette um den Hals gelegt. Du hast den Hund getötet. Du riefst deinen Vater in den Stall. Er lief hinein, nicht wahr? Er kniete nieder und –«

Roberta sprang vom Stuhl auf. Er flog durch das Zimmer und prallte gegen den Metallschrank. Wie der Wind lief sie ihm nach, packte ihn, schleuderte ihn an die Wand, stürzte den Schrank um und begann zu schreien.

»Ich habe ihm den Kopf abgeschlagen. Er kniete nieder. Er beugte sich vor, um Schnauz hochzuheben. Und ich hab' ihm den Kopf abgeschlagen. Es macht mir nichts aus, daß ich es getan habe. Ich wollte, daß er stirbt. Ich hätte nicht zugelassen, daß er Bridie anrührt. Er wollte es. Er las ihr vor, genau wie er mir immer vorgelesen hatte. Er redete mit ihr genauso, wie er immer mit mir geredet hatte. Ich wußte, daß er es tun würde. Ich kannte die Anzeichen. Ich hab' ihn getötet. Ich hab' ihn getötet, und es macht mir nichts aus. Es tut mir nicht leid. Er hat es verdient.«

Sie stürzte zu Boden, schlug schluchzend die Hände vor ihr Gesicht, große, graue, teigige Hände, die das Gesicht bedeckten und es zugleich kniffen und malträtierten.

»Ich hab' seinen Kopf auf dem Boden gesehen. Es hat mir nichts ausgemacht. Und dann kam die Ratte. Und sie schnüffelte an seinem Blut. Und dann hat sie das Gehirn gefressen, und es hat mir *nichts* ausgemacht.«

Mit einem erstickten Schrei sprang Barbara auf und stürzte aus der Kammer.

Sie rannte in die Toilette, stolperte blind in eine Kabine und begann sich zu übergeben. Alles drehte sich um sie herum. Ihr war so irrsinnig heiß, daß sie glaubte, sie würde jeden Moment ohnmächtig werden; statt dessen jedoch übergab sie sich weiter. Und während sie würgte – krampfhaft, schmerzhaft –, war ihr klar, daß das, was da aus ihrem Körper quoll, ihre eigene Verzweiflung war.

Sie hielt sich am glatten Porzellanrand der Toilettenschüssel fest, schnappte zitternd nach Luft und übergab sich. Es war, als hätte sie das Leben bis zu diesen letzten zwei Stunden niemals klar gesehen, und plötzlich mit seinem Schmutz konfrontiert, hatte sie vor ihm fliehen, sich von ihm befreien müssen.

In diesem halbdunklen, stickigen Raum hatten die Stimmen erbarmungslos auf sie eingehämmert. Nicht nur die Stimmen der Schwestern, die den Alptraum gelebt hatten, sondern die Stimmen ihrer eigenen Vergangenheit und des Alptraums, der geblieben war. Es war zuviel. Sie konnte nicht länger damit leben, sie konnte es nicht mehr ertragen.

Ich kann nicht mehr, schluchzte es in ihr. Tony, ich kann nicht mehr. Gott verzeih mir, aber ich kann nicht mehr.

Sie hörte Schritte. Jemand kam herein. Sie wollte sich zusammennehmen, aber die Übelkeit blieb, und sie wußte, sie würde auch diese Erniedrigung noch ertragen müssen, daß sie vor der eleganten Helen Clyde über der Kloschüssel hing und sich übergab.

Wasser rauschte. Wieder Schritte. Die Tür der Kabine wurde geöffnet. Jemand drückte ihr ein feuchtes Tuch in den Nacken, faltete es rasch und tupfte ihr damit die brennenden Wangen ab.

»Bitte! Nein! Gehen Sie!« Sie mußte sich wieder übergeben und fing auch noch zu weinen an. »Ich kann nicht«, schluchzte sie. »Ich kann nicht. Bitte, bitte, lassen Sie mich allein.«

Eine kühle Hand schob ihr das Haar aus dem Gesicht und hielt ihre Stirn.

»Das Leben ist beschissen, Barb. Und das Schlimme ist, es wird auch nicht besser«, sagte Lynley.

Sie fuhr entsetzt herum. Aber es war wirklich Lynley, und in seinen Augen war das teilnahmsvolle Verständnis, das sie schon früher in ihnen gesehen hatte: bei ihrem Besuch bei Roberta, bei seinem Gespräch mit Bridie, bei dem Gespräch mit Tessa. Plötzlich wußte sie, was Webberly gemeint hatte, als er gesagt hatte, sie könne viel von Lynley lernen; er hatte um diese Quelle innerer Kraft gewußt, deren Ursprung, wie sie jetzt erkannte, ein großer persönlicher Mut war. Es war dieses ruhige Verständnis, nichts anderes, das schließlich den Zusammenbruch herbeiführte.

»Wie konnte er nur?« schluchzte sie. »Man liebt doch sein Kind, man tut ihm doch nicht weh. Man läßt es doch nicht einfach sterben. Nie, nie läßt man es sterben. Aber das haben sie getan.«

Ihre Stimme hatte jetzt einen hysterischen Klang, während die ganze Zeit Lynleys ruhiger Blick auf ihrem Gesicht lag.

»Ich hasse ... ich kann nicht ... Sie hätten doch für ihn *dasein* müssen. Er war doch ihr Sohn. Sie behaupteten, ihn zu lieben, und taten es gar nicht. Er war vier Jahre lang krank, lag das ganze letzte Jahr im Krankenhaus. Sie haben ihn nicht einmal besucht. Sie sagten, sie könnten es nicht ertragen, es täte ihnen zu weh. Aber ich hab' ihn besucht. Ich war jeden Tag dort. Und er fragte immer nach ihnen. Er fragte, warum Mama und Daddy nicht kämen. Und ich log. Ich war jeden Tag dort und habe gelogen. Und als er starb, war er ganz allein. Ich war in der Schule. Ich bin nicht mehr rechtzeitig ins Krankenhaus gekommen. Er war mein kleiner Bruder. Er war erst zehn Jahre alt. Und wir alle – wir *alle* – haben ihn allein sterben lassen.«

»Es tut mir so leid«, sagte Lynley behutsam.

»Ich schwor mir, daß ich sie *niemals* vergessen lassen würde, was sie getan hatten. Ich holte alle seine Schulzeugnisse. Ich rahmte den Totenschein. Ich errichtete einen Gedenkschrein. Ich sperrte sie im Haus ein. Ich schloß die Türen und die Fenster. Und jeden einzelnen Tag sorgte ich dafür, daß sie da sitzen und Tony anstarren mußten. Ich machte sie wahnsinnig! Ich wollte es. Ich habe sie zerstört. Ich habe mich selbst zerstört.«

Sie legte ihren Kopf auf das Porzellan und weinte. Sie weinte über den Haß, der ihr Leben ausgefüllt hatte, über die Schuld und die Eifersucht, die ihre Gefährten gewesen waren, über die Einsamkeit, die sie selbst über sich gebracht hatte, über die Verachtung und die Feindseligkeit, die sie anderen entgegengebracht hatte.

Am Ende, als Lynley sie wortlos in die Arme nahm, weinte sie an seiner Brust, trauerte auch um die Freundschaft, die zwischen ihnen hätte sein können.

Durch die Sprossenfenster in Dr. Samuels' Büro konnten sie den Rosengarten sehen. Er war terrassenförmig angelegt, und jede Rosenart bildete eine Gruppe für sich. An einigen Büschen waren noch Blüten, obwohl es schon spät im Jahr war, die Nächte kalt waren und manchmal morgens schon Reif lag.

Sie beobachteten die kleine Gruppe Menschen, die über die Kieswege zwischen den Rosenbüschen ging. Ein Bild der Gegensätze: Gillian und ihre Schwester, Helen und Barbara und weit hinter ihnen die zwei Pflegerinnen in langen Umhängen.

Lynley wandte sich vom Fenster weg und sah, daß Samuels, der hinter seinem Schreibtisch saß, ihn nachdenklich beobachtete. Sein Gesicht verriet jedoch seine Gefühle nicht.

»Sie wußten, daß sie ein Kind geboren hatte«, sagte Lynley. »Von der Untersuchung bei der Einweisung, vermute ich.«

»Ja.«

»Warum sagten Sie mir das nicht?«

»Ich traute Ihnen nicht«, antwortete Samuels und fügte hinzu: »Damals jedenfalls nicht. Ich hoffte, es würde mir gelingen, durch mein Schweigen eine wenn auch noch so feine Verbindung zu Roberta herzustellen. Und das war mir weit wichtiger als alles andere. Ich sagte Ihnen nichts davon, weil ich nicht riskieren wollte, daß Sie es ihr bei nächster Gelegenheit vorhalten würden.« Er versuchte, seine Worte ein wenig abzuschwächen. »Im übrigen war es eine Information, die der ärztlichen Schweigepflicht unterlag.«

»Was wird aus den beiden werden?« fragte Lynley.

»Sie werden es überleben.«

»Wie können Sie das wissen?«

»Sie fangen an zu begreifen, daß sie seine Opfer waren. Das ist der erste Schritt.«

Samuels nahm seine Brille ab und polierte die Gläser mit dem Futter seines Jacketts. Sein schmales Gesicht wirkte müde. Er kannte das alles.

»Mir ist unverständlich, wie sie so lange überlebt haben.«

»Sie richteten sich ein.«

»Wie denn?«

Samuels warf einen letzten prüfenden Blick auf die Brillengläser und setzte die Brille wieder auf. Er rückte sie sorgsam zurecht. Er trug die Brille seit Jahren, und zu beiden Seiten seiner Nase waren Einkerbungen vom ständigen Druck.

»Gillian scheint sich in die Dissoziation gerettet zu haben, ein Mittel, das Selbst aufzuspalten, so daß sie so tun konnte, als hätte oder wäre sie das, was sie in Wirklichkeit nicht haben oder sein konnte.«

»Zum Beispiel?«

»Normale Gefühle. Normale mitmenschliche Beziehungen. Sie sprach davon, ein Spiegel gewesen zu sein, der nur das Verhalten derer um sie herum wiedergab. Es ist ein Abwehrmechanismus. Er schützte sie davor zu fühlen, was in Wirklichkeit mit ihr geschah.«

»Wie denn?«

»Sie war ›nicht da‹. Darum konnte nichts, was ihr Vater tat, sie berühren oder durchdringen. Sie war, wie sie sagte, nur eine Hülle.«

»Jeder im Dorf beschrieb sie mir anders.«

»Genau. Das ist das Verhalten. Gillian spiegelte die Leute nur. In letzter Konsequenz endet das in einer völlig gespaltenen Persönlichkeit, aber dazu kam es bei ihr nicht, was an sich schon bemerkenswert ist, wenn man bedenkt, was sie durchgemacht hat.«

»Und Roberta?«

Samuels runzelte die Stirn.

»Sie hatte leider keine so guten Abwehrmechanismen wie Gillian«, antwortete er.

Lynley warf einen letzten Blick aus dem Fenster und kehrte zu seinem Sessel zurück.

»Hat sie deshalb gegessen?«

»Als Fluchtmöglichkeit? Nein, das glaube ich nicht. Ich würde sagen, es war mehr ein selbstzerstörerischer Akt.«

»Das verstehe ich nicht.«

»Das mißbrauchte Kind lebt in dem Gefühl, etwas Böses getan zu haben, wofür es bestraft wird. Es kann gut sein, daß Roberta gegessen hat, weil das Mißbrauchtwerden dazu führte, daß sie sich – ihre ›Schlechtigkeit‹ – haßte. Mit dem Essen wollte sie den bösen Körper zerstören. Das wäre eine Erklärung.«

Samuels zögerte.

»Und die andere?«

»Schwer zu sagen. Es wäre möglich, daß sie versuchte, den Mißbrauch zu verhindern, indem sie ihren Körper zerstörte. Es war vielleicht das einzige Mittel, das sie wußte, um ihren Vater fernzuhalten: indem sie versuchte, so wenig wie möglich wie Gilly zu sein.«

»Aber es half nichts.«

»Unglücklicherweise, nein. Er dachte sich lediglich neue Perversionen aus, um sich in Erregung zu bringen, und bediente sich ihrer dazu. Das dürfte auch seinem Bedürfnis, Macht auszuüben, entsprochen haben.«

»Ich könnte diesen Teys umbringen«, sagte Lynley.

»So geht es mir dauernd«, erwiderte Samuels.

»Wie kann ein Mensch nur – ich versteh' das nicht.«

»Es ist ein abartiges Verhalten, eine Krankheit. Teys konnten nur kleine Mädchen erregen. Seine Heirat mit einer Vierzehnjährigen – nicht etwa einer gut entwickelten, fraulichen Vierzehnjährigen, sondern einer sich spät entwickelnden – hätte jeden, der einen Blick für so etwas hat, aufmerksam machen müssen. Aber er konnte seine abartigen Neigungen erfolgreich hinter seiner scheinbaren Frömmigkeit und der Maske des starken, liebevollen Vaters verbergen. Das ist so typisch, Inspektor Lynley. Ich kann Ihnen gar nicht sagen, wie typisch es ist.«

»Und keiner hat je etwas davon gemerkt? Das kann ich nicht glauben.«

»Wenn Sie sich die Situation vor Augen halten, ist es leicht zu glauben. Teys hatte in der Gemeinde den Ruf eines grundanständigen und soliden Mannes. Seinen Töchtern impfte er Schuldgefühle ein und die Überzeugung, schlecht und minderwertig zu sein. Gillian glaubte fest, *sie* wäre schuld daran, daß ihre Mutter ihren Vater verlassen hatte, und leistete damit Wiedergutmachung, daß sie ihrem Vater ›eine Mama‹ war, um Teys' Worte zu gebrauchen. Roberta glaubte, Gillian hätte ihrem Vater alles recht gemacht und sie müsse das auch tun. Und beiden wurde auf der Grundlage der Bibel – aus den Passagen, die Teys sorgfältig ausgewählt hatte und die er in seinem Sinn interpretierte – gelehrt, daß das, was sie taten, nicht nur recht, sondern ihnen von Gott als töchterliche Pflicht vorgeschrieben war.«

»Das macht mich ganz krank.«

»Es *ist* krank. Er war krank. Schauen Sie sich seine Krankheit an: Er nahm sich ein Kind zur Frau. Das war ungefährlich. Die Erwachsenenwelt war bedrohlich für ihn, und in der Person dieser Vierzehnjährigen hatte er eine Ehefrau, die ihn mit ihrem kindlichen Körper erregen konnte, während durch die Heirat zugleich sein Streben nach Selbstachtung und Ansehen in der Gemeinde befriedigt wurde.«

»Warum verging er sich dann an seinen Kindern?«

»Als Tessa – die Kindfrau, die er sich gewählt hatte – ein Kind zur Welt brachte, sah sich Teys vor die beängstigende Tatsache gestellt, daß dieses Geschöpf, dessen Körper ihn so erregte, gar kein Kind war, sondern eine Frau. Und von Frauen fühlte er sich, vermute ich, bedroht. Sie repräsentierten ja den weiblichen Aspekt der Erwachsenenwelt, die ihm angst machte.«

»Sie erzählte, er habe nach der Geburt nicht mehr mit ihr geschlafen.«

»Daran zweifle ich nicht. Stellen Sie sich die Demütigung vor, wenn er mit ihr geschlafen hätte und impotent gewesen wäre. Weshalb sollte er eine solche Niederlage riskieren, wo er doch einen wehrlosen Säugling im Haus hatte, bei dem er sich ungehindert Lust und Befriedigung verschaffen konnte.«

Lynley schnürte es die Kehle zu.

»Säugling?« krächzte er heiser. »Soll das heißen . . .?«

Samuels nickte nur. »Ich würde denken, daß er Gillian schon

mißbraucht hat, als sie noch im Säuglingsalter war. Ihrer Erinnerung nach geschah es das erstemal, als sie vier oder fünf Jahre alt war, aber es ist unwahrscheinlich, daß Teys so lange gewartet hat, es sei denn, seine Religion hat ihm in diesen Jahren Selbstbeherrschung verliehen. Möglich ist es.«

Seine Religion. Lynley verspürte einen unbändigen Zorn. Er beherrschte ihn mit Mühe.

»Sie kommt vor Gericht.«

»Früher oder später, ja. Roberta wird gesund werden. Sie wird prozeßfähig sein.« Samuels drehte seinen Stuhl, um die Gruppe im Garten sehen zu können. »Aber Sie wissen so gut wie ich, Inspector, daß kein Schwurgericht der Welt sie verurteilen wird, wenn die Wahrheit ans Licht kommt. Wir können also vielleicht doch noch daran glauben, daß es Gerechtigkeit für sie geben wird.«

Die Bäume rund um die St.-Catherine's-Kirche warfen lange Schatten auf den Bau, so daß sich drinnen Dämmerlicht ausbreitete, obwohl es draußen noch hell war. Blutig lag das Licht, das durch die roten Teile der Mosaikfenster fiel, auf dem gesprungenen Steinboden und unter den Standbildern, die ihn zu beobachten schienen. Votivkerzen flackerten. Die Luft in der Kirche war still und tot, und er fröstelte auf seinem Weg zu dem elisabethanischen Beichtstuhl.

Er öffnete die Tür, trat in die kleine Zelle, kniete nieder und wartete. Es war ganz dunkel und ganz still. Die richtige Stimmung zur Meditation über die eigenen Sünden, dachte Lynley.

Ein Gitter wurde in der Finsternis verschoben. Eine gedämpfte Stimme murmelte Gebete, die an einen Gott gerichtet waren, den es nicht gab.

Dann: »Ja, mein Kind?«

Im letzten Moment fragte er sich, ob er es fertigbringen würde. Aber dann sprach er schon.

»Er kam hierher zu Ihnen«, sagte Lynley. »Hier hat er seine Sünden gebeichtet. Haben Sie ihm die Absolution erteilt, Pater? Malten Sie irgendein mystisches Zeichen in die Luft, das William Teys sagte, daß er von der Sünde des Mißbrauchs seiner Kinder frei war? Was sagten Sie ihm? Gaben Sie ihm Ihren Segen? Entließen Sie ihn mit gereinigter Seele aus dem Beichtstuhl, damit er auf seinen Hof zurückkehren und wieder damit anfangen konnte? War es so?«

Statt einer Antwort hörte er nur das Atmen, schnell und stoßweise.

»Und hat Gillian gebeichtet? Oder hatte sie zu große Angst? Haben Sie mit ihr über das gesprochen, was ihr Vater ihr antat? Haben Sie versucht, ihr zu helfen?«

»Ich...« Die Stimme schien aus weiter Ferne zu kommen. »Verstehen und verzeihen.«

»Das haben Sie ihr gesagt? Verstehen? Verzeihen? Und wie war es bei Roberta? Sollte sie auch verstehen und verzeihen? Ein sechzehnjähriges Mädchen sollte verstehen lernen, daß ihr Vater sie vergewaltigte, sie schwängerte und ihr Kind dann ermordete? Oder war das *Ihr* Einfall, Pater?«

»Ich wußte nichts von dem Kind. Ich wußte es nicht. Ich *wußte* es nicht.« Die Stimme klang beschwörend.

»Aber Sie wußten es, als Sie es in der alten Abtei fanden. Da wußten Sie es ganz genau. Sie wählten *Perikles,* Pater Hart. Sie wußten Bescheid.«

»Er – er hat das nie gebeichtet. Nie.«

»Und was hätten Sie getan, wenn er es gebeichtet hätte? Was hätten Sie ihm denn als Buße auferlegt für den Mord an seinem Kind? Denn Mord war es. Sie wissen, daß es Mord war.«

»Nein! Nein!«

»William Teys trug diesen Säugling von seinem Hof zur alten Abtei. Er konnte ihn nicht einwickeln, weil alles, was er benutzt hätte, ihn verraten hätte. Deshalb trug er das Kind nackt. Und es starb. Sie wußten sofort, als Sie das Kind sahen, wessen Kind es war und wie es in die Abtei gekommen war. Sie wählten *Perikles* für den Grabspruch. ›... Mord ist Nachbar der Lust, wie Flamme und Rauch.‹ Sie wußten es.«

»Er schwor ... danach ... er schwor, er wäre geheilt.«

»Geheilt? Eine wunderbare Heilung von sexueller Abartigkeit durch den Tod seines Kindes? Glaubten Sie das wirklich? Oder wollten Sie das nur glauben? Er war geheilt, o ja. Er war geheilt davon, Roberta zu vergewaltigen. Aber jetzt hören Sie genau zu, Pater, denn das haben Sie auf dem Gewissen, und bei Gott, Sie sollen es von mir hören: Sonst änderte sich *nichts.«*

»Nein!«

»Sie wissen, daß es die Wahrheit ist. Er war süchtig. Das einzige Problem war, daß er frisches junges Blut brauchte, um seine Sucht zu stillen. Er brauchte Bridie. Und Sie hätten es zugelassen.«

»Er schwor mir –«

»Ach, geschworen hat er? Auf die Bibel, die er dazu benutzte, Gillian einzureden, sie müsse ihren Körper ihrem Vater geben?«

»Er kam nicht mehr zur Beichte. Ich wußte nichts davon. Ich –«

»Sie wußten es. Von dem Moment an, als er anfing, sich um Bridie zu kümmern, wußten Sie es. Und als Sie auf den Hof kamen und sahen, was Roberta getan hatte, da brach die Wahrheit augenblicklich über Sie herein, nicht wahr?«

Er hörte ein unterdrücktes Aufschluchzen, eine erstickende Stille. Dann einen langgezogenen Klagelaut, der in drei abgerissenen Worten endete. »*Mea ... mea culpa.*«

»Ja«, stieß Lynley hervor. »Durch *Ihre* Schuld, Pater.«

»Ich konnte nicht ... Das Beichtgeheimnis. Es ist ein heiliger Eid.«

»Es gibt keinen Eid, der wichtiger ist als das Leben. Es gibt keinen Eid, der wichtiger ist als die Zerstörung eines Kindes.

Das erkannten Sie, nicht wahr, als Sie auf den Hof kamen? Sie erkannten endlich, daß Sie Ihr Schweigen brechen mußten. Darum wischten Sie das Beil ab, ließen das Messer verschwinden und kamen zu Scotland Yard. Sie wußten, daß auf diesem Weg die Wahrheit ans Licht kommen würde; die Wahrheit, die zu enthüllen Ihnen der Mut fehlte.«

»O Gott, ich ... verstehen und verzeihen.«

»Dafür nicht. Nicht für siebenundzwanzig Jahre sexuellen Mißbrauchs. Für zwei zerstörte Leben. Für den Tod ihrer Träume. Dafür gibt es kein Verstehen. Dafür gibt es kein Verzeihen. Nein, bei Gott, dafür nicht.«

Er stieß die Tür des Beichtstuhls auf und ging.

Hinter ihm schwoll eine dünne, zittrige Stimme in verzweifeltem Gebet an. »Sorgt euch nicht um die Übeltäter ... sie werden bald niedergemäht wie das Gras ... vertraut auf den Herrn ... er wird euch die Wünsche eurer Herzen erfüllen ... Übeltäter werden gefällt ...«

Kaum fähig zu atmen, drückte Lynley das Portal der Kirche auf und trat an die frische Luft.

Helen stand an einen von Flechten überzogenen Sarkophag gelehnt und beobachtete Gillian, die an dem kleinen Grab unter den Zypressen stand. Sie hielt den Kopf gesenkt, in schweigender Betrachtung oder im Gebet. Helen hörte Lynleys Schritte, aber sie rührte sich nicht, auch dann nicht, als er sich zu ihr stellte und sie den ruhigen Druck seines Arms an ihrem eigenen fühlte.

»Ich habe Deborah gesehen«, sagte er endlich.

»Ah.« Ihr Blick blieb auf Gillians zierliche Gestalt gerichtet. »Ich dachte mir schon, daß du sie vielleicht sehen würdest, Tommy. Auch wenn ich das Gegenteil hoffte.«

»Du wußtest, daß sie hier in Keldale waren. Warum hast du mir das nicht gesagt?«

Sie senkte einen Moment lang die Lider.

»Was gab es denn schon zu sagen? Wir hatten es schon so oft gesagt.« Sie zögerte, sie hätte das Thema gern fallenlassen, ein für allemal sterben lassen. Aber die vielen Jahre der Freundschaft mit ihm erlaubten ihr das nicht. »War es schlimm für dich?« zwang sie sich zu fragen.

»Zuerst, ja.«

»Und dann?«

»Dann sah ich, daß sie ihn liebt. Wie du ihn einmal geliebt hast.«

Ein bedauerndes Lächeln berührte flüchtig ihren Mund.

»Ja, wie ich ihn einmal geliebt habe.«

»Woher hast du die Kraft genommen, Simon loszulassen, Helen? Wie hast du das durchgestanden?«

»Ach, ich hab' mich irgendwie durchgewurstelt. Außerdem warst du ja immer für mich da, Tommy. Du hast mir geholfen. Du warst immer mein Freund.«

»So, wie du immer meine Freundin warst. Meine allerbeste Freundin.«

Sie lachte leise. »Das erinnert mich daran, wie Männer von ihren Hunden reden. Ich weiß nicht recht, ob ich mich geschmeichelt fühlen soll.«

»Aber fühlst du dich geschmeichelt?« fragte er.

»Ganz entschieden«, antwortete sie und drehte den Kopf, um ihn anzusehen. Die Spuren der Erschöpfung lagen noch auf seinem Gesicht, doch die Last des Leidens schien leichter geworden zu sein. Vergangen war der Schmerz noch nicht, so schnell ging das nicht, aber er hatte begonnen, sich aufzulösen, so daß er aus der Vergangenheit herausfinden würde. »Du hast das Schlimmste überstanden, nicht?«

»Ja. Ich glaube, ich bin sogar bereit weiterzugehen.« Er berührte leicht ihr Haar und lächelte.

Das Friedhofstor wurde geöffnet, und über Lynleys Schulter sah Helen Barbara kommen.

Barbara zögerte einen Moment, als sie die beiden in vertraulichem Gespräch beieinanderstehen sah, dann aber räusperte sie sich, als wollte sie sie auf ihr Kommen aufmerksam machen, und ging, die Schultern gestrafft, rasch auf sie zu.

»Sir, Sie haben eine Nachricht von Webberly«, sagte sie zu Lynley. »Stepha hatte sie in Empfang genommen.«

»Eine Nachricht? Was denn?«

»Der übliche Geheimtext.« Sie reichte ihm das Papier. »›Identifikation positiv. London bestätigt. York gestern nachmittag unterrichtet‹«, rezitierte sie. »Verstehen Sie, was damit gemeint ist?«

Er las den Text selbst noch einmal, faltete das Papier und starrte trostlos zu den Hügeln jenseits des Friedhofs.

»Ja«, antwortete er. »Das reimt sich zusammen.« Jedes Wort fiel ihm schwer.

»Russell Mowrey?« fragte Barbara scharfblickend. Als er nickte, sagte sie: »Dann ist er also tatsächlich nach London gefahren, um Tessa bei Scotland Yard anzuzeigen. Wie merkwürdig! Warum ist er nicht einfach zur Polizei in York gegangen? Was hätte denn Scotland Yard –«

»Nein. Er fuhr nach London, um seine Eltern zu besuchen, genau wie Tessa vermutete. Aber er kam nie über den King's-Cross-Bahnhof hinaus.«

»King's-Cross-Bahnhof?« echote Barbara.

»Dort tötete ihn der Bahnhofsmörder. Sein Bild hing an der Wand in Webberlys Büro.«

Er ging allein zum Gasthof. Er ging die Church Street hinunter und blieb einen Moment auf der Brücke stehen, wie er das am Abend zuvor getan hatte. Im Dorf war alles still, doch während er einen letzten Blick auf Keldale warf, wurde in der Nähe eine Tür zugeschlagen. Ein kleines rothaariges Mädchen sprang die Hintertreppe ihres Hauses hinunter und lief zu einem Schuppen. Sie verschwand in seinem Inneren, um Augenblicke später mit einem

Futtersack wiederaufzutauchen, den sie über den Boden schleifte.

»Wo ist Dougal?« rief er.

Bridie sah auf. Das Sonnenlicht fing sich in ihrem lockigen roten Haar, herbstlicher Kontrast zu dem leuchtend grünen Pullover, den sie trug.

»Drin. Er hat heut Bauchweh.«

Lynley überlegte flüchtig, wie man bei einer Ente Bauchweh diagnostizierte, war aber klug genug, nicht zu fragen.

»Warum fütterst du ihn dann?« fragte er statt dessen.

Sie ließ sich die Frage durch den Kopf gehen, während sie mit der rechten Schuhspitze ihre linke Wade kratzte.

»Mama hat gesagt, ich soll ihn füttern. Sie hat ihn den ganzen Tag warm gehalten und hat gesagt, jetzt könne er sicher etwas fressen.«

»Sie scheint eine gute Krankenschwester zu sein.«

»Ist sie auch.«

Sie winkte ihm mit ihrer schmutzigen Hand zu und verschwand im Haus, ein lebendiges kleines Mädchen, dessen Träume noch unversehrt waren.

Er ging über die Brücke und betrat den Gasthof. Am Empfangstisch stand Stepha, den Mund zum Sprechen geöffnet.

»Das Kind, das du bekamst, war von Ezra Farmington, nicht wahr?« sagte er. »Er gehörte zu dem Leben voller Lust und Spaß, das du nach dem Tod deines Bruders wolltest, stimmt's?«

»Thomas –«

»Stimmt's?«

»Ja.«

»Siehst du zu, wenn er und Nigel sich deinetwegen gegenseitig fertigmachen? Amüsiert es dich, wenn Nigel sich im *Dove and Whistle* dumm und dämlich trinkt, weil er hofft, dich gegenüber aus Ezras Haus kommen zu sehen? Oder entfliehst du dem ganzen Konflikt mit Richard Gibsons Hilfe?«

»Das ist wirklich unfair.«

»Findest du? Weißt du eigentlich, daß Ezra glaubt, nicht mehr malen zu können? Interessiert dich das, Stepha? Er hat alle seine Arbeiten vernichtet. Was geblieben ist, sind nur Bilder von dir.«

»Ich kann ihm nicht helfen.«

»Du willst ihm nicht helfen.«

»Das ist nicht wahr.«

»Du willst ihm nicht helfen«, wiederholte Lynley. »Aus irgendeinem Grund begehrt er dich immer noch. Er möchte auch das Kind haben. Er möchte wissen, wo es ist. Er möchte wissen, was du mit ihm getan hast. Hast du es auch nur für nötig gehalten, ihm zu sagen, ob es ein Junge oder ein Mädchen ist?«

Sie senkte den Kopf. »Sie ist – sie wurde von einer Familie in Durham adoptiert. Es mußte sein.«

»Und das ist seine Strafe, nehme ich an?«

Sie hob ruckartig den Kopf.

»Wofür? Weshalb sollte ich ihn strafen?«

»Weil er dir den Spaß verdorben hat, den du unbedingt wolltest. Weil er mehr wollte. Weil er bereit war, ein Risiko einzugehen. Weil er all das war, was du aus lauter Angst nicht sein wolltest.«

Sie antwortete nicht. Es war auch nicht nötig. Er erkannte die Antwort, die ihm ihr Gesicht gab.

Sie hatte nicht auf den Hof hinausfahren wollen. Sie wollte den Hof, den Schauplatz so vieler schrecklicher Kindheitserinnerungen, für immer in der Vergangenheit begraben. Sie hatte nur das Grab des Kindes sehen wollen. Als das geschehen war, war sie bereit, wieder abzufahren. Die anderen, diese Gruppe gütiger Fremder, die in ihr Leben getreten waren, stellten ihr keine Fragen. Sie packten sie in den großen silbernen Wagen und fuhren sie aus Keldale hinaus.

Sie wußte nicht, wohin sie fuhren, und es war ihr im Grunde auch gleichgültig. Jonah war fort. Nell war tot. Wer Gillian war, würde sich erst herausstellen. Sie war nur eine Hülle. Mehr war nicht übriggeblieben.

Lynley warf durch den Rückspiegel einen Blick auf Gillian. Er wußte nicht, was geschehen würde, wußte nicht, ob er das Richtige tat. Er verließ sich nur auf seinen Instinkt, ein blindes Gefühl, das ihm sagte, daß aus der Asche dieses Tages phönixgleich etwas Gutes hervorgehen müsse.

Er wußte, daß er nach einem Sinn suchte. Er konnte die Sinnlosigkeit des Todes von Russell Mowrey, der im King's-Cross-Bahnhof unter den brutalen Händen eines Mörders gestorben war, nicht akzeptieren. Er haderte mit dem Schicksal, mit der Grausamkeit und gemeinen Häßlichkeit dieses Todes.

Er würde Schrecken und Entsetzen einen Sinn geben. Er würde sich nicht damit abfinden, daß diese auseinandergerissenen Lebensstränge nicht irgendwie wieder zusammenkommen konnten; daß diese Menschen nicht fähig sein sollten, die Kluft von neunzehn Jahren zu überbrücken und endlich Frieden zu finden.

Es war ein großes Risiko. Doch das störte ihn nicht. Er war bereit, sich darauf einzulassen. Es war sechs Uhr, als er vor dem Haus in York anhielt.

»Ich bin gleich wieder da«, sagte er zu den anderen im Auto und griff zur Tür.

Barbara berührte leicht seine Schulter. »Lassen Sie mich, Sir. Bitte.«

Er zögerte. Sie beobachtete ihn.

»Bitte«, sagte sie wieder.

Er blickte zu der geschlossenen Haustür.

Er konnte es nicht verantworten, diese Sache in Barbaras

Hände zu legen. Nicht hier. Nicht jetzt. Wo so viel auf dem Spiel stand.

»Havers –«

»Ich kann es«, beteuerte sie. »Bitte. Glauben Sie mir.«

Sie wollte ihm das letzte Wort über ihre Zukunft geben; er sollte entscheiden, ob sie bei der Kripo bleiben oder ein für allemal zur uniformierten Polizei zurückkehren würde.

»Sir?«

Er wollte ablehnen, ihr sagen, sie solle im Wagen bleiben, sie dazu verdammen, zur Streife zurückzukehren. Aber nichts von alledem hatte zu Webberlys Plan gehört. Das begriff er jetzt, und während er ihr in das vertrauensvolle, entschlossene Gesicht blickte, erkannte er, daß Barbara – die am Ziel ihrer Fahrt seine Absicht begriffen hatte – den Scheiterhaufen selbst errichtet hatte. Sie war entschlossen, das Feuer anzuzünden, an dem sich erweisen würde, ob die Verheißung auf den Phönix sich bewahrheiten würde.

»Also gut«, antwortete er schließlich.

»Danke, Sir.«

Sie stieg aus dem Wagen und ging zur Haustür. Sie wurde geöffnet. Sie trat ins Haus.

Und das Warten begann.

Er hatte von Gebeten nie viel gehalten, aber während er jetzt in der zunehmenden Dunkelheit im Wagen saß und die Minuten verstrichen, begann er zu verstehen, was beten hieß. Es hieß aus Bösem Gutes machen wollen, aus Verzweiflung Hoffnung, aus Tod Leben. Es hieß Träume wahrmachen wollen, Gespenster zu Wirklichkeit machen wollen. Das Leiden enden und die Freude beginnen lassen wollen.

Gillian beugte sich nach vorn. »Was ist das für ein Haus –« Sie brach ab, als die Tür aufflog und Tessa herausstürzte, auf dem Gartenweg stehenblieb, zum Wagen herübersah.

»Mama«, sagte Gillian. Sonst sagte sie nichts. Sie stieg langsam aus dem Auto und starrte die Frau an, als wäre sie eine Geistererscheinung.

»Mama?«

»Gilly! O mein Gott, Gilly!« rief Tessa und lief ihr entgegen.

Mehr brauchte Gillian nicht. Sie rannte den Weg hinauf in die Arme ihrer Mutter, und gemeinsam gingen sie ins Haus.